Galsan Tschinag
Der weiße Berg

Roman

Suhrkamp

Umschlagfoto: Amélie Schenk

suhrkamp taschenbuch 3378
Erste Auflage 2002
© Insel Verlag Frankfurt am Main und Leipzig 2000
Suhrkamp Taschenbuch Verlag
Alle Rechte vorbehalten, insbesondere das
der Übersetzung, des öffentlichen Vortrags sowie der Übertragung
durch Rundfunk und Fernsehen, auch einzelner Teile.
Kein Teil des Werkes darf in irgendeiner Form
(durch Fotografie, Mikrofilm oder andere Verfahren)
ohne schriftliche Genehmigung des Verlages reproduziert
oder unter Verwendung elektronischer Systeme
verarbeitet, vervielfältigt oder verbreitet werden.
Druck: Ebner & Spiegel, Ulm
Printed in Germany
Umschlag nach Entwürfen von
Willy Fleckhaus und Rolf Staudt

1 2 3 4 5 6 – 07 06 05 04 03 02

DER WEISSE BERG

*Für Pürwü,
meine Lehrerin
und Beschützerin
zeitlebens*

PROLOG

Dies ist die Aufzeichnung einer Krankheit, die durch mich hindurch ging und mich, anstatt zu töten, vor meinem Tod zerstörte und damit auf lange Sicht todlos machte. Und zunächst zeiten- und seitenverkehrt so begann:
Am 26. Tag im letzten Monat des Jahres 1958 wähne ich mich als bekanntestes Mitglied der mehrere hundertköpfigen Schulgemeinschaft, da ich drei Auszeichnungen bekomme: für das vorbildliche Lernen, für eine von A bis Z im Stabreim verfaßte Wandzeitung und für ein Poem zum alljährlichen Schreibwettbewerb. Der Direktor nennt mich einen Dichter und verkündet, er werde sich dafür einsetzen, daß das Opus gedruckt wird. Ich, der ich neben ihm stehe, die Arme voll von in buntem, glitzerndem Papier verpackten Gaben, und die Hand des mächtigen Mannes auf der Schulter, sehe in den auf mich gerichteten Blicken der zur Jahresendsitzung Versammelten und den Klubraum bis in alle Ecken Füllenden dieselbe einfältig-heilige Ehrfurcht, der man früher in Schamanennächten begegnet ist.
Stunden später bin ich allein, haste durch die Steppe am Stadtrand, sammle mich und überdenke meine Lage: Die 50 Kilo und 160 Zentimeter, die mein Körper aufweist, vermögen unmöglich den Inhalt auszumachen, den ich darstelle. Auch das Gelesene und Gehörte: die Achtklassenbildung nicht. Ich bin mehr. Die Gunst der Stunde scheint, von Anfang an, auf meiner Seite gewesen zu sein. Habe das Säuglingsalter überlebt, über das drei andere Brüder unmittelbar vor und nach mir nicht haben hinauskommen können. Habe die Kindheit früh von mir abgelegt und die Jugendjahre gut angefangen. Die Natur hat mich mit einem wachen Verstand, einem zähen Körper und einer ansprechenden Wesensart ausgestattet. Die Zeitmaschine hat in mir getuckert, daß ich als heller Kopf es verstand, Nütz-

liches von Schädlichem zu trennen. So habe ich mich den Fängen des Aberglaubens noch rechtzeitig entrissen, habe einen Berg von Überresten der Rückständigkeit in mir und um mich herum plattgewälzt und ausgemerzt und habe den unumkehrbaren Weg zu einem neuzeitigen, zivilisierten Menschen eingeschlagen. Habe in mir den Schamanen abgetötet und für den Dichter die Bahn geebnet.

Nun treffe ich folgende Entscheidung: Ab Stunde gilt das heutige Datum als mein Geburtsmonat und -tag; ich, der ich bisher, so oft mein Alter zur Sprache kam, je nach Laune und Zweck, zwischen vierzehn und siebzehn geschwankt, bin nun endgültig fünfzehn Jahre alt; die Wederfettnochdrüse-, Wederkindnochmann-Zeit ist zu Ende – ich bin ein vollwertiger Augenzeuge meines Zeitalters, werde an seiner Last mittragen und sein Geschick mitlenken; werde dichten, so wie ich atmen werde, dichten und dichtend zur Reife gelangen und blühen und gehen, bevor ich verblühe – früh begonnen, früh enden; werden, was noch keiner geworden, und um dies zu erreichen, mich von allem Hinderlichen losreißen, befreien, meiner besonderen Stellung in der Klasse, Schule und Sippe ständig bewußt und bestrebt sein, immer bergwärts zu gehen, niemals aber talwärts und so einsam herausragen aus der menschlichen Menge wie ein Gipfel aus seiner irdischen Umgebung.

Die folgenden Tage lebe ich verbissen, wandle nur auf dem für mich sichtbaren Pfad und kapsele mich ab. Seltsam, man scheint die Schranken recht schnell zu bemerken, obwohl keiner sie hätte sehen können. Fast bin ich erschüttert darüber, wie schnell und gewaltig die Einsamkeit über mich hereinbricht. Doch meine ich, so muß es sein: Bin ich einmal zum Gipfel geboren, muß ich eben Gipfel bleiben, und so schaue ich auf die wimmelnde, dumme Menge von ewigen Kindern um mich herum verstehend und verzeihend herab. Ziehe Bilanz, führe Bestandsaufnahme, rechne. Der letzte Tag des Jahres ist mein 5384. Lebenstag. Dieser beschert mir ein Gedicht von acht langen fünfzeiligen Strophen, das ich unter Op. 409 in ein neues, das achte handgeschriebene Poesiebuch eintrage. Alexander Puschkin habe, heißt es, 800 Gedichte hinterlassen, ich werde es wohl bis auf 1000 bringen, mindestens. Doch mein Ziel ist es nicht, zu einem zweiten, asiatisch-steppischen oder jüngeren und meinetwegen besseren Puschkin zu werden – behüte Himmel, diesen Ehrgeiz habe ich nicht; doch der, den ich, gleich einem Kind, in mir trage und wachsen lasse, ist um keinen Deut bescheidener: Ich möchte nicht mehr und nicht minder als zu einem Lermontow des zwanzigsten Jahrhunderts werden und auch 27jährig die Bühne des Lebens verlassen! Also muß ich nicht schön, sondern gewaltig schreiben, meinen Worten soll so viel Kraft innewohnen, daß sie beitragen, die alte, vermoderte Welt aus allen ihren Fugen zu zerren und über den Scheiterhaufen der Geschichte dahinzustoßen.

Daß ich ihn in der Menge des Geschriebenen wahrscheinlich übertreffen werde, hat nicht allzu viel zu sagen; im Gewicht und in der Schneide ist er einfach nimmer mehr zu überbieten. Ich werde sein Werk nur erneuern und vollenden. Was ihm nicht gelungen ist, muß mir gelingen. Das ist im Grunde beschämend selbstverständlich, denn ich bin im Gegensatz zu ihm ein Günstling der Stunde: Während er dazu verdammt war, sein Leben in der Finsternis unmittelbar vor dem Morgengrauen, im Weltgefängnis Rußland als Unteroffizier des Zaren zu fristen, bin ich in den lichten Morgen der Geschichte hineingeboren worden. Der aufstrebende, jugendlich-abenteuerliche Sozialismus ist meine eigentliche Wiege, und die ganze Welt unter seinem reinigenden und verjüngenden, da niederreißenden Druck und niederbrennenden Feuer- und Flammenschein ist meine große Heimat. Ja, ich bin von Natur aus zwar in einer mongoliden Verpackung angefertigt, aber ich weiß, ich werde die Kraft aufbringen, meine Herkunft zu überwinden und mich von Sog und Schwerkraft alles Zweit- und Drittrangigen wie Heimat, Geschichte, Rasse befreien, so daß ich im Herzen und im Geist inter- und übernational sein und darum gerade über ein größeres Kaliber und eine stärkere Ladung verfügen darf als jeder vor mir.

So wahr ich als biologisches Wesen ein Gewächs des Planeten Erde bin, so wahr bin ich als geistiges Wesen ein Erzeugnis meiner Zeit – also werde ich ihr dienen, so wie andere Königen und Fürsten gedient haben. Ich werde mich in Worten abschälen, und diese werden Funken gleichen und sich zu Flammen verdichten und die Finsternis beleuchten.

Mit solch erhabenen Überlegungen verlebe ich den letzten Tag eines Jahres und brenne darauf, das nächste in Empfang zu nehmen, wie man ein Kalb in Empfang nimmt. So, wie das Tierkind, rund und heiß, noch im Mutterleib, muß das Zeitkind, mit der Schnauze dicht an die Schwanzspitze des Gehenden gepreßt, auf Lauer liegen und warten. Und es wird, wenn der Tag zum Abend, der Abend zur Nacht altert und die Nacht zur Mitternacht reift, dem unsichtbaren, aber allgegenwärtigen und allgewaltigen Leib der Zeitkuh entschlüpfen.

Ich fühle mich mehr als jedes der dumm herumtobenden Kinder und selbst jeder der von diesen angesteckten Erwachsenen ringsum, fühle mich verpflichtet, den Ankömmling im Leben, in der Geschichte zu empfangen und ihn zu guten Tagen, Wochen und Monaten und schließlich zu einem vollen, würdigen Jahr mit aufzuziehen. Gut ist für mich die Zeit dann, wenn sie ertragreich ist. Und von dem Zeitkind erwarte ich, im Gegensatz zu einem Tierkind, sofortigen und dauerhaften Ertrag. Ich werde es melken, scheren und schlachten, und die Poesie wird die Milch, das Fleisch, die Wolle und die Haut sein, wird viele durstende, hungernde und frierende Seelen mit dem versorgen, was sie bitternötig brauchen. Aber ich gestehe, es geht da vor allem um mich selber, denn jedes Gedicht ist ein Ziegelstein, eine Masche an dem Denkmal, an dem ich baue und webe.

Je weniger von dem greisen Jahr übrigbleibt, je näher das junge mit seinen prickelnden Wellen und seinem erfrischenden Atemhauch heranrückt, um so feierlicher wird es mir zumute; mir ist, als harre hinter der Nacht und hinter weiteren Nächten irgendwo in greifbarer Nähe, einem Berg aus weißem Marmor gleich, meiner der ewige Ruhm. Ich spüre die Gänsehaut, die sich auf mich legt und zusammenzieht, merke, wie etwas in mich eindringt, sich in mir ausbreitet und mich von innen her mit feinen, kühlen Spitzen an zahllos vielen Stellen sticht. Ich werde von Schmerzen erfaßt, die ich als Eile empfinde. Leide an Ungeduld. Habe noch ganze zwölf Jahre zu leben.

DIE ANKUNFT DES EISERNEN VOGELS

Der Gabe-Sack, den zum Jahreswechsel der gute Weiße Alte auf seinem gebeugten Rücken vom Weltenberg herübergetragen hat, scheint viel mehr enthalten zu haben als besternte und befranste Tütchen mit Süßigkeiten und Gebäck: Gleich der erste Morgen des neuen Jahres hat zwei schreiende Meldungen. Sie kommen von entgegengesetzten Himmelsrichtungen aufeinander zugeflogen, vereinigen sich zu einem Paar und eilen schon wieder von dannen, um wohl schnell bis in den letzten Schlupfwinkel der sechstausend Köpfe beherbergenden Bezirksstadt einzudringen und einen jeden mit eben den mundfrischen Kunden zu versorgen, die eine für das gute und die andere für das schlechte Ohr: Drillinge sind zur Welt gekommen, und eine fünfköpfige Familie ist erstickt!
Zuerst hört man nur die Nachrichten selbst, man stößt mit dem bloßen Sachverhalt wie mit einem festen Körper zusammen. Später erfährt man die Einzelheiten, die dem jeweiligen Geschehnis entnommen und nun als allgemeines Unterhaltungsgut die Räume zwischen den Menschen füllen. Und die Nachricht verändert sich stets – zwischen Eingang und Ausgang, dem Ohr und dem Mund, liegt die Landschaft, auf der Geschichten wachsen oder schrumpfen. Jeder verfährt mit dem Gehörten, bevor er es weitergibt, so, wie es mit ihm selbst bestellt ist: Der eine beschneidet, während der andere es in alle Richtungen hin wuchern läßt, der wieder andere zieht es durch seine Sonne, während der nächste darüber seinen Schatten streut.
Die Mutter der Drillinge ist eine siebenundzwanzigjährige Torgutin, die zuvor dreimal, zuletzt vor einem Jahr erst, geboren hat, aber alle drei Geburten waren nicht gut – die Frucht war entweder schon im Mutterleib tot oder sie starb kurz darauf,

nachdem sie das Licht der Welt erblickt hatte. Und die letzte muß nicht nur lebensuntüchtig, sondern auch bös und zäh an ihrem Gehäuse, dem mütterlichen Fleisch, geklebt haben, denn beim Hinauswürgen des abermaligen leblosen Klumpens wäre sie fast selbst gestorben. Sie ist wohl ein wenig gestorben, denn sie war eine Nacht lang bewußtlos und später, nachdem sie wieder zu sich gekommen war, hat sie von Dingen erzählt, von denen sonst Zurückgekehrte aus dem Totenreich zu berichten wissen.

Die Frau hat von einem seltsamen wohltönenden und lichtstrahlenden Rohr erzählt; sie sei durch dieses geschleudert worden. Das Rohr muß recht breit im Umfang und noch mehr in der Länge gewesen sein. Und während des Fluges hätte sie viele Gesichter gesehen, von denen sie wußte, sie gehörten Vergangenen. So hätte sie auch ihren eigenen Vater getroffen, der schon lange nicht mehr auf Erden weilte. Die Tochter sei unsäglich froh geworden über das Wiedersehen, allein der Vater, zeit seiner Lebtage ein sehr lieber Mensch, hätte jetzt aber sie, das eigene Kind, verstoßen.

Ausgerechnet diese Frau mit dem dahingeschwundenen Kindersegen und der erschütterten Gesundheit hat nun Drillinge zur Welt gebracht; obendrein soll die Geburt so leicht vor sich gegangen sein wie bei einer Geiß, und auch die Kinderchen sollen, fest und quicklebendig, eben an Geißlein eines guten Jahres erinnern.

Bei der unglückseligen Geschichte handelte es sich um eine kasachische Familie. Man hat in der Nacht Steinkohle nachgelegt und die Ofenklappe wohl zu früh und zu fest verschlossen. Das älteste Kind, ein sechzehnjähriges Mädchen, hatte bei einer pflegebedürftigen Tante im gleichen Hof, in einer anderen Hütte aber geschlafen, und erst am anderen Tag, als es zu seiner eigenen zurückkehrte, um, gemäß der Pflicht als die herangewachsene Tochter, der Familie das Ofenfeuer anzuzünden und den Morgentee zu kochen, merkte sie, daß darinnen etwas nicht stimmte. Die Frau und zwei Kinder – alle hatten ihr

Schlaflager auf dem Fußboden – konnten nicht mehr erwacht sein, denn an ihnen und um sie herum waren keinerlei Spuren der Qual zu erkennen, während der Mann, der auf dem hohen Ehebett mit dem jüngsten Kind geschlafen hatte, kurz erwacht sein mußte, denn dieser lag vor dem Bett, auf das Gesicht gestürzt und das eine Bein in der Hose; das vierjährige Kind, ein Junge, war zwar bewußtlos schon, lag aber tief unter die dicke Schlafdecke hineingerutscht und lebte noch. Die Erste Hilfe nahm einzig dieses mit, ließ die anderen zurück, sie mußten liegenbleiben, so wie sie waren, bis zuerst die Miliz und dann der Gerichtsarzt erschien.

Die nächsten Tage erfährt man weitere Einzelheiten. Die Leichen seien, eine jede in Mull verpackt, dick und fest, riesigen Kerzen gleich, in ein gemeinsames Grab gekommen. Ein Onkel sei erschienen, habe zuerst beide Waisenkinder, dann den kleinen Jungen zu sich aufs Land mitnehmen wollen, allein das Mädchen habe sich dem widersetzt, habe gesagt, sie werde es nicht zulassen, daß der Herd ihrer Familie erkaltete, sie werde arbeiten und so sich selber und ihren jüngsten Bruder ernähren und bekleiden und dabei für den Bruder alles in einem sein: Vater, Mutter und Schwester.

Der Volksmund spricht für sie. Er meint, das Mädchen werde es schaffen. Außerdem hören alle vom Geld, das laut Gesetz den beiden Geschwistern zustehe. Das Kind brauche die Schule nicht abzubrechen, um zu arbeiten und Geld zu verdienen, heißt es. Es brauche den Bruder nur in den Kindergarten zu schicken und selbst die Schule fortzusetzen; in zwei Jahren gehe ihre Schulzeit ohnehin zu Ende, und sie werde bestimmt einen guten Studienplatz bekommen. Dann werde sie den Bruder mitnehmen in die Hauptstadt, wo die Kindergärten und Schulen um ein Vielfaches feiner und besser seien als hier draußen im Bezirk. Ihr studentisches Stipendium mit dem Waisengeld ergebe ein kleines Chefgehalt. Und der armen- und waisenfreundliche Staat werde, schließt der Volksmund, die beiden in eine richtige Wohnung bringen.

Allein man hört wenig später, das Mädchen habe die Schule doch aufgegeben und gehe nun arbeiten. Auch den Bruder habe sie nicht zum Kindergarten gegeben, der Kleine würde alleweile an ihr kleben, zu Hause wie auch während der Arbeit. Sie sei in dem Haus, in dem ihr Vater gebuchhaltert hat, als Reinemacherin angestellt. Auch gibt es hin und wieder Augenzeugen, die nicht nur die Existenz der beiden Geschwister bestätigen, sondern auch ihr enges Verhältnis zueinander. Von borstigen gelben Haaren und krummen, knochigen Nasen ist die Rede.

Eines Tages bekomme auch ich sie zu sehen. Zwei Geschöpfe, voneinander weit weg beheimatet, kommen mir in den Sinn: Biber und Uhu. Dieselben trüben, gelben Augen, dort wie hier, aber von unterschiedlichem Blick: bei ihr scheu und bei ihm frech. Der Junge – gar nicht so klein wie vierjährig – klebt tatsächlich an der Schwester und quengelt obendrein dauernd. Ich finde ihn lästig und bin ein wenig wütend auf ihn. Im Anblick des dürren, stillen Mädchens denke ich an ein Jungschaf, das von einem fremden, frechen Lamm überwältigt worden ist und es fortwährend säugen muß, ohne selber Milch im Euter, nicht einmal das richtige Euter zu haben.

Die Drillinge sollen unter die Obhut des Staates kommen, sollen in einer Sonderanstalt unter ständiger ärztlicher Aufsicht von Fachleuten aufgezogen werden, alles selbstverständlich kostenlos. Erst dann, wenn sie das fünfte Lebensjahr erreicht haben, würde man sie ihren Eltern zurückgeben zwar, aber damit nicht genug, sie würden von seiten des Staates Unterstützung genießen bis sie volljährig wären. Vorläufig seien sie noch da, verweilten samt ihrer Mutter dort, wo sie das Weltenlicht erblickt haben: im Bezirkskrankenhaus. Sie besäßen einen ganzen Raum für sich, bewacht und betreut von Ärzten und Krankenschwestern Tag und Nacht. Und es würde so bleiben, bis ein Flugzeug aus der Hauptstadt käme und sie abhole. Hellste Begeisterung schwingt in den Berichten mit, ein Schuß dumpfen, dunklen Neides wohl auch.

Und da kommt das Flugzeug tatsächlich geflogen. Es ist ein windstiller Tag mit wenigen Kumuluswolken an den südlichen und östlichen Zipfeln des Himmels, der seit der Neujahresnacht mit jedem Morgen immer höher und blauer geworden zu sein scheint. Es ist ein still dahergilbender und dahinblauender, ein ungeheuer lichter und durchsichtiger, ein leise summender, fast warmer Tag. Es ist ein Samstag, zu dem selbst die Bezirksstädter auch nur halbguter Tag sagen, wenn sie ihn meinen. Wir haben Sportunterricht und sind dabei, um den Außenrand der Schule entlang der steinernen Linie in einer Zweierreihe zu rennen. Da passiert es. Wir vernehmen es mit dem Ohr, noch ehe wir es mit dem Auge wahrnehmen können. Und sogleich wissen wir, das ist es! Wir wissen es, obwohl keiner von uns, auch der Lehrer nicht, vorher, außer in Filmen, ein Flugzeug gesehen hat. Wir sind uns sicher, da wir uns in der letzten Zeit zu sehr damit beschäftigt haben.

Dann sehen wir es. Es steht am Himmel, eher ein Adler als ein Milan, mit ausgespannten Flügeln, glänzend und glitzernd. Mein erster Gedanke: So-o-o winzig?! In Erwartung des Eisernen Vogels aus der Poesie habe ich an Gewaltiges gedacht, bestimmt. An Han-Garuda, den Vogelriesen aus den Epen – erhob sich dieser in den Himmel, verdüsterte es sich inmitten des Tages, so groß war er, daß er die Sonne verdeckte. Oder an die Schlachten von Halhyn Gol, zwanzig Jahre zurück, aber immer noch und tagtäglich besungen, kann ich gedacht haben. Auch da heißt es, vor lauter Flugzeugen, die von beiden Seiten aufeinander losgingen, verfinsterte es sich auf der Erde. Nun stehe ich enttäuscht da. Um so größer ist aber die Neugierde, die ich in mir spüre: Wie ist es möglich, daß in so einem schmalen Ding Menschen und Bomben Platz finden?

Auch die anderen müssen ähnlich gedacht haben, denn die Zugspitze, die gerade in diesem Augenblick die nordöstliche Ecke der Linie aus aufgereihten runden Feldsteinen erreicht hat und scharf nach rechts hätte schwenken müssen, geht geradeaus weiter und beschleunigt das Tempo. Was den Hinteren

Anlaß gibt loszustürmen. So löst sich der Zug auf, und nun prescht, wer will und kann, lärmend und schwärmend davon. Später stellt sich heraus, alle sind mitgekommen, selbst die immer disziplinierte, erdenschwere weibliche Hälfte der Klasse, ja selbst der Lehrer. Also eilen wir dem Flugzeug entgegen, das immer lauter und größer wird und gegen den hellen Himmel scharf und schwarz heraussticht. Doch kommen wir, so schnell wir auch rennen, nicht allzu weit, denn wir merken bald, das Flugzeug fliegt über uns hinweg. Und wenig später donnert es tatsächlich über unseren Köpfen, über der Stadt. Aber da haben wir uns längst gedreht, laufen in der Flugrichtung. Jetzt sehen wir die hängenden Räder und den wirbelnden Propeller, erkennen, ein Flugzeug ist kein Vogel, sondern eine Maschine, eine mit Blech und Glas zusammengesetzte, mit Rädern und Propeller ausgestattete Maschine, die Menschen beherbergen kann und wohl auch Bomben.

Das Flugzeug geht am südwestlichen Stadtrand nieder. Für eine ganze Weile verlieren wir es aus der Sicht, sehen dafür aber die Staubwolken, die, riesigen Flammen gleich, aus der Steppensenke am Fuß des Berges Bögen heraufwallen und -brodeln. Dabei hören wir ein so lautes Gedröhn, ein richtiges Gebrüll, wie aus einer riesigen Kehle in schwerer Not. Als wir endlich ankommen in der von der Stadt aus versteckten Senke, haben sich die Staubwolken in zinnoberfarbene Schwaden aufgelöst und ziehen nun träge davon. Das Flugzeug steht mit der Schnauze zu uns, der Motor läuft und der Propeller dreht sich noch. Es gleicht ein wenig einem brünftigen Kamelhengst, der sich auf die Hinterfüße zurückgeworfen hat und nun aus aller Leibeskraft brüllt, ist aber um manches gewaltiger als selbst einer der größten seiner Art.

Wir sind bei weitem nicht die ersten und einzigen, eine Menge Kinder und auch einige Erwachsene sind schon da, und hinter uns sehen wir viele, die herden- und hordenweise herbeieilen. Wir kommen dort zum Stehen, wo die anderen auch stehen, diese aber rutschen darauf einen halben Schritt vorwärts, um ihre Vorderstellung zu behaupten, das Gleiche tun wenig später auch wir, als die ersten der Hinteren bei uns ankommen und sich an die Linie stellen, die wir bilden. Was die Vorderen erneut auf einen weiteren halben Schritt nach vorne bewegt.

Da brüllt die bisher gleichmäßig dröhnende und bebende Maschine mit dem immer noch laufenden Motor auf einmal aufs lauteste und setzt sich scheinbar in Bewegung. Sogleich weicht die Menschenmenge zurück, dreht sich im nächsten Lidschlag um und flüchtet schreiend. Erst nach etlichen Stricklängen kommt sie wieder zum Stehen. Man sieht und hört: Sie steht immer noch dort, wo sie gestanden, aber nun ist endlich der Motor abgestellt. Nur der Propeller dreht sich immer noch, jetzt rauscht er. Und man sieht auch: Die Tür geht auf, das erste Menschengesicht zeigt sich, es ist ein junges, herauslachendes. Der Mensch steckt in einer Militäruniform, einer erkennt sogar den Dienstgrad: Leutnant. Dieser junge Mensch, der Leutnant in der grasgrünen, goldbetreßten Uniform steigt auf einer schmalen Treppe herunter und springt zum Schluß federnd auf die Steppe. Drei weitere Gesichter und Körper zeigen sich, es sind alles Männer, ebenso uniformiert, aber älter alle. Und bei diesen sehen auch die Uniformen verblichen und mattgrün aus und sind auch nur silberbetreßt. Der junge, frische, goldbetreßte Leutnant steht stramm an der Leiter und hilft den Aussteigenden. Die Kenner nennen die Dienstgrade laut: Oberleutnant, Kapitän, Major.

Die Männer beraten kurz miteinander, und dann geschieht folgendes: Der junge, schöne Leutnant schreitet auf die Menschenmenge zu, die inzwischen zwar wieder ein Stück näher gerückt, aber die Angstscheue bei weitem nicht ganz überwunden, daher immer noch fluchtbereit dasteht, und die anderen machen sich an die Arbeit: Sie schieben Keile unter die Räder vorn und hinten und stülpen dem Bug des Flugzeuges eine riesige Haube über, die sich wie von selbst mit Wind füllt und in die Höhe geht; darauf wird die Haube fest zugeschnürt wie bei einem, der in den Schneesturm hinausgeht. Der Leutnant tritt

an uns heran und grüßt militärisch stramm, worauf wir, wie aus einer Kehle, ebenso scharf den Gruß erwidern. Dann stellt er Fragen, auf die er ebenso bündige wie willige Antworten bekommt. Er will wissen, wo das Bezirkskrankenhaus und wie groß es sei, wie der Chefarzt heiße, wie zuverlässig dieser als Mensch sei, wie es den Drillingen gehe und ob wir von der Ankunft des Flugzeuges etwas gehört hätten. Das alles fragt er auf mongolisch. Ich für mich überlege, er ist kein Halha-Mongole. Er spricht wie wir auch, kaum besser als ich oder jeder andere neben mir. Dann aber fragt er, ob hier Schüler aus dem Kreis mit dabei seien. Die Frage erschreckt mich. Sie muß auch die anderen zumindest überrascht haben, denn die Antwort darauf fällt nicht sogleich. Und dann, nachdem ein mehrfaches Ja zu hören war, werden wir aufgefordert, uns zu melden. Zögernd heben wir die Arme. Da fragt der goldbetreßte Leutnant plötzlich in gewöhnlichstem Tuwa: *Meni tanyp duru sileler-we* – Erkennt ihr mich?
Eine kleine Weile vergeht, bis ich darauf komme, wer er denn sein könnte. Dann weiß ich es: Uwaashaj-aga, Sohn des Schöömbül-eshej! Und in diesem Augenblick fällt mir ein: Einmal traf ich ihn draußen auf der Weide, er ging mit seiner Schafherde, war Hirte, ich war noch klein, war auf der Jagd nach Zieseln, hatte jedoch nichts erlegt; es war einer jener leeren, erfolglosen Tage, und da fing er für mich gleich zweie, eins davon ein richtiger Zieselriese. Mir ist, als würde die stolze Freude jenes Tages jetzt noch in mir nachschwingen.
Also schreie ich sogleich: *Tanyp duru men* – Ja, ich erkenne dich! Dieselbe bejahende Antwort kommt auch aus anderen Kehlen, doch entweder muß ich am lautesten gewesen sein, oder ich stehe ihm einfach am nächsten – wie immer auch, er tritt an mich heran und fragt, weiterhin auf tuwa, wessen Kind ich sei. Da aber sinkt mein Mut, ich bekomme Hemmungen, wie immer, wenn ich meine Eltern nennen muß, so schaue ich zur Erde und bringe leise hervor, für Dritte kaum vernehmbar: *Isch-Maanining oglu men* – Bin Sohn des Isch-Maani. Dies ist der

Spitzname meines Vaters. *Uj, söök törelim durgan dshüül sen aan* – Ein Verwandter auf Knochen bist du mir sogar, ach! lautet seine Antwort. Das stimmt: Schöömbül gehört wie wir zum Stamm Adaj irgit, und da er älter ist als unser Vater, sagen wir zu ihm Eshej – Großvater. Nun fragt er mich aus: Wie es meinen Eltern gehe, wie ich heiße, in welcher Klasse ich sei und wie ich lerne, wo meine Geschwister seien und was sie machten. Dann will er wissen, ob er seinen Bruder Galdar kenne. Ja, doch. Er ist zwei Klassen höher als ich. Er ist ebenso im Internat, erst heute früh habe ich ihn gesehen, ihm geht es gut. Dann dies: Ob auch er gut lerne? Das macht er nicht, er hat vom guten Weißen Alten kein Geschenk bekommen, außerdem habe ich seinen Namen hin und wieder auf der schwarzen, das heißt, schlechten Seite der öffentlichen Tafel gegenüber dem Lehrerzimmer gesehen. Aber das alles verrate ich nicht, sage, daß ich glaube, Galdar-aga – so habe ich jenen nie genannt, obwohl ich es sollte – lerne gut. Darauf erzähle ich, daß er ein bekannter – verrufener müßte es eigentlich heißen – Hand- wie Fußballspieler sei.

Längst sind alle Augen und Ohren natürlich auf uns gerichtet – so kommt es mir zumindest vor, und daher ist es mir peinlich, von allen Seiten angestarrt und behorcht zu werden, obzwar ich gestehen muß, es ist ein wunderbares Gefühl, zu wissen, dieser schöne Mensch, der goldbetreßte Leutnant, ist ein mir Verwandter auf Knochen, ein Bruder. Nun, nachdem dieser sich meine kleine zurechtgerichtete Geschichte über seinen leiblichen Bruder angehört hat, sagt er, nachher würde er mir einen Beutel mit Süßigkeiten für Galdar geben, und wir sollen sie teilen. Was mich noch verlegener macht, und glücklicher eigentlich auch. Aber es kommt nicht dazu. Endlich taucht der Krankenwagen auf, und Uwaashaj-aga muß schnell zu seinen Leuten, die inzwischen das Flugzeug zu einer Hälfte nicht nur warmverpackt, sondern auch, einer Jurte gleich, festverschnürt, und einem Tier gleich, angepflockt haben und seit einer kleinen Weile müßig dastehen.

Also kommt der Krankenwagen mit dem blinkenden Scheinwerfer auf dem Dach angefahren. Er fährt panisch schnell, kommt fast herangesprungen, und wir ahnen, wie peinlich es dem Chef ist, sich verspätet zu haben. Kaum hält das Auto, fliegt die erste Tür auf, und der bekannte Chirurg und Leiter des Bezirkskrankenhauses Doktor Uataj steigt aus, bevor noch die anderen Türen aufgehen. Dann hastet er mit einem gequält verlegenen Lächeln auf seinem runden, hellen Gesicht, mit nach vorne strebendem Oberkörper und rudernden Armen auf die Equipage zu – übrigens ist dies ein Wort, das vom Flugzeug und den golden und silbern betreßten Männern zurückbleibt, wobei es gut sein kann, wir Tuwa tragen dazu am meisten bei, denn in unserer Sprache ist dieses Wort gar nicht so fremd: *eki* – gut, *pasch* – Kessel. So hören und prägen wir uns das fremde Wort ein.

Die Equipage also wirkt recht entgegenkommend, sie hört sich die lauten Bitten um Vergebung und Verzeihung vierfach an mit einem beschämten, gemeinschaftlichen Lächeln auf den wettergebräunten Gesichtern und gibt zu verstehen, es sei nicht so schlimm. Dafür haben wir einen Sonderplan zu einem würdigen Empfang der Equipage des ersten Flugzeuges auf der Altai-Erde aufgestellt, beteuert der Chefarzt immer noch sichtlich beunruhigt. Die Genossen der Ideologieabteilung des Bezirkskomitees der Partei und der Himmel sind unsere Zeugen! Aber uns ist am Telefon gesagt worden, es sei erst um zwei Uhr nachmittags zu erwarten, und so habe ich mich zu einer dringenden Operation begeben!

Wir sind doch gewaltig empfangen worden! versucht der älteste der Männer, von dem wir bereits wissen, er ist Major, und von dem wir längst vermuten, er ist auch der Chef der Equipage, ihn zu beruhigen.

Uataj weiß, einen solchen Anlaß sich nicht entgehen zu lassen: Nicht wahr?! ruft er begeistert. Vertreter unseres werktätigen Volkes, allen voran die Jugend, ja, daran sehen Sie, wie Sie erwartet wurden!

In diesem Augenblick hört und sieht man ein weiteres Auto, es eilt an der Spitze einer gewaltigen Staubwolke herbei. Aber es ist nicht allein das Auto, das ins Auge fällt – auch Fußgänger, neue Menschenmengen, die gerade am Stadtrand auftauchen. Die fünfte Schulstunde ist zu Ende gegangen. Uataj strahlt übers ganze Gesicht, darf verkünden, als ob er hinter einem Rednerpult stünde: Das wird nun ein Teil der Delegation des Bezirkes sein, die die Ehre hat, Sie, die Equipage, offiziell zu begrüßen! Und dahinten sehen Sie weitere Vertreter unseres Vielnationalitätenvolkes!

Das Auto kommt an, rutscht in eine Reihe mit dem anderen. Im Unterschied zu dem Doktor läßt der Chef, der jetzt ankommt, eine gute Weile vergehen, bis er die Tür aufmacht und aussteigt, übrigens hat er einen Schwanz von zwei jungen, herausgeputzten Mädchen, ein jedes, wie der Chef auch, in einem rabenschwarzen Mantel, und zwei älteren, ordensbeschmückten Menschen, einer sehr wohlgenährten, rundgesichtigen Kasachin in weißem Kopf- und Rückenumhang und einem langen, hageren Mann im Schaffell-*Tonn*. Diesen erkenne ich sogleich als den Tuwa Sapak, andere müssen ihn auch erkannt haben, denn Getuschel und Gelächter entstehen unter den Kindern hinter mir. Der Chef, ein runder Mensch mit einem breiten, speckweißen Gesicht, nimmt sich auch jetzt Zeit: Er wartet, bis alle vier greifbar nah bei ihm stehen, sagt etwas, was auf die Entfernung hin unserem Gehör entgeht, es ist wohl der Auftrag, an den ein jeder noch einmal erinnert wird. Nun begibt er sich endlich, beide Hände in den Manteltaschen und erhobenen Hauptes, zu denen, die längst in Stellung warten, und die Begleitung folgt ihm, alle in gleicher Höhe.

Die Tuwa-Kinder halten nicht still, ich höre ihr Getuschel und Gelächter, beteilige mich daran jedoch nicht. Es betrifft den Alten. Ich weiß es, ohne dem, was da gewitzelt und gelästert wird, zuzuhören. Denn Sapak ist eine Berühmtheit – ein selbstloser Arbeiter, ein lieber, harmloser Mensch, aber auch ein durch und durch bunt-bekannter Witzbold, wobei die vielen komischen, allzu oft selbstlöblerischen Peinlichkeiten nicht so sehr von ihm selbst erlebt, als von anderen für ihn erfunden sind. Vielleicht gibt er dazu Anlaß, oder nicht einmal das – von einigermaßen lustigen und seltsamen Geschichten nimmt man einfach an, sie müßten von wem denn sonst als von Sapak eben sein, und so schiebt man sie prompt dem armen Kerl in die Stiefel. Wenig später kommen sie einem der Witzedreher ans Ohr, und schon weiß dieser, sie zurechtzuschneiden und zu würzen und dem Winde, in den er sie entläßt, eine neue Geschwindigkeit zu verleihen.

Nun schreitet der gute Mensch stockgerade in der Reihe hinter dem Chef her, mit einem blassen Schein über dem knittrigen, ovalen Gesicht. Die Füße in den breiten, längst plattgetretenen Stiefeln wirft er abwechselnd in die Höhe, dabei bleiben die Arme steif an die Schenkel gepreßt.

Drei, vier Schritt vor dem Ziel tritt der Chef zur Seite, und in dem Augenblick spannen die beiden Mädchen ein Tuchbündel vor der Frau aus, und sie greift nach dem Inhalt des Bündels und wirft es im hohen Bogen über die Equipage aus. Es sind Gebäck, zerkleinerter Trockenquark, Würfelzucker und Bonbons, sie fliegen, ein bunter Schwarm Spatzen, auf die Männer zu, die ahnungs- und fassungslos dastehen, und regnen über sie nieder. Der Doktor gerät in Aufregung und erklärt in Eile: *Schaschu* heißt das, und damit zeigt man Gästen, sie sind willkommen. Und der Gast seinerseits zeigt sein Entgegenkommen, wenn er davon wenigstens einen Happen aufschnappt und in den Mund steckt!

Nun tun die Gäste erschrocken, tun nichts Eiligeres, als sich zu bücken nach den Gaben, die im Kies gelandet sind. Der Doktor ruft, noch mehr erschrocken, ihnen zu, sie sollen es sein lassen – es werde erneut ausgeworfen. Darauf wird alles noch ein-, zweimal wiederholt, und die anderen, alle offenkundig erfahrene Ballspieler, schnappen nach den Gaben und fangen an, daran zu kauen.

Scha-schu! Scha-schu! ertönt es in diesem Augenblick aus der Menschenmenge. Sogleich wirft die Frau noch einmal etwas. Es reicht noch für zwei Würfe. Dann schütteln die Mädchen das Tuch aus, lassen es eine kleine Weile in der Luft flattern, ehe sie es zusammenfalten. Die Gaben verursachen eine heilige Unordnung unter den Schaulustigen: Lärmend stürzen sie aufeinander und kämpfen um jedes Stück, etliche Hände, zuerst in der Luft, dann auf der Erde.

Endlich tritt der Chef vor die Equipage, streckt die runde, helle Hand vor jedem aus, die Gäste halten und schütteln sie, während ihr Besitzer wie abwesend, mit dem Gesicht immer dem nächsten zugewandt, dasteht. Aber er vergißt keinen, auch den Doktor nicht, nein, gerade er darf seine Hand am längsten von allen halten und dabei ihm, dem höhergestellten Genossen, eine kleine Rechenschaft ablegen.

Die Begleitung folgt dem Chef auf dem Fuße, die Frauen vor allem, sie stürzen sich ihm hinterher, packen beidhändig, im Unterschied zu jenem, eine jede Männerhand in dem gold- und silberbetreßten Ärmel leidenschaftlich. Sapak wahrt Haltung, wie wir wenig später erfahren. Er, der alte Soldat, baut sich vor jeden stocksteif hin und salutiert, worauf die Uniformierten ihm in allem Ernst und mit aller Schnittigkeit den militärischen Gegengruß erweisen. Darauf streckt er dem, der salutierend vor ihm in der Stillgestanden-Haltung ruht, die Hand doch noch entgegen und spricht den Gruß aus. Der goldbetreßte Leutnant erwidert ihm den in Mongolisch ausgesprochenen Gruß auf tuwa, was Sapak dazu bringt, einem scheuen Pferd gleich, zurückzufahren und darauf auszurufen: *Ook höörküj oglum, dywa gishi ijik sen-be? Bo gymnyng ashy tölü bop duru sen, aan?!* – O lieber Sohn, bist du denn etwa ein Tuwa? Wessen Kind bist du nun denn?!

Der Leutnant antwortet, und der Alte muß schon wieder ausrufen, diesmal geht er aber nach vorn: *Böge Schöömbül? A, dyr – garaang mün irgin! Hüreeschdir sen-be, aan?* – Schöömbül, der Ringer? Moment mal – dieselben Augen, es stimmt! Ringst du denn auch?

Bevor die Antwort ausfallen kann, wird dieser von jenem am Kragen gepackt, zu sich gezogen und an beiden Schläfen berochen. Nun aber ruft der Beriecher abermals aus, indem er aus dem Brustlatz ein klafterlanges hellblaues Seidentuch mit Wolkenmustern herauszieht: *Gör bo gyrgan yddy* – Sieh mal diesen alten Hund ...

Es wird noch mehr gesprochen, doch dies ist ob der Entfernung nur bruchstückhaft zu verstehen. Sapak hat wohl den Auftrag, ein Hadak darzubringen, vergessen. Zuerst lacht der Leutnant, darauf, nachdem dieser, an seine Gefährten gewandt, etwas gesagt hat, lacht die ganze Equipage. Die Männer tun belustigt, geraten in Bewegung.

Was den Alten offensichtlich in große Verlegenheit bringt, denn er steht schmal und blaß da, wie ein Kind, dem ein Mißgeschick widerfahren ist. Aber schließlich bringt er aus sich heraus, etwas, was wir ebenso nicht zu verstehen vermögen, aber die Equipage noch mehr erheitert. Eine Vermutung bleibt: Sapak könnte in seiner Not gesagt haben, alle vier sollen das Segenstuch unter sich aufteilen. Denn der Leutnant reicht es an den Major weiter, und dieser hebt es auf beiden Händen hoch über den Kopf und sagt laut, an jenen gewandt: Lieben Dank, Bruder! Wir werden das Hadak aus Ihren Händen und mit der leuchtenden Helligkeit und dem stützenden Gewicht Ihrer und Ihres Volkes Seele ganz lassen und an das Steuer unseres Flugzeuges, oder wie Sie vermutlich sagen würden, an die Zügel unseres stählernen Rosses binden!

Darauf tritt er an ihn heran, reicht ihm schwungvoll die Hand. Dem Beispiel ihres Chefs folgen alle anderen, mehr noch, Sapak schüttelt nicht nur jedem die Hand, sondern faßt einen jeden von ihnen beidhändig am unteren Kopf wie ein Vater sein heimkehrendes Kind an und beriecht ihn schließlich an beiden Schläfen. Nun lacht er alle und alles an, mit dem ganzen Gesicht und mit der Haltung des ganzen Körpers strahlt er, ein glückliches, großes Kind.

Dies geschieht auf der Schaubühne, an deren einem Rand passiert folgendes: Der runde Mensch mit dem großen, speckweißen Gesicht und den ebenso weißen, steifen Händen, der Chef also, schaut, nachdem er sich den Bericht des Krankenhauschefs angehört hat, eine Weile zu, was sich zwischen dem Alten und dem Leutnant zuträgt. Man sieht ihm an, daß er immer ungehaltener wird, je länger sich das Gespräch hinzieht. Und schließlich scheint ihm die Geduld zu reißen, denn plötzlich donnert er die Schaulustigen, die immer noch aufgereckt nach den letzten Resten vom Schaschu suchen, in *seiner* Sprache, in Kasachisch, nieder: *Ojbaj, osy tysch turungdarschy! Ujalmaj senderme, ongbagandar!* – Nun seid ihr aber still, zum Kuckuck! Schämt ihr denn euch nicht, ihr Unglückseligen!

Die Menge wird sofort still.

Gleichzeitig entkorken die beiden Mädchen neben dem später angekommenen Auto zwei langhalsige, rundbäuchige Flaschen durch Faustschläge auf den Boden, gießen glitzernd hellen, glucksenden Wodka in Gläser und tragen sie auf einer großen buntbemalten Platte herbei. Wir stehen ein wenig verschüchtert, aber immer noch sehr neugierig da, sind wohl seligglücklich darüber, daß so viel passiert. Wir sind Augen- und Ohrenzeugen all dessen und sind bereit, noch mehr, noch viel, viel mehr zu erleben und es, wenn es sein muß, in uns bedingungslos aufzunehmen.

Der Chef wirft einen herbeifordernden Blick auf die beiden jungen Frauen, die immer noch als Paar auftreten, obwohl die Platte nur von einer getragen werden kann, während die andere mit leeren Händen nebenher geht. Und diese beschleunigen den Schritt, kommen schnell bei ihm an; er greift entschlossen nach einem der Gläser und dreht sich den anderen zu – da liegt in einem seiner Mundwinkel ein kleines Lächeln. Die Equipage schaut dem mit einer kollektiven Geste entgegen, von der man nicht weiß, was es ist: Verlegenheit oder Freude; ebenso weiß man nicht, was das ist, worauf die Augen – zwei, drei, vier Herzschläge lang – starren: die Frauen, die Platte oder die Gläser. Aber man greift zu, ebenso kollektiv.

Sapak, immer noch in Hochstimmung, und die alte Frau, die seitdem sie eine jede Fliegerhand aus dem betreßten Ärmel beidhändig hat anfassen und schütteln dürfen, und die beiden Jüngeren, die zum Auto zurückgeeilt und scheinbar überflüssig sind, werden aufgefordert, ebenso zuzugreifen. Es bleiben noch zwei Gläser übrig.
Die beiden jungen Frauen nehmen sie. In dem Augenblick weiß keiner von den Schaulustigen, wie und weshalb sie zu den Gläsern kommen. Später jedoch erfährt man es – die spitze Bemerkung von seiten des Chefs ist dem vorangegangen, sie brauchten nicht erst bescheiden zu tun, nachdem sie sich es eigenmächtig genehmigt und eigenhändig eingeschenkt hätten. Man erfährt noch mehr.
Zuerst dies: Die alte Frau hat eine Rüge erteilt bekommen, weil sie alles, was in dem Tuchbündel gewesen, verworfen habe, so daß nichts zum Knabbern beim Schnaps übrig geblieben wäre. Die Frau jedoch hat die Rüge nicht einfach hinnehmen wollen, hat sich zu verteidigen versucht: Was sollte sie machen, wenn die Menschen um sie herum nach *Schaschu* verlangten? Mit der Handvoll Quark-, Teig- und Zuckerzeug geizen und so die heilige Sitte des Volkes verletzen, nein! Das hat aber den Chef nicht nur nicht zu überzeugen vermocht, sondern erst recht aufgebracht. So drohte er ihr mit der nächst höheren Rügestufe, da sie nicht bereit sei, ihren Fehltritt einzusehen. Das hatte wohl zum Ziel, die Frau einzuschüchtern, diese jedoch war eine Hausfrau nur, eine unbeholfene, eine unerfahrene in Sachen Disziplin und Kritik, und so ließ sie sich nicht einschüchtern, außerdem konnte sie schon leicht eingebildet sein durch ihre beiden Mutterorden und die Tatsache, daß sie hin und wieder zu Staatsangelegenheiten wie zu Empfängen, zum Entgegennehmen oder zur Vergabe von Geschenken, zur Begrüßung oder Verabschiedung von Gästen zugelassen wurde. Also war die Frau wie auch jeder andere vom Leben und von den Mächten grundlos bevorzugte Mensch nicht leicht einzuschüchtern. Wild wurde sie: Ich habe jede Menge Kinder und Kindeskinder

– schau her nur, wenn du es nicht glauben willst! Damit pochte sie auf ihre Brust, wo die beiden Mutterorden angeheftet ruhten. Und einige der Kinder sind gar älter als du, fuhr sie fort, vergießen ihren Schweiß für Vaterland und Volk! Und da willst du mich beschuldigen, allein dafür, daß ich eine Schar von Enkelkindern unbeaufsichtigt zu Hause lasse und in der Winterkälte hinauseile, um deine Gäste zu begrüßen! Was ich ja auch tue, bestens tue, ihnen entgegenstrecke meine Hände, die sechzehn Kinder großgezogen haben, und auf meinem alten, runzligen Gesicht das wärmste Lächeln zusammenkrame! Dafür nun willst du mir statt des Dankes, den du mir und jedem aus dem Volk schuldest, Rügen und Strafen drohen, Sohn des Bakat? Was wäre die nächst höhere Stufe? Gefängnis? Meinetwegen, ja stecke mich alte Frau, Trägerin zweier Mutterorden, in dein Gefängnis, solltest du dort einen Platz haben, der schnell wieder besetzt werden muß!

Natürlich hat der Chef gewußt, wie die freche Alte einzuschüchtern war. Er hat gesagt, er hätte nichts mehr mit ihr zu reden, er müßte die Kinder, die ihre Mutter bis jetzt nicht haben zu erziehen vermocht, zur Verantwortung ziehen.

Da ist sie klein und leise geworden, hat sich endlich schuldig bekannt und den Mann, den sie soeben an seine räuberische Herkunft erinnert hatte, nun wieder den hochverehrten Genossen Chef genannt und ihn wieder und wieder gebeten, mit ihren Kindern bei Allah und Partei nicht so zu verfahren.

Schließlich auch dies: Natürlich hat Sapak auch drankommen müssen, wegen seiner Geschwätzigkeit und vor allem wegen seiner Beriecherei. Der Chef hat ihm vorwerfen wollen, er hätte die Flieger, diese goldenen Kader der Partei und des Staates, mit irgendwelchen Krankheiten anstecken können. So hat er ihn zunächst nur beiläufig gefragt, ob er gesund sei. Der Alte aber, der schon etwas von der Stimmung ringsum gewittert und daher erahnt hatte, was dieser im Schild führen könnte, meinte, er sei körperlich ein sehr gesunder Mensch, himmelseidank, was geistig jedoch gar nicht der Fall sei, leider. Weil er in seiner

Armeezeit einmal in die Hände plündernder Kasachen, jener land- und besitz- und gewissenslosen Räuber, geraten und von ihnen schlimm zugerichtet worden sei. Zu guter Letzt aber sei er dann doch noch mit dem Leben davongekommen, wie, wisse er nicht mehr, es sei nur anzunehmen, unter zu vielen Schmerzen und zu schlimmer Erniedrigung sei er wild geworden, sei durchgegangen und habe darauf die Meute erschlagen, erstochen, erwürgt und sonstwie niedergemacht. Später habe man im Lazarett ganze zwölf Stich- und Reißwunden ausheilen müssen. Seit dieser Zeit leide er unter Jähzorn. Ja, oft passierten ihm Sachen, die ihm nachträglich sterbenspeinlich seien. So könne es bei ihm schnell vorkommen, daß er den Dolch zücke.

Und da habe der schlaue Hirte gewußt, schnell nach der Birkenholzscheide zu greifen, aus welcher der gelbe Horngriff des Dolches herauslugte, der, nach der Scheide zu urteilen, nicht allzu mächtig hätte sein dürfen. Aber Dolch ist Dolch. Die Handbewegung sei von einem stechenden Blick begleitet gewesen, der sich dazu noch erlaubt habe, auf der Herzgegend des Chefs eine kleine, lange Weile zu ruhen. Später, als der heftende und stechende Blick endlich losließ und zwei Handspannen weiter nach oben sprang, sei er auf einem aschfahlen Gesicht gelandet. Die Erzählung fährt fort: Ja, habe der Alte mit einem leisen Kopfschütteln geseufzt, es sei mit dem Jähzorn eine echte und zwar schlimme Krankheit. Der Chef habe ihn dann gelobt, einen Helden und schonungslos ehrlichen und selbstkritischen Menschen, einen Kommunisten ohne das Parteibuch genannt und sich dann bei ihm für seinen vorbildlichen Einsatz bedankt. So schließt die Erzählung.

Das alles ist erst später herausgekommen, hat sich krümelweise, in Worten und Sätzen zusammengetragen.

Noch aber ist es nicht soweit, noch ist der halbgute Tag, der Tag mit dem Flugzeug nicht vorbei, und das steht unübersehbar in der Altai-Steppe. Und wird umringt von den Schaulustigen, inzwischen mehr geworden, und alles schaut mit brennender

Lust dem Geschehen auf der Schaubühne zu: Die Gläser in den Händen der Menschen werden mit dem oberen Rand gegeneinander angestoßen, und vielfach ergibt sich ein dumpfes, klickendes Geklirr. Nun endlich kommt es zur Sache, es wird getrunken.
Dies geschieht so unterschiedlich, wie die Halter der Gläser sind: Der Chef gießt es eilos in einem Zuge in sich hinein, dabei bleibt er kerzengerade, und als er dann das Glas vom Mund nimmt, ist sein Gesicht glatt und starr. Der Doktor ist versucht, es dem gleich zu tun, deshalb muß er zwischendurch, während er es in sich rinnen läßt, nach ihm schielen; und zu allem Unglück hat er auch noch einen ausgeprägten Buckel. Der Major, ein kurzer, draller Mensch mit einem gelben, aufgedunsenen Gesicht, schaut, bevor er das Glas zum Mund führt, für einen Lidschlag lang aus seinen weit auseinderliegenden schmalen, schrägen Augen die dicke Glaswand hindurch, und ein hauchleises Lächeln erscheint an der Nasenwurzel, nun wirft er den Kopf zurück, schüttet den Wodka in sich hinein. Der breitschultrige Kapitän mit den dichten Augenbrauen und den stark vorstehenden Backenknochen nimmt einen kräftigen Schluck zu sich und pustet darauf in die geballte linke Faust ebenso kräftig, während der schlanke Oberleutnant nur mit den Lippen nippt und das schwere Glas mit dem schwappenden Inhalt, wie angewidert von seinem hellen, schmalen Gesicht mit den klaren Zügen wegführt. Der Leutnant führt das Glas nicht einmal zum Mund, taucht die Spitze des rechten Ringfingers kurz hinein und schnipst ein- zweimal über den Kopf. Sapak nimmt sich Zeit: Er rupft ein paar Grashalme ab, taucht sie tief in das Glas ein, zieht sie darauf wieder heraus und verspritzt gegen alle vier Himmelsrichtungen, dann geht er zum *geflügelten Roß der bereits begonnenen Zukunft*, besprenkelt es hier und dort, wo Stirn, Mähne, Widerrist, Kuppe und dann natürlich auch die Hufe sein sollen; nun endlich trinkt er, und dabei verschluckt er sich, verzieht das Gesicht, aber er leert das Glas. Bei den Frauen will es mit dem Trinken nicht klappen; die Alte

verdreht Augen und Lippen, noch bevor sie an dem Getränke gerochen hat, prustet los und schüttelt sich, die Rechte mit dem Glas von sich gestreckt, tut sie, als wollte sie die entstellten Gesichtsteile hinter der gekrümmten Linken verstecken – sie spielt wohl. Später will sie ihr Glas an einen anderen weiterreichen, zuerst an den Chef, dann an den Doktor und zuletzt an den Major – ein jeder weist es von sich, tut höflich und will es einem anderen überlassen – der Gast bekommt es. Die jungen Frauen kosten den Schnaps ebenfalls, wobei sich jede verschlucken und winden muß mit einem elendiglich verzogenem Gesicht und mit rudernden, nach einem Halt suchenden Armen. Nach einer Weile richten sie sich auf, folgen dem Beispiel der Älteren, gehen auf die beiden Männer zu, die gerade das zweite Glas abgelehnt haben. Nun aber wehren sie sich nicht lange, geben nach, jeder nimmt aus einer jungen Hand ein Glas und trinkt.
Die freigebigen Frauen geben sich mit dem nicht zufrieden, denn beim Einsammeln der Gläser stellt sich heraus, es gibt immer noch drei volle. Eine jede Frau tritt mit einem dieser an die Schaulustigen heran. Bevor ein Wort fällt, stürzen einige herbei und reißen den Frauen die Gläser aus den Händen. Die Gläser wandern von einem zum nächsten, und jeder verschluckt sich, verzieht die Lippen, das Gesicht, verdreht die Augen, prustet und hustet. Ein glückseliges Gelächter liegt über den um jedes Glas sich wogenden Haufen. Irgendwann komme auch ich zu einem Glas, aber es ist ein fast trockenes – mit Mühe erwischt meine Zunge einen Tropfen, doch dieser trifft sie wie Glut, wie eine Flamme, er scheint ein Loch zu brennen. Schwer beeindruckt bin ich von dem rauhen Tropfen, es ist etwas ganz anderes als unser armseliger *Aragy*. Es ist reinstes Feuer, während das, was man bei uns aus vergorener Milch brennt und woran man sich berauscht, beinah Wasser ist! Ich bin entschlossen, bei nächster Gelegenheit davon einen ganzen Schluck über die Kehle zu jagen, auch auf die Gefahr hin, dabei zu krepieren.

Nun leert sich die Schaubühne, die Chefs schreiten mit den Gästen zu den Autos, begleitet von den Frauen, und steigen ein. Dann fahren sie ab, es heißt, die Equipage geht Mittagessen. Allein Sapak bleibt zurück. Er habe den Auftrag bekommen, als alter Soldat das Flugzeug zu bewachen, sagt er. Unermüdlich mahnt er jeden zurückzutreten, der eine bestimmte Linie überschreitet. Die anfängliche Neugier wird nach und nach gestillt. Bald schleicht sich keiner mehr an das Flugzeug heran und faßt es an. Dafür schließt man sich einem der vielen kleinen Kreise an, in denen die lebhaftesten Gespräche im Gange sind.

Wir Tuwa-Kinder lassen es uns nicht nehmen, Sapak zu umringen. *Uj, eshej* – hallo, Großvater, so fangen die Fragen an ihn an, und sie sind ihm willkommen. Wir wollen vieles wissen, vor allem dieses: Wie es kommt, daß er hier ist. Er sei auf einer Dienstreise, sagt der Alte. Die Betonung liegt auf Dienst. Man habe ihn herbeordert. Ein Schriftstück mit einem roten Stempelabdruck auf dem blauumborteten Papier des Bezirksparteikomitees und der Unterschrift des Chefs sei in den Kreis gekommen, und daraufhin habe die Kreisleitung beschlossen, *er* solle fahren.

Vom höchsten Chef im Bezirk, vom Genossen Rom, unterzeichnet?

Nein, nein, so hoch doch nicht, aber hoch genug: vom Genossen Ideologie-Chef!

Der von vorhin vielleicht? Und wie heißt der denn?

Das muß schiere Neugier sein, weil wir uns den, den wir gerade so lange angaffen durften, gern in Verbindung denken wollten mit der Macht, die einen Hirten von seiner abgeschiedenen Winterweide hinter Bergen und Steppen in die Stadt hat kommen lassen. Und wenn wirklich der es gewesen ist, von dem die Macht ausgegangen, dann wollte man ihn nicht nur bei Gesicht, sondern auch bei Namen gekannt haben, vielleicht?

Aber Sapak kann uns den Mann nicht benennen, und sein Unvermögen drückt er so aus: *Oj jeng sik – gym ijik aan adykajng,*

taalajm ojwaanda byrlangnap-la dshydry sen ij oolagasch! – O fi ...
deine Mutter – wie war denn nun dein Nämchen, in den Rillen
meines Gaumens liegt und kribbelt es, Bürschlein!
Die Mädchen verstecken ihre Gesichter hinter zusammengelegten Händen, tun, als wollten sie sich am liebsten aus dem Staub machen, vor Scham. Doch sie werden es nicht tun, man weiß es.
Der Alte bekommt dies nicht mit, fährt fort, nennt den Vater und Vatersvater von jenem, alles wohlvertraute Namen. Dann nennt er auch ihre Sommer- und Winterweiden, darauf ihre Herkunft – die bekannte Einwanderergeschichte. Nun endlich, nachdem er so viel hat erzählen müssen, fällt ihm der Name ein: Kudajbergen! Sapak schreit fast. Ja, so heißt er!
Eines der beschämten Mädchen mahnt ihn, etwas leiser zu sprechen, allein er scheint es zu überhören. So lacht er schallend laut, während er den nächsten Wortschwall aus sich herausbringt: Die lieben, guten Eltern werden nicht gedacht haben, was aus dem Würmchen eines Tages werden wird: ein Ideologie-Chef! Denn sonst hätten sie ihn nie und nimmer Kudajbergen, *Der vom Himmel Geschenkte*, nennen wollen, oder?!
Nach seinen Orden und Medaillen gefragt, meint Sapak, er habe lediglich den da ganz oben wirklich verdient, alle anderen seien von selbst zu ihm, richtiger: zu diesem Orden, gekommen. Orden seien Wesen, die lieber in einem Rudel stecken. So sei es übrigens mit einem jeden Ding im Leben: Vieh komme zu Vieh, Geld zu Geld, Lob zu Lob, so wie auf der anderen Seite Tadel zu Tadel, Pech zu Pech, ja, nicht nur die Menschen, auch die Spatzen und die Feuergräser liebten die Geselligkeit. Er sei schon zweiundfünfzig Jahre alt gewesen, als die erste Ehrenurkunde des Kreises den Weg zu ihm, einer Witzfigur, habe finden können. Dann seien ihm andere Papierstücke gefolgt, immer größer und edler. Und je mehr sie in der Anzahl, um so kürzer sei die Abfolge zwischen zweien geworden, bis eines Tages eine in der Mitte gefaltete Pappe vom Kreis kam. Nicht

lange darauf habe es geheißen, er müsse nach Ulaanbaatar fahren.

Nun hören wir die Geschichte, wie Sapak zum Orden des Roten Banners der Arbeit gekommen ist. Es ist eine aufregende, eine komische Geschichte. Die Kreisleitung habe ihn gemustert, bevor man ihn in die Hauptstadt entließ, und man habe gemeint, er dürfe dort unmöglich in seinen hundeköpfigen Tuwa-Stiefeln auftreten. So habe man ihm auf sein bißchen Geld, das er mit sich führte, Ladenstiefel gekauft. Dafür habe seine Alte eine Nacht lang und im Schein der Talgleuchte gesessen und ihm die alten Stiefel aus handgegerbtem Yakleder neu besohlt und eingefettet. Aber die neuen Ladenstiefel seien so eng und hart gewesen, daß er sie gerade mal einen halben Tag habe tragen können, dann habe er, ein hinkender Mann bereits, zu seinen alten Stiefeln zurückkehren müssen.

Oj Kinder, sagt er, ihr seid ja nun bald in einem Alter, daß ihr dies verstehen werdet, und so sage ich euch: An dem Tag habe ich einen wesentlichen Gedanken gedacht. Vorher habe ich mich stundenlang durch die Straßen der Stadt getrieben und auf die Häuser, die Autos, die Menschen, und als Mann vor allem natürlich auch auf die Frauen mit heiliger Ehrfurcht gestarrt. Dann aber in meinem Hotelzimmer, die verquetschten, an allen Ecken und Enden wundgeriebenen Füße wieder in den geräumigen, weichen Stiefeln und die vornehmen, aber unzuverlässigen und heimtückischen Ladendinger vor mir, denke ich: So wie ich euch, meine Stiefelgefährten, gegen keine anderen, selbst solche aus spiegelblankem Chromleder, nicht tauschen darf, so ist mir meine Alte unersetzlich gegen jede beliebige der schmalen und bleichen, Düfte und Winde ausströmenden Stadtfrauen auf tönenden Stockabsätzen und mit den pudergetränkten, pappigen Gesichterchen!

Die Mädchen tun erneut beschämt. Sapak bemerkt es nicht, fährt fort, erzählt von dem Hotel, dem Zimmer, in dem er untergebracht war. Alles sei darin blink und blank wie aus Glas und Spiegel gewesen. Das Bett, vor dem sitzend, in dessen

emailliertem Rahmen er seine Wiederspiegelung habe sehen können. Schneeweiß die Bettwäsche, flaumweich und -leicht die Schlafdecke. Ein Hahn an der Wand, der Wasser ausspuckt, welches du willst, heiß oder kalt. Und die Möglichkeit, sich zu erleichtern – unbeschreibbar einfach: Ein großer, schneeweißer und spiegelblanker Porzellantopf, sauberer als unsere Eßschälchen – darein soll man seine Notdurft verrichten! Nein, habe er für sich gedacht, das machst du lieber nicht, Sapagasch, Sohn des Maralak, die Stadtmenschen mit dem vornehmen Futter aus Brot und Zucker und die Ausländer – von diesen habe er in dem Hotel jede Menge gesehen – die kultiviert seien und von denen er nicht einmal wüßte, wovon sie sich ernährten, mögen sich darauf hocken, du aber lieber nicht, du Angehöriger einer Randgebietminderheit und Fleisch essender und Milch trinkender schwarzer Hirte! So habe er sich zurückgehalten, obwohl er längst einen Blasen- und Magendruck spürte. Und als es nicht mehr gehen wollte, habe er die vornehme Unterkunft verlassen und sei auf die Straße gegangen, um eine Ecke zu finden, wo er sich hinhocken könnte. Und endlich, als er einen Baum gefunden habe und unter dem er es sich gerade bequem machen wollte, habe er neben sich plötzlich einen Polizisten gesehen, der stehenblieb und ihn fragte, was er da machte. Alles treuherzig erzählt, mit dem Ergebnis aber: Er habe halbverrichteter Dinge aufstehen und noch eine Buße von fünf Tugrik zahlen müssen. Was bleibt einem da übrig? Also muß man wieder ins Hotelzimmer zurückkehren und sich auf den Topf stürzen, jetzt aber mit Lust und Wut. Ja, ja: Dazu hat man genug Grund, denn die unglückseligen Stiefel haben schon einen Haufen Geld verschlungen, und nun auch noch die Buße – meint ihr denn etwa, die Menschen, die man zurückgelassen hat, die Familie, die Sippe, die Nachbarschaft, vor allem aber die Chefs, vor denen man sich verpflichtet fühle, die wissen, was mit dem Geld geschehen? Nein, keiner weiß es, dafür aber erwartet jeder ein Geschenk!
Er hält inne. Seine Augen schauen an uns vorbei, sie schauen

traurig. Man will glauben, er wird, er möge weitererzählen. Die Geschichte, wie er den Orden an die Brust seines Schaffell-Tonn angeheftet bekommt, gerade diese, alle kennen sie, und sie ist so lustig: In dem Augenblick, wie er sich vom höchsten Führer des Landes abwendet, dem er gerade die Hand hat halten dürfen, wie er zurückgeht zu der Schar der Mitausgezeichneten und weiß, an seiner Brust hängt und glänzt nun ein Staatsorden, entfahren ihm die Worte: *Ej, adam aj* – Ej, mein Vater! Man weiß nicht, was die Worte haben aussagen sollen, es gibt aber viele Deutungen. Heute aber erwähnt er die Geschichte nicht, scheint beschlossen zu haben, sie nicht zu erzählen. Auf das Drängen, es bleibe noch die Geschichte, wie er den Orden entgegengenommen habe, sagt er recht unwirsch: Die habe ich schon erzählt, ein wenig zu oft wohl sogar, daß manch einer sie mittlerweile besser kennt als unsereins, dem der Orden und die Geschichte eigentlich gehörten!
Wir, die wir nichts weiter zu tun haben als zu warten, hätten gern noch weitere Geschichten gehört. Doch dazu kommt es nicht – die Schwermut bleibt lange auf dem knittrigen, ovalen Gesicht des Erzählers liegen. Da entdecke ich in einer anderen Menschenmenge mit einem Mal Galdar, den jüngeren Bruder des Uwaashaj-aga. Ich gehe auf ihn zu, will wissen, weshalb er sich zu Fremden gesellt habe. Er sagt, es sei nun einmal so gekommen. Weiter will ich wissen, wieso er sich bei seinem Bruder nicht gemeldet habe. Er habe in der Klasse den Bereitschaftsdienst gehabt und erst zuletzt den Klassenraum verlassen dürfen. Da erzähle ich, daß Uwaashaj-aga sich mit uns Tuwa-Kindern, auch mit mir, unterhalten und nach ihm gefragt habe. Ich erzähle von dem Beutel für ihn, den er mir geben wollte. Doch habe ich Hemmung, die Süßigkeiten zu erwähnen, die dieser nun mit mir zu teilen hat. Galdar, der um zwei Klassen höher ist, schaut an mir vorbei, während er mir zuhört, und erwidert nichts. Er ist zittrig vor Schüchternheit.
Die Autos kommen zurückgefahren, bringen die Equipage. Nun sind auch andere Menschen mit dabei, eine Frau mit vier

Kindern. Bald erfahren wir, es ist die Familie des Kudajbergen. Der Chef ruft laut die Lehrer von beiden Schulen zu sich, viele sind es nicht. Bei der Unterredung scheint es sich um etwas sehr Wichtiges zu handeln, man sieht es den Gebärden der Menschen an, aber das Meiste davon bekommt man bei der großen Entfernung nicht mit. Währenddessen arbeitet die Equipage an dem Flugzeug, entkleidet es wieder. Der Major kann schon nicht mehr richtig stehen, auch der Kapitän taumelt, beide sind untauglich. Um so flinker müssen die anderen zupacken, und irgendwie werden sie auch fertig damit und bringen zum Schluß nicht nur den zusammengelegten und festverschnürten Überzug, sondern auch die stockbesoffenen Genossen ins Flugzeug. Seltsam, daß die Drillinge nicht da sind, seltsam auch, daß das Weiber- und Kindervolk, das aus den Autos ausgestiegen ist, sich schnurstracks zum Flugzeug begeben hat und nun an dessen Tür steht wie an einer Ladentür. Zu einem Haufen gedrängt und bereit, jeder an jedem vorbei vorwärtszustürmen. Da tritt der Chef einen Schritt vor und wendet sich an die Menschenmenge, verkündet, die Equipage des erstmalig auf dem Boden des Hohen Altai gelandeten Flugzeuges habe soeben beschlossen, mit einer Anzahl von Vertretern der Werktätigen des Bezirkes, soweit Sitzplätze, Zeit und Kraftstoffvorrat es zulassen, einen Ehren- und Vorzeigeflug zu unternehmen. Dann nennt er zwei Namen und fordert die Genannten auf, vorzutreten. Es sind ein Lehrer aus der kasachischen Schule, der noch jung und erst vor kurzem der Partei beigetreten ist, und ein Schüler aus unserer, der mongolischsprachigen Schule, und dieser soll Pionierscharführer sein und sehr gute Noten haben.

Es ist, als wenn mich ein Schlag träfe. Wieso *der*? durchzuckt es mich. Schar- und Zirkelführer gibt es, wie auf gute und sehr gute Noten Lernende auch, in Scharen und Schwärmen – wo aber ist ein Zweiter, ein Dichter, der bereit ist, sich zu verausgaben, um dann in einem Alter, wo so viele noch dumm und kindisch dastehen, mit vollendetem Werk aus dem Leben zu gehen? *Ich* bin es, wenn überhaupt einer aus Leistungsgründen aus dieser Schule auserkoren sein sollte! Mir schmerzt die Nasenwurzel, laufen die Augenränder heiß an. Bleibe jedoch vorerst fest noch, zeige mich nach außen gleichgültig und bin sogar imstande, Galdar verständlich zu machen, daß er schnell zu seinem Bruder gehen soll, damit wenigstens er mitflöge. Allein er will es nicht tun, will unerkannt in der Menge, also lieber auf der Erde bleiben, denn er meint, er sei doch ein nur mittelmässiger Schüler. Diese Worte bestätigen mich in der Kränkung, setzen meinen Schmerzen zu.

Nun ist, als wenn ich in eine Hülle geriete. Sie umfängt und trennt mich von diesem hellen, milden Wintertag, von der Menschenmenge, die dasteht und gafft, die zurückweicht und sogleich wieder sich vordrängelt und gierig gafft. Es ist mir, als wenn mir träumte, ohne Unterbrechung vielleicht, denn mir wird nicht bewußt, daß ich erwache, doch sind es Fetzen, an die ich mich später erinnern kann.

Einmal ist es die schwarze Öffnung im Bauch des Flugzeuges, die sich, einem Abgrund gleich, aufgetan hat und nun zappelnde und schreiende Menschen: geifernde Weiber, kreischende Kinder, weiberhaft sabbernde, kindisch grölende und auch noch viehisch grunzende Männer einen nach dem anderen verschlingt; darüber der Leutnant, selbst ist er unsichtbar, aber seine Stimme dröhnt und donnert, sie scheint den wimmelnden, zuckenden Knäuel anzuherrschen, auseinanderzureißen und Batzen um Batzen in den gähnenden, nächtlichen Schlund zu befördern. Dann ist es die Kiste, die klappernd und plappernd voranschnellt und Sand und Kies der Steppe mit Menschen zusammen zu einer riesigen schäumenden und fuchtelnden Faust bläst. Schließlich ist es wieder die Kiste, die nun, rasend und fortwährend brüllt und dabei sich anfangs in einen Frosch, darauf in einen Vogel und zum Schluß in einen Fisch verwandelt hat. Oder ist es kein Fisch, doch ein Vogel? Wenn so, dann kein Adler, auch kein Geier, sondern ein Milan wohl. Was weiß man selbst von diesem? fällt mir ein. Jeder weiß, er hat scharf sehende Augen, aber alle nennen ihn blind, seltsam!

Oder ist es doch ein Fisch? Dann muß sich die Erde umgekippt haben und der Himmel ein See sein...
Später ist es von neuem die schwarze Öffnung im Bauch des Froschvogelfisches, der, wieder zur Kiste geworden, stillsteht und schweigt und seinen Inhalt ausspuckt. Es sind dieselben Menschen, die nun aber anders lärmen und zappeln; ihre Gesichter versuchen, Stolz und Freude herauszukehren, was ihnen aber nicht gelingt, denn es sind verschreckte und beschämte Gesichter, die unter einem bleich-dunklen, gelbgrünen Schimmer liegen. Dann ist es ein Korb, der dick und weiß verpackt ist und die Drillinge enthalten soll. Eine Menge Frauen rennen hin und her, klettern hinein und heraus. Irgendwann muß die herunterhängende Leiter weggezogen worden sein und die Luke sich geschlossen haben. Aber ich habe den Augenblick verpaßt. Nicht einmal weiß ich, wie und wann das Flugzeug wieder abgeflogen ist.

In der Nacht erkranke ich.

DER GRAUE HASE AUF DER FLUCHT

Ich träume wohl vom Fliegen. Doch stehe ich immer am Rande der Geschehnisse, bin Zuschauer meines eigenen Traumes, und darum vielleicht sind es trübe, zähe Bilder, ohne Anfang, ohne Ende. Wieder und wieder verheddert sich der Traum, geht zwischendurch auch aus und läßt Gestaltloses und Drückendes zurück. Dann aber erscheint mit einem Mal stechend Scharfes. Mir ist, anfangs sind es nur Gedanken, die zu Träumen auswachsen und die ich dann mit geweckten, gewetzten Sinnen auf ihre Einzelheiten hin abtaste.

Ein Vogelschwarm umgibt mich. Er liegt geordnet vor nahen, wirbelnden Wolken, ist im Flug; ich falle nicht zurück, doch weiß ich nicht, ob ich auch fliege, mitfliege, denke aber, eher nicht, denn ich spüre schwere, schreckliche Steife in den Gliedern, am ganzen Körper, und ich weiß, so kann keiner, selbst ein Vogel nicht, fliegen. Immer neue Schwärme kommen hinzu und füllen den Raum. Ich spüre Enge und Schummer um mich herum und höre den Flugwind immer lauter werden, zu einem Sturm wachsen. Längst sind die Vogelleiber zusammengerückt, bilden ein Meer, das prallvoll und schwer im Raum liegt und vor sich hin zuckt und siedet. Jetzt erkenne ich sie, die einzelnen Vögel, es sind nur Schamanen-Sperlinge. Ich denke das, höre mich aber sagen: Von wegen Sperlinge, selbst diese haben dieselben gewaltigen Schwingen, die du nimmer begreifen, geschweige denn besitzen, wirst, du Erdenlaus!

Später. Es muß Samstagabend sein, denn ich sitze auf dem Musikpodium des Schulklubs und spiele Harmonika. Spiele so gut, denn wild, wie ich es immer gern gekonnt hätte. Das Instrument ist ein neues, himmelblaues, voller Luft, fest und leicht dennoch, ganz anders als das mir bekannte lungenrosa, quietschende Ding mit den zerkratzten Ecken, dem eingedrückten Balg und den verklemmten, halbertaubten Tasten. Also schwinge ich die schmucke Kiste in die Höhe, zerre den gefalteten Balg in die Länge, um ihn darauf schon wieder zusammenzudrücken, dabei hüpfen meine Finger flink und kräftig über die glatte, kühle Tastatur und entreißen ihr eine schmetternde Melodie.

Der Raum schwingt und dreht sich im Walzertempo. Seltsam, daß ich von den tanzenden Paaren immer nur die hellbunt herausstechenden Partnerinnen erkennen kann, die Partner stehen alle im Dunkel, wirken verschwommen und scheinen gesichtslos. Ich erkenne Agda, die Sängerin, die ich erst neuerdings entdeckt und inzwischen mir erkämpft habe; ihre Vorgängerin, Akina, ist gleich daneben; und wer hinter ihr herangewirbelt kommt, muß wohl Gima sein, von der ich nur so viel weiß, alle finden sie gut, und ich hätte nichts dagegen, wenn eines Tages auch unsere Wege sich kreuzten.

Während ich so die Musik schwinge und auf die Mädchen schaue, streift mein Blick wohl auch dies und das, denn mit einem Mal sehe ich die berahmten Bilder, die sich in einer Reihe und in gleichmäßigen Abständen entlang der Saalwände hinziehen. Ich sehe sie nicht nur, sehend erwecke ich sie zum Leben: Unter meinem Blick, der, einer Feuerflamme gleich, sie trifft, fallen sie aus der Starre, bewegen sich. Zuerst sind es die Augen, die einen weichen, schmelzenden Glanz bekommen, dann sind es Kopf und Hals, die sich drehen und erheben – schon strecken sie sich aus dem Rahmen heraus, der eingezwängte, von allen Seiten her beschnittene Oberkörper wächst in die Breite und in die Länge, zieht Arme und Beine nach und verläßt schließlich das Gehäuse.

Man kennt sie alle beim Namen, und man weiß auch alles Wesentliche über sie: Geboren und gestorben sind sie, und dazwischen haben sie wissenschaftliche Entdeckungen gemacht, Bücher geschrieben oder die Ausbeuter bekämpft. Es ist eine Männergesellschaft mit nur zwei Frauen, der Krupskaja und der Sklodowskaja. Keine der beiden sehe ich jetzt; daß es

sie gibt, liegt bei mir nur irgendwo im Hinterkopf, und noch weiter hinten liegt auch dies: Jede von den beiden hat es an der Seite eines Mannes geschafft, der es längst verdient hatte, eines Tages in einen Rahmen zu steigen und dann an einer Schulklubsaalwand zu hängen. Nein, jetzt sehe ich auch ihre Männer nicht, dafür aber andere, die die südliche Wand schmücken.
Es ist Majakowskij, der Revolutionsdichter, er verläßt den Rahmen und eilt schnurstracks auf die wirbelnde Mitte der Tanzenden zu. Und wie er an das erstbeste Paar tritt, schwindet der Partner, ohnehin ein Schatten nur, sogleich, die Partnerin bleibt und leuchtet, wie wartend. Und wird genommen. Es ist Gima. Ich stutze, musiziere aber weiter. Der vierschrötige Dichter mit der vorgeschobenen Brust, dem herunterhängenden Kinn und den stierhaft blickenden Augen hat nun auch hier den Weg gebahnt: Schon folgen ihm weitere Männer, alle mit großen, verdrehten Augen, einer hohen, langen Nase und einem oben nackten, unten behaarten Gesicht. Sie kommen und bestürmen die Paare. Akina wird eingenommen. Sie hätte sich doch wehren können, denke ich, sehe aber, sie tut es nicht, lacht und leuchtet um so mehr. Mir stockt der Atem. Ich musiziere trotzdem weiter.
Schließlich ist Agda dran, die Weide meiner Augen tags, das Wild meiner Träume nachts. Sie muß sich doch wehren, denke ich, sehe allein, leuchtend fliegt sie dem Heranstürmenden entgegen, und diesen erkenne ich als Lermontow, den Mischa. Wohl hat auch sie ihn erkannt, denn sie ist in großer Entzükkung, hängt an dem Partner wie ein Tuchfetzen und flattert. Und er hält sie fest im Arm, drückt sie gegen Brust und Bauch, stößt sie zwischendurch von sich, um sie wieder an sich heranzuziehen, dreht und wendet sie, er beherrscht sie, bestimmt jede ihrer Bewegungen. Etwas zwickt mir ins Herz. Aber ich denke nicht daran, die Musik abzubrechen. Und so bleibe ich, wo und woran ich bin, vermag dabei jedoch die Augen von dem wirbelnden Paar auch einen Lidschlag nicht abzuwenden. Ja, ich starre auf die beiden wie auf das Schicksal.

Indes rückt das Paar immer näher, bewegt sich immer schneller und auf einmal hebt es ab, schwebt davon. Da tut sich die kahle Wand in der Mitte auf, und eine unendlich weite, unendlich blaue Weite zeigt sich dahinter. Das Paar geht dahin. Andere Paare folgen ihm. Jetzt erkenne ich lediglich die Partner, die Partnerinnen liegen zu sehr im Licht, sie strahlen und blenden. Es sind bekannte Gesichter, da knitterig und dort feist, alles aber wohlgepflegt, da junge, gerade, dort alte, gebückte Leiber, aber hier wie dort erdrückend schwer und wohlverpackt. Und in den knittrigen wie auch feisten Gesichtern nistet Überheblichkeit, von den schweren, wohlverpackten Leibern weht einen Geilheit an. Ich spüre Ekel, schwere Trauer, denke: Elendes Pack! Aber ich bleibe brav, schwinge die Harmonika weiterhin, schleudere den Enteilenden zornige Töne hinterher.

Und zum Schluß. Es ist ein bis auf die Federstümpfe verkohlter, mächtiger Vogel, der die verkrüppelten Schwingen trotzig ausspannt, am Himmel hängt, brüllt und zittert; dunkel lösen sich von seinem Unterleib Klumpen ab, ziehen sich zu länglichen Kugeln und gehen in rascher Folge auf die Erde nieder. Anfangs denke ich, es seien Kleckse, bald aber erkenne ich, es sind Bomben, und irgendwann weiß ich auch, woraus diese, die Bomben, bestehen: aus Menschenleibern. Es sind in der Mitte dicke, den Enden zu dünner werdende, runde, verpackte, vermummte Leichen.

Sie müssen verkohlt sein, denn sie sind alle schwarz gegen mein Wissen, der Mensch wird immer weiß verpackt, wenn er kein Mensch mehr ist und zu einem Klotz Holz, einem Brocken Felsen, oder wie hier, zu einer Bombe wird. Auch weiß ich, es sind alles Kasachen, denn sie sind gerade, sind in die Länge gezogen. Und schließlich unterscheide ich sie als Männer, Frauen und Kinder, glaube einige von ihnen sogar zu kennen – ja, einmal sind es die erstickten Kinder, sie sind immer noch von ihren Eltern umfangen, dann sind es die Drillinge, auch sie haben Begleiter: die Mutter, die Krankenschwester, und

schließlich sind es die beiden besoffenen Männer aus der Equipage, es sind besonders dicke und schwere Bomben. Hier denke ich, diese müssen, da alkoholgefüllt, noch besser explodieren, und auch, wenn die Flieger und die Drillinge dabei sind, dann sind es doch nicht nur Kasachen, wer alles, zur Bombe geworden, nun auf die Erde niedergeht.
Ob die Bomben explodieren, erfahre ich nicht. Vor lauter Geheule in den Ohren bin ich außerstande, etwas anderes zu vernehmen. Und wahrnehmen kann ich wohl auch schlecht, denn meine Augen sind erfüllt, ja überfüllt von dem fallenden Gepäck aus dem Vogelleib, und so weiß ich nicht einmal, wie weit und ob die Erde überhaupt noch da ist.
Kein Vogel, kein Frosch, auch keine Kiste mehr, sondern es ist das Flugzeug selbst auf einmal. Es schwebt sachte und tief über der Steppe, kehrt zurück. Unten steht Sapak und weint. Sein Oberkörper ist bekleidet, seine Brust ist mit Orden geschmückt, doch der untere Teil des Körpers ist nackt. Hat man denn auch ihn stehengelassen, überlege ich. Mir fällt ein, ich habe ihn in der kämpfenden Menge am Flugzeug nicht gesehen. Er ist doch nicht wie ich, der ich alles noch vor mir habe. Er ist ein alter Mann, ein Held des Krieges und der Arbeit, denke ich empört. Jetzt sehe ich die Tränen, die die zahmen Augen mit den blauen Ringen füllen, über ihre roten Ränder treten und wie in zwei unabreißbar nebeneinander laufenden Ketten die knittrige Haut des gütigen Gesichts und das dunkel angehauchte Fell des *Tonn* glänzend hinabrinnen und auf die breiten Füße mit den gespreizten, blaugefrorenen Zehen tropfen.

Ich erwache schwer. Und schwer finde ich mich zum Internat zurück, wo ich schlafe. Während ich ringsum die wackligen Holzbetten knarren und quietschen höre, die Zimmergenossen, gähnend und stöhnend, sich erheben weiß und die Winde der Decken am Gesicht spüre, weichen die letzten Traumgebilde immer noch nicht, hängen in mir. Selbst dann, als ich den gelben Kerzenschein hinter den Lidern flimmern sehe, glaube

ich, darin den Schattenriß des oben schmucken, unten nackten todunglücklichen Sapak wahrzunehmen. Wiederholt höre ich meinen Namen, es sind Rufe. Ich weiß, ich muß aufstehen, allein ich vermag die Augen nicht aufzubekommen, auch mich nicht zu rühren. Dann spüre ich eine Hand auf der Stirne, höre die Worte: Fieber hat er, heej!
Der Schularzt hört mich ab, verschreibt mir Medizin. Doch ich bringe es nicht fertig, mir den Löffel mit der stinkenden Flüssigkeit in den Mund zu stecken, geschweige sie hinunterzuschlucken. Zuerst übergebe ich mich unter dem nahenden Geruch, später schon bei der bloßen Ansicht der Flasche mit dem gallengrünen Zeug. Schwer zugedeckt liege ich im Bett und bebe und zittere. Die Augen halte ich zu, und wenn ich sie hin und wieder aufmache, sehe ich alles im Schatten, mit roten und grünen Punkten bespickt.
Einmal sehe ich Gima vor mir stehen. Sie tut überrascht, schaut aus spitzen Augen lange auf mich und gibt endlich von sich zu hören: Ach, der Dichter? Sie will wissen, was ich da mache. Ich weiß keine Antwort, will aber dasselbe von ihr wissen. Habe Schulbereitschaftsdienst, wollte schnell nach der Ordnung im Internat schauen, sagt sie. Dann will sie wissen, ob ich ein Gedicht auf einen dickhäutigen Überheblichen hätte. Wozu sie es braucht, will ich wissen. Sie lacht schallend laut. Und darauf, leise und spitzlippig, das sei ihr Geheimnis. So, denke ich. Auch ich habe mein Geheimnis. Nun überlege ich, ob ich das gewünschte Gedicht hätte. Mir fällt nichts ein. Dafür aber etwas anderes: In der letzten Zeit habe ich immer weniger Gedichte geschrieben, und wenn es weiter so geht, dann kann es mit den zwölf Jahren knapp werden!
Mit einem Mal sehe ich, Gima ist gegangen. Ich spüre Kränkung, aber auch Erleichterung. Gut, daß sie mich den Dichter genannt hat, nicht gut, daß ich weniger Dichter geworden bin, und gut wieder, daß sie gegangen ist, bevor ich zugeben mußte, daß ich kein passendes Gedicht für ihr Vorhaben habe. Aber da glaube ich, sie doch wieder zu sehen. Nur erkenne ich die helle,

spitze Gestalt, die aus dem Schatten heraussticht als Akina. Die Tür steht offen. Man sollte sie schließen, es ist doch kein Sommer, denke ich gereizt. Und in dem Augenblick höre ich Stimmen und Geräusche und entdecke weitere Gestalten im Raum. Ja, es ist die große Pause, fällt mir ein. Da macht man schnell einen Internatsbesuch, erst recht, wenn einer krank ist. Jetzt sehe ich Hartasch, meinen Bettnachbar, er tritt an mich heran, faßt mir die Stirn an und fragt, wie ich mich fühle. Und noch bevor ich antworten kann, ruft er aus: Das kann doch nicht wahr sein! Seine kleinen runden, schwarzen Augen sehe ich vor mir, in ihnen sitzt die Angst. Darauf versucht er sich zu korrigieren, denn er sagt leiser, wie für sich: Oder ich habe kalte Hände? Dann tritt er zurück, überläßt mich anderen.
Aber nicht alle treten an mich heran, habe ich das Gefühl. Einige bleiben hinten, im Schatten, ich kann sie nicht sehen, nur erraten. So mit Lörima, der ich einmal habe sagen müssen, sie solle sich mit roter Seife waschen oder wenigstens durch einen Wacholderrauch gehen, bevor sie sich mir nähere, denn ich sei ein Jüngstkind von Eltern mit Glauben und Gesinnung, und sie habe ein schmutziges Wesen. Das habe ich an sie gerichtet als Antwort auf eine kleine Kränkung, die sie mir zugefügt hat. Es sollte sie treffen, verletzen und töten, und es hat sie getroffen, verletzt und beinahe getötet. So auch mit Zerew, den um seine hintere Hälfte zu kürzen, nur Zer, Auswurf, zu nennen ich mir erlaubt habe, nachdem es klar geworden war, er hat sich erlaubt, Akinas Nähe zu suchen und damit einen Raum zu betreten, den ich zwar vor einiger Zeit verlassen, aber weiterhin in heiliger, einsamer Ruhe habe wissen wollen. Seitdem nennen ihn alle nur Zer. Anfangs hat er sich darüber geärgert, einmal hat er sich sogar mit mir prügeln wollen deswegen. Ich habe ihm gesagt, was könnte ich nun tun, da das einmal ausgesprochene Wort doch nicht mehr zurückzunehmen sei. Er hat gemeint, gerade das sollte ich tun. Darauf habe ich vor aller Augen und Ohren laut verkündet: Ab Stunde heißt dieser Mensch nicht mehr Zer, sondern wieder Zerew,

Leute! Doch es hat nichts geholfen, die sprechfaulen, necklustigen Jungs haben den kürzeren Namen dem längeren weiterhin vorgezogen. Außerdem sei es so überzeugender, wenn es sich um die Benennung von einem handelt, der sich auf ein verlassenes Schlachtfeld niederläßt und sich mit Resten begnügt, hat einer behauptet. Da ist der gute Mensch wütend geworden, doch der andere ist kühl geblieben, hat nur boshaft gegrinst: Oder sollen wir glauben, du hast jungfräuliche Lippen zu beküssen und jungfräuliche Hintern zu betätscheln versucht?! Wir mußten schweigen und abermals einsehen: Worte waren keine Pferde – waren sie einmal durchgegegangen, waren sie nicht mehr einzufangen.

Ein jeder, der an mein Bett herantritt, legt die Hand auf meine Stirn und bestätigt die Hitze, die dort wütet. Aber ich friere, bebe und zittere, empfinde das Ganze als lästig. Das Knarren und Quietschen der Dielenbretter und das Trampeln und Schlürfen der Stiefelsohlen stören mich, die Hände drücken schwer, schmerzen. Doch eine der Hände, die der Akina, ist eine Ausnahme, sie ist angenehm kühl und zart. Ja, sie hat die zärteste Hand, wie auch die zärtlichste Stimme. Da kann nicht einmal Agda es mit ihr aufnehmen, sie, das Weib mit dem seidenen, wohl dem edelsten Wesen. So genieße ich Akinas Nähe. Und sie weiß es. Und da sie es tut, weiß sie auch, wie sie mit mir reden darf: Deine Agda konnte nicht mitkommen, sie ist halt zu sehr begabt, die Lehrer können selbst in der Pause auf sie nicht verzichten – aber ich kann ihr schon vermitteln, falls du es willst, sie soll in der nächsten Pause herüberspringen und nach ihrem sterbenden Prinzen schauen!

Hexe! denke ich. Ich tu es nicht etwa böse, nein, ohnmächtig vor Liebesbedürfnis, und so bin ich ihr dankbar für ihre Stichelei, dankbar bin ich nach langem erneut dem Himmel und der Erde dafür, daß es sie gibt. Da es nun so ist, bin ich kein bißchen bereit, ihr die Anbündelei mit dem dicken, schleimigen Zerew – nun erst recht Zer, ja, Zerrh! – zu verzeihen. Auf Agda warte ich lange und vergebens.

Meinetwegen! denke ich irgendwann und beschließe, damit aufzuhören. Und dir gönne ich es gern, will ich den abschließenden Punkt setzen, daß du ausgerechnet mit einem geilen Russen durchgebrannt bist! Nun gehe ich auf die Suche nach weiteren Vorzügen bei Akina, die Agda nicht hat. Es ist schwer, sie zu finden.

Agda behauptet jedoch später, sie sei gekommen. Akina und die anderen hätten ihr es gesagt. Sie wäre aber auch so gekommen, da sie doch sah, ich fehlte. Und sie sei dagewesen. Allein ich hätte sie nicht wahrgenommen, hätte an ihr vorbeigeschaut. Sie hätte Angst bekommen, und auch wäre die Pause zu Ende gewesen. Und da hätte sie gehen müssen.

In der Nacht kommt die Erste Hilfe und nimmt mich mit. Es ist mir, als wenn ich in eine Höhle gerate und in lauter Finsternis mich verlöre. Hin und wieder erwische ich wohl einen Lichtstrahl, und dort, wo er hinfällt, weiß ich mich. Ein wehender weißer Arztkittel, ein flimmernder Himmel, vollbespickt mit schwammigen, flatternden Sternen. Ich spüre die kalte Luft, auch, daß ich im fahrenden Auto hin- und herrutsche.

Dann stehe ich in einem aschfahlen Raum, vollgestopft mit liegenden Menschen, darunter sind auch einige Skelette, die aber zu atmen, zu wimmern und zwischendurch auch zu grinsen scheinen. Das muß die Hölle sein, denke ich und nehme mich in acht. Da erscheint schon eine vermummte bleiche Gestalt. Sie hält in den Händen einen Stapel Wäsche und streckt sie mir vor die Nase. Ich starre blicklos darauf, wittere den Geruch und weiß, es sind ausgekochte, steifgeplättete und zusammengefaltete Lappen, zerlumpt und befleckt. Ich rühre mich nicht, stelle mich steif und unnahbar, ein Brocken Fels. Die Gestalt harrt eine Weile still, legt den Stapel stumm auf das leerstehende Bett nebenan und entfernt sich geräuschlos. Wenig später kehrt sie zurück, nun hält sie in den knochigen Fingern mit den vorgereckten, krallhaften Nägeln einen gallendicken und -langen, glitzernden Kolben, an dessen Stirne eine

Nadel blitzt, die, der herausgestreckten, erstarrten Zunge eines Stinklings gleich, auf mich zielt.
Ich fühle, etwas löst sich in mir, und der Fels, der ich bin, verwandelt sich rasch in einen Körper mit zwei packenden und schmetternden Armen, tragenden und federnden Beinen und einem Kopf, in dem der Gedanke brennt, flammt und stürmt: Entkommen ... Wegkommen ... Durchkommen ...
Der fahle Raum bleibt zurück, die Hölle stürzt zusammen, die Asche verfliegt, die Höhle weitet sich, Licht dringt in die Finsternis ein, überflutet sie, und auf einmal betrete ich eine glänzend frische Landschaft: Dichtes, pfeilgerades und saftgrünes Gras mit wehender schwarzer Spitze füllt die Erde, vollbespickt mit himmelhellen, flechtenbunten Blumen; weite, weiche Täler unter Jurten und Herden da und dort ziehen sich dahin, und hohe, strenge Berge mit strahlendem Gletscher auf den Gipfeln und glitzerndem Wasser in den Senken umsäumen sie. Ich erkenne sie sofort als die Obere Welt und fühle in mir eine erhellende, rüttelnde Freude bei dem Gedanken, hier ein neues, dauerhaftes Zuhause zu haben.

All das sehend und denkend hetze ich schwer. Die Beine scheinen machtlos zu sein gegen das, was die Augen sehen, und auch das, was der Kopf denkt. Sie hören und hören nicht auf, sich anzustrengen und mich fortzutragen. Und da die Beine nicht zur Ruhe kommen, bleibt und wächst in mir die Hast, die einem Brand, einem Feuersturm gleicht. Ich spüre eine schmerzende Anspannung an der Haut, im Fleisch und in den Knochen, und ich leide, leide zunehmend. Beklemmung erfaßt mich, bemächtigt sich meiner.
Auf einmal sehe ich mich selbst unterhalb von mir, als wäre ich, der ich das sehe, oben, im Flug. Und der, der unten ist und ich sein soll, ist im Rennen, auf der Flucht. In diesem Augenblick vernehme und spüre ich über mir einen Flugwind, und ich weiß, er ist von einem Adler oder einem noch mächtigeren Vogel, denn es ist hier doch die Obere Welt, und da muß selbst

der *Garuda* zu Hause sein, den die Menschen in der Mittleren Welt nur aus den Epen kennen. Ich kann das Wesen, von dem der Flugwind ausgeht, nirgends ausmachen, doch weiß ich plötzlich mehr, Wichtigeres: *Ich* bin es, der den da unten vor dem dort oben abschirmt und beschützt! Und wenn dem so ist, dann muß ich in der Tat im Flug liegen, muß ich die Fähigkeit, selber zu fliegen, erlangt haben! Daß ich der Dichter, das himmlische Wesen auf Erden, unten bleiben mußte, während andere, Unwürdige, fliegen durften, fällt mir ein, und schon spüre ich die Schmerzen wieder, die mich seit jener Stunde der Enttäuschung und Erniedrigung immer wieder gepeinigt, die ich aber auch immer wieder zu verneinen versucht habe.
Indes schaue ich genauer auf den Flüchtling: Schon vermag er nicht mehr zu rennen, stockt und stolpert. Wehmütig denke ich an den grauen Hasen aus dem Märchen, der zu Tode gehetzt wird ...
Und kaum habe ich das gedacht, ist der da unten tatsächlich in einen Hasen verwandelt! Und sogleich wirkt er in Farbe und Bewegung frisch, setzt zusehends zu, flitzt in weiten, hohen Sprüngen davon, leicht und flink, ein Lichtschatten. Ob ich mit ihm mitzuhalten vermag? denke ich besorgt. Gleich darauf geht mir ein anderer Gedanke durch den Kopf: Der Verfolger, im Himmel beheimatet und mit Schwingen versehen, wird dich so oder so ereilen, mein grauer Hase! Bei diesem Gedanken scheint sich mir das Herz in der Brust zu versteinern. So behalte ich den Flüchtenden im Blick und spüre den Wind seines Verfolgers an der Haut, und das tröstet mich.
Viel Zeit muß vergangen sein – irgendwann sehe ich den Hasen erschöpft. Ich sehe es und merke, ein steinernes Herz schmerzt noch schlimmer als ein gewöhnliches. Es droht zu zerspringen. Vielleicht aus Schmerzen denke ich an ein Wiesel, das besser, weil leichter, daran gewesen wäre als der Hase. Und sieh da: Schon ist der Flüchtling in ein Wiesel verwandelt, und es flitzt mit frischer Kraft davon, ein kleiner Blitz fast. Und blitzartig schießt durch mich der Gedanke: Jetzt hab ich es!

Aber noch bin ich mir nicht ganz sicher. Zeit muß erst wieder vergehen, und Zeit vergeht. Und auch das Wiesel zeigt sich erschöpft. Nun denke ich mit ungeduldiger, angstvoller Freude an einen Wolf, der über die Gras- und Kiessteppe dahinfegen möge. Und so, genau so, wie gedacht, geschieht es: Einer blaugrauen Flammenzunge gleich, fegt ein Wolf über die Gras- und Kiessteppe dahin!

Jetzt warte ich mit heller, stiller Geduld auf die Erschöpfung des Wolfes. Als sie dann eintritt, wünsche ich, sicher und genußvoll, seinen Nachfolger: den Schneeleoparden herbei. Auf Erden leben viele Wesen, alle können, alle müssen flüchten, denke ich und bin zufrieden über den Gedanken. Leben ist Flucht schlechthin, denke ich später. Flucht wovor? Vor dem Ende, das auch Tod heißt. Vor dem Ende, dem Tod? Auf das Ende, den Tod zu, der auch Neuanfang, Geburt heißt!

Viel Zeit vergeht. Vielfach wechsele ich meinen Wunsch, jedesmal geht er in Erfüllung. Viele Wesen erscheinen, alle flüchten gut. Doch kommen alle zur Erschöpfung, alle. Ich fühle in mir Stolz und Freude, daß mir alles gelingt. Fühle zugleich in der Brust, in den Gliedern, in allen Fleischfasern und Knochenzellnestern eine schwere, schmerzende Müdigkeit, die bitterste und zehrendeste Erschöpfung, die ich jeweils gekannt habe, vielleicht. Mir ist, ich sei mit Glut gefüllt, und mir entlang wehten Flammen. Und dies dauert wohl eine Ewigkeit. Dann aber geschieht, daß es doch ein Ende nimmt. Wieso und wie weiß ich nicht mehr, aber auf einmal spüre ich bis in alle Poren, daß eine andere Zeit angebrochen und eine andere Landschaft aufgegangen ist.

Es ist die Bajnak-Schlucht. Schnell erkenne ich den sturzsteilen schwarzen Geröllhang links und den blauen rechts und die zackigen, in den Himmel springenden Felsgrate darüber. Und dies, obwohl das Gebüsch, der Wald eigentlich, aus zahllos vielen niedrigen, roten und einigen wenigen hohen, weißen Birken entlang der beiden Ufer des großen Wassers, nun des großen Eises, spurlos fehlt und dadurch die sonst farbige und füllige Flußlandschaft ausgemergelt und entstellt daliegt. In einiger Entfernung fluß- und bergaufwärts mache ich Ak Bulak, die Weiße Quelle, aus, die aus einer Erdfalte herausspringt, dampfend und spritzend, sich durch dunkelgraue Geröllsteine und hellbraune Distelsträucher dahinschlingt, bis sie, gut vier Lassowürfe weiter unten, in totem, sandverwehtem Eis endet und einem vernarbten Striemen gleicht. Im Anblick des atmenden und hüpfenden Wassers spüre ich brennenden Durst in den Lippen, der sich flammenhaft durch den Mund und die Kehle bis in die Gedärme zieht.

Zuerst gehe ich, darauf renne ich, dann verfalle ich wieder in Schritt, und da der Hang mit dem rutschigen Kies immer steiler wird und ich wieder und wieder hinfalle, bewege ich mich schließlich auf allen Vieren vorwärts.

Es ist schwarzes, lebendes Wasser. Es gleicht, wo es beginnt, einem Auge; beim Heraushüpfen aus der Höhle ist es ein Herz; dann pulsiert es, Bergblut, solange, bis es sich von der sandigen und steinigen Erde und der Kälte zähmen lassen muß. Ich falle über dieses Wesen mit Leben und Tod her, will es am besten gleich in mich leiten, um den Brand zu löschen. Doch ich bekomme den Mund nicht auf, die Zähne sind festgebissen, die Kiefer gleichen einer versperrten Tür. Aber ich weiche nicht, liege über der sprudelnden, gurgelnden Quelle, die Lippen im Wasser, und versuche zu saugen. Was mir wohl auch nach und nach gelingt, doch rinnt es aus den Nasenlöchern gleich wieder heraus. Als ob mir die Kehle zugeschnürt wäre.

Irgendwann richte ich mich auf und merke, so ist wenigstens der Brand im Mund gelöscht. Um so schlimmer aber scheint nun der hinter dem Brustbein, hinter der Nabelgrube zu wüten. Die Gedärme ziehen sich zusammen, drohen zu reißen. Ich falle seitlings um, krümme und ringele mich und wimmere. Dabei ist mir, als sei die Welt ringsum mitumgestürzt. Sehe die Felsen ausgerenkt aus dem Bergkörper und lose hängen mit all ihren Spitzen und Schneiden gegen Himmel und Erde. Sie wanken, um wohl endgültig abzustürzen auf alles, was sie gleich erdrücken und erschlagen würden. Dann nehme ich sie auch schon in Drehbewegung wahr, mit jedem Augenblick immer schneller, den Himmel verwischend, die Wolken zerfetzend. Spüre heftige Erschütterung, vernehme nahendes Pfeifen und glaube das Gurgeln und Plätschern des Wassers immer weiter rücken. Mir ist: ich hebe ab.

Dann weiß ich mich oben. Aber ich fliege nicht, bin still, ruhe, muß schweben, dahängen. Unter mir jedoch dreht sich die Welt weiter, erweckt und in Bewegung geraten. Eine riesige Spindel rast, reißt alles mit sich, pellt alles ab und zieht und wälzt es in die Länge und in die Breite. Und inmitten der rasenden Spindel sehe ich die Quelle sprudeln und dampfen, ich sitze daneben, die Beine gekreuzt und die Hände vor der Brust, zum Gebet zusammengelegt. Beide, die Quelle und ich, wirken ungestört, trotzdem löst sich einem jeden von uns allerweil etwas Hauchdünnes ab und verfliegt.

Mir ist sehr zum Gähnen. Was nun, denke ich, mit verbissenen Zähnen! Die Lösung kommt schnell, von selber: Der Mund springt auf, und dies so heftig, daß in den Kieferwurzeln etwas klickt, ja kracht und zum selben Lidschlag in den Augenhöhlen eine grelle Flamme aufblitzt. Davon vergehen mir Hören und Sehen. Ertaubt und erblindet darf ich, muß ich fortwährend gähnen. So viel Bewußtsein bleibt mir, und ich weiß auch, es ist eine qualvolle Pflicht, ein qualvoller Genuß. Später werde ich auch der Tränen bewußt, spüre und schmecke sie. Dabei überlege ich, weshalb sie beim Gähnen wohl ihre Unterkunft verlassen müssen. Und ich finde es sinnlos, halte es für Verschwendung. Denn Tränen sind wertvoll, sind da, um das Gesicht zu benetzen, wenn man weint. Und ich weiß, daß ich jetzt die Tränen vergieße, da ich nur gähne, nicht aber weine. Der Schmerz ist vergangen, und einen anderen Grund zum Weinen habe ich im Augenblick nicht.

Auch fällt mir ein, daß man nicht allzu oft gähnen darf. Zweihundertmal hintereinander gegähnt, würde man sterben. Um aber überhaupt so oft gähnen zu müssen, brauche man es lediglich zwanzigmal zu können – der Rest würde von selber kommen. Diese untere Grenze habe ich wohl schon überschritten, denn längst kann ich nicht mehr aufhören, ich gähne und gähne. Ich möchte aber nicht sterben, noch nicht, da ich vorher noch berühmt werden muß. Wenn dies geschehen ist, dann vielleicht, dann ja sogar unbedingt rechtzeitig aus dem Leben gehen, damit ich ewig jung bleibe und schmerzend im Gedächtnis der Nachwelt liege. Aber die Werke, die mich nicht nur trotz, sondern auch, ja gerade wegen des furchtbaren, da unzeitig frühen Endes end- und todlos machen sollen, müssen erst geschrieben werden.

Mit jedem Gähnen entfährt mir ein helles Gejaul, das sich flackernd in die Länge zieht, bis es nach einer Weile verstummt, da es wohl an der steinigen Kruste der Erde abprallt, ausfranst und auseinanderfällt, letztlich aber als scheuer, milder Fusselhauch in den Trubel der Dinge eingeht. Aber bis dies geschieht, bis es ermüdet und erlischt und vom Getriebe der grellwachen, gnadenlos eiligen Zeit verschluckt wird, ist mir, als lehnte und erholte ich mich daran. So sehne ich es immer von neuem herbei und bin versucht, ihm beizustehen, es in immer weitere und breitere Längen zu ziehen. So geschieht einmal, daß ich es in ein Geschrei überleite und darauf in einen Gesang umlenke. Und da spüre ich eine Erleichterung, so deutlich, als bekäme mein Rücken eine Lehne, mein Kinn eine Stütze. Später menge ich den Lauten Worte bei, benenne alles, was sich mir zeigt. Und da ist mir, als wüchse ich in jede Richtung hin, legte Gewicht zu, gleichzeitig aber auch erfühle und erspüre ich an jedem Anfang und jedem Ende des Körpers eine solche Leichtigkeit, wie sie nur einem beflügelten und befederten Wesen zu eigen sein dürfte. Der Durst ist noch in mir. Jetzt könnte ich ihn stillen, fällt mir ein. Aber nun, merke ich, es ist kein wütender Brand mehr, der sogleich gelöscht werden müßte, sondern nurmehr ein Gluthaufen, der schwelt und mich wachhält für etwas, das ich nimmer aus den Augen verlieren dürfe. Und was ist es, das ich nicht aus den Augen verlieren darf? frage ich mich. Der Himmel und die Erde, antworte ich. Der Vater und die Mutter. Der Morgen und der Abend. Das Wasser und das Gras. Der Stein, der schwarze, männliche da und der blaue, weibliche dort. Der Anfang und das Ende. Der Himmel mit der Erde, die Erde mit dem Himmel. Dieses mit jenem, jenes mit diesem ...

>   *Ulug ala daglarym*
>   *Sööğün bergen eshelerim*
>   *Usun hara suglarym*
>   *Hanyn bergen enelerim*
>   Hohe, bunte Berge
>   Großväter, euer Gebein thront in mir
>   Lange schwarze Flüsse
>   Großmütter, euer Blut fließt in mir

Weshalb denn *bunt*, und weshalb *schwarz*? Die Berge sind doch eher graubraun, wollte man sie überhaupt unter eine Farbe bringen! Und alle Flüsse, wie dieser da auch, liegen um diese Jahreszeit eisbedeckt, und so sehen sie weiß, grau, blau: hell, nimmer aber schwarz aus! Doch würde es mir nicht auf die Zunge passen, wollte ich die Gipfel grau oder braun, die Wasser weiß oder blau nennen. Ich finde es seltsam und überlege, weshalb eigentlich. Dann aber glaube ich zu sehen, was dahinter liegt: Ich meine nicht die Berge und Flüsse, die ihre Farbe, so auch ihre Laune ändern nach Jahres- und Tageszeit, nach Wolken und Winden – Dinge, die eintreten, aber auch ausbleiben können. Nein, nicht diese unterwürfigen, unbeständigen Wesen sind es, die ich nenne und herbeibeschwöre, vielmehr ist es der Abdruck, den sie mir irgendwann verpaßt haben und der sich inzwischen in mich hineingefressen hat, die Bürde, die ich trage und auch das Wunschbild, das ich von ihnen gern gehabt und an dem ich mich gemessen hätte. Es ist der Berg und der Fluß in mir, Teile meines Selbst.

Jetzt sehe ich mich, der ich oben schwebe, von unten aus. Stehe sonnenüberflutet im Wege eines Sturmes, der mich gewaltig, jedoch vergebens trifft, sich an mir spaltet und verbraucht wie an einer Felskeile. Spüre den ersterbenden Wind, der an mir

herabrieselt, so deutlich wie Wassertropfen, wie Sandkörner. Und bin dabei selbst unerschütterlich, befreit jedoch, liege womöglich oder hänge – schwebe gar?
Nebenan, in einer Entfernung von kaum drei Lassowürfen steht-liegt-hängt-schwebt eine riesige Spinne. Sie besteht aus einem dicken, prallrunden Bauch, einem langen, dünnen Hals und einem viereckigen Kopf mit hervorquellenden Augen und stacheligen Fühlern. Auf den ersten Blick gleicht die Spinne einem Wolkenknäuel, da sie in die matt-milchigen Farbe einer Nebelschwade untergetaucht scheint. Doch der unbeschreiblich häßliche Kopf mit dem unergründlich dünnen Hals springt schnell ins Auge, und dann verfehlt jedes Versteck seinen Sinn.

> *Asargandshyg-da dshiwe sen*
> *Aldaj görween hara gurt*
> *Aj gajyyn gelding bo?*
> *Akga dshüge hömdündüng?*
> Abscheuliches Vieh da
> Altaifremder schwarzer Wurm
> Wo bist du hergekommen?
> Wozu hast dich in Weiß gewiegt?

Ich habe mich, der ich gerade oben schwebte, plötzlich aus dem Auge verloren, bin dafür der Spinne noch näher gerückt, schaue ihr nun tödlich genau auf den blasigen Bauch, den Strickhals und den heimtückisch glänzenden Kopf mit den Stacheln, vor denen mir eine Gänsehaut wächst.

> Ich weiß, wo du herkommst:
> Aus dem Reich des Bösen!
> Und weiß auch, wer du bist:
> Die Nisse, in der Gift gährt!

Mir wird speiübel. Brechreiz würgt mich. Um mich nicht übergeben zu müssen, beeile ich mich zu entladen, indem ich die Worte, die Geröllsteinen gleich, in mir liegen und in alle Richtungen schwer drücken, aus mir griff- und packweise rausschleudere.

> Das Gift wird zu Ende gähren
> Und der Auswurf auslaufen
> Zu einer Flut über die Erde
> Um alles Leben auszulöschen
> Der Wurf liegt fest und harrt
> Am Zuge sind alle Teufel
> Sind blind, wild, am Wettrennen
> In Ost und West, in Süd und Nord
> Die Nacht wird noch andauern
> Länger als dein bißchen Frist
> Und der Tag, der dann doch
> Anbricht, wird nächtig bleiben
> O ohnmächtiger Sproß
> Einer unglückseligen Zeit
> O mein Küken, o mein Armes ...

Ich fühle Erleichterung. Sehe auch die Spinne weitergerückt, sehe sie gerade weiterziehen mit einer Wolkenherde, die sich ostwärts auf den Gipfel des Hüreng Haarakan zubewegt. Und mich selbst sehe ich wieder an der Quelle hocken. Diesmal aber bin ich nicht allein, neben mir steht einer, dem ich gleich ansehe, er ist kein Tuwa, kein Kasache und auch kein Mongole. Der Fremde ist in Lumpen gehüllt und wirkt bei seinem hohen Wuchs und dem reckenhaft zottigen Kopfende seltsam schmächtig und wacklig; dazu glimmt aus tiefer Höhle ein trauriges Paar grünlich blauer, unter buschigen Brauen verborgener Augen, und über allem, Gesicht, Haar und Lumpen, liegt ein trübseliges Grau. Dieser Mensch nun redet, dabei ist sein Gesicht mir zugewandt, und ab und an zielt der Blick seiner matten Augen mit unglaublicher, fast greller Schärfe auf mich, auf den unsichtbaren Wirbel meiner Haare unter der Mütze aus weißem Lammfell herab, ich dagegen schweige und wirke blick- und achtlos – vielleicht höre ich ihm gar nicht zu, weiß vielleicht von seiner Gegenwart.

Aber ich, der ich mich oben befinden muß, bekomme nichtsdestoweniger alles mit, was da gesprochen wird. Mein Fleck

Erde zum Sterben war mir genommen, höre ich es wie aus großer Entfernung echohaft schallen. Deshalb kam ich zu dir...
In einiger Entfernung flußaufwärts sehe ich eine rot- und braunbunte Yakkälberherde weiden, dahingewürfelt, über eine seichte Anhöhe zum Fuße des schroff herabstürzenden Berghanges verstreut. Ein jedes der Tiere scheint an der rauhreifhellen Erde mit den eisigen Steinen zu kleben und emsig nach Freßbarem zu suchen, seien es auch nur festgefrorene Pferdeäpfel, verdorrte Zwiebelrohre oder, bei etwas mehr Glück, zusammengewehte Baumblätter oder gar Grashalme in den Geröllaugen, in den Felsritzen. Also kämpfen sie um das Überleben, und kämpfend halten sie die in Eis und Schnee erstarrte, um einiges erstorbene Erde mit am Leben, denke ich, und dieser Gedanke schärft meine Sinne. Die zottigen, trotzigen Kälber geben der Erde Farbe, und so wie sie aus der leichenstarren und -blassen Landschaft herausstechen, erinnern sie an Geister, die, mit einem Mal Gestalt angenommen, klopfend und dampfend, an der eisigen Schale des Winters pochen, um sie zu durchbrechen und an den wärmenden Kern der Erdmutter heranzukommen. In Wolle verpackte, von Sehnen und Knochen durchzogene Yaks sind wohl die zuckenden, blutenden Nieren der Berge.
Später werde ich auf etwas anderes aufmerksam. Eine unsichtbare, mächtige Hand muß die Kälber hingewürfelt haben – sie weiden recht sinnvoll verteilt: Gerade und ungerade Zahlen wechseln ab, und es ziehen dreimal drei mitten durch die Herde schräg nach oben. *Üschbörleenin aj!* – Gedreiwolft hat es, ach! denke ich aufgeregt und schaue von der Herde schnell weg. Nun weiß ich, ohne erst die Kälber abzuzählen und das Bild mir genauer anzuschauen: Es sind ihrer einundvierzig, die Orakelzahl, und der Weg, den ich gehen muß, liegt schon vorgezeichnet vor mir!
Statt des Weges vor mir mache ich in vier, fünf Flintenschuß Entfernung, auf dem glitzerhellen Eis des um die Gurgel des

Kamelhalses schwungvoll schlängelnden Flusses eine dunkle Menschengestalt aus, die sich torkelnd auf die Herde zu bewegt. Später erkenne ich sie als eine männlich bekleidete Frau und schließlich als ein Mädchen mit vielstrahligen, festgeflochtenen Zöpfen, an deren verschnürten Enden, Zieselschwänzen gleich, Riemchen schlenkern. Angekommen bei der Herde, bleibt sie stehen, schaut unentwegt zu mir herüber.
Was glotzt sie denn? denke ich anfangs mißmutig. Hat sie mich denn nicht die ganze Zeit im Blick gehabt, während sie ging? Oder gilt ihr Blick etwas anderem? Ich blicke mich um: Der seltsame Fremde ist nicht mehr da, auch die Spinne am Himmel ist spurlos hinter den Wolken verschwunden. Oder – oder, fällt mir ein, etwas stimmt mit mir nicht – es stimmt doch, daß manches mit mir nicht mehr stimmen will?! Vielleicht bin auch ich inzwischen unsichtbar geworden? Vielleicht nur halb sichtbar – dann nur der Kopf oder der Rumpf oder lediglich die in der Luft hängende Mütze oder der in der Luft stehende Tonn oder zwei über dem Boden herausragende Stiefel? Oder ich bin übersichtbar geworden: Ein hüpfendes Herz im Fange der Lunge, zwei zuckende Nieren im Gewirr der Gedärme, ein verschrumpelter Magen dazwischen – alles zum Schreien sichtbar hinter dem Gitter eines wackeligen Skeletts?!
Ich springe auf, werfe die Arme auseinander und stoße aus allen Leibeskräften Schreie in die Weiten des sonnen- und wolkenüberfluteten Himmels über den Bergen und Steppen des winterlichen Altai hinaus: so lange, bis ich meine Kehle brechen und verstummen spüre, dafür jedoch die Stimme aus allen Windrichtungen, aus Nah und Fern noch vielfach höre – mal in verzogenen Längen und verzerrten Breiten, mal in abgehackten Brüchen und ausgefransten Splittern kreuzen sich die Echorufe auf unsichtbaren Bahnen um meine Ohren.
Wieder schaue ich auf das Mädchen. Sie hat sich auf den Weg zu mir gemacht, und jetzt wirft sie den rechten Arm über den Kopf und schickt Kreise in die Luft – ich soll kommen. Sogleich folge ich dem stummen Ruf, und da ich meine, nachher

würden wir den Weg ohnehin zurücklegen, beginne ich bald zu traben, darauf zu galoppieren, wie ein Kind, das einen Reiter spielt. Sie versteht mich schnell, bleibt stehen, den Blick aber weiterhin oder nun erst recht auf mich geheftet. Was mich plötzlich in Verlegenheit bringt. Schnell falle ich aus dem Galopp und gehe den bedächtigen Schritt eines Erwachsenen, wenn er auf einen anderen Erwachsenen zugeht, mit dem er Grüsse tauschen will. Die Wartende möge nicht älter sein als ich, wünsche ich mir im stillen. Dies, damit ich nicht verpflichtet bin, sie zu grüssen und dann auf ihre vielen Fragen zu antworten.

Wen muß ich da aber erkennen in der verkleideten Frau, dem bezopften Mädchen? Tewej, die Tochter des Onkels Sama und der Tante Pürwü! Freude überflutet mich, sogleich presche ich los, verfalle wieder in Sprünge – bei Tewej darf man es, sie ist, obwohl längst erwachsen, Kind geblieben, sie wird es immer bleiben. Sie ist doch taub. So wird sie sitzend, das heißt, in dem Zuhause, in dem sie geboren ward, altern. Sie ist eben die Taube, ja, der Makel unserer Sippe.

Tewej fängt mich, der ich bei ihr galoppierend ankomme, beidhändig auf und ruft mit freudigem Schreck aus: Ich hatte gedacht, der Geist des Ak Bulak sei so mächtig geworden, daß man ihn leibhaft sieht, aber du bist es ja gewesen, mein liebes, kleines Brüderchen! Darauf beriecht sie mich an der Stirn, küßt mich an der Nasenwurzel und ruft erneut aus: Wo kommst du denn her? Deine Backen sehen ja erfroren aus!

Ja, wo komme ich denn her? überlege ich. Und die Backen sollen mir erfroren sein?! Unruhe beschleicht mich.

Du bist doch in der Schule, nicht? Bist also geflüchtet – richtig! Der Sohn des Kasachen Sülejmen hat es auch gemacht. Beim ersten Mal hat ihn der ältere Bruder blaubunt verprügelt und zu Pferde zurückgebracht in den Bezirk, den Lehrern ausgeliefert. Keine sieben Tage vergehen, der Flüchtling ist wieder da. Nun will der ältere Bruder mit der Peitsche auf ihn losgehen, doch der Vater hält ihn zurück, sagt, er soll lieber an sich selber denken, wenn ihm so viel an der Schule liegt, den aber, der nicht lernen will, soll er in Ruhe lassen, da dieser als ungebildeter schwarzer Hirte vom Leben so oder so genug bestraft werden wird!

Während Tewej diese Geschichte auf ihre Art: in überstürzter Eile, halb im Geflüster, halb im Gelächter erzählt, überlege ich: Richtig, ich bin doch in der Schule gewesen. Wie bin ich hierher gekommen? Bin ich geflüchtet? Von dem Süljemen-Sohn habe ich übrigens auch gehört, nur ein wenig anders: Da hat der Vater gemeint, ab sofort habe der Flüchtling der ungebildete schwarze Hirte zu sein und sich um die Eltern zu kümmern, so sei der andere frei. Und der Ältere reist bald darauf tatsächlich ab, um sein Glück in der Fremde zu versuchen.

Ich möchte das Gespräch auf etwas anderes lenken, möchte wissen, wie es der Sippe, den Menschen und Tieren geht. Doch da merke ich, die Kehle ist immer noch nicht gesund, ist wie zugeschnürt. So muß ich das, was Tewej gerade einfällt, wahllos über mich ergehen lassen und dabei weiter überlegen, was mit mir geschehen sein könnte. Zwischendurch spüre ich, daß mir die Finger schmerzen, die die Vetterin in ihrer großen, festen und warmen Hand hält und woran sie mich eilig vorwärts zieht. Meine Hand aus der ihren lösen will ich aber nicht, denn diese Hand wirkt auf mich vertraut, wirkt wie ein Teil meines verlebten, aber noch lange nicht verdauten Lebens, wie Teil meines Zuhauses. Doch kommt mir die Hand, wie der übrige Körper, allem voran das Gesicht, gefüllter und gefestigter vor. Und je mehr ich an diese Hand denke und je tiefer ich mich dem öffne, was von ihr auf mich übergeht, spüre ich Kränkung für Tewej.

Der Onkel nennt seine Tochter nie beim Namen, sagt dafür *Tülej*, Taube. Manche tun es ihm gleich. Doch damit kommt keiner bei meinem Vater, dem Sippenältesten, durch. Wer ist das? fragt er streng, wohlwissend, wer damit gemeint ist. Dem folgen dann die Worte, eingehämmerten Nägeln gleich, festsitzen: Tewej heißt sie, und außerdem ist sie nicht taub – Taube hören nichts, sind unfähig, auch nur ein Wort im Ohr zu behalten und es dann auf die Zunge zu bringen, so bleiben sie stumm, werden zu Taubstummen; der Sohn der Hundak ist so einer, aber selbst der hat einen Namen, und was für einen! Maadyr – Recke, heißt er. Unsere Tewej aber ist imstande, dir nicht nur die Ohren, sondern auch den Kopf und den Brustkorb mit Geschichten aufzufüllen – also hört sie, nur muß man mit ihr etwas lauter reden! Sinnlos, da die Schuld auf den Onkel, seinen leiblichen Bruder, wälzen zu wollen – Ach, der? seufzt der Sippenälteste traurig. Der ist hirnkrank, und man muß wissen, es stimmt nicht, daß die Hirnkrankheit nicht ansteckend sei – schauen wir nur auf meine Schwägerin, die wieder einmal ihre Anwandlung hatte, ein neuzeitlicher Mensch zu sein: Sie hat das gesund heranwachsende, kugelmuntere Kind wegen einer lächerlichen Lungenentzündung viel zu oft spritzen lassen, so daß es einen schweren Gehörschaden bekommen hat!

Deine Eltern glänzen weiterhin, immer noch ist Großvater flinker und Großmutter reinlicher als wir Jüngeren, und um ihre Jurte und ihre Herden steht es bestens. Uns dagegen geht es dreckig. Die beiden Ollen streiten und prügeln sich Tag und Nacht. Der Hirnkranke hat ein Pferd und eine Yakkuh an Kasachen verkauft, wofür, weiß kein Mensch. Es gibt kein Mehl, keine Hirse, dafür reichlich Tabak. Aus Hunger und Wut lernen wir vier Kinder gerade das Rauchen, berichtet Tewej. Wir wollen dem Ollen das Futter immer gleich wegputzen!

Olura gyraan, sitzend gealtert, ist das Wort, das auf dich wartet, denke ich, der Erzählung zuhörend und der Hitze mich hingebend, die aus der festen, vollen Hand in mich strömt und unter meiner abgekühlten Haut ein schmerzendes Wohlgefühl erweckt. Ungerecht, ja unverschämt kommt mir das Verhalten der Männer, die Jahr für Jahr auf Suche nach Bräuten sind und an der überreifen Tewej jedoch immer vorbeigehen. Wäre sie, anstatt in einer verschlossenen Jurte, umgeben von streitlustigen, wundergläubigen, aber des Wunders untauglichen Menschen, in einer Yakherde mit dem unversehrten Ursinn unter freiem Himmel geboren, sie wäre längst die beste Kuh, die glücklichste Mutter, und so hätte sie vom Leben viel mehr gehabt!

Ej, schaalda dshoksaga – ach, armer Hirnkranker, höre ich Pürwüs Stimme, die schwere Müdigkeit verrät. Man weiß, um diese Tageszeit wird der Streit abgeflaut sein, der Onkel wird sich womöglich hingelegt haben, um sich erst einmal auszuschlafen und um dann in der Nacht ausgeruht dazustehen für die neue Runde Streit, der sicherlich in einer Prügelei enden wird. Den Ablauf der Dinge kennen alle: Für den flammenden Anfang sorgt er immer selber und überläßt ihr das müde Ende. Das Feld dazwischen kann weit ausfallen und fast alles beherbergen – von durchaus liebevollen, unterhaltsamen Neckereien über einen erbitterten Schlagabtausch von Schimpf- und Schmähausdrücken bis hin zu einem zwar anfangs hoch und heilig verkündeten, dann aber bisher immer wieder leer ausgelaufenen Totschlag auf der einen Seite und einem Selbstmord auf der anderen.

Was ist mit mir geschehen? Bin ich denn tatsächlich von der Schule geflüchtet? War da nicht etwas mit einer Hölle, wo alles aschfarben? Und was war denn mit der vermummten Gestalt, die mit einem Spieß auf mich zielte?

Dshuruguwaj, Brüderchen! Du mußt Tabak rauchen und Schnaps trinken lernen, damit du schnell erwachsen wirst und die Susbaj heiratest, die dem Reichen Ojtuk die einzige Tochter und sehr schön ist: schwarzäugig, rotbackig, füllig und still. Viele wollen sich mit ihr verloben, vergebens aber, ihr Vater erhört keinen; dir jedoch, dem schreib- und lesekundigen Enkel unseres alten Großvaters und dem jüngsten, feurigen Sohn unseres jungen Großvaters, würde er, würde kein Mensch nein sagen können!

Was geschieht mit mir? Stehe ich auf einer Bahn, die rückwärts, statt vorwärts führt? Bin ich nicht dabei, die angeschlagene

Richtung aufzugeben und das hochgestochene Lebensziel von einst, mit Sicherheit zu verfehlen? Ist der Weg des Wissens, der am Ende doch voller Versprechen erschien, so trügerisch gewesen, daß er mich einfach loslassen konnte? Und muß ich nun das ganze Leben in den Fesseln der kalten, kargen Bergödnis und einer verblödeten und versandeten Sippe verbringen?
Die Mutter hat gesagt, als sie das letzte Mal schamante, einer von zwei Menschen wird wahnsinnig, einer von zwei Hunden wird tollwütig – so eine Zeit bricht an!
Werde ich vielleicht auch wahnsinnig? Oder bin ich es schon? Wohl ja: Ich bin doch in der Schule, in der Stadt hinter vielen Bergen und Steppen gewesen, nun gehe ich am Fuße der Schwarzen Berge entlang, und ich weiß nicht, weshalb und wie ich hierher gekommen bin – ist das nicht verdächtig?
Brüderchen, Dshuruguwaj! Die letzten Tage pflegen am Himmel über uns yakgroße weiße Spinnen mit aufgeblähtem Bauch und ausgerenktem Hals zu erscheinen! Die Leute wenden sich an Mutter, diese sagt, Spähaugen mordlustiger Teufel. Onkel Delbigir hat eine der Spinnen abgeschossen!
Diese Kunde erfreut mich: Also habe ich richtig gesehen, es ist kein Gedankengespinst mit der Spinne gewesen. Dennoch – was war mit dem Fremden? Jetzt fallen mir der graue Hase, der blaue Wolf und andere Tiere und auch ich selber ein, alles auf der Flucht.
Wir erklimmen den Gratgipfel über dem Kamelhals. Die Ebene der Drei Flüsse liegt bis an den Innenrand des Hohen Altai hingestreckt und erstarrt; schwarzbunt bespicken Yakherden das weite, graugelbe Ak-Hem-Tal, hellblaue Dunstschwaden stehen niedrig darüber; das Homdu-Tal wirkt wie ein ausgebreitetes scheckiges Fell, der Wald entlang der Flußniederung ist der dunkle Rückenstreifen und die beiden Hügel rechts und links, jeweils am Rand, sind das entzweigeschnittene, auseinandergescheuchte Euter; keine Rauchsäule steigt, nicht Ail noch Herde noch Reiter zeigt sich.
Ein Schwarm Rebhühner kommt uns entgegengeflogen, macht

eine Schleife um uns herum und fliegt zurück. Ich höre sie dunkel rauschen und hell kichern. Es ist, als ob dies ein Gruß sei, auf den ich antworten müßte. Wohl bin ich es doch schon, bin wahnsinnig. Wie es auch heißt: verrückt! Meinetwegen, es ist, wie es ist!
Ein Bedürfnis zu gähnen überkommt mich, dem ich schnell nachgebe. Der Mund reißt sich von selber auf, und ein gellend lautes Iih-ääh kommt aus mir heraus. Es schmerzt, als ob in meiner Kehle eine Haut abreißt. So ist wenigstens die Stimme wieder da, versuche ich mich zu trösten. Schon kommt das nächste Gähnen, diesmal ohne Schmerzen. Noch etliche Male gähne ich, und immer, wenn ich den Mund schließen und die Augen öffnen darf, kommt es mir vor, als wäre der Tag um einiges düsterer geworden. Am Ende wird es ganz abenddämmerig. Und Tränen sind mir aus den Augen geschossen, daß ich das halbe Gesicht unter Nässe und Wärme spüre.

    Eej, ihr flüchtenden Weiten
    Iij, ihr zögernden Höhen ...

setze ich zu singen an. Die Stimme erklingt zittrig, flatterig. Tewejs Hand drückt die meine fester, ihr Gesicht sehe ich nicht, weiß es aber lächeln. Die Kälberherde, die geschlossen vor uns trottet, bekommt einen Ruck, verfällt für einen Augenblick in einen zaghaften Trab.

    Der Stein, dem Hang entrutscht
    Das Blatt, dem Ast entrissen
    Lebt im siebten Jahr immer noch
    Wie am ersten Tag
    Vom Berg, vom Baum ...

Nun drückt Tewejs Hand anders, unsicherer. Immer noch habe ich keinen Blick auf sie, doch weiß ich ihr Gesicht in Schrecken. Schreckhaft einsam steht auch eine jurtengroße blaugraue Wolke abseits von dem weißen Gipfel am Ende des Flußtales über den wimmelnden Rücken der Kälber.

    Wer hat gesagt, wer
    Es führe kein Weg

> Den Stein, einmal entrutscht
> Das Blatt, einmal entrissen
> Zum Berg, zum Baum mehr
> Der Stein gehörte
> Zur Steppe, zur Wüste
> Und das Blatt dorthin
> Wo der Nordwind ermüdet
> Der Rauhreif es erschwert
> Und an die fremde Erde
> Zur Fäulnis beklebt?
> Hier bin ich, seht und hört
> Der dem Hang entrutschte Stein
> Das dem Ast entrissene Blatt
> Ich kehre zurück
> Zu meinem Berg, o-oh-oj
> Zu meinem Baum, u-uh-uj ...

Ich muß nicht auf Tewej schauen, spüre ich doch den Druck ihrer Hand und weiß ihr Gesicht ernst und still, unterm Schein großer Gedanken. Bin ihr dankbar auch dafür, daß sie es schafft, weiterhin zu schweigen und so die Zeit mir zu überlassen. Höre Pürwüs Stimme, rieche Wacholderrauch.

> Wehe gegen den Wind
> Fließe gegen den Strom
> Vom Gipfel, vom Wipfel aus
> Walte und halte Ausschau
> Über euch meine Ahnen
> Über euch meine Kinder
> Über euch Geschwister
> Kälber, Hunde, Spatzen
> Über euch Gefährten
> Kies, Sand und Staub
> Über dich Schwester Wolke
> Über dich Bruder Birke
> Bin o, Mutter Erde
> Dein waches Auge

> Bin o, Vater Himmel
> Dein offenes Ohr ...

Höre Hunde bellen, rieche Viehharn, sehe Jurten und Menschen. Sehe einen blauschwarzen Wirbel auf mich zukommen, spüre ihn mich erfassen. Erkenne am Keuchen, am Geruch: Pürwü. Faß an! sagt sie. Ich spüre in der Hand etwas Weich-Festes, Rund-Längliches und weiß es als einen Griff, den Griff des Schawyd.

> War Schnipsel, war Fussel
> Getrieben vom Sturmwind
> Bin nun gelandet
> Auf dir, o Insel
> Mitten im Meere
> Auf dir, o Felsen
> Mitten im Himmel
> Möchte nun dir sein
> Zehe an deinem
> Schweißigen Fuße
> Finger an deiner
> Schwieligen Hand
> Bin Kralle, bin Klinge
> Blutet es, nimm mich
> Bin Flamme, bin Glut

Pürwü betritt die Jurte, ich lasse den Griff nicht los, werde über die Türschwelle gezogen. Rieche Rauch, Tabak mit Wacholder vermischt, sehe den Onkel, dabei, sich anzuziehen, seltsam in Eile, ernst auch, das unverschämte, stumpfsinnig-listige Lächeln aus dem schwammigen Gesicht endlich einmal gewichen.

> Eines Knochens Splitter
> Eines Fleisches Schnipsel
> Werde ich dich wohl noch
> Tausendmal beweinen
> Muß ich dir, ich weiß, auch
> Tausendmal vergeben

> Deine Kindereien
> O Mann mit Bart am Kinn
> Und am Arsche auch noch ...

Loslassen! höre ich Pürwüs Stimme. Dieselbe dann, nun leiser: Komm und pack es doch mit an! Darauf spüre ich eine große Hand am Oberarm. Sie ist ungemein stark, tut mir weh, entreißt mir den Griff des Schawyd aus der Hand.

> O weh, weh, weh
> Ihr Unmenschen
> Einem Küken
> Das zum Adler werden will
> Habt ihr
> Die Flügel ausgerissen
> Einem Welpen
> Der zum Wolfe werden will
> Habt ihr
> Die Beine abgeschlagen
> Der Himmel
> Der Blaue Himmel
> Die Erde
> Die Graue Erde
> Sind meine Zeugen ...

Ich breche in Tränen aus, versuche, verhalten zu weinen, drohe aber zu ersticken.

Eine Hand wischt mir die Tränen vom Gesicht, es tut wohl. Doch bin ich blicklos geworden, vernehme dafür deutlich die Stimme des Onkels: Nie habe ich geglaubt, wenn dieses Weib etwas sagte, heute aber habe ich gesehen, sie hat es kommen, nahen gewußt und ist ihm entgegengeeilt. Also muß sie doch keine Wahnsinnige, sondern doch eine Schamanin sein!

Darauf die Stimme der Tante: Oder beides! Wie auch immer, du hast in den achtzehn Jahren erstmalig etwas herausgeplaudert, das verrät, auch du bist nicht nur ein Wahnsinniger!

Eine andere Stimme, die ich als die der Tante Marshaa oder ihrer Schwester Buusha errate, meldet sich: Wenn ihr zwei von-

einander so denkt, dann wäre es Zeit, daß der Streit nun endlich aufhört, oder? Ein kleines gemeinsames Gelächter zuerst, dann ein Wortwechsel:
Wenn der Mensch es fertigbrächte, keinen neuen Streit mehr anzufangen, wäre ich bereit, mich zu beeilen, zu den beiden Jungen noch weitere zwei ihm zu gebären!
Schwer zu glauben, da deine Gebärmutter nur noch für Weiber zu taugen scheint – Männer verschmäht sie vielleicht!
Ähnliches dürfte ich wohl vom Inhalt des Säckchens zwischen deinen Beinen vermuten – vielleicht ist da nichts mehr, schon längst kein Tropfen Männliches, bestenfalls nur noch ein kümmerlicher Knäuel lauter von unten her aufgeschlitzter Würmchen, ein Restchen fauligen Dünnschleims!
Deine Ohren bekommen von dem Gift mit, Schwester, das diese Zunge zu versprühen fähig ist!
Warum fängst du dann an, wo dir doch bewußt ist, daß deine Zunge wie alles an dir, stinkig und stumpf ist! Du erntest immer nur, was du selber gesät hast. So halte auch jetzt dein Eselsohr hin und nimm entgegen, denn das Eigentliche kommt hier noch: Im Herbst werde ich dich als Bock mit der Ziegenherde auf die Weide schicken, und wenn im Frühjahr darauf unter den Zicklein ein paar Böckchen sind, dann erst lasse ich dich vielleicht an mich ran!
Der Streit ist da, denke ich. Das unbeholfene, verlegene Gesicht des Onkels muß ein Betrug gewesen sein. Doch nimmt der Wortwechsel einen unerwarteten Verlauf: Der Onkel läßt mit seiner Antwort lange warten, und als er sich dann endlich wieder meldet, ist seine Stimme keinesfalls gehässig: Auf elf Mädchen sind zwei Jungen ein bißchen zu wenig – meinst du nicht auch, Schwester? Die friedfertige Frage bekommt eine bejahende, mitfühlende Antwort. Und ebenso friedfertig, aber bestimmt klingt die Stimme der Tante: Warte nur, Mann. Demnächst werden zwei Jungen kommen, und sie werden große Ringer und Jäger sein!
Weißt du es denn so genau?

Ohne Zeugen mache ich in so einem Fall den Mund nicht auf, und die sind vorhin schon genannt worden!
Ich will dir einmal glauben und die Versprochenen nun schon benennen: Ak Buga und Bora Buga – Weißer Bulle und Brauner Bulle!
Du kannst sie nennen, wie du willst. Nur möge die Schwelle deiner Jurte hoch genug sein, um für jede Himmelsrichtung einen ganzen Mann dazubehalten – wer, wer von deinen Vorfahren hat schon vier Söhne gehabt, Sama, ah?!

Mir ist, als flögen zwei helle Sperlinge in die Jurte herein, ließen sich auf das Bett nieder, machten sich aber schnell wieder davon. Mir wird speiübel. Ich muß mich gegen das, was mich von innen her zu ersticken, von außen her zu erdrücken droht, wehren.

O weh, weh, o weh

Ihr sehend Blinden

Wissend Dummen

Während ihr hier

Sitzt und schwatzt

Läuft der Fuchs

Fliegt der Rabe

Auf Suche aus

Nach dem Bullen

Den Aasgeruch schon

In der Nase

Den Hodengeschmack

Auf der Zunge ...

Versengten Haargeruch nehme ich wahr. Begleitet mit Hitze, steigt er mir beißend scharf in die Nase. Die Finsternis reißt und in Bröseln sickert Licht herein – ich erkenne ein zischendes und rauchendes Schafspitzbein, es ist vor meiner Nase, in einer Hand, dahinter Pürwü. Die obere Hälfte ihres Gesichts ist verdeckt von den herunterhängenden schwarzen Fransen der

Schamanenmütze. Die weißen Perlmutknöpfe, Kaurimuscheln und Iltiszähne in zwei Reihen lachen mich an, dem Gebiß eines Totenkopfes gleich, und es zucken darüber flammenhaft Uhufedern. Ich schaue still zurück. Nichts regt sich in mir. Klar stehen die Gedanken. Der Druck ist gewichen. Die Enttäuschung hat sich gelegt. Der Haarbrandgeruch hat die Übelkeit betäubt. Komme, was wolle, ich bin da und bin zu allem bereit.

IN DEN FÄNGEN DES WAHNSINNS

Gern wäre ich noch liegengeblieben, aber Girwik und Sirgesch zerren mich mit vereinter Kraft hoch, bringen mich zur anderen Seite der Jurte, setzen mich an die Wand, decken mich zu und bauen die beiden Truhen davor auf. Wir können zertreten und erschlagen werden, nur das kranke Kind Außenstehender darf zu keinem Schaden kommen, höre ich. Doch versuchen die beiden Ältesten, hinter den Schutzwall um mich herum auch die jüngeren Geschwister unterzubringen. Eine Hälfte der Kinder ist gar nicht erst erwacht, die andere hört bald auf zu wimmern und schläft nach und nach wieder ein.
Der Streit geht weiter, artet wieder einmal in Prügelei aus; da fällt eine Dachstange oder fliegt irgendein Gegenstand gegen die Truhen oder gegen einen der zugedeckten, weichen Körper der Kinder. Darauf wird ein Wimmern hörbar, das allerdings nur kurz andauert, in ein Stöhnen übergeht und dann schnell verstummt. Nur einmal trifft die vom ersten Ziel abprallende Teekanne auf ein unbeabsichtigtes weiteres Ziel, den Kopf der Sirgesch, weswegen sich der Zweikampf für eine Weile zu einem Dreikampf ausweitet: Kreischend greift das versehentliche Opfer nach der unglückseligen Kanne, springt auf, stürmt auf den ächzenden, klatschenden und polternden Haufen ein und schlägt solange darauf los, bis das gewichtige, bauchige Messinggefäß wegspringt und scheppernd im Küchenteil der Jurte landet. Die Kämpferin, mit dem Kannenhals in der Hand, hört auch jetzt nicht auf, haut damit weiter zu. Da schreit der Onkel auf: Es sticht, au! Im gleichen Atemzug fast: Es bluuh-tet! Und wieder darauf: Dich Giftschlange werde ich zertreten, noch bevor ich, au-au, verblu-uh-te! Die Stimme hört sich tränig an.
Ein schallendes Gelächter bricht aus. Es ist die Tante. So lacht

sie manchmal, wenn sie schamant, wenn sie außerhalb der Jurte, dort draußen in der Steppe den Geistern hinterher ist. So lacht ein Uhu, und dies in einer Mondnacht, wenn er ein nahendes Unglück kundgibt und so den Menschen den Schlaf nimmt. Nun verkündet die Schamanin: Du siehst, wahnsinniger, armer Mann, woher der Wind weht: Die Kinder sind gegen dich! So muß es auch sein, denn sie sind nicht von dir!
Schnell beißt der Onkel an: Habe dir doch immer gesagt! Nur wagtest du nicht, es zuzugeben, du läufige und auch noch fotzfeige Hündin – nun aber hast du dich verraten!
Richtig, ich bin eine fotzläufige, kotzfeige Hündin gewesen, ab Stunde werde ich versuchen, wenigstens mutig zu sein. Läufig aber werde ich auch weiterhin bleiben müssen, da du nichts mehr taugst, Kleiner!
Pfui, Dreckshexe!
Dem folgt ein knallender Schlag. Der Gegenschlag bleibt aus. Dafür fallen Worte – oder ist es auch ein Schlag, in Klang gekleidet, gar ein Stich, der in Haut und Fleisch des Gegners eindringen und mit allem Gewicht und Gift darinnen bleiben soll?
Du mußt wissen, mit jeder Nacht, in der die Kinder wachsen, wächst auch die Faust über deinem eitrigen Hirnschädel, du armes, mutterseeleneinsames Teufelchen!
Werde schon wissen, die fremden Pisse auszurotten, dem Getier der Steppe und der Lüfte zum Fraß vorzuwerfen und die Faust, die du nennst – das ist dann die des Staates aber! – auf deinen Kopf zu lenken, du Verdummerin des Volksverstandes und Verderberin der Volksseele!
Fremde Pisse nennst du meine Kinder? Jawohl, das sind sie, Pisse der Männer in den fünf Flußtälern! Der niedrigste unter ihnen ist jedoch besser als du, so viel besser, daß ich tags an ihn denke und nachts von ihm träume!
Ein weiterer Schlag klatscht, doch weder muß die Hand richtig ausgeholt noch die Richtung gut gezielt sein, denn die Antwort darauf ist lediglich ein weiteres, nun gekrächztes Gelächter.

Soviel du auch kläffst und quengelst von deinen Bastarden und ihren Pissern, unter *meinem* Namen erst finden sie Geltung vor Gesetz und Volk!

Seine Stimme ist nicht gerade sicher.

Um so sicherer ihre: Bei jedem Kalb weiß man, zu welcher Kuh es gehört, was aber weiß man von dem Bullen? Braucht man es überhaupt zu wissen? Jeder weiß, und er weiß es so gut, wie Himmel und Erde alles wissen: Die dreizehn, die ich meine nenne, haben sich tatsächlich von meinem Fleisch und Blut abgetrennt, sind meiner Möse entschlüpft. Wer aber außer mir wird auch einen Kleinfinger ins Feuer zu halten wagen darüber, ob du daran überhaupt ein Fürzchen beteiligt bist, eej, Sama!

Eine Weile stöhnt, röchelt und grunzt er, aber ein Wort kommt nicht aus ihm heraus. Da schreit Sirgesch auf, von der man gedacht hatte, sie wäre zu ihrem Lager zurückgekehrt und hätte sich wieder hingelegt. Später erfahren wir, daß sie sich auf dem Boden hingehockt und nach der Streichholzschachtel gesucht hat, um Licht zu machen und nach dem Leib des Vaters zu schauen, ob sie ihn vielleicht doch zu ernsthaft verletzt hätte. Plötzlich hat er sie in der Nähe gewittert und sogleich nach ihr gegriffen. Nun verrät ihre Stimme, sie ist am Ersticken. Girwik springt auf und eilt hin, zur gleichen Zeit muß von der anderen Seite die Mutter der Tochter zu Hilfe gekommen sein – zuerst wird keuchend und ächzend gekämpft, nur das Bett knarrt und quietscht heftig, dann aber brüllt er wie am Spieß: Au-aauh! Wenn ihr nicht sofort aufhört, werde ich euch niederträchtige Hündinnen alle noch diese Nacht über den Haufen schießen!

Sie hören offensichtlich nicht auf, denn das wehleidige Gebrüll dauert noch eine ganze Weile an.

Am nächsten Morgen sieht man ihn hinkend und mit einem verrenkten Finger.

Siehst du, alter, blutrünstiger Rüde, meine Welpen sind im Wachsen – aber das ist nur der Anfang! Mit diesen Worten scheint die Mutter ihn loszulassen. Auch die Töchter lassen von ihm ab, kommen schnaubend zu ihrem Lager zurück und legen

sich hin. Sama jammert noch lange, zuerst sitzend, später auf dem Holzbett liegend. Sein Gejammer hört nicht auf, und zwischendurch fängt er an zu wimmern und zu winseln.
Der nächtliche Streit ist ausgebrochen, nachdem der Mann seine Frau beschuldigt hatte, auf ihre *Asalar* nicht gut aufgepaßt zu haben, so seien diese, wie ihre Trägerin auch, frech geworden und hätten sich an einem vergriffen, der durch die Herkunft erhaben über jeglichem Wahnsinn stünde. Und sie hat darauf bestanden, nichts zu wissen von den Kräften, die mich befallen hatten – von ihr seien sie nicht. Das erfahre ich am nächsten Morgen von Girwik, die nur ein Jahr älter ist als ich und im Unterschied zu mir aber schon von Anfang an großgeraten, wie übrigens alle Sama-Kinder, und inzwischen schon erwachsen aussieht. Im nächsten Herbst würde sie heiraten, das hätte sie mit ihrer künftigen Schwiegermutter vereinbart. Der Bräutigam? Die Rotznase von Südesch! Aber weiter sei es nicht schlimm, in einem Jahr um diese Zeit würde sie längst in einer eigenen Jurte leben – weg von diesem Nest des Wahnsinns.
Sirgesch, ein Jahr jünger als ich, beneidet die ältere Schwester, beneidet jedes Geschwister, das die elterliche Jurte verläßt. Die älteste Schwester ist schon verheiratet, der große Bruder hat sich vorzeitig zum Armeedienst gemeldet, und drei Mädchen sind zur Zeit bei fremden Leuten untergebracht. Acht Kinder sind noch da. In dieser Nacht fehlt Tewej, ich nehme an, sie müsse in einer der Nachbarjurten schlafen. Die Mutter hat sie aber zu meinen Eltern geschickt.
Alle Weile spüre ich Unbehagen. Die Beine müssen eingeschlafen sein, es prickelt und schmerzt an den Fußsohlen, den Zehen, es brennt an den Fingern, den Backen und dem Kinn. Doch scheine ich zwischendurch immer wieder einzuschlafen und sogar zu träumen. Oder ist es kein Traum? Denn das Unbehagen verläßt mich nicht, und mir bleibt immer bewußt, daß ich eingezwängt zwischen Wand und Wall aus Truhen kauere.

Düsteres Licht, drückende Stimmung, das Klassenzimmer und die Kameraden, deren Gesichter wie durch fließendes Wasser verwackelt aussehen. Verhaltenes, mehrstimmiges Geschluchze. Später vernehme ich im Hintergrund echohaft die schallende Stimme des Literaturlehrers Akwaa: Wir sind voll berechtigt, stolz zu sein auf diesen Jüngling, der in den fünfzehn Jahren seines Lebens die Wegstrecke eines ganzen Jahrhunderts hat vollenden können! Der tiefere Sinn dieser Aussage bleibt mir verborgen, aber ich weiß, mit dem Jüngling bin ich gemeint. Ein heller Punkt zieht sich in die Länge, rückt näher und verwandelt sich in ein brennendes Scheit. Aus diesem erwächst auf einmal die hell lodernde Agda. Sie ist unbekleidet, doch liegt über ihrem Körper eine schonende Flammenhülle, so daß Einzelheiten nicht zu erkennen sind. Lichthelle Äderchen rinnen glitzernd vom Gesicht herab – zerfließendes Fett, Schweiß oder Tränen? Auf einmal gabelt sich die Flamme in drei Zipfel, und nun sehe ich neben Agda noch Akina und eine, die ich nicht zu benennen weiß. Drei lodernde Gesichter und die dazugehörigen Körper, alle unbekleidet und lichtüberflutet. Im nächsten Augenblick drehen sich alle umeinander, verwachsen, drei Strähnen gleich, zu einem Docht.

Dieselben verwackelten Gesichter wohl unter demselben verhaltenen, vielstimmigen Geschluchze nun draußen in der Steppe. Ein Begräbnis ist im Gange, so, wie wir vor Jahren die vierzehnjährige Gysaj, aus unserem Kreis und zwei Klassen höher als wir, bestattet haben. Die Grabrede scheint gerade gehalten worden zu sein, nun dauert wohl die Schweigeminute an. Der mit Satin schwarz-rot bezogene Sarg steht auf zwei Hockern, die wiederum auf einem recht abgenutzten, aber großen und grellroten Teppich stehen, der bis zum Rande des schwarzgähnenden viereckigen Grabloches reicht. Zur Kopfseite des Grabes liegt eine blaue, viereckige Schieferplatte, auf der mein Vater- und Eigenname sowie die beiden Jahreszahlen mit dem Bindestrich dazwischen eingemeißelt sind. Seltsam, es sind die wirklichen Namen, jeder sogar mit dem Titel: *Schynyk-*

baj oglu Dshuruk-baj. An beiden Seiten einer Schlinge aus einer Leine, die unter dem Kopf- und Fußende des Sarges hindurchgezogen ist, fassen so viele Hände an, wie sie gerade Platz finden, und heben nun mit einem Ruck an. Der Sarg ist so leicht, daß er fast hüpft – etwas stimmt nicht! Also wird er wieder hingestellt und aufgemacht: Leer ist er!
Nun bin ich hellwach und denke mit einem kleinen Lächeln: Allzuverständlich – du kannst doch nicht hinter Dutzenden von Bergen und Steppen im Sarg liegen und dich bei aller Liebe zu deinen Weibern und Nebenbuhlern in eine Erdhöhle einsperren lassen, wenn du hier in den Fängen des Wahnsinns zwischen Jurtenwand und Truhenwall eingezwängt hockst!
Der Mann jammert und wimmert immer noch. Nun aber scheint er, tief unter der Decke zu liegen, denn das, was von ihm herüberdringt, ergibt keinen Sinn, bleibt nur ein wirrer Haufen von dumpfen Lauten, Gestöhn und Gegrunze. Die Frau dagegen muß den Kopf draußen halten, das Gesicht zur Jurtenmitte gewandt. Ihre Worte, obwohl alles geflüstert, verstehe ich. Es sind friedliche, mehr noch kosende und herzende Laute: Ach, was ... schon vergessen ... ist wohl nur so dahergesagt ... um dich zu ärgern ... meinetwegen ... ja doch ... so nun, mein Dümmchen ...
Durch die Spalten der Dachluke sickert das Morgengrauen herein. Die Tante ruft zärtlich: Girwij, mein Kind, es ist Zeit! Die Tochter antwortet barsch: Ij, ich bin noch schläfrig! Die beiden im Bett kichern leise. Nach einer Weile ertönt die Stimme abermals, nun sehr unsicher: Sirgeldej, mein Kindchen–
Die fuchsteufelwilde Sirgesch läßt sie nicht ausreden: Hör auf, Weib, in dreier Blöden Frühe zu quaken, wo du Wahnsinnige mit deinem ebenso wahnsinnigen Mannsteufel die ganze Nacht hierin die Menschen und draußen die Hunde nicht hast schlafen lassen!
Abermals ein Kichern auf der Bettseite der Jurte.
Die Mutter muß selber aufstehen. Lange währt es, bis das Feuer brennt. Die Streichholzschachtel, die gestern abend noch vor-

handen war, ist weggekommen. Es wird vor dem Bett, unter dem Bett, im Bett, unter dem und im Küchenregal und überall sonst nach ihr gesucht, vergebens. Schließlich werden sich die Truhen vorgenommen, eine nach der anderen, alles, was drin ist, wird herausgekehrt und abgetastet, abermals umsonst. Dabei redet sie, schimpft sie in Halbgeflüster. Die Worte gelten Girwik, die es immer übertriebe. Noch nie sei vorgekommen, daß in dieser Jurte einer je einen Kratzer an einer Fußzehe oder an einem Handfinger bekommen hätte, geschweige denn, totgetreten worden wäre. Der Mensch ist doch kein Yak, daß er einen aus der eigenen Gattung kaputttritt!

Dann findet sich die verflixte Schachtel doch noch – liegt einfach auf dem flachen Hals des runden Herdofens! Die Frau zieht daraus ein langes Gerede. Ob man denn überhaupt bei Troste sei, die Streichhölzer auf den Ofenhals zu legen – was wäre, wenn hinter dem Blech noch Hitze gelauert hätte. Zum Glück müßte die Glut schon ausgegangen gewesen sein, als der Leichtsinn passierte. Wie aber könnte man trotzdem auf den Gedanken kommen, die raren, brennlustigen Streichhölzer dort unterzubringen, wo sie gerade wären. Oder sie könnten unbeabsichtigt dort gelandet sein, dann wäre die Schachtel hingeflogen – wie sei es aber möglich, daß sie dort auf der glatten, schmalen Fläche haftenblieb, ohne wegzurutschen ...

Sie redet solange, bis sie den hindernisreichen Weg um den Herd zurückgelegt, sich an der Türseite niedergelassen hat und nun daranschickt, den Ofen zu entaschen. Was jedoch mit einer neuen Suche beginnt. Nun gilt sie der Aschenschaufel. Diese ist im Unterschied zu der Streichholzschachtel groß und sperrig, hat einen scheppernden Kopf und einen langen Stiel. Und so findet sie sich auch recht bald. Laut und voller Ungeschicklichkeiten geht es dann weiter – schnell ist die Luft voller Asche. Würde dies bei Mutter passieren, denke ich, die Nase in der hohlen Hand, Vater würde schon wissen, daraus eine Geschichte zu drehen! Der Jurtenmann hier aber scheint nichts zu

merken, liegt im Bett und wimmert und winselt wie ein verwundeter Hund.
Schwer kommt es zum Feuer. Mutter hätte den Herdgeist angesprochen, hätte ihn ermuntert, indem sie eine Frage in Stabreim auf ihn setzte, wer schneller sei, das Feuerchen im Ofen oder das Häschen in der Bergsteppe. Die Tante aber macht es verkehrt, redet anderes, überflüssiges Zeug, findet das Messer stumpf, mit dem sie einem Weidenstecken Zündespäne abschabt, und den Dung feucht, den sie im Ofen zu einem kleinen Wall aufschichtet, und so reizt sie die Dinge zum Widerstand. Vater hätte da gesagt: Ein schlechter Mund nimmt dem Feuer in der Geburt die Hitze weg, anstatt ihm zu Flammen zu verhelfen!
Es wird helllichter Tag unter der halbgeöffneten Dachluke, bis Dampf und Teegeruch die Jurte endlich erfüllen. Da erheben sich die ersten der Kinder, die kleinsten, und suchen mit noch geschlossenen Augen gähnend und taumelnd die Nähe des wärmespendenden Herdes. Die großen Mädchen bleiben beharrlich liegen, recken und strecken sich zwischendurch genüßlich. Irgendwann reiße ich mich zusammen, krieche hinter dem Schutzwall, der inzwischen um einiges beschädigt steht, hervor. Die Tante sagt, ich soll doch liegenbleiben. Was ich überhöre und dabei mir erlaube zu denken: Wie ungenau sie doch ist – hat sie denn nicht gesehen, daß ich nicht gelegen, sondern nur gehockt? Ein an die Wand gelehnter und über eine Ewigkeit vergessener Hautsack, mit diesem und jenem Zeug gestopft und dreimal zugeschnürt vielleicht!
Ein gewaltiger Tag hat sich aus den Niederungen erhoben. Die Höhen glänzen schon im Lichtschein der Sonne, pfeilgerade und -schwere Strahlen liegen in der Luft. Selbst der Haarakan, der große heilige Berg im fernen Süden, ist wolkenfrei, und über ihm lodert eine Helligkeit, als ob darunter eine Riesenleuchte brannte, dessen Docht der ganze glatte, runde Gipfel aus Eis und Schnee ist. Die Schwarzen Berge, im Norden und scheitelnah und nun rostrot, scheinen zu glühen und zu rau-

chen – es ist eine sonnenüberflutete Welt. Über Doora Hara lugt der Zipfel einer Schafherde hervor, und es sieht einfach erfrischend und erbauend aus mit den rötlich weißen Schafen auf dem rötlich braunen Bergsattel inmitten der rötlich-schwarzen Schatten.

Die Tante hat zu tun, sitzt, die schwere, bauchige, an vielen Stellen zerbeulte Messingkanne in der einen und die langhalsige, spitzschnäblige Tülle in der anderen Hand, neben dem siedenden und dampfenden Kessel über dem Herd. Während sie versucht, die beiden Teile wieder aneinander zu bringen, schimpft sie auf die Tochter, die es fertiggebracht hat, etwas kaputtzuschlagen, was so viele Jahre gehalten und dabei tagein tagaus so viele durstige Kehlen getränkt habe. So sehr sie sich auch bemüht, muß sie es schließlich doch sein lassen und sehen, den längst übergekochten Tee in einem der Wassereimer unterzubringen.

Der Tee schmeckt wie erwartet – viel zu bitter, und dies bei deutlicher Untersalzung, wie alles aus Tantes Hand. Ich gehe an den mißratenen Absud recht mutlos heran und sehe, daß ich die schlechtgewaschene, schüsselhafte Schale mit dem schartigen Rand irgendwie leerbekomme und muß dabei an den Harn eines Junghengstes denken. Die Sitte, mindestens zwei Schalen von dem Tee zu trinken, eingedenk der beiden Füße, mit denen man die Jurte betreten, lasse ich Sitte sein. Die Jurtenbewohner, einschließlich der Kinder, inzwischen vollzählig aufgestanden und in voller Eintracht und Ausgelassenheit, laben sich daran genüßlich, saufen den Eimer leer. Der Onkel läßt sich die Teeschale von der Tante ans Bett bringen und in die Hand geben, er leert sie hastig, halbliegend, mit lautem, hellem Geschlürfe und ebenso lautem, dunklem Gegrunze. Mit Schreck denke ich daran, daß er sich weder erleichtert noch gewaschen hat. So auch die jüngere Hälfte der Kinder: Kaum haben sie sich erhoben, haben sie die Nähe des Herds erkämpft und sich der aufwallenden Hitze aus dem niedrigen, runden Ofen mit ausgebreiteten Handflächen und aufgespreizten Schenkeln hingehalten, während sie sich bald am Bauch und bald am Rücken oder an einem anderen Körperteil kratzten – so haben sie den einmal erkämpften wohligen Fleck besetzt gehalten, haben geklebt und gestanden, gleich aufgepflanzt, sind beharrlich gewesen – dann haben sie sich auf die Trinkschalen gestürzt, die zum Vorschein kamen und mit Tee gefüllt wurden. Später, inmitten des allgemeinen Schlürfens und Schmatzens, muß eines oder anderes der Kinder in einer panischen Bewegung die Schale hinstellen, aufspringen, nach irgendeinem *Tonn* greifen, ihn sich umhängen und aus der Jurte hinausrennen. Was bei meinen Eltern und auch bei anderen Familien, die man gut kennt, schier undenkbar wäre.

Nicht, daß ich selber an diesem Morgen gerade die mustergültige Ordnung in Person gewesen wäre. Nein, ich habe mich zwar in einer gehörigen Entfernung vom *Ail*, in die richtige Himmelsrichtung hin erleichtert, habe mir darauf aber eine Katzenwäsche erlaubt. Was allerdings seine kleinen Gründe gehabt hat. Zuerst habe ich nach der Waschkanne geschaut und habe sie nicht gefunden. Da habe ich Schnee genommen, habe mir damit die Hände und die Augen gerieben. Das Gesicht habe ich weggelassen, da ich schmerzhaftes Brennen an den Backen, der Nase und dem Kinn spürte. Nun muß ich den Grund für das Unbehagen am Gesicht erfahren.

Es ist Dagwaj, der sich, seitdem er wach ist, über mich lustig macht. Was bei uns in der Jurte nicht hätte vorkommen dürfen. Aber nun bin ich hier bei anderen Leuten, bei denen andere Regeln gelten. Schließlich müßte ich es wohl auch verstehen, es geht ja um ein Kind von sieben, acht Jahren erst, und außerdem ist dieses neben Vetter Dshanik, der sich längst erwachsen wähnt und so seinen Militärdienst frühzeitig angetreten hat, der einzige Junge unter den vielen Mädchen, für die verschiedene Leute verschiedene Benennungen haben. Also versuche ich, mich vor den dumm-kindischen Neckereien, die mir gelten, locker zu verhalten. Doch muß ich gestehen, tief drinnen, wohl in den Grundfesten des Gebäudes aus lauter weisen und kühlen Absichten und Nachsichten, wird es mir schnell mulmig, sobald der pummelig-plumpe Bengel mit der verfilzten hundeschwänzigen Mähne und den Uhuaugen mit den eitrigen Wimpern und der von lauter Rotz aufgequollenen Nase mit fünf oder gar zehn schwarzen auseinandergespreizten und in die Luft bohrenden Fingern abermals auf mich zeigt und anfängt zu kichern, indem er die kleinen Mausezähne hinter den wulstigen, verschmierten Lippen so entblößt, daß das fleckige Mondgesicht erschreckend in die Breite geht.

Schlimmer noch ist, wenn daraufhin die jüngeren Geschwister in ein vielstimmiges Gelächter ausbrechen und vor Fröhlichkeit in tierisch unsanfte Verzückungen geraten. Am schlimmsten aber, die Meute von lauter filzköpfigen, uhuäugigen Teufeln wird noch was ganz anderes ungehindert tun, sie dürften wohl mich mit ihrem dampfheißen Tee besprühen und begießen, darauf mir die triefnassen Haare von der verbrühten Kopfhaut ausrupfen, die besudelten Kleider vom Leib reißen und so sich über meine Entblößung erst recht lustig machen – nicht einer der beiden, die Erwachsene, ja Alternde sind, nicht eines der größeren Geschwister, nicht einmal die drallvolle, lang- und schwerwimperige Girwik, die demnächst heiraten wird, auch nicht die sehnige, fuchsteufelwilde Sirgesch, die die ältere Schwester um ihre Heiratsaussicht beneidet, kein Mensch wird dagegen ein Wort sprechen, eine Geste zeigen, dessen bin ich nun sicher!

Bei dem Gedanken spüre ich drückende, zwickende Schwere hinter der Nasenwurzel und sengende, ätzende Hitze an den Augenrändern. Kränkung kommt auf und vermehrt und verbreitet sich in mir. Sie ruft wohl aber aus meiner Tiefe eine andere Kraft, den Trotz, herauf, der nun da ist und lodert. Soll der Wimmelhaufen, der zu Haut und Haar, Fleisch und Knochen, Blut und Kot gewordene Schmutz und Schwachsinn es nur wagen, mich anzutasten, ich werde mich schon zu wehren wissen! Werde in mir die Haut aufreißende, Haar ausrupfende, Blut leckende, Kot schluckende, Fleisch kauende, Knochen

brechende, selbst Feuer verschlingende, selbst Steine vertilgende Bestie erwecken! Ob die beiden, die das zweibeinige Ungeziefer aus sich ausgestoßen und auf die Welt gesetzt haben, auch da taubstummblind bleiben? Ob Girwik und Sirgesch mich auch da weiterhin am Leben haben wollen?
Soweit kommt es jedoch nicht. Dagwaj faßt mich tatsächlich an zwar, er tut es aber durchaus friedlich, nimmt mich an der Hand, sagt, ich soll mitkommen. Er führt mich zu einer niedrigen Hütte aus übereinandergestapelten Lärchenstämmen, bleibt an deren Südseite vor einem winzigen glasbescheibten Fenster stehen und sagt, ich soll hineinschauen – ein Teufel soll drinnen hausen. An sein Wort glaube ich natürlich nicht, doch will ich natürlich wissen, was denn in dem Schuppen sein könnte. So nähere ich mein Gesicht dem Fenster, das einem blinden Auge gleicht, und mit einem Mal sehe ich mein Spiegelbild und schrecke zurück. Da läßt mich auch der Bengel los und rennt wiehernd davon. Die Kinderschar hinter uns schwärmt lärmend aus.
Das alles bekomme ich nur am Rande mit. Denn das Spiegelbild – bis ich es als das meine erkenne, vergehen wohl zwei, drei, vier Herzschläge – erschreckt mich so sehr, daß ich dastehe, außerstande, meinen Blick davon abzuwenden: Ein völlig verschmiertes, entstelltes Gesicht mit zwei Augen, die aus tiefen, dunkel umrandeten Höhlen ahlscharf hervorstechen, erkenne ich hinter der verstaubten und verdreckten, obendrauf noch an einer Ecke zertrümmerten Glasscheibe. Die blattdünnen Lippen, die vorspringenden Backen über den eingefallenen Wangen, die zu einem Knollen aufgedunsene Nase, alle sind pech- und kotschwarz verschmiert und glänzen wie verharschte und verschorfte Wunden.
Freilich überwinde und besinne ich mich bald. Begreife endlich, weshalb der blöd-schlaue Dagwaj die ganze Zeit von mir nicht hat ablassen können – in Gedanken gebe ich ihm recht, doch muß ich gestehen, nun schmerzt es mich nachträglich um so mehr. Aber was hilft es, ich versuche, meine Lage zu er-

kennen. Versuche zu ergründen, was es auf sich haben könnte mit dem häßlichen Geschmiere, und vor allem, wessen Werk es sei. Bin ich wahnsinnig gewesen, daß ich mich selber entstellt habe? Oder bin ich des Teufels geworden, daß ich ein unmenschliches Gesicht bekommen mußte? Oder ist es nur eine der Schutzmasken, die man als Kind hin und wieder getragen hat? Ich nähere mich dem Fenster und fange an, das Spiegelbild hinter der Glasscheibe zu betrachten. Ein erschauerliches Ding – schwer zu glauben, es sei ein Gesicht: verschmiert und eingefallen, vertrocknete, besudelte Haut, hartklebend auf Knochen, hervorspringende Ecken und Kanten; unmöglich zu glauben und schmerzlich zuzugeben, es sei gar mein Gesicht. Selbst die Augen, von denen ich gehört habe, sie würden sich nie ändern – nie haben meine Augen so große Irise gehabt, und nie haben sie so unverschämt, so verletzend scharf hervorgestochen, niemals!

Ich fahre mit den Fingern über das Geschmier, versuche, mit den Nägeln ein Stück abzuschaben. Doch gleich lasse ich es sein, denn es tut arg weh. Da sehe ich die Fingerkuppen schwarz geworden und auch fettig. Ein Licht geht mir auf: Die Gesichtsteile müssen vielleicht erfroren sein und haben daher in Pferde- oder Murmeltierfett gekneteten Ruß aufgetragen bekommen! Wäre es tatsächlich so gewesen, dann wäre es nicht so schlimm – habe mich doch als Kind dieser Kur oft genug unterziehen und auch selbst manch ein Schaf mit erfrorenen und später aufgesprungenen Klauen auf dieselbe Art und Weise behandeln müssen.

Diese kleine Beruhigung bringt jedoch eine Frage mit sich, die, da ich keine Antwort darauf weiß, einer dreisträhnigen Peitsche gleicht und eine noch größere Unruhe in mir auslöst: Wann und wo und wer hat mich nun behandelt? So sehr ich mich zu erinnern versuche, mir will und will nichts einfallen. Je mehr ich meinen Verstand anstrenge, desto irrer scheine ich zu werden. Zum Schluß weiß ich nicht mehr, woher und wie und wann ich hier angekommen bin. Es ist, als wenn ich in meinem Vorvor-

leben eine schier unermeßliche Kindheit gehabt, im Vorleben mich an einem gewaltigen Haufen von Stunden, Wochen, Monaten und Quartalen voller Linien, Ecken und Winkeln der Schulwelt wundgestoßen hätte und nun in der Behausung eines unmündig alternden menschlichen Rüden, einer allmächtig tuenden, ohnmächtigen menschlichen Hündin mit ihrer sich selber überlassenen Brut lebte. Doch weiß ich im Grunde irgendwie, daß dies nicht sein kann, es kommt mir nur so vor, weil ich mich mittlerweile an dieser Welt des Wahn- und Widersinnes angesteckt haben muß. Also bin auch ich es, bin wahnsinnig! blitzt ein winziger Funke durch meine Hirnschale, und ich spüre in mir eine schwere, lähmende Traurigkeit.
Hundegebell erschallt, und ich erwache aus den Gedanken. Die Kinderschar folgt dem davonpreschenden Hunderudel auf die Anhöhe im Norden, und bald ertönt ein vielstimmiger Ruf: Groß-Vater! Groß-Mutter! Ich weiß nicht, ob ich aufgeregt bin, denke aber, ich müßte es sein, denn es können nur meine Eltern gemeint sein. Später sehe ich sie. Für einen Augenblick schweben sie am Himmel, hinter ihnen Töönejlig, der braune Wallach mit der Blesse, unter Sattel, ebenso abgehoben. Darauf sinken sie schnell nieder, streifen die Erde, humpeln beide leicht, gehen, wie das Pferd auch, unter weißer Atemwolke, wehendem Rauhreif, gehen vorwärtsstrebend und gezielt.
Ich eile in die Jurte. So wäre es vielleicht besser, meine ich. Im Schatten, unter einem schützenden Dach könnten sich peinliche Einzelheiten wohl um einiges besser verbergen. Eine allgemeine Aufregung herrscht hier, ein jeder hastet, beschimpft und treibt damit sich und die anderen zu noch größerer Aufregung, zu erst richtiger Verwirrung an. Habe ich nicht gesagt, sie werden schnell hier sein! zetert die Tante, die sich schon wieder damit abquält, dem Rest des Steckens Zündspäne abzuschaben. So muß es doch sein, wenn sich die Hausfrau, so prächtig wie du es tust, um den Haushalt und die Wirtschaft kümmert! stichelt der Onkel, der sich auf dem Bett aufgerichtet hat und nun vergeblich sucht, dem endlich ge-

fundenen, aber verkehrt umgehängten *Tonn*, in die Ärmel zu fahren. Girwik wirft und stopft dieses und jenes in die Truhen, die immer noch abgerückt und verzerrt, am falschen, unwürdigen Platz stehen, trägt sie zum *Dörr*, stapelt sie dort übereinander; Stiefel und Hosen und Mützen, die im Wege liegen, wirft und stopft sie überall dorthin, wo es möglich ist, etwas zu verstauen. Diese Unordnung, diese Schlamperei, diese wahrgemachte Hölle auf Erden und inmitten eines jeden Lebenstages – schaut nur her! Einfach zum Sterben vor Scham, ihr beiden Blöden! wettert sie mit krächziger, träniger Stimme. Zwei der größeren Mädchen, Durgun und Tewene, hocken zwischen Herd und Tür und mühen sich, die Trinkschalen in trübem, kaltem Wasser in einer Schüssel auszuspülen und dann mit einem riesigen zerfransten, schwarzen Leinensack abzuwischen. Die Schwestern schnauzen einander einsilbig an, und der ganze Sinn dieses Übereifers besteht darin, mit der Arbeit fertig zu werden, bevor einer von draußen die Jurte betritt.

Sirgesch ist dabei, das Gewurstel auf der Schlafstätte der Kinder aufzulösen, die Kleider und Decken zusammenzufalten und rechts entlang der Jurtenwand zu stapeln. Ej, Gök Deeri! keift sie wieder und wieder, und dabei stampft sie mit den Füßen auf die Erde und stößt die Ellbögen hin und her. Ich verstehe ihre Wut schon, was aber soll *ich* sagen, tun, so wie ich aussehe, wie ich dastehe, nicht hier, nicht dort? Selbst Ihn, den Blauen Himmel, beim Namen zu nennen, wie sie es furchtlos tut, würde mir wahrscheinlich zu wenig erscheinen, ich würde auch Sie, Hara Dsher, die Graue Erde, mit herbeirufen und beide, den Himmelsvater und die Erdmutter, in einem Atemzug zur Rede stellen wollen: Was noch habt Ihr mit mir vor? Und womit habe ich es verdient?! Aber noch habe ich mich in der Gewalt. Gerade jetzt, wo die Eltern es über sich bringen müssen, meiner ansichtig zu werden, habe ich mich zusammenzunehmen, meine eine Hälfte mit der anderen festzuschnüren und niederzuhalten, es mag in mir brennen und

lohen, aber ich habe unter der versengenden Hitze, den zerstörenden Flammen still und stumm zu bleiben und mit einer versteinerten Miene den Rauch durch die Nüstern wallen und quallen zu lassen.
Längst hört man die Stimmen der Angekommenen. Sie sind mit den Kindern beschäftigt – ein jedes muß gesehen, angesprochen und wiedererkannt, am Kopf gestreichelt und an den Wangen berochen werden. Da donnert Vaters Stimme: *Aj, bo ulustu, ah, deedis!* – O Himmel, was macht man bloß mit diesen Leuten! Mutter raunt etwas, was unverständlich bleibt. Vielleicht: Fang nicht an zu schimpfen, bevor wenigstens die Grüsse gewechselt sind! Oder: Hör doch auf, wir sind nicht gekommen, um den Kindern die Nasen zu putzen! Ja, bei Vater wird es so sein, daß er sich über die rotzigen Nasen geärgert hat. Und es wird erst damit aufhören, bis sämtliche Nasen geputzt sind. Und tatsächlich hört man ihn schon wieder donnern: *Ssingmir*, schneuze dich! Ein schwaches Pffh folgt dem. Mund zuhalten und nochmal! Ein schon kräftigeres, saftig-kerniges Prrlth ist zu hören. Jah-jawoll! So schneuzt man sich, verstanden? Weitere Kinder sind an der Reihe, weitere Bemerkungen fallen.
Endlich fliegt die Filzklappe zurück, und die beiden werden sichtbar, zuerst unter ein paar Pfriemengräsern, einem Spalt graubrauner Berge unterhalb des Galdshan-Oruk-Passes und dem Zipfel des nach unten zu fahrigen graublauen Himmels, und dann eine undurchdringliche Wand, die auf die Türschwelle zukommt und in die Jurte einstürzt. Vater trägt ein feierlich stilles Gesicht, so, als wenn er lange im Schweigen gelebt hätte, den Kopf hält er aufrecht und den Blick gesenkt. Mutter dagegen verrät eine heillose Aufregung, die sich längst ihrer bemächtigt und sie zu einer Hälfte schon vernichtet haben muß: In ihrem rauhen, dunklen Gesicht unter einem bläßlichen Schimmer glänzt hilflos ein Augenpaar.
Bei dem Onkel haben nicht nur die Arme die Ärmel gefunden, auch auf dem Kopf liegt eine Mütze und die Füße stecken in den Stiefeln, so daß er, zwar noch nicht gegurtet, sonst aber

recht ordentlich und fast würdevoll auf der Bettkante sitzt, der Tür mit dem Gesicht zugewandt, wartend, daß der Besuch über die Schwelle träte und hinter ihm die Filzklappe zufiele. Alle vier Mädchen, gerade fertiggeworden, weichen fluchtarig zurück. Turgun und Tewene in die linke mittlere, Girwik und Sirgesch in die rechte untere Hälfte der Jurte und stehen verlegen und jeweils aneinander gedrängt. Allein die Tante, lange nicht fertig mit dem Späneschaben, und im allerletzten Augenblick fällt ihr ein, daß ihr Kopf noch nicht bedeckt ist. So wendet sie sich an die beiden jüngeren Mädchen und ruft, heiser und gequält: Mütze her! Die Mädchen stürzen vor, jedes im Wege des anderen, suchen am Kopfende, darauf am Fußende des Bettes, dann unter dem und schließlich im Bett selbst, unter den verwurstelten Kleidern und Decken und in und unter dem hohen, langen Kopfkissen, das ebenso aus Kleidern besteht. Die Mütze findet sich nicht. Du hast sie versteckt! sagt sie, an Girwik gewandt. Die Tochter erwidert nichts, was den Verdacht der Mutter bestätigt. Aber diese, anstatt bei der Schuldigen zu bleiben, wendet sich erneut an die beiden Jüngeren: Dann bringt mir ein Tuch oder irgendetwas, das ich mir um den Kopf binden kann! Nach einer erneuten Suche findet sich dann dieses Etwas, und das ist eine Kinderhose, die irgendwann durchaus grün oder gelb oder sogar bunt, blumengemustert, gewesen sein könnte. Jetzt aber ist sie dunkel, grauschwarz. Zurückgeschlagen und die Beinlinge am Nacken zusammengebunden, bedeckt die Hose den Kopf recht gut.

Als die Tante zu dieser Kopfbedeckung endlich kommt, sind die Grüsse längst gewechselt, die Eltern haben sich hingesetzt. Und ich bin von ihnen gesehen, besehen, bin berochen worden. Beide haben ein und dasselbe zu mir gesagt: *Höörküj uruum!* – Mein liebes Kind! Darauf hat mir Vater beide Hände kurz auf den Kopf gelegt und die Nase an die Stirne gehalten. Bei Mutter hat es länger gedauert, und es ist peinlicher gewesen. Denn sie hat geweint, hat geschluchzt und mich dabei fest umarmt. Jetzt noch, wo wir sitzen, hält sie mir die Hand, und

ich spüre, wie sie zittert. Nun, da die Tante eine Kopfbedeckung hat, können die Schnupftabaksflaschen gewechselt werden. Vater macht den Anfang. Es werden die angefangenen Grüsse fortgesetzt, weitere, genauere Fragen gestellt und bejahende Antworten gegeben. Der Onkel und die Tante lügen, denn sie sagen, Friede herrsche über ihnen und ihren Kindern, und böse Zungen und schlechte Omen gingen in einem weiten Bogen um sie herum. Dagwaj, der mittlerweile mit der ganzen Schar der Kleinkinder hereingekommen ist, hat dem gut zugehört und es auch als erlogen empfunden, denn er bemerkt leise, aber sehr gut hörbar, Friede herrsche nur manchmal, und böse Zungen kämen öfters bis an alle Ohren. Die Kinder, die sich an der Innentür aufgepflanzt und seitdem mit offenen Mündern und brennenden Augen jede Bewegung der Erwachsenen verfolgt und nach jedem Wort mit gespitzten Ohren gelauscht haben, kichern und schauen einander an, auch die Größeren, die sich, immer noch zu zweit jeweils, inzwischen hingehockt haben, werden unruhig, sie schmunzeln. Einzig die Erwachsenen überhören und übersehen es, keiner verzieht eine Miene.
Nachdem die Schnupftabaksflaschen samt den sonnigen Fragen und den zweifelhaften Antworten gewechselt sind, widmet sich die Tante wieder ihrer mühseligen Beschäftigung. Vater, der sich mit seinem Bruder unterhalten hat, sagt plötzlich: Nun, Pürwü, gib den Stecken her! Jene schrickt zusammen, blickt für einen Pulsschlag ratlos auf, dann macht sie, was ihr geheißen. Vaters Dolch ist scharf, und seine Finger sind geschickt – schnell ist eine Handvoll flockiger Späne geschabt. Die Schwägerin nimmt sie aus der Hand ihres Schwagers ergeben entgegen, einem gewichtigen Geschenk gleich. Dabei hüpfen ihre Uhuaugen vor Verlegenheit, Schweiß glänzt auf dem Knopf ihrer Nase, und ein Stöhnen entfährt ihrer Brust.
Indes werden Neuigkeiten ausgetauscht. Vater erzählt von seltsamen Blasen am Himmel, die er gestern und vorgestern abermals gesichtet hätte, zwei seien mit einem halben Tag Abstand über Oogar dahergezogen, immer von Westen nach

Süden, und einer hätte am Abend über Gysyl Süür gehangen und sei am nächsten Morgen immer noch dort gewesen. Hättest sie abschießen können! sagt Sama und versetzt damit den Bruder in Angst. Er klärt ihn auf: Man muß es sogar tun, denn durch das Radio wurde bekanntgegeben, es seien amerikanische Spionageapparate! Die Angst ist noch gewachsen: Woher weißt du es? Der Jüngere schaut befriedigt auf den Älteren und sagt wichtigtuerisch: Der Kreisaufklärer war gestern hier, wieder einmal ging er von Jurte zu Jurte. Amerika hat, um die Erdkugel auszukundschaften, ganze fünfzigtausend solcher Apparate in alle Winde gestreut mit der Hoffnung, einige könnten am Ende zurückkehren. In dem Viereckigen, das unten hängt und glänzt, ist das Spähauge, und es schießt Bilder, verstanden? Vater ist sprachlos geworden und blickt verstört vor sich hin. Fünfzigtausend ... wie Schafe und Ziegen, nein, wie Zecken und Milben ... ja, vollgesogene Zecken sind das, die am Himmelskörper kleben ... oj, wie häßlich ... mischt sich nun Mutter in das Gespräch ein.

Der Filzkopf Dagwaj ist ein Hitzkopf auch. Ermuntert durch das vielkehlige Gekicher der Kinderschar an der Tür, das unterdrückte Schmunzeln der größeren Geschwister rechts und links und die längst in der Luft liegende, ohnehin schwelende Heiterkeit, erlaubt er sich in den Pausen der Unterhaltung der Erwachsenen wieder und wieder eine Bemerkung, die darauf zielt, die tagtägliche und nachtnächtliche Streiterei und damit das schändliche Geheimnis der Eltern vor den höchsten Mitgliedern der Sippe an den Tag zu fördern. Der siedende Tee im Kessel gibt ihm eine erneute Gelegenheit, den wunden Punkt anzusprechen: So schnell der Tee einmal auch gekocht steht, wie schön wär es, ach, wenn dazu eine Kanne wär!

Mutter, die all die kleinen sinnlos-sinnträchtigen Quakereien des verhätschelt tuenden, rundzungigen Bengels bisher tadellos hat mitüberhören können, läßt sich nun doch verleiten und wendet sich an die Schwägerin, die das aufgekochte Gemisch von Teesud und Milch mit den Prisen Salz und Butter eisern

weiterrührt: Was schnattert doch das Bübchen – habt ihr denn, du liebe Dirne, keine Teekanne mehr etwa? Doch, fängt die Gefragte mutig an, stottert darauf jedoch ein wenig, nur heute ... nur jetzt ist sie unbenutzbar, Schwägerin. Wohl deshalb, da ihr Gegenüber, die Großschwägerin, der die Schwiegermutterstelle seit langem zusteht, davon nicht gerade weise zu werden scheint, also weiter fragend schaut, muß sie fortfahren: Die Messingkanne aus der Großen Jurte haben wir natürlich immer noch, Schwägerin. Nur ist ihr die Tülle abgebrochen. Wenn heute oder morgen der Kasache Düjseke vorbeikommt, werde ich sie wieder in Ordnung bringen lassen. Das alles erzählt sie geduldig, erklärend. Dann aber erhebt sich ihre ölig-heisere Stimme, erklingt fest: Schuld an der Geschichte ist das Ding da! Feuer ist plötzlich in die Uhuaugen gekommen, diese, zwei glühenden Kügelchen gleich, zielen auf Sirgesch. Wie heißt denn da das dürre Unglücksluder mit der Fresse einer Ziege zu Unwetterzeiten? Ich habe mir den Namen bis heute nicht merken können – ich meine Eure Nabeltochter, Schwägerin – sie, sie hat der Kanne die Tülle abgebrochen! entlädt sie ihre Wut ungehalten. Sirgesch, die neben der älteren Schwester friedlich gehockt und ihre linke Hand auf deren rechten Schulter spielerisch gehalten hat, fährt ruckartig hoch und packt los mit ihrer meckernd hellen Stimme: Wie bitte? Habe ich sie aus Laune etwa abgebrochen, ah? Es war Abwehr, geschah in der Not, als du Wahnsinnige dich mit deinem wahnsinnigen Männerich zum abertausendsten Mal prügeltest, als ihr wasserköpfige und fettwänstige Fleisch- und Knochenmassen nicht nur eure eigene Brut, auch noch das kranke Kind Außenstehender plattzuwalzen drohtet!
Wäre Mutter, ihre Nabelmutter, nicht aufgestanden und hätte sie nicht in die Arme genommen, es ist schwer zu sagen, was das dürre, ziegengesichtige Mädchen noch alles ausgemeckert hätte. Heb es für später auf, mein Kind, es wird gewiß passendere Gegenheiten geben, dich auszusprechen, und mit dem, was aus dir herauskommt, auch etwas anzufangen! läßt sie sich

sagen. Gleich gehorcht sie, aber nun fängt sie an zu weinen. Auch die Tränen müssen warten. Jetzt wird erst einmal der Tee getrunken. Aber damit du schon weißt, diesmal sind wir nicht gekommen, um eure Eltern zu richten. Wenn es wieder sein muß, dann vielleicht zu einem späteren Zeitpunkt. Heute geht es um etwas ganz anderes, um euren Bruder, ach, du weißt es schon – Licht sprühen selbst deine Tränen, du bist ein innen gut und hell gemustertes Wesen, und entsprechend wirst du dich auch zurechtfinden auf den Wegen und Pfaden des Lebens! muß sie sich noch anhören, und dann ist auf beiden Seiten Ruhe.
Die Tante schickt sich an, den Tee in den verbeulten Blecheimer mit der nach oben zu gespreizten und aufgestülpten Öffnung zu gießen. Mutter hält sie zurück, sagt, besser gleich aus dem Kessel ausschenken. Ja, natürlich! weiß die kleine Schwägerin der großen eilig beizupflichten. Dabei wirkt die kleine, eigentlich die große, pralle Frau mit dem runden Rumpf und erhobenen Kopf, geduckt und um einiges geschrumpft hinter dem Ofen, hinter dem sie sich verschanzt zu haben scheint. Sie bleibt die Ausschenkende, Durgun und Tewene tragen die randvollen Schalen zu den Leuten. Geröstete Hirse in einer Aluminiumschüssel ist das einzige, was dem Besuch vorgesetzt werden kann. Nachher macht ihr euch daran, Kinder, Mehl zu kneten und Fladen zu backen, läßt die Verschanzte von sich hören. Die Worte sind an keinen gerichtet, sind als Entschuldigung gedacht für die fehlenden Fladen. Daß keiner sich dazu äußert, daß die spitzgesichtige, spitzzüngige Sirgesch nicht wieder herausmeckert, etwa so: Her mit dem Mehl, her mit dem Fett, bitte sehr, ich mache alles! Oder der klotzige, rundzüngige Dagwaj nicht wieder quakend kommt: Ich kann die Aufzählung fortsetzen – hier habt ihr sie: Mehlklöße, Milchrahm, Quark! Kaum dies gedacht, schlägt der Blitz schon ein, und er kommt aus einer Ecke, aus der man ihn am wenigsten erwartet hätte: Durgun sagt: Mehl ist doch alle! Darauf Tewene: Und Fett ist auch nicht mehr da! Dies sagen die

Schwestern zueinander, im Halbgeflüster, doch alle hören es.
Vater wendet sich an die Kinder: Ich sehe, ihr hütet, statt eigener Herden, fremde Münder, und solange es so bleibt, wird es kein Mehl und kein Fett geben! Die Yakherde, habe ich gesehen, muß nachts auf einem Geröll von festgefrorenen Haufen liegen, die Kälber stehen immer noch an der Binde zur Mittagsstunde bald nun, und ihr sitzt und steht hier zu Herden und Horden müßig und gafft Kommende und Gehende an, nicht viel anders als Hunde, die Kot wittern – macht, daß ihr wegkommt! Mit Geraschel und Gewisper, mit Geflüster und Gestöhn drängelt sich die Kinderschar durch die Tür hinaus, selbst die großen Mädchen folgen ihr.
Nun aber räuspert sich Vater auf einmal und bricht damit endlich die Stille, die eingetreten und unerträglich geworden ist. Dann wendet er sich an die Schwägerin: Gestern zu einer späten Stunde erschien die arme Teweldej und sagte, wir sollen beide kommen. Dann haben wir von ihr dies und jenes erfahren können, das Wesentliche aber nicht, und das auch jetzt immer noch nicht. Keiner von uns hat diese Nacht ein Auge zugemacht, und als es anfing am Himmelsrand zu grauen, sind wir aufgestanden, haben in aller Eile einen Tee getrunken und zu dritt die Herde hergetrieben. Das Kind, dem der Himmel nicht nur auf lange Sicht ein langes Leben, sondern auch recht bald zwei hellhörige Ohren schenken möge, ist am Doora Hara bei der Herde geblieben, und wir sind herbeigeeilt, nicht imstande, wäre uns dabei eine Mütze vom Kopf geflogen, sie aufzufangen. Und nun sag uns schnell, liebe Pürwü, was ist geschehen, und wie soll es weitergehen?
Die Gefragte fährt zusammen. Der breite, klumpige Körper richtet sich schrecksam auf, bekommt da und dort Linien und Ecken, wirkt felsig. Die Wimpern zucken schnell und so heftig, daß sich die Uhuaugen einige Male fast rollen, bevor sie allmählich zur Ruhe kommen und schließlich regungslos vor sich hin starren. Alle blicken sie an. Stille lastet auf allen und allem.

Endlich zeigt sich wieder Regung in den Augen. Doch das, was die Wartenden dann zu hören bekommen, ist ein nichtiges *Dshiktig-dshiwe-ah!* – Ach-wenn-ich-das-wüßte!

Enttäuschung, ja Entrüstung zeigen die Bewegungen und Bemerkungen der anderen. Vater schnieft laut durch die Nase, Mutter hüstelt und rutscht auf dem Gesäß hin und her, und ich denke an eine Heirat, an Kinder, an Herden, die mir die Jugend, das Leben zerreiben und zertrampeln würden. Onkel Sama, der sich bisher, wie ein krankes, pflegebedürftiges Kind, lieb und brav verhalten hatte, zündet hastig seine Pfeife an, macht zwei, drei tiefe Züge und wendet sich dann an die Eltern: Sie lügt! Und dies nur, weil sie sich aus der Schuld herauswinden und dann womöglich noch recht teuer verkaufen will! Mutter läßt von sich ein lautes *Pah!* ertönen. Wie sie es ausruft und sich daraufhin verhält, muß sie nicht nur enttäuscht, nicht nur entrüstet, sondern auch angeekelt sein. Und dies scheint dem Onkel zu gefallen, denn sogleich rückt er mit jener Geschichte heraus, die er gestern einer anderen Hörerschaft vorgesetzt hatte: Ihr wißt, was ich von diesem uhuäugigen und kuhleibigen Weib bislang gehalten habe – eine Betrügerin, bestenfalls, eine Angeberin, hab ich immer gedacht, nun aber weiß ich: Eine Hexe ist sie obendrein! Nach dieser Einleitung erzählt er, was sie vorher gesagt hat und dann, wie sie mitten am Tag schamanend hinausgeeilt und kurz darauf mit mir an der Hand zurückgekommen sei.

Also, herzensliebe Schwägerin! geht Mutter die Frau an, die, wie ertappt, wie verscheucht dahockt, mit immer noch aufgerichtetem Oberkörper, angehobenen Schultern, da und dort gratig, erst recht felsig. Nur die Augen sind jetzt anders, nicht dort, nicht hier, sind wohl unterwegs, auf Suche, liegen halbverdreht, wie entblößte, gefährdete Eier in ihren Nestern, die Wimpern zucken darüber schwerfällig. Dazu zieht sie wieder und wieder die Nase hoch. Ich wünsche mir, sie möge es wollen und fertigbringen, aufzustehen, hinauszutreten und sich zu schneuzen. Doch sie bleibt und bleibt sitzen, und das Geräusch wird im-

mer unerträglicher. Ich leide schwer, vor allem für Vater, der solches Benehmen nicht erträgt.
Also, herzensliebe Schwägerin! Soeben hast du doch gehört, was dein Mann erzählt hat, was gestern geschehen ist – du hast es sogar im voraus gewußt. Ja, du weißt es. Und tu nun nicht mehr, als wäre jemand hier mit dabei, der in dieser Zeit, wo jeder zweite Hund tollwütig und jeder zweite Mensch feindlich gesinnt, wie du selber zu sagen pflegst, dich gefährden könnte; erst einmal sind wir unter uns, festgeschnallt aneinander durch das unzerreißbare Band des Knochens und des Blutes in Freud wie in Leid, und daher, bitte, nichts als die himmelreine Wahrheit!
Die Frau bleibt in derselben Haltung. Nichts deutet daraufhin, daß sie die Worte gehört hat. Vater meldet sich: Es war ein blaugelber, wechselhafter Tag mit vorwärmender Sonne und nachkühlender Brise; in der Nacht hatte es geregnet, nun war der Himmel spiegelklar, auch die Steppe lag erfrischt und gesäubert da, die Grasbüschel und Wermutstauden wirkten wie gebürstet, reckten sich empor. Es war der siebzehnte Tag des Mittleren Monats im Herbst. Ich ritt dir zum linken und Sama dir zum rechten Knie, alle unsere Pferde waren Schimmel, alle drei Paßgänger. Aber nicht das war von Bedeutung. Von wirklicher, bleibender Bedeutung war der weiße Yakochse, der hinter uns herlief, am Ende des Stricks, dessen anderes Ende in meiner Hand lag. Denn der Ochse trug auf seinem Rücken die Schamanentrommel, deren Besitzerin, ja, Reiterin und Bändigerin du warst, Pürwü, zu der Stunde die rotbackige, großäugige und langgliedrige Braut in Seide und Silber. Uns und auch den Pferden wäre es lieb gewesen, wenn wir in vollem, gestrecktem Galopp über Gras und Strauch gefegt wären, aber wir durften es wegen des Ochsen nicht tun. So mußten wir langsam reiten, und das war schwer mit den Pferden, die daran gewöhnt waren, ständig zur Schnelligkeit getrieben zu werden. Nun schwitzten sie vor lauter Kampf gegen ihre Reiter, und je mehr sie schwitzten, desto dunkler sahen sie aus. Auch der

Ochse schwitzte, auch dessen Fell lief dunkel an und wurde am Ende fast himmelfarben. Und die Farbe war mir recht, denn ich machte mir Gedanken über die Last, die auf dem Rücken des hinderlichen, schweißigen Yakochsen nun auf unsere Sippe zukam. Dabei dachte ich auch und vor allem an dich – was du erwartet haben mochtest –, hoffentlich nicht nur himmelfarbene Paßgänger, nicht nur Seide und Silber. Gewiß wär es für jedes Mädchen eine Ehre gewesen, als Braut in die Sippe des Daamal zu kommen. Wüßte man dabei aber, welcher Last man sich hingab, indem man, selber aus ärmeren Verhältnissen stammend, zur Schwiegertochter des reichsten, und wohl darum himmelgleich verehrten Mannes, vor allem aber zur Ehefrau eines Sama wurde ... Hier sitzt mit seinem nackten Gesicht und seiner nicht mehr umkehrbaren Vergangenheit mein Bruder und dein Mann, und auf uns schaut der Himmel herab. Er, vor dessen all- und immersehenden Blick keiner sich verstecken kann, ja, der Unbeirrbare, Unvergeßliche und Unbestechliche allein weiß in vollem Umfange, welche Last du Dienerin und Dolmetscherin des Blauen Himmels zu uns gebracht und welcher zusätzlichen du dich noch hinstellen mußtest – wir Menschen mit Fleischherzen und Wasseraugen wissen selbst mit unserem Teilwissen, es ist eine schwer-schwere ...

Vater redet langsam und lang. Wartet ab mitten in der Rede, wartet auf das Auftauchen wohl nur für ihn sichtbarer Zeichen und Spuren in den Mienen, in den Augen, redet gezielt, beschwört. Behält den Atem, behält die Übersicht, scheint jeden und alle mit Worten, mit Blick zu umspannen, nirgends lockerzulassen und den unsichtbaren Faden nur noch fester zu ziehen.

... zwei weiße Filze lagen vor der Bödej ausgebreitet, auf dem einen kam die Braut mit dem Pferd, auf dem anderen die Trommel mit dem Ochsen zum Stehen, und in dem Augenblick dachte ich für mich, jetzt sind es deine Schultern, auf die die doppelte Last mit aller Schwere drücken wird, da du es warst,

der sie herbeigeholt und du es eines Tages auch sein wirst, die Sippe mit dem fehlgeratenen Bruder zu führen – nun spüre ich die Last auf meine alternden Schultern mit verdoppelter Schwere drücken, meine einzige, mit mir alternde Schwägerin, wenn ich dich in einer Stunde der Not noch anflehen und anbetteln muß wie eine Fremde mit dreifacher Haut!
Es ist ausgesprochen. Doch hat Vater nicht die Zeit, die Sitzstellung zu ändern, geschweige denn sich aus der emporgereckten Vorderstellung zurückzuziehen oder gar an den Kleiderstapel im Rücken anzulehnen und so für eine Weile in sich zu ruhen: Die Schamanin fährt zusammen, zittert und stottert: Lieber, weltenberggleicher Schwager! Alles, alles ist wahr, was Ihr soeben vorgetragen habt ... wahr wie die Milch, wie das Blut ... wahr wie das Wasser, das in beiden fließt. Ihr seid es gewesen, der mich Achtzehnjährige mit den schweren Zöpfen und schweren Backen durch die gewaltigsten der Worte ... die liebenswürdigsten der Gesten meiner elterlichen Jurte mit den wackligen Gitterwänden und löcherigen Dachfilzen entrisset ... auf dem wiegenden Rücken eines himmelfarbenen Paßgängers durch den aufregendsten Herbstmorgen meines Lebens führtet ... um mir am Ziel auf weichem, weißem Filz Eingang in die wärmende Mitte Eurer ruhmreichen Sippe zu gewähren ... Eingang mir und dem Werkzeug meiner Asalar ... Wahr ist auch das mit der Gegenlast, der ich mich zu stellen hatte ... Euer Bruder, kaum vierzehnjährig, war der schwerste Fall, den sich der Himmel ausgedacht haben mußte, um die menschliche Geduld auf die Probe zu stellen ... Man weiß, wie ich dem Minderjährigen mit der Hilflosigkeit eines Wurmes und der Sturheit eines Ochsen noch Jahre lang das Gesicht waschen, die Nase putzen und ihn morgens ankleiden und abends entkleiden mußte – aber was weiß man trotzdem? Ich will mich nicht beklagen, nein, die Ehre, die mir erwiesen worden war, spüre ich immer noch in mir, bin zufrieden mit dem, was ich zu ernten hatte. Daher nehme ich alles, alles hin, was auf mich zukommt ... auch wenn es ein Stein im Flug ist. *Das* aber, daß

ich Euch, himmelgroßer Schwager, erdgroße Schwägerin, eine dreifach behäutete Fremde sein soll, das werde ich nie und nimmer annehmen!

Während sie die letzten Worte spricht, steht sie auf, geht zum Dörr und fängt an, aus den Falten des Dachfilzes der Jurte die Schamanenutensilien herauszuholen. Selbst die Asalar scheinen ängstlich zu werden in dieser Zeit, werden ungenau, sagt sie wie für sich, mit dem Rücken zu uns. Nicht Gleichgültigkeit ist es, weshalb ich zögere ... ich will ... ich darf mich nicht irren! Da hat sie die Mütze auf den Kopf gestülpt, ruht auf ihrem Stammplatz, wenn sie orakelt, am Fußende des Bettes, und hält den Spiegel vor dem mit schwarzen Fransen verhängten Gesicht. Sie hält inne, erstarrt. Wir folgen ihr wohl, atmen leise, starren geradewegs auf das klumpige stumme und steife Dreieck, in das sie sich verwandelt hat. Vater ist in seiner emporgerichteten, vorgereckten Stellung geblieben; Mutter, die sich breit zu machen pflegt, wenn sie sich einer Unterhaltung hingibt, ist noch weiter in die Tiefe gesunken, hat den Kopf eingezogen und das Kinn vorgeschoben; Onkel Sama hält die gestopfte Pfeife, die er sich schon anzuzünden gebärdete, als Mutter mitten in der Rede war und auf ihn als Zeugen griff, immer noch unangezündet in der Hand. Das alles bemerke ich nur nebenbei und schaue unverwandt und mit schmerzender Gier auf die Hand, die den Spiegel verbirgt: Wann endlich wird wohl der Tag sein, an dem auch ich eine blankgescheuerte, kreisrunde Scheibe aus Messing oder Kupfer oder sonstwas besitzen und sie mir Spiegel nennen darf, da ich imstande wäre, Bilder zu sehen und sie zu lesen?

Die obere Spitze des stumpfwinkligen Dreiecks regt sich. Die rotweißschwarze Mütze schüttelt sich sanft. Die Raubtierknochen und Kaurimuscheln in der Zweierreihe über den schlundartigen schwarzen Fransen gleichen bleckenden Zähnen und klirren leise.

Es kann doch nicht sein! hört man die Schamanin zu sich sagen. Darauf schüttelt sich die Mütze von neuem, nun aber

heftiger, und jetzt klirren die Anhängsel lauter. Mir ist, als recke sich Vater noch höher, während Mutter noch weiter in die Tiefe geht. Onkel Sama, die Pfeife wieder im Mund, nestelt hastig an der offensichtlich leeren Streichholzschachtel. Da scheint ihm die Geduld zu platzen: *Was* kann nicht sein? sagt er mit gepreßter Stimme und schielt dabei verächtlich nach seiner Frau. Und diese antwortet unvermutet schnell und kleinlaut: Es scheinen doch welche von mir darin zu stecken . . .
Der Mann wird darauf erst recht fuchsig, faucht sie an: Was heißt *es scheint* und was das namenlose *welche*? Hab ich dir doch gesagt, es sind deine Asalar, die nun so frech geworden sind, sich an der Sippe zu vergreifen!
Auch jetzt zeigt sie sich friedlich, hilflos fast: Verstehe einfach nicht, wieso solches möglich sein soll. Wieso solches möglich sein soll? äfft er sie nach. Wieso nicht? Du hast die Sippe angehaucht, hast ein dummes, unwissendes Kind dorthin gelockt, wo dein Wahnsinn siedet und dampft, also hast du es vorsätzlich angesteckt!
Sama hört nicht so schnell auf, den Angriff auf seine duldende Frau fortzusetzen. So bohrt er sich immer tiefer, begründet und beschuldigt sie weiter, gebärdet sich kampf- und gerechtigkeitslüstern. Doch so sehr er sich auch aufbläht, Pürwü beißt nicht an, und daher bleibt ein neuer Streit vorerst aus. Auch dann bewahrt sie Ruhe, als Mutter sich in das Zwiegespräch einmischt, und zwar ihm recht gibt, indem sie von der Warte der älteren Schwägerin aus die jüngere prompt an Dinge und Worte erinnert, die nun mal geschehen und gesagt.
Du warst es, liebe Pürwü, die dem Bengel, gegen mein wiederholtes Bedenken, erlaubt hat, sich mit Dingen einzulassen, für die unsereine weder das Auge noch das Ohr noch die Zunge haben – also mußt du nun sehen, daß du ihn davon befreist!
Die Schamanin entgegnet darauf lediglich: Nun gut. Die Worte sind leise ausgesprochen, fast nur geseufzt. Aber sie vermögen die ältere Schwägerin zufriedenzustellen. So wartet diese schweigend. Auch Sama, erst vom Eingriff seiner Schwägerin unter-

brochen, schweigt nun wieder. Ruhig aber ist er nicht – zuerst kaut er an der immer noch nicht angezündeten Pfeife, während er an der Streichholzschachtel ein letztes Mal nestelt, sie dann zerdrückt und mit Schwung nach dem Herd wirft. Darauf legt er fast mit demselben Schwung die Pfeife weg, bückt sich und greift nach der Schale auf dem Fußboden zwischen seinen breitgespreizten Beinen und leert sie in wenigen hastigen, geräuschvollen Schlucken. Mit Schreck denke ich daran, daß er sich immer noch nicht erleichtert hat und dies vielleicht die zehnte seit heute morgen von ihm geleerte Schale ist.

Ruhe ist eingekehrt in die Schamanin. Wieder ist sie erstarrt, wirkt felsig, hügelig. Auch die Eltern scheinen erstarrt, wirken alt, wirken knorrig, vor allem die Hände, bei beiden zum Gebet zusammengelegt, gleichen Aststummeln, vom Blitz gespalten, vom Wind gewetzt ... Ich komme mir glitschig weich vor, spüre in mir schweres, schmerzendes Bedürfnis zu reifen, zur Festigkeit zu gelangen und etwas zu werden, das taugt in dieser Welt der Hügel und Berge, der Lärchen und Espen, die erst im Alter, in der Verwundung zur vollen Geltung kommen und dann mehr Felsen gleichen als Bäumen. Ein erwärmendes und erhellendes, ein erfüllendes Gefühl bemächtigt sich meiner, mir ist, als stünde mir Großes wie der Tod, wie die Geburt bevor, und dadurch bekäme mein Dasein einen weiteren Umfang, einen tieferen, edleren Sinn.

Also dann! sagt die Schamanin. Sie sagt es bedeutungsvoll und steht auf. Es ist, als hätte sie eine schwere Last von ihrer Schulter gewälzt. Darauf beginnt sie sich ihrer schamanischen Sachen zu entledigen und sie wieder in die Falten des Dachfilzes zu verstauen. Dabei wirkt sie ermattet und erschlafft. Nachdem sie die Hausfrauenstellung wieder eingenommen hat, einen Hintern weiter zum Herd und zur Tür, wo sie vorhin gesessen, kann man sich an sie wenden. Es ist Vater, der sich vornüberbeugt und seine Schnupftabaksflasche ihr hinhält: Eej, zehntausend Geister, seid ihr gut gewandert? Und welche Neuigkeiten gibt es in jenen Welten?

Pürwü wehrt beschämt ab: Uj, was macht Ihr, lieber Schwager? Ihr tut ja, als hätte ich groß auftreten, gar schamanen können, wo ich ja, da Ihr es durchaus so gewollt habt, nur ein kleines Orakel habe versuchen müssen! Doch nimmt sie von ihm die Flasche entgegen, schlägt auf den Nagel des vom gekrümmten Zeigefinger umfriedeten linken Daumens ein beträchtliches Häufchen ab und zieht es genußvoll die Nase hoch. Dann sagt sie, während sie die Flasche zurückreicht: Anders ging es nicht, und so habe ich, ohne mich ob der Richtigkeit meiner Entscheidung bei Euch vorher zu vergewissern, dem Druck nachgegeben und beschlossen, die Verbindung auf Blut doch herzustellen – sollte etwas dagegen sprechen, ich könnte es bei einer anderen Gelegenheit natürlich erneut versuchen ...

Mutter geht ihr sogleich entgegen: Blind und taub wie wir sind, wir müssen fragen – wie geht es, diese Verbindung auf Blut, vor sich, eej Ihr zehntausend Geister?

Ich werde den Jungen an Kindes Statt annehmen und so die Dinge, die geschehen sind und noch geschehen werden, vor Menschen und Geistern rechtfertigen.

Soll das heißen, ich muß in dieser Jurte bleiben und zu einem Sama-Kind werden? Mir wird schlecht. Auch die Eltern schweigen betreten. Und sie tun mir leid. Nun, da sie im Spiel sind, merke ich, ich kann mich ausschließen, vergessen, nicht um mich soll es gehen. Denn schließlich habe ich doch schon eine Nacht hier verbracht, die nächste wird nicht noch schlimmer sein als die, und wenn doch, dann wohl nicht wesentlich. Und da ich bald genesen und wieder erstarken werde, da ich ein Junge und dazu noch im Wachsen bin, werde ich nicht nur die jüngeren Geschwister, sondern auch Girwik und Sirgesch, ja, hin und wieder selbst Pürwü vor Sama und ein andermal Sama vor Pürwü in Schutz nehmen und so vielleicht einen Kriegsherd löschen, wer weiß? Möglich, der Himmel hat dies gewollt und meinen Platz im Leben umbestimmt!

Plötzlich prustet Pürwü los. Sie lacht ihr berühmtes Gelächter, jenes schallende Gewieher, das aus ihr herausbricht, immer

dann, wenn man es am wenigsten erwartet. Alle fahren zusammen, am heftigsten tut es Sama, seltsamerweise. Aber auch ich bin arg erschrocken, mir ist, als hätten sich meine Haare in Nadeln verwandelt und pieksen nun auf die Kopfhaut.
Was habt Ihr denn gedacht, Schwager und Schwägerin? sagt sie schließlich, nicht mehr lachend, immer noch im Schwung aber. Habt ihr geglaubt, ich nehme euch das Kind weg?
So ganz nicht, antwortet Mutter kleinlaut, aber ich gestehe, ich war verwirrt und bin es immer noch: Wie soll es gehen? Treibe dein Spiel mit uns nicht noch länger und sag es, bitte, Liebe!
Pürwü lacht wieder, diesmal anders. Dann spricht sie: Es wird doch nur gedeutet, Schwägerin. Eine Mutter-Kind-Verbindung wird vorgespielt. Ihr kennt doch, was man tut, wenn ein Säugling zu einer fremden Mutter kommt und von ihr an Kindes Statt angenommen wird?
Mit dem roten Wollfaden?
Ja! Und noch drei Beigaben, die ich für den Jungen gleich anfertigen werde und die er in seinem Kopfkissen aufbewahren möge.
Später findet das Spiel statt. Ich bin der Frischling, dafür muß ich mich bis auf die Unterhose ausziehen und unter den gespreizten und angewinkelten Beinen der Pürwü hindurchkriechen. Dabei ist in meiner Nabelgrube das eine Ende des matten Schafwollfadens geklebt, dessen anderes Ende oben, irgendwo an dem anderen Leib befestigt sein muß; Mutter ist die Nabelmutter, schneidet den Faden mit einer Schere durch. Darauf bekomme ich die Gaben: ein gegerbtes Lammfell, ein winziges, schnell und schlecht geschneidertes Hemdchen und einen bis über die Mitte in lauter Streifen gerissenen Stoff, alles in Weiß. Ich bin soeben geboren, das Hemd ist meine erste Kleidung, das Lammfell soll mir die Füße warm halten und so viele Jahre, wie da Streifen sind – deren sind es dreiundsiebzig an der Zahl – soll ich von da an noch verleben. So ist der Sinn.
Ich darf mich wieder anziehen und soll die Gaben schon bei mir unterbringen. Ich stecke sie in den Brustlatz. Sie liegen eng

an meiner Brust, drücken angenehm weich, wärmend und stützend, einer Lehne, einem Polster gleich. Ohnehin fühle ich die Frische, wie immer nach jedem neuen Gürten, bin erholt und gefestigt. Bin erfüllt von dem feierlichen Gedanken des Neubeginns. Nun könnte, müßte ich meine Spuren durch das Leben neu und besser, da immer bewußt, ziehen. In den Ohren saust es. Bin ich berauscht? Die Frage zieht eine weitere nach sich: Wie werde ich mir die Schamanin ab nun nennen?

In dem Augenblick sagt Pürwü, an mich gewandt: Du mußt nicht Mutter zu mir sagen. Zu meiner eigenen Mutter sagte ich es auch nicht. Ich sagte wie alle Kinder im Ail Tante zu ihr, und dabei wußte ich trotzdem, was sie mir war. Darauf wendet sie sich an die Eltern: Aber *ich* werde ihm eine Mutter sein so wie dieser Mensch da ihm hoffentlich auch ein Vater sein will. So wißt Ihr, Schwager und Schwägerin, daß ihm unter dem löchrigen, buckligen Dach unserer schiefen, schwarzen Jurte immer ein Plätzchen zusteht, wann er es will. Also biete ich ihm ein Recht ohne das Gegengewicht, die Pflicht, an.

Mutter kommt ihr eilig entgegen: So soll er ein Tel sein! Wir haben vor dir so oft Dankbarkeit empfunden, liebe Pürwü, heute tun wir es abermals und ganz besonders, nun für die Weite deines Schoßes und für die Milch deiner Brüste!

Vater schließt sich ihr gleich an: Auf dem Weg hierher heute früh fiel uns schwer, die Steppe unter den Sohlen zu treffen. Nun sehen wir unter den goldenen Strahlen der Sonne und den silbernen Flocken des Windes die Erde mit den vier Himmelsrichtungen und wissen einen jeden Berg auf seinem Sitz und ein jedes Gewässer in seinem Bett wieder. Und diese Ordnung kommt von der Zuversicht, die du uns, liebe Schwägerin, noch greifbarer als bisher gegeben hast, wir haben mit unseren Wasseraugen gesehen und Fleischherzen erfühlt: Du bist die Mutter der Sippe schlechthin und nimmst dich, der Leitstute einer Herde gleich, eines jeden an, der in Not ist. Und deinen opferbereiten, sinnvollen Dienst an den Hundejungen da wollen wir als eine sichtbare und sinntragende Beigabe zu unseren gut gemeinten, aber gewiß schlecht ausgedrückten Worten mit einem hellen, heißatmigen Muttertier erwidern.

Ein Schaf also . . . denke ich, und ich finde es in Ordnung. Nun wäre ich Mitbesitzer dieses Schafes, gleich, in wessen Herde es ist, sowie ich selber in welcher meiner Jurten, bei welchen meiner Eltern bin, denke ich weiter belustigt. Und ich finde es gut, ja, großartig: Wahrlich bin ich ein Tell, jenen glücklichen Kälbern und Lämmern gleichgestellt, die zwischen zwei Müttern wechseln – kann ich es . . . kann einer es je besser haben?!

Mit solchen erhabenen und erhebenden Gedanken in der Brust und betäubenden, verblendenden Wallungen bis an die Schläfen verlasse ich die Jurte, und wir begeben uns auf den Heimweg. Zuerst wollen die Eltern, daß ich reite, aber ich möchte lieber laufen, und da ich mich wohl so beharrlich im Widerstand zeige, kommt auf das einzige Pferd schließlich Mutter, und Vater und ich folgen ihr zu Fuß. Ich fühle mich tatsächlich stark genug, um mitzukommen, bin erholt, aber lange genug eingesperrt gewesen, daß ich gern wieder draußen bin. Nur spüre ich in der windigen Kälte die beschädigte, beschmierte Gesichtshaut arg brennen. Auch spüre ich ein starkes Bedürfnis, mich zu waschen. Dabei wundert mich, daß die Schamanin mir keinen Wacholder mitgegeben, keine Wäsche verordnet hat. Vielleicht hat sie es vergessen? Bald spüre ich das Bedürfnis so stark, daß ich eine Wäsche mit Wacholdersud für unumgänglich halte. Dabei entscheide ich mich für zwei Steine, einen weißen aus der Sonnenaufgangsrichtung und einen schwarzen aus der Sonnenuntergangsrichtung. Sie bis zum Glühen erhitzt, werde ich mich darüber waschen. Und die Wäsche wird meinem Tod und meiner Geburt gelten.

DER STURM ÜBER DEM WELTENBERG

Die Füße des Pferdes wirbeln Staub auf, und Vater will, daß Mutter weiter vorne reitet. Diese aber fragt, ob sie nicht nach hinten gehen könnte. Und zur Antwort bekommt sie zu hören, ja gewiß, wenn sie nichts dagegen hätte, der Dökterbej-Mutter zu ähneln, doch dann müßte sie wieder auf Abstand bleiben, wegen des feuchten Pferdeatems in unserem Nacken – außerdem würde sie, wenn sie dort sei, wo sie eben sei, uns beiden ein wenig den Wind aufspalten und die Kälte brechen. Schweigend rückt Mutter um einen halben Pferdeleib weiter vor.
Was hat doch die arme Dökterbej-Mutter schon wieder verbrochen? denke ich, stöbere in mir nach Gehörtem und weiß bald, die Frau, die zu Zeiten der Großeltern oder noch früher gelebt haben muß, ist zwar wohluntergebracht dort, aber diese ihre Geschichte fehlt. Doch danach zu fragen, spüre ich keine Lust. Oder ist es die Kraft, die mir fehlt, und ich bin doch nicht stark genug? Keuche jedenfalls arg, so sehr ich versuche, den Atem zu beschwichtigen, aber er gehorcht meinem Willen nicht mehr, entreißt sich in geballten Stößen der Brust.
Die Luft wird zusehends fahler und körniger. Die Wolken, lange schon in Sicht und auch lange genug still verharrt, ein vor sich hin brütendes Meer, sind in Aufruhr gekommen, sind dabei, die Schwarzen Berge vom westlichen Rand her zu überfluten. Die Talwinde, noch unterschiedlich in der Fallrichtung, Treffhärte und Stoßkraft, schwellen langsam an und sind auf dem Weg, erfaßt und aufgesogen zu werden von dem Sturm, der in den Wolken tobt, über den Kämmen tost und die Lüfte bald aufrollt, bald flachwalzt, zerknüllt und zerfetzt.
Wieder und wieder schickt Mutter über ihre Schulter Worte herüber. Sie kommen schwer an. Ein Laut, eine Silbe, ein Wort geht an den Wind verloren oder prellt gegen das Rattern und

Rasseln der rutschigen Geröllsteine unter den Pferdehufen und den Stiefelsohlen. Es sind Fragen, zumeist an mich gerichtet.
Wann ich auf den Weg gegangen sei?
Ich glaube, sage ich, vor vielen Tagen und Nächten.
Wo ich dann die ganze Zeit gewesen sei?
Im Himmelsland wohl.
Wie ich die große Entfernung zurückgelegt hätte?
Bin gerannt, manchmal vielleicht auch geflogen.
Wem ich da alles begegnet sei?
Vielen Tieren, alle auf der Flucht, mir selbst, ebenso flüchtend, und einem bleichen Fremdländer, hochgewachsen, oben breit und unten dünn, mit viel Bart, viel Haar, bemähnt wie ein Hengst...
Jetzt fällt mir alles wieder ein. Und wenn ich so erzähle, meine ich, es strengt mich nicht noch zusätzlich an, seltsam. Aber Vater scheint es nicht zu merken, denn er mahnt Mutter wiederholt, sie soll mir doch Zeit zum Auspusten lassen, und so nimmt die Unterhaltung bald ein Ende.
Doora Hara erhebt sich, quer und schwarz, vor uns und versperrt uns den Blick. In Sägezähne-Zacken klettert der Weg, helle Narben im Bergleib, hinauf bis zum Erdrand und wie weiter in den wolkenschäumenden Himmel hinein. Mutter muß absitzen und das Pferd an der Leine führen. Nun spannen wir zu viert alle Muskeln an, liegen zwischendurch alle vier auf allen Vieren, kämpfen und krallen uns auf rutschigem Schieferkies um jede Fußbreite voran. Dabei sind wir nach jeder zweiten oder dritten Zacke zu einer kleinen Verschnaufpause gezwungen. Und dann, als wir endlich den Paßgipfel erreichen und an den Owoo auf dem schmalen Bergsattel treten, sind wir zwar alle vier erst einmal am Ende unserer Kräfte, keuchen und zittern und dampfen unter Schweiß und Rauhreif, fühlen aber Erleichterung in uns: Die hohe Schwelle zur Winterweide und -bleibe der Sippe ist bestiegen! Dieses Gefühl der Erleichterung ist auch dem Pferde anzusehen, es brummt leise und gähnt ausgiebig, und dabei schimmert sein sonniges, rehbraunes Fell

unter der gleißenden Schnee- und Eisdecke sprühende Funken, züngelnde Flammen.

Jeder Mensch hat mit seinem müden Leib auch einen Stein hinaufgetragen, den er als hinderlichen Körper am Wegrand aufgelesen hatte. Nun legt er ihn sanft auf dem Owoo ab. Der Stein ist seine Opfergabe an den Geist des Berges, ist sein Bekenntnis zu allem, was von diesem Berg auf ihn ausgeht, auch wenn es Beschwernisse sind. Es ist noch ein bescheidener Haufen, ist ein Owoo-Jüngling nur. Ihn gründete und weihte ein ich, das Lämmer und Kälber hütende Kind. Die Tage und Monate und Jahre haben sich seitdem auf uns gehäuft und ihn wie mich wachsen lassen. Sie werden sich weiter auf uns häufen, und ich werde wachsen, er wird wachsen. Während ich auf das gähnende Pferd schaue, überkommt auch mich das Bedürfnis zu gähnen. Und als ich mich dem hingebe, weiß ich, der eben abgelegte Stein braucht Begleitung, braucht Begründung und Erklärung.

> *Eej baj-la Aldajm*
> *Ewej ala daglarym*
> *Eshelerim esheleri*
> *Enelerim eneleri...*
> Eej, Altai, du mein reicher
> *Ewej*, Berge ihr meine bunten
> Ihr Große Väter meiner Großväter
> Ihr Große Mütter meiner Großmütter...

fange ich an zu singen und fühle mich schnell erleichtert. Jedes Wort, das ich in mir wecke und auf den Weg schicke, läßt dort, wo es gelegen, einen Hauch Helligkeit zurück und erhebt mich um eine Sprosse auf einer unsichtbaren Leiter.

> Ihr Steine, Knochen der Hügel
> Ihr Bäume, Sehnen der Mulden
> Ihr Gräser, Haare der Steppen
> Hört mir zu, steht mir bei alle
> Zum Opfer, eben dargebracht

> Möcht ich weitere gesellen
> Es sind Gewächse, Triebe
> Der Landschaften in mir
> Batzen, herausgerissen
> Aus dem Herzhügel, Nierenberg
> Spritzer, abgeschöpft
> Dem Milzbach, dem Lebersee
> Sie seien Opferbeigaben
> Zum harten, schwarzen Stein
> Dem Berge entnommen
> Sie mögen Polster sein
> Zu dem harten Stein
> Sie mögen Licht sein
> Zu dem schwarzen Stein
> Mögen Aug, Ohr, Zunge sein
> Jedem, der hier vorbeizieht
> Und das Bett bereiten
> Für das Steinvolk, das einst
> Da sich erheben wird
> Der Ur- und Weltenberg ...

In bedächtigem, wiegendem Schritt umrunde ich den Owoo. Bewege mich im Gleichfall mit den Worten, schwenke das Lebens-Tuch, dessen zusammenhängendes Ende in der Hand, das zerfranste in der Luft, bald lockt, bald trifft, und es treibt mich voran. Dabei halte ich die Brust vorgeschoben und den Blick auf die Spitzen der Berge gerichtet. Die Eltern haben sich nach der anfänglichen Unschlüssigkeit überwunden und entschieden: Haben sich auf einen Streifen Schnee nördlich vom Owoo niedergekniet, verharren in der gleichen Stellung und beten wie um eine Wette. Sie haben vor Augen nicht nur uns beide – den erst schenkelhohen Steinhaufen, den Owoo-Jüngling, und mich, ihr vielleicht armes, krankes Kind – sondern auch den Haarakan direkt und nun richtig zum Greifen nah vor sich und rechts und links davon die ganzen Gletschergipfel des Hohen Altai.

> Vielleicht seid ihr nur noch Steine
> Zusammengeworfene
> Und ich bin bloß ein Jüngling
> Spatzenarm und kipplich krank
> Ein Flüchtender vor mir selber
> Doch wer vermag zu sagen
> Was alles steckt in den Beuteln
> Noch lange nicht leer
> Über uns hängenden
> Der Himmel, der erschaffen
> *Owoo* und Schamanen, aj
> Der wird, *Ewej*, auch diesmal
> Seinen Grund gehabt haben
> Wenn er euch, wenn er mir, oj
> Erst solch Mühen bereitet ...

Der Wind nimmt zu, droht, nach dem Sturm zu greifen, der nun seit Stunden in den Höhen tobt und tost. Ich stemme mich gegen ihn, bald mit dem Rücken, bald mit der Brust und dazwischen auch rechts und links mit der Seite, und das hat wohl zur Folge, daß auch ich zulege: Singe lauter, gehe schneller und merke, die Verse ergeben sich immer leichter.

> Nicht umsonst kroch ich, ej
> Unter dir hindurch, Pürwü
> Und des Stahles Schneide
> Nabelte mich von dir ab
> Bin vielleicht ein Glückswurf?
> Doch ach ...

Zweifel überkommt mich auf einmal. Zweifel an der Richtigkeit der Aussage. Vor allem an der Zulässigkeit dessen, was jetzt kommen will. Besser, ich lasse es genug sein, höre auf, blitzt es mir durch den Kopf. Zumal mein Blick die Eltern streift, die, immer noch auf den Knien, Schenkel an Schenkel, auf dem zum Eis, zum Stein verhärteten Schnee ruhen, immer noch die Hände zum Gebet ausgestreckt, artig wie Kinder, nun aber wie genötigt und hilflos auch, denn die Lippen bewegen sich nicht mehr. Und wohl wächst gerade in diesem Augenblick der Wind zum Sturm – mit unbekannter, böser Kraft schüttelt und rüttelt er, peitscht und bricht ein, stürzt herein. Ja, aufhören und sehen, daß wir vom Paß, dem Fegebett des Sturmes, wegkommen und in das tiefe, wenigstens halbwegs windgeschützte Tal einkehren! Doch muß ich schnell noch die Last loswerden, die sich soeben gemeldet hat in mir und schon so unerträglich drückt.

> ... welch ein Spatzenhirn
> Das deinen Schädel bewohnt
> Und dir vorgaukelt, Ewej
> Die acht Zitzen zweier Kuheuter
> O-ooj, e-eej, i-iij
> Welch eine Blindheit, Dataj
> Hinter deiner Stirne, uj
> Siehst, was du darfst nehmen
> Nicht auch, was du mußt geben
> Weißt du denn nicht, was heißt
> Eine Pürwü zur Mutter
> Einen Sama zum Vater
> Zu haben, aj-aj-aj
> Hier die Unmündigkeit
> Dort der Wahnsinn werden
> Ab heut dich begleiten
> Wer hat wessen angenommen
> Sie deiner oder du ihrer?
> Auf die Frage wirst du noch
> Eine Antwort suchen müssen
> Nichts ohne Gegengewicht
> Kein Recht ohne Pflicht, nein
> I-iij, e-eej, o-ooj ...

Ich bleibe stehen und verneige mich vor dem Owoo. Dann will ich gehen, und da erst merke ich, wie kalt es geworden ist. Das Pferd, das sich mit dem Hintern gegen den Sturmwind gestellt und sich nun erst recht in einen Schimmel verwandelt hat, zittert heftig. Auch wir Menschen zittern. Mein liebes, armes Kind, wendet sich Vater, gerade aufgestanden mit Mühe und noch unfähig, sich voranzubewegen, mir zu. Ob ich meine flachstirnige Lammfellmütze lieber gegen seine aus Fuchsfell mit dem vorspringenden Rand tauschen wolle. Ich komme nicht dazu, ihm darauf zu sagen, mir sei es nicht kälter als ihm, merke aber sein aschfahles Gesicht, den vereisten Schnauzbart und den sorgenvollen Blick der graubraunen Augen, die tief in den Höhlen glimmen. Für einen Herzschlag muß ich an den Fremdling an der Quelle denken. Nun kommt mir Mutter zuvor: Er wird doch seine Mütze mit keinem tauschen! Tadel liegt in der Stimme. Doch ihr Blick strahlt Wärme aus. Und sie selber wirkt munter und fröhlich, leicht stolz, fast überbordend. So auch spricht sie: Mann, nimm nun das Pferd zu dir, ich werde mich zu meinem Kind gesellen, werde es an der Hand führen!

Vater gehorcht. Ich aber gehe weiter, renne beinah. Strecke die Rechte vor, lasse darüber das zerfranste Tuch flattern und prasseln, lasse es wehen und flammen. Stemme mich gegen den Druck des Sturmwindes, drücke, will der Gegenwind mit der Spitze eines Pfeiles, mit der Schneide eines Messers sein. Und ich dringe in ihn auch ein, spalte den Sturm mittendurch. So darf ich bald wieder aufrecht gehen und mir Zeit lassen. Ich merke, jetzt brennt die Kälte nicht mehr. Gelassen schlendere ich auf dem Weg, der sich an der beuligen, steilen Bergflanke entlang, an Schneewächten und Felswällen geschickt vorbeischlängelt und auf die Talsohle zustürzt. Vater, zu Pferd, überholt mich auf einem Nebenpfad, Mutter humpelt mir, weit abgefallen, hinterher. Ich höre sie husten und pusten, denke, ich müßte auf sie warten, was ich auch tue, denn ich gehe immer langsamer. Aber es dauert eine ganze Weile, bis sie an mich herankommt. Und als dies endlich geschieht, strecke ich ihr die freie Hand entgegen und sage: Halte dich hier fest, Mutter! Sie gehorcht, faßt meine Hand zuerst ein-, bald darauf beidhändig, und nimmt später, nachdem ich auf ihr Geheiß das

Tuch in den Brustlatz gesteckt habe, auch die andere. Sie seien eiskalt, sagt sie. Und darauf, ich soll, bitte, bei ihr bleiben.
Mutter! sage ich leise, stehe mit geschlossenen Augen, mit dem Gesicht in der Richtung, in der hinter zwei Bergrücken unsere Jurte stehen müßte. Jetzt spüre ich die Wärme der Mutterhand. Und sehe auch etwas, es ist der Owoo, der von hier aus nicht mehr sichtbar ist, dazu noch in unserem Rücken, aber nichtsdestoweniger sehe ich ihn, sehe ihn wachsen, erwachsen ... Sehe auch einen mit einer milchweißen Hadak in den vorgestreckten Händen an den hügelhaften Haufen treten, es ist ein vornehmer Mann mit einem hellen, vollen Gesicht mit weichen, weisen Zügen. Unter seiner schönen, zobelschwarzen Mütze lugen lange, wolkengraue Haare hervor, ihm folgen Frauen und Kinder, alles vornehme, ansprechende Wesen. Mutter, sage ich, die Augen immer noch geschlossen, abermals, nun noch inbrünstiger, der Owoo wird wachsen, und ich werde wachsen!
Vater reitet vor, biegt am Rand der Talsohle rechts ab und verschwindet hinter dem Felshügel zum Fuß des Steilhanges unterhalb von uns. Und nach einer Weile taucht dort ein Zipfel der Schafherde auf. Tewej hat mehr Verstand im Kopf als manch einer mit zwei gesunden Ohren! sagt Mutter begeistert, hat genau die richtige Erdfalte erwischt, in die die Herde zu solchen Stunden gehört! In mir erwacht das Verlangen, meiner Mutter, die zu gestrandeten Wesen immer gut ist, und die ich vorhin mit ihrer beschädigten Hüfte zurückgelassen habe, etwas Gutes zu tun, und zwar gleich, jetzt, in diesem Augenblick. So erinnere ich sie, während wir weitergehen, an die Zeit, da sie jünger an Jahren, gesünder im Körper, und ich ein braves, waches Kind war: Dann muß ich auch Verstand im Kopf gehabt haben, damals, sage ich, meine Hand immer noch in der ihren. Sie überlegt ein Weilchen, dann fragt sie: Wie meinst du das?
Meine Herde, die Lämmer und die Kälber, hütete ich an kalten, windigen Tagen auch in der Senke hinter dem Felsen.

Ja, gewiß. Du warst recht früh schon ein guter Hirte.
Aber ich hatte Arsylang zur Seite.
Ja. Er war dein Freund und Beschützer.
Da er bei mir war, wollte ich auch bei großen Stürmen, selbst bei Schneegestöber dableiben, damit sich die Herde sattweiden konnte, doch Großmutter und du wolltet, daß ich die Herde heimwärts trieb – der Yakschwanz flatterte mahnend über der Jurte.
Ja, deine Großmutter... Sie ließ mir keine Stunde Ruhe, wollte, daß ich wieder und wieder nach euch schaute. Ich berichtete ihr, was ich sah, und sie erzählte dir abends, wie ihr an dem Tage die Herde gehütet habt. An manchen Tagen wurde sie unruhig, hielt sich draußen auf, und da konnte es heißen, ich solle die Fangstange mit dem weißen Yakschwanz sofort aufpflanzen.
Am Rande der Herde treffen wir Tewej. Ich erzähle ihr, daß sie und ich nun wie bisher keine Vettern mehr, sondern richtige Geschwister zueinander geworden seien. Sie lacht, und ihre Augen sprühen Funken, die ich als solche Worte auslege: Scherze nur ruhig, Brüderchen, ich freue mich darüber... Man muß mir zu Hilfe eilen und ihr genau erzählen, was ihre Mutter mit mir gemacht hat. Das lustige Gesicht mit den Grübchen auf beiden Backen nimmt einen ernsten Ausdruck an, und die Funken in den hellen Spalten unter den schweren Lidern hinterlassen, erlöschend, winzige, glitzernde Tränenspritzer. Sogleich fließen sie in mir zu dem Sinn zusammen: Bleib lieber bei deinen Eltern, Kind... Von dem versprochenen heißatmigen Muttertier ist die Rede. Um sie zu überzeugen? Um sie zu erheitern? Ich weiß nicht, weshalb. Aber auf einmal steht es da, inmitten des Gesprächs. Und da zeigt sie sich heftig: Wozu das, Großvater! Nichts nutzt den beiden da! Wenn es aber unbedingt sein muß, dann das schöne Schaf denen ja nicht in die Hände geben, nicht einmal in ihre Nähe bringen, denn die versauen und verfressen alles! Besser, es in der Herde lassen, hier ist es am sichersten aufgehoben, vermehrt sich sogar, wer

weiß – dann könnte das Tier diesem oder jenem der Kinder eines Tages durchaus zugute kommen!
Tewej geht nach Hause, nein, sie wird nach Hause geschickt. In ihrem Blick lese ich die Frage: Ob ich sie denn nicht mitnehmen könne? Die Antwort darauf finde ich in Vaters Blick: Ich darf es nicht. Später höre ich die Begründung dafür: Samas brauchten sie. Es gäbe unter den Geschwistern, so viele es deren auch sein mögen, immer nur eines, das die Eltern wirklich hegte und pflegte, und dies sei jeweils das von Geburt her Benachteiligteste, daher dürften wir es den beiden nicht antun, sie ihrer schwerhörigen Tochter zu berauben, aus der sie wohl nicht ganz ohne Absicht eine Taube machten.
Der Tag ist inzwischen längst zur Neige gekommen, nur ist schwer zu erkennen, wo die Sonne stehen könnte, noch vor oder gerade über oder längst hinter dem Zeitstrich. Lichtlos, schattenlos, eine dumpfe, graue Brause erfüllt den gesamten Raum über der Erde. Der Sturm ist vergangen, er hat die Wolken nur auseinandergezerrt, ineinandergerollt und dahin und dorthin geschleudert, hat aber nicht vermocht, sie festzupacken, durchzukneten und wegzufegen. Sie sind geblieben, hängen nun unvergänglich gegenwärtig über Berg und Tal, belasten schwer den Geist, bedrücken gemein die Seele und berieseln den Körper mit Schneehauch und Schwefelgeruch.
Gut wäre es gewesen, wenn der Wind es solange durchgehalten hätte, bis er dem Himmel die um diese Zeit so überflüssige Wolkenhaut voll abgezogen und zum Kuckuck geschickt hätte, aber er ist noch jung, ist vorzeitig müde geworden, und nun schläft er, sagt Vater bedauernd. Mutter antwortet eilig: Mann, sag das nicht. Der reiche Altai wird schon wissen, was sich geziemt und was nicht. *Ich* meine es da anders: Das Kind kommt, und sogleich ist der Himmelsvater mit seinem Schnee da, bereitet ihm also seine große, reinigende Wäsche vor, oder? Uj, Frau, du hast natürlich recht! fällt er ihr ins Wort. So weit habe ich nicht gedacht, habe mich nur gewundert darüber,

weshalb der Wind, der die Wolkenherde so heftig hergetrieben hat, plötzlich mucksmäuschenstill geworden ist.
Wir treiben die Herde mit wachsender Eile und unerschütterlicher Hingabe heimwärts. Die Schafe sind es nicht gewöhnt, in einer so festen Packung zu stecken, wieder und wieder versuchen sie zurückzubleiben und zu entwischen, um ein wenig nach Luft und vielleicht auch nach einem letzten Grashalm auf dem längst leergefegten und wundgescheuerten Steppenboden voll graublauen Schiefergesteins und gelbbraunen Kiessandes zu schnappen. Sie rutschen zur Seite, scheuen sich sogar nicht davor, ein paar Schritte zurückzuflüchten. Dann bleiben sie stehen, spreizen die Beine und lassen Wasser ab, schauen dabei verwundert auf mich und blöken, als würden sie mich fragen, wo ich denn so lange weggeblieben und wieso ich nun wieder aufgetaucht wäre.
Sonst aber geht von der Herde ununterbrochen ein helldunkeldunkelhelles Geraschel und Gerassel aus, das, mit dem Gewimmel der Unzahl von Schafbeinen, beruhigend und ermüdend, hin und wieder aber auch reizend und zersetzend auf die Sinne wirkt. Es ist ein mächtiges Trommeln in der Luft. Als ob die Schläge auf eine Pforte fielen, die diese Bergsteppenlandschaft und die Abenddämmerstunde von einem anderen Raum und einer anderen Zeit trennte und mit einmal anfing, sich aufzutun.

Du!
Was? Wer bist du denn?!
Batana.
Batana? Mensch, wo kommst du her?
Ich bin immer noch dort, wo ich mich hingeschlichen und versteckt hatte vor dir und den Gepflogenheiten der Menschen: in dir!
Was du nicht alles erzählst – hat denn dein Kasache von dir dann doch abgelassen?
Welcher Kasache? Und wieso ablassen?

Na, der, der Amanbek oder ähnlich hieß?
Dshamanbek nanntest du ihn, fällt mir gerade ein. Ach, Junge, wenn du nur wüßtest, wer er ist!
Wer denn nun?
Du. Einer deiner vielen Namen, eines deiner vielen Gesichter, eine deiner vielen Launen!
Das war damals, Batana ...
Was ist damals?
Ja, was ist es denn, *damals*?
Ist es ein erleuchteter und darauf wieder erloschener Strahl im Raum? Ist es eine endlich gelungene und später doch gescheiterte Strähne in der Zeit? Ist es ein Rinnsal, das anfangs in einen Bach, dann in einen Fluß und schließlich in das Weltmeer mündet?
Vielleicht ...
Der Strahl, die Strähne, das Rinnsal sind wie alles andere, was wird und stirbt, gewesen, haben gewirkt, haben ihre Abdrücke dagelassen, und so sind sie in dem großen Geflecht geblieben.
Also gibt es kein *damals*?
So wenig es *jetzt* und *später* gibt!

Der Schulklubraum ist prallvoll von Menschen, die Luft ist dick, und jeder Laut, der fällt, wirkt schwer und dumpf, scheint einzusacken in einer klebrigen, wabbeligen Masse – ein Gerichtsverfahren ist im Gange. Wir Schüler erleben solches zum ersten Mal. Auf der Anklagebank sitzt eine verweinte junge Frau, Mongolin: Ihretwegen hat der gestandene Mann, Kasache, der ein Stück weiter sitzt und einen beschämten und reumütigen Eindruck macht, seine Ehefrau mit den sechs Kindern verlassen und lebt seit einiger Zeit mit der Fremden zusammen. Dafür soll sie nun verurteilt werden – vorgesehen sind drei Jahre Gefängnis. Es ist wie ein Spiel – einer verdammt sie, während ein anderer sie in Schutz nimmt, beide wetteifern, reden gegeneinander, ein jeder kramt nach Beweisgründen, und bald sieht es so aus, als gingen zwei einander ausschließende Gewalten aufeinander los: Feuer und Wasser, Licht und Schatten, Himmel und Hölle. Beides überzeugt. Hier: Sie hat eine Ehe, eine Familie, ein achtfaches Glück zerstört, einem bisher treuen, liebevollen Ehemann den Kopf verdreht, eine diesen Mann liebende und um ihn treu sorgende Ehefrau und Mutter von sechs Kindern als Frau und Mutter beleidigt und ihr materielle Schäden und seelische Schmerzen zugefügt und den bereits erwähnten Kindern, sechs künftigen Bürgern des mongolischen Staates und sechs künftigen Kämpfern des sozialistischen Lagers, die Zukunft gefährdet. Dort: Sie ist jung und erstmalig verliebt, hat infolge der mangelnden Lebenserfahrung die Folgen ihrer Handlung nicht vorausschauen können, sonst ist sie eine immer freundliche, anhängliche und hilfsbereite Person, eine gut ausgebildete, pflichtbewußte und fleißige Fachkraft – als Agronomin hat sie innerhalb von nur zwei Jahren die Gemüsekultur erfolgreich eingeführt in die Wirtschaft eines Kreises. Wie gesagt, beides überzeugt. Nur das von der Angeklagten, was sie unter lautem Stöhnen und Schluchzen aus sich herausbringt, vermag ganz und gar nicht zu überzeugen. Es gefällt keinem, und niemand ist bereit, daran zu glauben. Denn sie meint, sie wolle und könne gegen ihre Gefühle nichts tun, wenn ihr Geliebter sich von ihr abwende und zu seiner Familie zurückkehre, das sei dann seine Sache, sie aber möchte und müsse ihrer Liebe treubleiben. Das Gerichtsurteil wird verkündet: Zwei Jahre in der Arbeits- und Erziehungsanstalt ...

Mitten in der Kiessteppe westlich von der Stadt grünt eine viereckige Insel, umschlossen von einer Stacheldrahtkoppel. Und alles, was drinnen ist, zieht den Blick der Menschen auf sich, die dort vorbeikommen. Man bleibt stehen und schaut durch die Stacheldrahtmaschen hinein, hin und wieder solange, bis vom Aufsichtsturm in Baumhöhe her ein Ruf ertönt. Es ist der Wärter mit dem geschulterten Gewehr, und er fordert jeden auf, weiterzugehen. Aber meistens geht es ohne den mahnenden Ruf zu, man schaut hinein, sieht, was man sehen will, und geht. Oder der Wärter bleibt in seiner Bude verschwunden, manchmal ist er gar nicht da. Die Neugierde der Menschen gilt vor allem der jungen, zierlichen Person, die von früh bis spät dort zu sehen ist. Dabei bewegt sie sich immer, wirkt unermüdlich. Bald zeigt sie sich mit einem Spaten, einer Harke oder einem anderen Werkzeug, bald mit zwei großen Blecheimern in den Händen, die schwer zu sein scheinen, doch sie ruht nicht, hastet damit da- und dorthin. Die Koppel ist ein Gefängnis, die Person ein Häftling und die Insel ein Gemüsefeld.

Manchmal komme auch ich dort vorbei, tue, was andere auch tun. Dabei bekomme ich Worte zu hören, die vor oder hinter mir jemand zu einem anderen gesprochen hat. Sie betreffen den Häftling. Es sind bedauernde, verdammende, hin und wieder auch bewundernde Worte. Gefühle aller dieser drei Arten regen sich in mir, eher gleichzeitig, ineinandergeflochten als hintereinander oder überlappend. Wenn ich auf die Person schaue, kommt sie mir nicht wie eine junge Frau, sondern wie eines der Schulmädchen aus den mittleren Klassen vor. Und da muß ich an meinen Bruder Dshokonaj denken. Sie wäre die richtige Frau für ihn gewesen. So, wie er den Traum angefangen, webt sie ihn weiter und ist von jenem Tatendurst erfüllt, der ihn sogar zugrunde gerichtet hat.

Hier nun ist der Tag, an dem ich vielleicht nicht ganz ich selber bleibe – vielleicht lebt in mir der Bruder eine Stunde oder eine Minute lang wieder auf, nachträglich und erlebt endlich das, was ihm schon immer zugestanden hat, wozu er aber nie gekommen ist. So, wie man manchmal nicht dazu kommt, einen Stern am Himmel wahrzuhaben und so ihn umsonst verlöschen läßt.

Es ist Frühsommer, das hauchzarte Grün, das aus den plötzlichen dunkelbraunen Striemen quer auf dem holprigen, steingrauen Steppenleib hunderttausendfach sprießt, und der Wassergeruch in der staubtrockenen Steppenluft schärfen die Sinne. Und mit den geweckten Sinnen erfasse ich schnell die

Lage um mich herum: Der Wächterturm steht leer, weit und breit ist kein Mensch in der Steppe zu sehen, nur eine kleine Ziegenherde treibt sich mit gierigem Blick und witternder Nase um die Koppel herum. Ich rufe der Frau zu, ob ich ihr helfen solle. Sie schaut auf, hält kurz inne und sagt dann: Ja, bitte, wenn du es möchtest! O ihre Stimme, sanft und keck zugleich, durchfährt mich! Und als hätte sie das gewußt, ruft sie wenig später: Komm lieber von der Seite heran, ich lasse dich rein! Wir laufen aufeinander zu. Mit dem Spaten drückt sie den Stacheldraht nach unten, und ich setze das eine Bein darüber, schiebe den gekrümmten Oberkörper mit eingezogenem Kopf hindurch und ziehe anschließend das andere Bein nach. Weshalb, weiß ich nicht, aber beide prusten wir gleichzeitig los. Dann wird sie ernst und sagt: Nun bist auch du ein Häftling. Doch mach dir nichts daraus. Man muß alles an der eigenen Haut gespürt haben, wenn man das Leben verstehen will, habe ich irgendwo gelesen! Sie lächelt wieder und sagt, während wir weitergehen: Sicher ist das, was wir gerade tun, ein Verstoß gegen die Gefängnisordnung. Aber ich will hoffen, damit ist lange nicht gegen die Weltordnung, gegen das Lebensgesetz verstoßen. Was meinst du dazu?

Nun wird sie ernst. Doch bleibt so viel Zartheit auf ihrem wettergebräunten, mädchenhaften Gesicht. Du kommst zum rechten Augenblick, wohl auf Geheiß einer hohen, edlen Macht, denn heute habe ich meinen schwachen Tag, und kurz bevor ich deine Stimme hörte, habe ich gedacht: Großer Himmel, warum machst du auf einmal die Sonne so heiß und die Eimer so schwer, spricht sie mit gedämpfter Stimme, die letzten Worte fast geflüstert. Inzwischen haben wir die Tonne erreicht, an der sie zuvor gewerkt hat. Ich will nach den beiden mit Wasser gefüllten Eimern greifen. Halt! ruft sie mit gewandelter, kecker Stimme plötzlich. Bestimmt weißt du mittlerweile, wie ich heiße. Ich sage: Batnasan? Ja. Siehst du, jeder Hund weiß, wie ich heiße – ach, wie berühmt ich mich gemacht habe! Aber du kannst mich einfach Batana nennen, so werde ich zu

Hause genannt. Darf ich nun endlich wissen, wie du heißt? Ich nenne meinen Namen. Sie wiederholt ihn leise, hält inne, ruft dann laut aus: Sechse meiner acht Buchstaben sind in dir und vier deiner sechse in mir! Ist es nicht toll? Grund genug, daß du mir hilfst, und ich dir gleich mein Inneres aufstülpe!
Wir arbeiten. Tun es gut und gern. Ich trage die Eimer dorthin, wo Wasser gebraucht wird. Und Wasser wird viel gebraucht. Sie zeigt mir, wie ich das Wasser an die Erde anbringe, erklärt mir den Sinn, der dahinter steckt. Die Schößlinge, die aus den kleinen Wällen aus aufgelockerter Erde herausgucken, sind Pflanzenkinder, sie müssen mit Wasser gesäugt werden wie Tier- und Menschenkinder mit Milch; da eine Pflanze ihren Mund, der hier aber Wurzel heißt, unten hat, muß die Nahrung auch von unten kommen. Das alles habe ich auch so gewußt oder zu wissen geglaubt. Doch habe ich mir bisher keine Gedanken darüber gemacht, wie den Durstleidenden in der Erde zu helfen ist. Und nichts, gar nichts getan, um diese erdverwurzelten, unvergleichlich mehrzahligen, sich von Wasser und Sonnenlicht ernährenden Pflanzenherden sich anzueignen, während wir keine Mühe gescheut haben, um die flüchtigen, anfälligen und gefrässigen Tierherden zu halten, sie zu züchten und ihre Nachkommen so liebevoll aufzuziehen wie eigene Kinder – seltsam! Ich verstehe meinen Bruder.
Und ich erzähle ihr von ihm, von seinem Eifer, seiner Niederlage und seinem Tod. Batanas Augen füllen sich mit Tränen. Später sagt sie: Mit zweiundzwanzig Jahren, sagst du, ist er schon gestorben? Ich fühle mich so jung, nicht älter als du, als jedes Kind, als selbst diese Kartoffeln und Zwiebeln, die ich erst vor wenigen Wochen in die Erde gesteckt habe, die sich nun gerade über den Boden erheben, ich fühle mich grün und im Wachsen, bilde mir ein, noch habe ich alles vor mir, aber dabei bin ich doch schon älter als der, der genau daran gerüttelt hat, woran ich auch rüttele, der dann darüber sterben mußte und dein Bruder ist, großer Himmel! Die Tränen stürzen über die Augenränder, ergießen sich, wie mir vorkommt, in einen

Abgrund. Batana schluchzt. Ich versuche, sie abzulenken: Sie könne nicht älter sein als mein Bruder, denn seitdem seien schon einige Jahre vergangen, und außerdem hätte er damals viel älter ausgeschaut als sie jetzt. Immer noch schluchzend, sagt sie, ich sei schlau, aber lieb. Später will sie wissen, ob ich dem Bruder ähnele. Ich sage: im Aussehen vielleicht weniger als in der Wesensart. Sie meint, Haut sei Hülle und Fleisch Füllung, und darum sei beides entstellbar und beeinflußbar, während Geist und Seele unbestechlich, unvernichtbar seien.

Wir leeren die Tonne und warten vergebens auf den Nachschub. Das macht Batana ärgerlich, so auch frech. Sie will wissen, was im Volk über sie geklatscht wird. Einiges verrate ich ihr, anderes behalte ich für mich. Sie lacht laut, halbbelustigt, halbzornig. Dann erzählt sie mir davon, daß im Gefängnis jeder jeden mit nur einem Namen anredet: He, du Diebeskumpane! Anfangs hätte das sie gestört, inzwischen aber hätte sie sich daran so gewöhnt, daß sie selber das Wort auch benutzt. Mehr noch: Sie würde endlich gerne etwas stehlen. Darauf will sie wissen, ob ich auch stehlen kann. Schnell bejahe ich die Frage, glaube aber Zweifel in ihren Augen zu lesen. Was mich ein wenig kränkt. So überlege ich, was ich alles stehlen und ihr in den nächsten Tagen bringen könnte. Da fällt mein Blick auf die Ziegen, die sich immer noch um die Koppel herumtreiben, immer noch mit dem vor Gier brennenden Blick auf das Grün und der witternden, prasselnden Nase, besonders sticht in meine Augen der schwarze Jährling mit den abstehenden Hörnern und dem Fischrücken.

Du! sage ich auf einmal entschlossen. Hast du ein Messer?
Sie hat eines.
Hast du auch Feuer?
Feuer hat sie auch. Aber sie will wissen, wozu ich sie brauche.
Ich werde blutfrische Ziegenleber in Pansenfett rösten und dir vorsetzen!
Sie erschrickt und sagt: Nein, das wirst du nicht tun!

Was mich unendlich, unsäglich erleichtert und auch nicht ein bißchen enttäuscht, muß ich gestehen. Aber den Zweifel in den Augen kann und kann ich nicht vergessen. Ich will an den dummen Ziegen schon dranbleiben, jetzt hängt mein Blick an ihren abstehenden, prallen Zitzen.
Hättest du Lust auf euterfrische Ziegenmilch?
Milch? O ja, bitte!
Komm dann mit!
Die Ziegen sind flüchtiger als gedacht. Aber schließlich gelingt es uns, eine einzufangen. Ich werfe sie um, halte die Beine zusammen und sage zu Batana, sie soll kommen und trinken.
Doch sie steht unschlüssig: Wie soll es gehen?
Wie ein Zicklein: Dich niederknien, die obere Zitze in den Mund nehmen und saugen!
Sie tut, wie ich ihr geheißen, bricht aber gleich in Gelächter aus, kaum schließen sich ihre Lippen um die Zitze. Sie lacht heftig und lange. Sie meint, es ginge so nicht. Da sage ich, sie soll sich auf den Hals der Ziege setzen und die Vorderfüße zusammenhalten. Sie gehorcht mir sofort. Und ich selbst bleibe bei den Hinterfüßen und tue das, was ich ihr geheißen. So sehr ich auch sauge, nichts will herauskommen, doch da nehme ich die freie Hand zu Hilfe, drücke mit Daumen und Zeigefinger das Euter zusammen und melke. Merke sogleich die Milch, heiß und weich, auf die Zunge strömen und den Mund füllen. Lasse von der Zitze ab, wende das Gesicht mit den aufgeblähten Backen und verschlossenen Lippen Batana zu, die immer noch kichert. Doch eilt sie mir entgegen, legt die Lippen um meine, und ebenso schnell lasse ich den Druck aus dem Mund heraus in ihren hineinrinnen. Sie verschluckt sich, spuckt aus und erstickt fast vor Lachen. Ich gehe abermals daran, dem Euter weitere Milch abzuzapfen. Diesmal gebe ich sie dann eillos, in kleinen Zügen weiter. Jetzt nimmt sie sie auch besser auf. Einige Male wiederholt sich das alles, obwohl die Milch immer weniger wird und zum Schluß fast keine mehr im Mund ist. Dabei treffen sich unsere Zungen von Mal zu Mal immer öfter und bleiben

immer länger aneinander liegen. Und einmal verfangen sie sich und wollen sich voneinander nicht mehr lösen.
Ich weiß es nicht, wie lange es so gedauert hat. Plötzlich glaube ich eine fremde Gegenwart zu spüren und nehme darauf einen Schatten über uns wahr. Jäh entreißt sich meine Zunge der ihren, auch mein Kopf schnellt zurück. Dann sehe ich, sehen wir ihn. Es ist, kommt mir vor, der Mann, der bei dem Gerichtsverfahren dabei war. Schwarz und schwerbeladen torkelt er in einiger Entfernung unter der flammenden Sonne, deren unterer Rand den Bergrücken gerade erreicht hat; von seiner linken Faust hängt, schattenrißhaft, die Wärmekanne herab. Wir sind, verscheucht, aus dem Schatten; jetzt liegt und schaukelt er, verschwommen, neben uns, und an dessen anderem Ende, einen Schuß von uns und einen Kopf unter den lanzengeraden Sonnenstrahlen mit den messerscharfen Kanten, geht der, dem der Schatten gehört, Amanbek. Wir gehen in die Höhe, die Ziege kratzt mit den Hufen die Steppe ein-, zweimal wild, eh es ihr gelingt, aufzuspringen. Geh! flüstert sie aufdringlich. Bitte! Ich gehorche ihr, gehe, versuche, mich so gut und schnell wie möglich von dem nahenden Schatten zu entfernen, aber nicht zu rennen. Ich drehe mich nicht um, auch später, hinter der verdeckenden Ecke der Koppel nicht.
Schon am nächsten Tage mache ich mich wieder auf den Weg. Jetzt ist der Wärter da. Auch sind viele Menschen unterwegs. Stundenlang halte ich mich in der Nähe auf, dann muß ich doch zurückkehren in das Internat. Weitere Tage streichen, weitere Male stehe ich an der Stacheldrahtkoppel, immer erfolglos. Nachts schlafe ich schlecht, tags lerne ich flüchtig. Schreibe viel, leide schwer und weiß genau, kein Mädchen in der ganzen Schule ist so jung und keine Frau auf der ganzen Erde so schön wie sie. Und werde mit jedem geschriebenen Gedicht, jedem gelittenen Liebesschmerz immer entschlossener, das einmal Angefangene fortzusetzen. Also gehe ich tagtäglich hin, verbringe, sie im Blick, lange, süßbittere Stunden hinter dem allmächtigen, unüberwindbaren Zaun. Sie bleibt immer in einer

Entfernung, die mir unbegreiflich, unerträglich ist. Ob auch sie mich wahrnimmt, weiß ich nicht; sie ist geschäftig wie immer, hastet mit den schweren Eimern hin und her, hält sich dann meistens gebückt oder hockt. Schaut fast nie auf. Und bleibt immer in der Ecke, in der ich gerade nicht bin. Bald beginnt in mir der Zweifel darüber zu keimen, ob sie mich überhaupt wiedererkennt. Ob sie sich überhaupt an mich, an die Stunde erinnert? Ich beschließe, sofort kehrtzumachen und den Weg hierher nie wieder zu betreten.

Doch ich komme wieder, und einmal geschieht, daß sie mich sieht und wiedererkennt und näher kommt. Wir reden sogar eine ganze Weile miteinander. Und es beginnt damit, daß sie sagt: Hallo, wie geht's? Ich sage, gut. Aber keine Frage kommt von ihr, die dem, was in mir liegt und lauert, hilfreich gewesen wäre, herauszuschnellen und an sie zu gelangen. Auch liegt das, was sie sonst von sich hören läßt, weit weg von dem, was sie damals *sich aufstülpen* genannt hat. Ich mache den Anlauf, das Gespräch auf etwas zu lenken, das sie und mich, das uns zwei, wirklich betrifft. Ich frage sie gleich, wie es gewesen sei. Sie sagt, so und so. Sie nennt die Unkräuter, den Wind, die Hitze und noch einige Dinge, die dem Wachsen der jungen Pflanzen hinderlich seien. Erwähnt aber nicht die Ziegen, die ich zur Stunde nirgends sehe. Ich habe den störenden Besuch von damals im Sinn, habe wissen wollen, wie es ihr ergangen vor dem großen, schwarzen und alten Mann, der am Ende des langen, schwarzen Schattens auf sie zukam, und habe dazu ein paar Worte hören wollen, die lieb und tröstend wären und mir gälten. Dafür nun will sie wissen, wie es bei mir mit dem Lernen stehe, wieviel Kinder in einem Internatszimmer untergebracht seien – alles Fragen, die unser Gespräch immer sinnloser machen.

Sie bittet mich nicht um Hilfe, und ich biete mich zur Hilfe auch nicht an. Dennoch entschließe ich mich nach langem Zögern, mein Mitbringsel auszupacken: eine Dose gezuckerte Dickmilch, von der es scherzhaft heißt, dies sei Brustmilch russischer Frauen, und um die sich die Internatskinder reißen. Ich hatte sie gekauft gegen gutes Geld, gegen zwei der insgesamt sechzehn Tugrik, die ich ständig in meiner Geheimtasche trage – so viel kostet die Fahrt bis zum Kreis. Ich habe die Dose schon etliche Tage mit mir herumgetragen und hätte mehr als einmal um ein Haar die Hand angelegt, mehr aus Kummer als aus Hunger. Es gehört einfach zum Internatsleben, daß die Kinder hin und wieder ihr Kleingeld zusammenlegen und dafür eine von den begehrten blauen Dosen kaufen, oft auch einen Brotlaib dazu: Zwei Löcher, ein größeres für die Lippen und ein kleineres für die Luft, werden in den oberen Dosendeckel gebohrt, und der Inhalt wird aus dem größeren gesaugt. Ich hatte mir so oft vorgestellt, wie wir die Dose aufbrechen und sie dann verbrauchen würden: Sie zuerst und dann ich auf den heißen, feuchten Spuren ihrer Lippen und darauf wieder sie ... oder noch besser, sie aus meinem Mund und ich aus ihrem, oder am besten aber, abwechselnd aus der Dose und den jeweiligen Inhalt im Mund immer langsam und gleich teilen ... und zwischendurch küssen, küssen, küssen ... Nun schiebe ich die Dose durch die Stacheldrahtmasche vorsichtig hindurch und sage, ich hätte sie gestohlen. Batana zögert, wirft einen mitleidigen Blick auf mich, bevor sie ihre Hand danach ausstreckt. Dann sagt sie in derselben Art, wie sie mich begrüßt hat: Danke. Und eine kleine Weile später: Werde die Gabe des kleinen Bruders zum Morgentee mit den anderen Diebeskumpanen teilen! Und dies sagt sie so gespielt freundlich, daß es sich spöttisch anhört. Ich bin schwer gekränkt. Aber der Gipfel kommt noch: Einen zerknitterten Drei-Tugrik-Schein nehme ich wahr, der steckt zwischen ihrem rechten Zeige- und Mittelfinger, die sie in die Drahtmasche hineinstreckt, durch die vorhin die Dose zu ihr gelangt war. Und dazu höre ich sie sagen: Das nächste Mal kannst du sie ruhig wieder nehmen, Brüderchen!

Ich drehe mich auf der Stelle um und gehe davon. Dann komme ich nie wieder. Bald beginnen auch die Schulferien, und ich fahre nach Hause. Im Herbst zu Beginn des neuen Schuljahres hört man, das Gemüse sei gut geworden, ihre Züchterin aber hätte wegen Verstoß gegen die hiesige Betriebsordnung in das Zentralgefängnis im Nachbarbezirkt verlegt werden müssen...

Bei Einbruch der Nacht passieren wir den Gakpa-Gaar-Paß, und während wir den steilen Nordhang absteigen, vernehmen wir Hundegebell hinter dem Hügel jenseits des Bergtales. Es ist jenes gedämpfte, würdevolle Bellen von Hunden, die ahnen, wer sich da nähert. Geser und Basar erstatten Meldung, lassen uns wohl wissen, daß alles in Ordnung ist, sagt Mutter. In den Worten klingen Angst und Wunsch mit. Was ist alles? frage ich mich in Gedanken. Die Jurte, das Heu, die kleine Herde, die man wieder einmal ihnen allein hat überlassen müssen ... Und was noch? Irgendetwas scheint mir nicht einfallen zu wollen. Endlich erreichen wir Ulug Gyschtag, die Große Winterhürde, und werden der Jurte ansichtig, die sich in der Finsternis gerade noch abhebt. Da fängt es an zu schneien. Nun darf der Schnee kommen, wenn es unbedingt sein muß, sagt Vater. Die Herde wird sich gleich hinlegen und den Boden bis morgen besetzt halten! Hoffentlich! denke ich und spüre dumpfe, schwere Wehmut für Vater, für seine Worte und für die Herde. Und die lieben Ärmsten sind tatsächlich da, na, was willst du mehr? erschallt wenig später von der Stirnseite der heimkehrenden Herde, vom Wall her, Mutters Stimme, und sie verrät Erleichterung und wohl auch Rechtfertigung für das, was der Himmel geschehen läßt.
Indes kommen die Hunde an. Ich habe mich nach ihnen gesehnt und vor ihnen gefürchtet. Nun sind sie da, bestürmen mich von zwei Seiten. Zu Vater, der eine drohende Geste zu ihnen macht, sage ich schnell, er soll es lassen. Denn in dem Augenblick, in dem ich die Hundepfoten an den Schultern und den Hundeatem am Gesicht spüre, fallen mir die Verse ein, die ich erst neulich gesungen habe:

> Habe die beiden Götter
> Vater und Mutter
> Habe die beiden Diener
> Geser und Basar ...

Ich stehe zu den Worten, die ich aus mir herausgeschält und auf den Weg geschickt habe – die Berge waren es, die mir dabei zuschauten und -hörten. So halte ich den kleinen Wahnsinn, der aus den Hundeleibern auf mich übergeht, gerade noch aus. Und vermag meine Gedanken auf Dinge zu lenken, die nicht in mir liegen. Je leerer und kühler es in unserem Nest wurde, um so mehr waren die Eltern, die Erbauer des Nestes, bestrebt, die entstandene Leere und eingetretene Kühle damit auszugleichen, daß es wenigstens von außen her dicht sei, vielleicht? Denn früher hatten wir Arsylang, und er war das äußerste und beschützende Glied der Familie. Nun haben seinen Platz gleich zwei Hunde eingenommen, einer davon sogar eine Hündin. Diese wird eines Tages werfen, und dann werden die Eltern, die Jurte und die Herden für lang oder kurz von einem ganzen Rudel umgeben sein.

Die Jurte gleicht wahrlich einem verlassenen Nest, eisige Kälte und drückende Finsternis herrschen drinnen. Die Schuld trifft mich, ich weiß, meinetwegen hat man sie verlassen, einen ganzen Tag lang, und den Herd ausgehen lassen. Auch sonst bin ich mitschuldig dafür, wenn sie hin und wieder entvölkert und entseelt hat dastehen und erkalten müssen. Gern bekenne ich mich für die Art und Menge Schuld, die einem Vogeljungen zusteht, das die gewachsenen Gefieder dem Nest entführen. Nach und nach weicht die Kälte der Wärme, die, anfangs zermürbend mühselig, dann aber immer leichter dem runden Blechofen entsteigt. Und mit der wachsenden Wärme verbreitet sich in mir das wohlige Gefühl der Ankunft und des Zuhauseseins. Und dieses verwandelt sich bald in drückende Schläfrigkeit.

Die Nacht gebiert eine ganze Herde von Träumen. Bin ich vielleicht ihr Geburtshelfer, ihr Hirte oder nur die Weide, auf der sich die Traumlämmer und -zicklein, -kälber und -fohlen austoben? Oder ich bin selber ein Traum, und der, der mich träumt, muß zwischendurch immer wieder aufwachen?

Es ist die Schul- und Stadtwelt, die mich umgibt. Aber sie liegt von einer anderen, schöneren Welt umschlossen. Ein windiges Licht fällt, ein lichter Wind streicht, und licht und windig lebe ich, wehe und ziehe Dinge und Wesen zu Herden und Horden zusammen, in deren Mitte ich mich geschützt und gestützt weiß.

Ich eile auf die Koppel zu, sehe sie wackeln und kippeln, höre sie knarren und quietschen, vor der Sturmflut, die ich bin; sehe und höre darauf den Turm stürzen, die Pfähle brechen, die Drähte reißen und die gesplissenen Splitter und verknoteten Stacheln sich in lauter graue Sperlinge verwandeln und tschilpend und zirpend davonschwirren. Dichte, kniehohe Stauden empfangen mich, unversehrt, lichtgrün und morgentaufrisch. Da kommt die Ziegenherde angerannt, ich stürze mich ihr entgegen und fasse die Erstbeste, der Rest der Herde weicht zurück, haut ab. Statt der Ziegen sehe ich jetzt Menschen in meiner Nähe. Es sind Kinder, Mädchen: Akina, Agda, Gima und noch einige, die ich so schnell nicht nennen kann. Ich lasse die Ziege nicht los, schleppe sie an den Feldrand und werfe sie auf die Seite. Lärmend stürzen sich die Mädchen mir zu Hilfe, halten die Beine zusammen und drücken den Körper auf den Boden fest. Ich fasse beidhändig das Euter an, schnappe mit den Lippen nach der einen Zitze und bearbeite sie. Und wende mich dann mit vollem Mund den Mädchen zu. Sogleich spüre ich die heißen, feuchten Lippen sich um die meinen schließen und Milch und Zunge mir gierig aus dem Mund saugen. Es will und will kein Ende nehmen: Immer wieder zapfe ich dem Euter aufs neue Milch ab, eile zurück und werde flugs abgefangen von der Nächsten, die mir schon entgegenlippt. Zwar glaube ich das jeweilige Gesicht vor mir zu erkennen, Lippen und Zunge aber, die mich gerade schnappen und denen ich mich samt meinen Lippen und meiner Zunge ausliefere, kommen mir gleich heiß und gleich feucht und gleich gierig vor. So wie die anderen sind, so bin auch ich: unstillbar.

Obwohl ich weiß, es hat lange genug gedauert, ich bin nicht abzubringen; bin erpicht, giere und brenne darauf, es um jeden Preis fortzusetzen.
Da merke ich: Es ist ja gar keine Ziege, sondern Batana; so krallen sich meine Finger gar nicht in ein tierisches Euter, nein, es ist in jeder Hand eine glatte und pralle, pochende und glühende menschliche Brust! Das erschrickt mich nicht etwa, im Gegenteil, es steigert meine Lust, dem fremden zuckenden und brennenden Fleisch in meinen Krallen den Saft abzusaugen und es an die Anwesenden zu verteilen und dabei mit ihnen die betörenden, süßen Zärtlichkeiten zu tauschen. Mir fällt auf: Batana sträubt sich nicht im mindesten, zeigt sich selig, scheint, das, was wir ihr antun, zu genießen...
Ich sitze und schwitze über einer Klassenarbeit. Weiß nicht, welches Fach es ist. Verstehe nichts, blöd bin ich geworden. Muß abschreiben. Und der, der mich in sein Heft schauen läßt, ist Zerew – ausgerechnet der! Ich sitze kopflos, verloren und vernichtet, doch entschlossen, auf eine bessere Zensur zu kommen. Dabei komme ich mir wie ein Junghund vor, der auf seinen Brei giert, und der Fettsack, mein Erzfeind unter dem Blauen Himmel und auf der Grauen Erde, ist derjenige, der mir den Napf zuschiebt! Irgendwann sehe ich in seiner Hand mein Gedichtbuch, er blättert und liest grinsend darin – es muß ein Geschäft zwischen uns beiden abgeschlossen worden sein. So viel glaube ich zu verstehen, verstehe trotzdem oder gerade deswegen die Welt nicht mehr...
Ich werde an die Wand gedrängt, spüre Beklemmung. Es ist die Göttin meines Herzens, der ich ganze Hefte voll Gedichte gewidmet habe, nun scheint es, ich habe eine hungrige Wölfin an der Gurgel. Wir stecken in einem Streit. Ihre sonst rehbraunen, flachen Augen haben sich verdunkelt und gespitzt. An dem Ohrläppchen den feindlichen Atemwind, suche ich Rettung, Frieden, bettele: *Bela*! Hart fällt darauf die Antwort: Ich will, daß du mich bei meinem Namen nennst! Gut, sage ich sanft, bestrebt, weiterhin friedlich zu bleiben: Akina, also!

Nichts mit dem Frieden, ich werde angeschrien: Bin doch nicht deine Kasachin! Agda heiße ich – du bringst deine Weiber durcheinander!
Ich stutze, strecke die Hände aus und suche nach etwas, um mich daran festzuhalten, finde es aber nicht. Mir wird schwindlig ...
Es muß am Revolutionsplatz sein, eine Kundgebung ist im Gange. An den Strommasten flattern oben rote Fahnen und unten stehen hundert oder tausend Soldaten, ein jeder mit Gewehr bei Fuß und aufgepflanztem Bajonett. In der Mitte des Platzes ragen sieben Maste hervor: kotschwarze, schweinsdicke und am oberen Ende gegabelte. An jedem Mast baumelt eine jener häßlichen Riesenspinnen, jede in einer Schlinge, alle kopfüber. Die Kundgebung gilt den Spinnen. Als Spionageapparate sind sie geschnappt und entlarvt, genannt und verdammt werden ihre Absender: die amerikanischen Imperialisten. Kudajbergen ist der Redner. Auch andere Stimmen sind zu hören, sie gehen kreuz und quer, sind von Empörung getragen, und währenddessen werden die Spinnen zerschossen, aus jedem Bauch fällt ein hackennasiger, hohlwangiger Spion und zerschellt elendig auf dem kahlgescharrten, festgetretenen Steppenboden ...

Einem siedenden Kessel gleicht mein Leib, als ich erwache. Langsam beruhigt er sich und kühlt ab, und so komme ich auch zu mir. Nach und nach fallen mir die Träume wieder ein, und sie bringen mir erneut Unruhe. Daß ich sie keinem Menschen erzählen werde, weiß ich sogleich. Was aber mache ich damit? Werde ich sie als gute Omen in mir einsperren oder als schlechte in ein Erdloch hineinflüstern und mit dreifacher Spucke versiegeln? Lange überlege ich und beschließe, vorerst abzuwarten und auf den weiteren Gang der Dinge zu achten.
Es ist ein greller Tag mit einem gedämpften, bläulich durchschimmernden Untergrund. Berg und Steppe liegen schwerbeladen mit Schnee. Dabei scheinen sie nicht zu seufzen, sondern zu blinzeln und zu kichern. Unzulässige Mengen Wolken nach

so einem Schnee sind am Himmel zurückgeblieben, und nun sind sie vom Westen her in wachsender Wallung. Die Hunde sind wie durchgedreht, jagen bergauf und bergab, stürzen sich wieder und wieder in den rutschigen, puderigen Schnee und wälzen sich genüßlich. Die Herde zeigt sich dagegen geduckt und verschüchtert, klebt, zugeschneit wie sie ist, am endlich aufgewärmten Fleck Boden, bis der Hirte kommt und sie zum Aufbruch zwingt, lauter dampfende Mäuler, glänzende Augen. Die Eltern scheinen über das alles hinwegzusehen, widmen sich einzig mir, zeigen sich in vereinter Liebe und Fürsorge und so wieder einmal in schönster Eintracht. Doch kann und will ich nicht mehr das jüngste Kind herauskehren: Ich komme mir wie ausgepackt, wie umgestülpt vor und weiß, ich muß wach bleiben und achtgeben auf das, was noch wird und was immer noch nicht werden will.

Bald ist der Wind da. Er schwillt schnell an, wächst noch am Vormittag zum Sturm. Wirft den Schnee um, wirbelt ihn auf, rollt da und dort die bereits gefestigten Decken auf, zerreißt sie und fegt nun auch die Fetzen davon. Nur in den Ebenen scheinen Kraft und Wucht des Windsturmes nicht ganz auszureichen, um die unzeitige Last von der gesamten Erdoberfläche zu wälzen, so daß die wellig-hügeligen Steppen, ausgebreiteten Leopardenfellen gleich, vorerst ein schönes und tröstendes Bild ergeben.

Der Himmel hat den reichen Altai einer großen Wäsche unterzogen! sagt Mutter und erinnert mich an die Wäsche, die ich mir gestern vorgenommen habe. Alsbald mache ich mich auf die Suche nach den beiden Steinen. Zuerst gehe ich in der Sonnenaufgangsrichtung und stoße schnell auf den weißen. Dann begebe ich mich, den lämmermagenförmigen und auch -großen Fund unter dem Arm, in die Gegenrichtung. Gehe den Westhang des Seitentales von unten nach oben bis zu der Felswand ab, gehe zurück und biege rechts ab, gerate auf Ak Gertik, dann Gök Gertik und schließlich Hara Gertik, vergebens aber: So weit ich auch gehe und so sehr ich suche, die Schwarzen Berge inmitten des steinigen Altai haben keinen einzigen schwarzen Stein! Vielleicht bin ich doch ein heller Kopf, der ich mir immer zu helfen weiß, oder nur ein liederlich unehrlicher Kerl, dem Schwindel verfallen und im Schummeln geübt – beschließe, einen Stein von annähernder Farbe zu nehmen, und klaube einen dunkelbraunen von der Größe und Gestalt einer Pferdeniere auf.

Geser und Basar kommen über Ak Gertik, den ersten der drei Bergfinger, bellend gesprungen. Hinter ihnen sehe ich Mutter. Ihr Gesicht erhellt sich, als sie mich sieht. Wo warst du, mein Kind? ist die Frage, auf die ich ausführliche Rechenschaft ablege. Ach, mein liebes Kind! sagt sie, nachdem sie meinen Bericht gehört hat. Schwarz muß nicht immer schwarz und weiß muß nicht immer weiß sein, es genügt auch, wenn die Steine dunkel und hell sind!

Zu Hause angekommen, erzähle ich Mutter eine Geschichte: Es lebte eine Mutter, sie hatte einen Sohn. Dieser ging in der Fremde dem Wissen nach, lernte vieles, wurde ein berühmter Mensch. Die Jahre gingen und gingen dahin, und in all den Jahren fand er keine Zeit, nach Hause zu gehen und das von der Sehnsucht geplagte Mutterherz zu erfreuen, auch wenn es nur für einen Tag und eine Nacht gewesen wäre. Aber er ließ ihr hin und wieder eine Nachricht zukommen, daß er wohlauf und erfolgreich lebe. Auch die Mutter ließ ein- oder zweimal, wenn jemand hinüberging, ein, zwei Wörtchen von sich bei ihrem berühmten Sohn ankommen. So brachte einmal jemand von ihr folgende Worte mit: Beim letzten Umzug ist der Ochse mitten im Flußwasser gestolpert, und dabei ist die Truhe mit dem Donnerkeil verlorengegangen, zu dem ich seit Jahren morgens und abends zu beten pflegte, er möge mein einziges Kind, wo es immer sei, vor jeder Gefahr beschützen. Sieh nun, Sohn, daß du für mich einen neuen Donnerkeil besorgst und dem Überbringer dieser Worte mitgibst...

Dem Überbringer der Worte gab der Sohn das Erwünschte nicht mit. Auch später tat er es nicht, wenn jemand zwischen seinem Ursprungs- und jetzigem Wohnort verkehrte und den gewohnten Bericht über das Noch-am-Leben-Sein der Mutter einerseits und das Wohlbefinden und die Erfolge des Sohnes andererseits herüber- und hinüberbrachte. Eines Tages kommt der gelehrte Sohn, nun ein vielgerühmter Heiliger, doch einmal in seine Heimat und gelangt so auch zu der Mutter Jürtchen. Und in dem Augenblick, wie er davor steht und die Schwelle wieder betreten will, die er vor vielen, vielen Jahren verlassen hat, fällt ihm ein – o Schreck! –, was er vergessen hat: den Donnerkeil! Was macht nun der treulose Sohn? Greift notgedrungen nach dem erstbesten Steppenkies und steckt ihn ein. Später gibt er ihn, in einen Lappen gewickelt und verschnürt, der Mutter, die ihn darüber fragt, ob man ihm ihre Bittworte auch überbracht hätte. Die Freude der Mutter ist groß, sie nimmt die Gabe beidhändig entgegen, führt sie andächtig an die Stirne und bringt sie dort an, wo die Heiligtümer einer jeden Jurte hingehören.

Über kurz oder lang bricht der Sohn auf, und die Mutter bleibt erneut zurück. Dann gehen wieder die Jahre dahin. Eines Tages erreicht den Sohn die Nachricht: Er möge schleunigst kommen, die Mutter liege im Sterben. Also macht er sich auf den Weg und kommt an – zu spät allerdings. Die Mutter hat es nicht geschafft, auf die Ankunft des Sohnes zu warten. Die Nachbarn haben sie in die Steppe getragen. Nun muß er darüber entscheiden, was mit der Jurte geschehen soll. Er betritt ihre Schwelle ein letztes Mal, beschaut dieses und jenes. Da trifft sein Blick ein Bündelchen, und er erkennt es als die Gabe bei seinem letztem Besuch. Es ist immer noch so verpackt und verschnürt, wie sie es aus seiner Hand empfangen hat, damals vor vielen Jahren, allein der Lappen, damals neu und den Betrug verhüllend, sieht nun fleckig und geschwärzt aus – wohl von den unzähligen Opferspritzern und -räucherungen. Er bricht in Tränen aus, wendet sich an die Anwesenden und gesteht ihnen seine Untat. Er beendet seine Erzählung mit den Worten: Bin also nicht das, wofür ihr mich habt halten wollen, sondern ein Scheusal, so wie ich meine arme, liebe Mutter jenes

eine Mal und dann auch all die weiteren unzähligen Male, so oft sie ihrem angeblichen Heiligtum Opfer darbringen und zu ihm beten wollte, betrogen habe. Dafür ist es doch, Himmel, ein ganz gemeiner Stein, wie ihr selber seht ... Damit packt er seine Gabe an die Mutter aus. Was aber kommt da heraus? Ein echter Donnerkeil aus strahlendem Gold!
Mutter hört meiner Erzählung mit großer Anteilnahme zu. Später fragt sie mich, woher ich sie kenne. Ach, Mutter, sage ich halb enttäuscht, halb gereizt, rede aber nicht weiter. Ich muß sie schonen.
Die Steine glühen und lodern längst, flammen beinah, als die Unruhe des Tages endlich wieder überwunden und in Stille verwandelt die Jurte zu erfüllen und auf ihre Umgebung einzuwirken beginnt. Der Sturm ist vergangen, die Herde, von der Weide spät zurück, hat sich hingelegt, um die erkaltete und erneut mit Eis überzogene Erde abermals zu erweichen und aufzuwärmen und so hinter eine weitere Nacht des endlosen Winters zu kommen. Da ist das Nachtmahl, der Quark-Hirse-Fleisch-Eintopf, gegessen und das Geschirr gewaschen. Da sind auch die Berichte vom Tag ausgetauscht. Und der Wacholdersud steht, gekocht, mit Rotsalz angereichert und abgemildert, in der großen Kupferkanne. Also kann ich mich waschen. Zuerst ziehe ich mich bis auf die lange Unterhose aus, dann schlüpfe ich auch aus dieser heraus, denn gleich darauf, wie ich mich über die Schüssel mit den nun lungenfarbenen, da glühenden und an den Rändern auslaufenden, knisterig knirschenden Steinbollen bücke und der erste Aufguß meine Haut trifft und an ihr zerrinnt, da kommt es unter lautem Zischen und Brodeln und Prasseln zu sengenden Dampfschwaden. Und eingehüllt in den heißen, nassen Brodem darf ich genau dort, wo ich vor manchen Wintern auch um diese Jahres- und Tageszeit hingefallen bin, wieder einmal splitternackt hocken und die Nähe des eigenen Herds und derer, die mir Gestalt und Leben geschenkt haben, mit allen Poren meines entblößten Leibes genießen.

Ich fühle mich wunderbar: gesäubert und auch gereinigt. War ich gestern vielleicht neubeseelt, so bin ich jetzt neubekörpert und -behäutet, kommt mir vor. Doch merke ich, etwas ist in mir, das sich gegen die Nacht sträubt, die ich wie eine weiche, frische Decke über mich ziehen möchte. Da beschließe ich, das, was ich vorher habe zurückbehalten müssen, doch loszuschicken, und so sage ich leise, aber bestimmt: Mutter, hast du gestern nacht die ersten Schneeflocken gefragt, woher sie kommen? Hast du heute den Sturm gefragt, weshalb er sich vorzeitig gelegt und dann wieder erhoben hat? Wirst du, wenn das Tauwetter vielleicht schon morgen einsetzt und eines nahen Tages auch das erste Junggras die Steppe durchsticht, wirst du auch von ihnen immer wissen wollen, was und weshalb sie es tun?
Ratlos schaut Mutter zu mir herüber. Ich sehe, sie kann meine Worte nirgendwohin einordnen. Ich fahre fort: Kein Wort ist unter uns gefallen, als wir einander Mutter und Kind wurden, vielleicht hast du mich bekommen, vielleicht bin ich zu dir gekommen; eher aber, es gibt eine hohe Macht, nach deren Willen und in deren Schoß bist du zur Mutter und bin ich zum Sohn geworden, aber so sehr wir darauf auch brennen mögen, eine nachträgliche Frage darüber zu stellen, wir müssen wissen: Die hohe Macht schuldet keinem Rechenschaft!
Endlich hat sie begriffen, worauf ich ziele, und stottert: Uj, mein liebes Kind... eej, ihr zehntausend Geister... Ich eile ihr zu Hilfe: Nein doch, Mutter. Muß man immer gleich reden? Und es geht ja gerade darum!
Vater hantiert an seines Dolches Scheide, die neue Gurtringe bekommt. Er schaut nicht auf, hört aber zu. Er wird sich vorerst heraushalten, das weiß ich.
Die Nacht wache ich kein einziges Mal auf. Der Schlaf, der mich umfängt, ist so dicht, daß er keine Störung, nicht einmal einen Traum zuläßt. Doch bekomme ich etwas mit, und das ist Vaters Stimme, die, lange und echohaft umherschwebt und sich dann Fetzen um Fetzen auf einen Rand meiner traumlosen Landschaft niederläßt: ... müssen ... es ... eben ... lernen ...

KRINGEL, DIE SICH DER SONNE ABSCHÄLEN

Manchmal scheint sich die Sonne abzuschälen in lauter Kringeln, die zur Mittagsstunde zu ganzen Schwärmen wachsen und den Himmel von seinem Nabel her überfluten. Manchmal überdauert eine kleine Schar den langen und bald kühler werdenden Nachmittag und erreicht das Ziel, wenn die Sonne im Westen ankommt, sich für ein Weilchen auf den Erdrand niederläßt und die Bergkuppel in Feuerschein hält, bevor sie den eisigen und steinigen Altai verläßt. Manchmal erkennt man, wenn der neue Tag beginnt, eine Flamme von der gestrigen Sonne über dem schartigen Grat des fernen östlichen Berges züngeln. Mit jedem Tag, mit jeder Stunde häufen sich die Zeichen: Der Winter geht zur Neige, das Frühjahr naht.
Dazwischen gibt es viele wechselvolle Stunden. Es gibt weitere Stürme: viele Sandstürme, einige Schneestürme, es gibt gemäßigte kühle Tage, mörderisch kalte Nächte. Und schließlich gibt es die sonnig lauen Mittage, die zu immer länger währenden Nachmittagen hinauswachsen. Alles in allem ist ein Jahr mit einem wieder harten Winter und einem sich anschließenden, kaum milderen Frühjahr im Gange. Und dementsprechend magert das Vieh ab, und es gibt Verluste in den Herden, die bei den Menschen Sorgen und Ängste hervorrufen und Erschöpfungen und Erkältungen zurücklassen. Aber es gibt auch Verheißungen, verkörperte und ausstehende, Erwartungen, bereits erfüllte und noch unerfüllte, Wünsche, die sich, wie immer, in ausgesuchten, wohlgeschliffenen Worten niederschlagen. Es gibt alles, es geschieht vieles.
Nur geht das alles mich wenig an. Ich stehe abseits, lasse die Dinge an mir vorbeiziehen, lebe mein Leben, bin bemüht, mich an so mancher Freude festzuhalten und gegen so manches Leid anzusteuern. Dichte wieder und nun erst richtig! Und seitdem

spüre ich in mir kein Verlangen mehr, in Gesänge auszubrechen und mich mit Geistern herumzuschlagen.
Das hat seinen Anfang mit einem Brief genommen, den ich schrieb. Er kam unerwartet und fast ungewollt zustande. Der Kreisaufklärer war es, der kam, ein Schreiben vorlas und meinte, am besten sollte ich darauf antworten. Denn es war vom Direktor unserer Schule und bat um Auskünfte über mein Befinden. Also schrieb ich den Brief, nur war er an Agda gerichtet und adressiert. Wer ist das? wollte der Genosse wissen. Unsere Klassenälteste, sagte ich und fügte hinzu: Es geziemt sich nicht, daß ein Schüler, dazu ein kranker, direkt an den Genossen Direktor schreibt. Die Klassenälteste leitet es an den Klassenlehrer und dieser an die Schulleitung weiter, verstehen Sie? Vielleicht konnte sich der Genosse Aufklärer nicht leisten, in Gegenwart von Hirtenleuten zuzugeben, es gäbe etwas, was er, der Kreisangestellte, nicht verstünde, jedenfalls bejate er meine Frage und machte, an die Eltern gewandt, noch die Bemerkung: Wie feinfaserig jegliches Staatsgeschäft doch gewoben wird, da seht ihr es wieder einmal!
Ich weiß nicht mehr, was alles in dem Brief gestanden hat; woran ich mich noch erinnere, ist lediglich, er war recht lang geraten und war wohl auch ein ziemliches Hirngespinst. Der Aufklärer steckt den Brief ein und geht, ich aber schreibe weiter. Kann nicht sagen, was. Ist auch nicht wichtig. Wichtiger ist wohl, *daß* ich schreibe. So geschieht alles, was sonst wohl laut und öffentlich geschehen wäre, nun still und unsichtbar, auf dem Papier. Vielleicht geht derselbe Brief weiter, nur ist er jetzt durchgehend in Schüttelreimen abgefaßt. Ob das Geschreibsel immer noch an dieselbe gerichtet ist? Vielleicht. Wenn ja, dann auch dies: Ich hätte damals den Brief, nachdem er fertig war, auch an Akina oder eine andere adressieren können. Ein weißes, weiches Wesen umschwebt und streift mich kaum spürbar, erfüllt die Luft mit Seifenduft, Seidengeraschel und Flammenhauch. Tag und Nacht all dem ausgeliefert, muß ich mich melden und wehren, muß schreiben.

Vater und Mutter versuchen ein-, zweimal, mich vom Schreiben abzubringen. Sie meinen, Papiernes entsafte den Körper, Grübelei bringe die Flüsse im Gehirn durcheinander – und sowieso, wie ich mich über das Schreibheft beuge, würde ich dem Schief-Nase-Sedij ähneln – der Name besagt bereits, daß es hier um keine ausgesuchte Schönheit geht, sondern um eine unbedeutende, jedoch gefürchtete Person handelt. Nur sagt mir das alles nichts, also habe ich auch nichts zu erwidern. Da lassen sie mich, und ich kann ungestört weiterschreiben. In wenigen Tagen schreibe ich ein ganzes Heft voll. Da das nächste Heft das letzte ist, muß ich nun dicht und in winzigen Buchstaben schreiben. Oft kritzele ich Buchstabe an Buchstabe auf gehärteten Schnee, auf glatte Felsen auch, sie ergeben mühselig hingetragene, aber um so mehr beeindruckende Verse. Ich lasse sie dort, spüre keinerlei Bedürfnis, sie irgendwie abzuschälen und mitzunehmen. Es ist ein erhabenes Gefühl, zu wissen, Winde und Wolken werden es tun, werden deine Worte, in Luft und Duft aufgelöst, über Berge und Steppen tragen, zu der, die dich angestachelt hat, solche Geburten des Geistes und der Seele in die Welt zu setzen.

Eines Tages erscheint die Schamanin, für die inzwischen verschiedene Benennungen in mir aufkeimen: Neumutter, Mitmutter, Zweitmutter, Muttertante... Sie will wissen, was das für seltsame Dinge seien, an denen ich den ganzen Tag stricke und mit denen ich ganze Hefte auffülle. Gedichte, antworte ich. Weiter will sie wissen, wozu ich sie brauche. Weil ich ein Dichter bin, sage ich, und weil ein Dichter von Gedichten lebt, so wie eine Laus vom Blut und eine Maus von Wurzeln. Sie lacht ihr schallendes Gelächter und meint, ihretwegen könnte ich es weiter betreiben. Aber ich sage dir, spricht sie mit Nachdruck, du wirst, was du jetzt erschaffst, noch eigenhändig vernichten! Dann läßt sie von mir ab. Und sagt zu den Eltern, nichts gäbe es zu befürchten, ich sei auf dem richtigen Wege. Ich höre es, mache mir jedoch keine Gedanken darüber. Bleibe unerschütterlich bei meinem Vorhaben, auch weiterhin von Gedichten zu leben. Bleibe wach, verwandt mit dem Vogel, der dahockt und Ausschau hält nach Würmern. Worte sind die Würmer, von denen es in mir nur so wimmelt. Ich bin auf der Lauer, picke auf, sobald ich den richtigen erkenne. Bin vielleicht ein Kauz, bin wählerisch und unersättlich.

Eines Tages geschieht es. Akina kommt in Begleitung des Kreis-Reitburschen angeritten. Der Gefühlszustand, in den ich in dem Augenblick gerate, ist schwer zu benennen. Vielleicht ist es Wut, was sich in mir zusammenbraut? Oder nur Schreck? Oder eher Freude? Wohl von jedem etwas. Ich kann und kann nicht fassen, daß meinethalber jemand all die Anstrengungen auf sich genommen hat, den Weg über viele Berge, Steppen und Flüsse zurückzulegen, und daß dieser ausgerechnet das zimperlich-zerbrechliche Stadtkind Akina ist! Akina, an die ich nur zu oft gedacht, von der ich ebenso oft geträumt und der ich eine Unmenge Gedichte gewidmet habe! Nun aber steht sie leibhaft vor mir, dick verpackt: in Filzstiefeln, in einer Hasenfellmütze mit langen Backen und einer weit vorhängenden Stirnklappe und in einem Deel sogar, der mir recht bekannt vorkommt.

Der erste Gedanke, der in mir aufkommt: Wie gut, daß der letzte Schorf von den Erfrierungswunden abgefallen ist! Gleich darauf: Hoffentlich habe ich mir heute früh das Gesicht richtig gewaschen? Und da streift mein Blick die Jurte: Sie ist so überzogen vom Staub des mit Schafmist vermischten Kiessandes, daß sie gelbbraun aussieht, ist von den Stürmen schiefgezerrt und ist schließlich um so viel kleiner als die schweren, stolzen Stadtjurten, die nichts weiter müssen als stehen. Und derselbe Blick, nun vom Feuer der Scham entzündet und vom Wind des Zornes geschürt, streift in demselben Schwung den Ankömmling. Und trifft auf eine unverhüllte Herzlichkeit und helle, ansteckende Begeisterung: *Dshuruunaj* – Fellchen, flüstert sie kaum hörbar, mit zusammengekniffenen Augen und zuckenden Lidern; ich sehe ihrem lieben Gesichtchen mit den geröteten, geknoteten Backen und den zuckenden scharfgeschnit-

tenen Lippen an, zu weiteren Worten reichen ihre Kräfte nicht; da fällt mir auf, ihre Brust bebt; ich eile auf sie zu, halte sie am Ärmel, stütze sie unter dem Ellbogen und sage ebenso leise und kaum noch mächtig über meine eigene Aufregung, die sich in mir zusammengeballt hat und gleich nun auslösen würde: *Kinataj* – Kienchen ...
Ab da bin ich in einem Schwebezustand. Dieser hält an, da ich merke, sie ist es auch. Jetzt ist mir gleich, wie wer und wie was aussieht. Denn in ihrem Blick liegt eine Welt in bester Ordnung, mehr noch, alles steht gehoben, in einem blendenden Lichterschein. Auch hat sie das auszusprechen versucht, und dies gleich am Anfang, nachdem sie ihre Aufregung überwunden hatte: Ich finde keine Worte für das, was ich empfinde. Mir ist, ich habe heute, an diesem einen Tag, so viel erlebt wie in den ganzen sechzehn Jahren zuvor. Jetzt verstehe ich, sagt sie, wieso du von den Bergen wie von deinen Großvätern sprichst und auch weshalb du Gedichte schreibst. Bin dir und den Umständen dankbar dafür, daß ich der Berge Heimat und deren Enkel sehen darf und, bisher erklärte Gegnerin großer Worte, plötzlich nur in auserwählten Worten mit dir zu reden versuche!
Ich fühle mich hoch beehrt und reichlich beschenkt. Da Vater abwesend, sitze nun ich auf seinem Platz, trinke aus seiner Schale Tee, verschränke die Beine fest, bedacht darauf, die Würde des Familienoberhaupts zu wahren. Der Reitbursche ist Ambike, ein schon älterer, längst zahnloser, dazu auch noch überaus langsamer Mensch, und er erzählt: Mit dem gestrigen Postauto sei ein kleines, fremdes Mädelchen gekommen und habe die Leute nach unserer Jurte gefragt. Man habe ihr gesagt, weit, in den Bergen. Wie weit genau, habe sie wissen und darauf sich gleich auf den Weg machen wollen, zu Fuß. Und dies, entgegen der wiederholten Warnung, es sei viel zu weit bis dahin und auch schwer zu finden. Später habe man sie in Besorgnis, ihr könnte etwas zustoßen, zur Kreisleitung gebracht. Und dort habe man ihr gesagt, sie solle so schnell wie möglich

zurückkehren, denn es käme überhaupt nicht in Frage, daß sie, so wie sie aussehe, in dieser Winterszeit den weiten Weg allein gehe. Sie aber sei unerschütterlich geblieben in ihrer Hartnäckigkeit, habe gesagt, sie werde nicht zurückfahren, solange sie nicht in der besagten Jurte gewesen sei, denn es gehe nicht nur um einen Klassenkameraden, sondern um einen Dichter, der nun krank geworden sei und vielleicht Hilfe brauche. Dabei habe sie auf die Frage, ob sie eine Ärztin sei, geantwortet: Eine künftige, ja. Jetzt aber Abgesandte und Bevollmächtigte einer Schulklasse! Zum guten Schluß habe man sie noch bitten müssen, sich bis morgen zu gedulden, da würde man sie als eine bevollmächtigte Abgesandte zu Pferde und mit Geleit hinführen.

Mutter ist eine ungeduldige Zuhörerin. Sie muß sich immer wieder vergewissern, muß da schnell eine Bemerkung einschieben und dort einen Ausruf herauslassen und so das Ihre über die Erzählung streuen. Damit mag sie das eine oder andere Mal einen hastigen Erzähler gestört haben, den berüchtigten Langsamen hier aber treibt sie fortwährend voran, und das ist gut so. Zwischendurch streift sie Akina wieder und wieder mit ihrem begeisterten Blick und bedenkt sie mit Worten, die jede Grenze verwischen. Und das arme, fingerhutkleine Kind, wie Mutter Akina soeben genannt hat, sitzt ein wenig gebückt über ihrer Trinkschale, wirkt beschämt, da sich das ganze Gespräch um ihre Person dreht, doch die ohnehin roten Backen glühen nun erst recht, und die großen, hellbraunen Augen im Schatten der schweren Wimpern sind voll sprühender Funken. Dabei sind ihre kleinen, ein wenig abstehenden Öhrchen gespitzt. Und auf ihrem Gesicht lese ich genau ab, was sie versteht und was nicht.

Nach dem Tee schauen Akina und ich nach der kleinen Herde. Geser und Basar kommen mit. Deine Mutter hat mir einen Stein vom Herzen genommen, sagt sie, nachdem wir ein Stück gegangen sind.

Wieso das, will ich wissen.

Ich hatte Angst, ich könnte deinen Eltern nicht willkommen sein. Denn ich wußte ja nicht, wie sich meine eigenen verhalten würden, wenn du zu uns kämest.
Bin doch bei euch gewesen, zweimal sogar, und deine Eltern sind ...
Das war doch nur so, wie Klassenkameraden eben vorbeikommen. Jetzt meinte ich, wenn du zu uns kämest, wie ich gerade zu euch gekommen bin.
Gut. Ich werde noch bei dir erscheinen, wie keiner es getan hat! Oh, du ... Sag mal, dein Vater ist anders als deine Mutter, nicht wahr?
Gewiß ist er anders. Jeder ist es.
Ich meine, er ist wortkarg und streng?
Wie kommst du nur darauf?
Du hast den kleinen Vater gespielt. Anfangs war mir zum Losprusten, dann aber wurde mir angst.
Ich sehe, ich habe die Rolle schlecht gespielt. Mein Vater ist der herzlichste Mensch, den du dir vorstellen darfst. Außerdem ist er sehr gründlich, und deshalb dauert es eine kleine Weile, bis er sich dir eröffnet. Ich sage dir, du wirst ihn dir noch zum Schwiegervater wünschen!
Du bist ein seltsamer Mensch, hast mich bei meinen Gedanken so oft ertappt. Gerade hast du es wieder getan, bin entblößt, denn vorhin habe ich mir gedacht: Deine Mutter müßte man zur Schwiegermutter haben! Übrigens, eure Sprache kann ich zu einem Teil schon verstehen. Viele Wörter sind gleich oder ähnlich. Kelin, Schwiegertochter, heißt bei euch Helin, nicht wahr?
Ja, gewiß. Hat einer es zu dir gesagt?
Zu mir nicht. Eure Leute untereinander. Einer hat gemeint, ich müßte die Helin sein, wenn es mich so sehr nach der Jurte deiner Eltern drängte, und ein anderer hat es bestätigt.
Geser und Basar laufen voraus und verschwinden in der Senke unterhalb des Kamelfelsens. Wir folgen ihnen langsam. Akina legt los: Zuerst hat es geheißen, ich sei im Fieberwahn vom Krankenhaus weggelaufen, und die Suche nach mir hat tage-

lang gedauert. Dann hat es geheißen, ich sei lebend aufgetaucht, sei zu Hause angekommen, irrsinnig, aber munter. Zwischendurch hat es einmal auch geheißen, ich sei Schamane geworden. Da hat aber die Schulleitung hart eingegriffen und die Verbreiter des Gerüchts zum Schweigen gebracht. Der Stier-Auge-Bötisch mit dem roten Parteibuch und dem blauen Backenbart hat eine Pause lang gedonnert und gezappelt: Wer noch einmal ein Wort darüber verliert, der wird aus der Schule ausgeschlossen und dessen Eltern werden zur Verantwortung gezogen! Dann sei mein Brief gekommen...
Ich gehe mit angehaltenem Atem neben ihr. Versuche, kein Gepolter zu verursachen, schaue auf die Erde, suche nach Lükken in den Steinen, um darauf zu treten. Dabei spüre ich in mir etwas, das sich regt und windet. Auf einmal erkenne ich es als eine Schlange, die in der ungenauen Sprache vom Schöpfer stumpfgeformter und vom Leben dumpfgestampfter Menschen auch Lust heißt. Und dann weiß ich auch, was diese Lust-Schlange will: sie will die Flammen, die in diesem Augenblick meine Ohrtrommeln versengen und morden, furchtlos anspringen und den Brandherd schüren oder löschen.
... Agda habe ihn erhalten und gelesen, dann ihr gezeigt: Eigentlich ist der Brief an dich gerichtet, lies hier! Und sie habe gelesen: Sollte ich sterben, wird mein letzter Gedanke ihr gelten. Du weißt schon, wen ich meine. Und grüße sie hunderttausendmal von mir, bitte! Dann habe sie den ganzen Brief gelesen und sei in Tränen ausgebrochen mit den Worten: Er darf doch nicht sterben, muß mindestens noch zwölf Jahre leben, Himmel!
Später weinen sie zu zweit, Gesicht an Gesicht. Dann aber, ausgeweint, suchen sie nach einem Weg. Und sie finden ihn: Zuerst weihen sie zwei, drei weitere Mädchen ein, ziehen sie heran, dann kommen weitere, ein Klassenrat kommt zusammen, berät und entscheidet. Agda schlägt Akina vor. Später bekommt die bevollmächtigte Abgesandte von ihr noch ihren warmen Deel...

Die kleine Herde kommt uns vor Saryg Göschge entgegen, von den beiden Hunden getrieben. Da die Sonne noch einen guten Strick über dem Horizont steht, beschließe ich, Akina auf meine eigene Jurte zuzuführen und mit ihr *Familie* zu spielen. In der Ebene nebenan, im Windschutz vor dem Felsen *Sich-aufrichtender-Yakbulle* ist sie. Anfangs will sie nicht glauben, daß sie bei einem Ail angekommen sein soll. Dann aber wird sie in das Spiel schnell hineingezogen und ist schon eine leidenschaftliche Spielerin. Wir sind Mann und Frau. Hier auf der Winterbleibe, in dieser Jurte habe ich noch keine Frau gehabt, ich bin immer allein gewesen. Sie hat vorher nie, mit keinem Menschen *Familie* gespielt. Ich bin ihr erster Mann. Und das bestätigt und bestärkt mich in meiner Rolle, verleiht mir Schwung.

Wir haben Kinder. Wir haben Herden. Wir haben Weiden. Wir haben alles. Selbst Hunde haben wir, zwei an der Zahl. Auch sie sind ein Paar und heißen ebenso Geser und Basar. Das echte Hundepaar hockt neben uns und schaut seiner steinernen Nebengeburt zu. Vor Jahren war es allein Arsylang, der neben mir hockte und mir zuschaute. Da war ich Junggeselle, und hätte es ihn nicht gegeben, ich wäre auf dieser Bergsteppe mutterseelenallein gewesen mit den dummen Spätlingen, Behinderten und Betagten von Schafen und Ziegen, oft auch ein paar Yakkälber dazu. Aber sie alle waren unverständig, lernten noch viel schwerer als ein Sembi oder eine Sürgündü. Jetzt geht es uns allen besser, Hunden wie Menschen.

Der mittelfingergroße, rauhe blaue Stein, der der Mann ist, wendet sich an den zeigefingergroßen, glatten grünen Stein, der die Frau ist.

Frau, das Kind schaut vorn übergebeugt unter den gespreizten Beinen hindurch, Besuch ist unterwegs, hör auf mit dem Nähen und setze den Kessel auf. Ich werde schnell noch die Wirtschaft draußen ein wenig ordnen.

Bin ja auch gleich fertig, Mann. Soll ich Tee oder Fleisch kochen?

Was fragst du mich? Bist doch die Alleinherrscherin in deinem Jurtenreich, Königin!

Du hast recht, mein Gemahl. Schnell koch ich einen Tee, und dann kümmere ich mich noch um das Essen.

Ein kamelkugelgroßer runder, blauer Stein ist der Ofen, der unten dunkle, oben helle runde, flache Stein wird darauf gesetzt, der Kessel; etwas Schnee wird darauf gehäuft, und ein paar helle, hölzerne Spleiße werden unter den Ofen geschoben. Akina ist flink, eilt dahin und dorthin, findet, holt alles herbei, die passenden Steine, den Schnee und sogar einen langen Pfriemengrashalm, und ihre stäbchendünnen Finger bewegen sich geschickt in der Zwergenwelt. Auch ich gebe mein Bestes, beeile mich, schabe hier die Erde kahl und häufe sie dort auf, grabe manche sandverwehte Steine aus, rücke sie mal zusammen, mal auseinander, benenne und belebe sie. Nun haben wir nicht nur alles, sondern auch die eherne Ordnung, die über alles herrscht.

Hörst du, Frau, wie die Hunde bellen. Es ist ein Schnellreiter, könnte einer in großer Eile sein!

Der Tee ist fertig. Gleich gieße ich ihn in die Kanne um. Der Kessel kann auf dem Ofen bleiben, hier ist geschnetzeltes Fleisch, dem werde ich eine Handvoll Reis zusetzen, und mein Süppchen wird schon fertig sein, ehe der Gast seinen Durst gestillt hat!

Ein Reiter jagt wild heran. Er hat einen feuerroten Tonn, dessen Schöße über dem Sattel flattern; der wilde Reiter ist barhäuptig, muß seine Mütze verloren haben, wohl ist er nicht mehr bei Verstande, fuchtelt mit der rechten Hand und brüllt, das dunkelbraune Pferd unter ihm glänzt vor Schweiß. Es ist Uwaak.

Ihi-iij! Was habt ihr auf mich losgelassen, Hunde oder Wölfe?

Die Hunde sind losgeschnellt, eh einer sie zurückhalten konnte, Onkel Uwaj.

Soll ich für diese Frechheit zuerst den Kötern, dann euch, ihren Besitzern, die Schädel spalten, aah?

Tut es nur nicht, ihr mächtiger Mensch, bitte!

Gut nun, wenn ihr euch so als schuldig bekennt, dann muß ich euch unbestraft lassen. Damit ihr es euch aber ein für alle Male merkt, ihr tuwa-kasachisches Gesindel, sollte es noch einmal vorkommen, ich, Uwaak, Sohn des Surunak und Enkel des Höörem, werde euch mit dieser Peitsche die Köpfe sowie die eurer Hunde spalten, kapiert?!
Jawohl, großer Mensch, alles verstanden!
Die Hunde werden weggejagt, der arg geschundene Wallach kommt zum Stehen, und der Reiter setzt ab. Grüsse werden getauscht, Fragen fallen, Antworten kommen. Woher, wohin? Von Taldyg in Haraaty nach Taldyg in Ak Hem. Wann losgeritten? Heute Mittag. Bewundernder Ausruf: Eine weite Strecke!

Akina bricht verwirrt ab: Was ist denn?
Ich fühle mich verpflichtet, sie aufzuklären: Du bist ins Land der einfältigen Tuwa verschlagen und mußt daher mit allem rechnen. Das soeben war nur harmlos – ein armseliger Angeber, der nicht zu unterscheiden vermag: Hat er fremden Aragy gesoffen oder eigenes Hirn. Doch selbst einem Besoffenen steht das Gastrecht zu.
Also geht das Spiel weiter.
Nagelgroß sind die Trinkschälchen. Der Tee in der Kanne, einem spitzen, rundlichen weißen Stein mit einer Vertiefung am oberen Ende, wird ausgeschenkt. Die erste Schale geht nach dem Nordwesten, an den eigenen Mann. Er ist Oberhaupt, ist König in seinem Jurtenreich. Die nächste Schale geht nach dem Südwesten, an den Gast: Hier, großer Mensch, bitte. Passen Sie nur auf, die Schale ist heiß!
Warum ist sie heiß, ah?
Weil frisch gekochter Tee darin ist, Onkel.
Denkst du, ich bekomme zum ersten Mal richtig heißen Tee vorgesetzt, aah?
Das habe ich natürlich nicht gedacht, lieber Onkel. Ich wollte Euch einfach warnen, das war alles!

Warr-nen! Wovor denn? Will dein Bock, der irrsinnige Hund des Schynykbaj, mich umbringen? Oder bist du es, läufige Hündin, hast du vor, mich zu verbrühen, du hergelaufenes Kasachenweib, aach-ha?!

Akina läßt die Schale, die sie bisher geduldig hingehalten hat, fallen, dreht sich rasch weg und läuft davon. Ich springe auf, eile ihr hinter, fange sie ein: Was ist denn? Nicht ich war es, der die unflätigen Worte ausspie, das war der verfluchte Kerl, der berüchtigte Säufer, Kienchen!

Schließlich hole ich sie zurück, und das Spiel kann weitergehen. Ich bestehe darauf, daß der Gast den Tee trinkt, der seinetwegen gekocht worden ist. Also bewege ich Akina dazu, ihn erneut einzuschenken.

Hier, großer Mensch, Tee. Der ist inzwischen nicht mehr so heiß.

Willst du damit sagen, den besoffenen Uwaak kann man auch mit kaltem Tee abfertigen, ah?!

Nein, doch. Ihr seht ja, mein König und ich sind dabei, ihn zu trinken. Er ist immer noch heiß genug, bitte, lieber, lieber Onkel!

Lieber, lieber Onkel – wie wenig überzeugend das klingt! Schlange! – Gedacht haben wirst du eher: böser, oller Säufer!

Großer Himmel, was mach ich mit diesem Menschen bloß?

Soll ich dir verraten, was du mit mir machen sollst, damit du endlich wieder deine Ruhe hast?

Bitte, tut es in eurer und meiner Ahnen Namen!

Gib mir kalten, gallenbittern Aragy statt deines heißen, hundepissigen Tees!

Wa-as, du schwarzer, stinkiger Arschinhalt? Erst der König, dann die Königin eines Jurtenreiches, zu zweit hat man dich lange genug angefleht, nun aber Schluß damit! Und höre zu, Sohn des Langfinger-Surunak: Zu dürftig ist dir das Beutelchen geraten, um von meiner Jurte, der Jurte des jüngsten Sohnes des Schynykbaj, des Enkels des Hylbangbaj, des Urenkels des Tümenbaj, des Ururenkels des Schyraka, des Urururenkels des

Bimbelik, des Urururenkels des Akbe und des Urururururenkels des Böge Tarta, einen Tee trinken zu dürfen!
Habe ich, betrunkener, alter Mann, dich nun erzürnt, Söhnchen? Ich werde doch den Tee trinken, liebe Leute ...
Du wirst es nicht, oller Hund! Wirst dafür das gallenbittere Wasser des Asa, den von dir ergierten hundepissigen Aragy saufen!
Bitte nicht, Brüderchen! Bin doch schon so schwer besoffen.
Siehst du dort die blauen Dämme, hier die weißen Wälle? Es ist tiefgefrorener Aragy. Den werde ich dir vorsetzen!
Nein, doch, Söhnchen – ich muß heute noch in Taldyg ankommen!
In Taldyg ankommen? Ha-ha-haach! Dein Gestank, deine Asche vielleicht, du aber nicht, heute nicht und in hundert Jahren auch nicht!
Ich will mich vor dem Dörr deiner Jurte, vor dir selbst und vor der Helin verneigen. Laß mich bitte gehen!
Nein! Wirst erst die Hügel und Seen aus Aragy vertilgen und aussaufen und dann in die Erde, ins Gestein beißen, du Bündel Ekel!
Auf einmal springt Uwaak auf, trippelt und eilt davon, erreicht sein Pferd.
Du willst ausreißen, Hasenschwanz? Meinetwegen. Auch ich bin dafür, daß meine Jurte und meine Weiden mit dir nicht beschmutzt werden sollen. Aber eine letzte Frage an dich, an den an Jahren alten, am Gehirne armen Mann: Wo kommt denn der dunkelbraune Wallach mit den Scherenohren unter deinem Sattel her?
Aus der Herde des Hylbangbaj, deines Großvaters!
Oh, alle Achtung, Mann! Gut auch, daß deine Stimme mit einem Mal stocknüchtern klingt. Reite langsam. Es ist dein einziges Pferd, vielleicht bleibt es dein letztes. Damit wir uns richtig verstehen, Sohn des Surunak, Enkel des Höörem und Urenkel des Hara Dsharyn: Wirst du die Peitsche erheben gegen einen Nachfahren meines Großvaters Herde, werde ich dir

auf dem Rücken des Blitzgrau hinterher stürmen, meine beiden Hunde Geser und Basar vor mir und meine Gemahlin Akina, die Schöne, neben mir, auf dem Rücken des Windbraun, verstanden?

Jawoll, Bruder Dshurukbaj. Vielen Dank für alles. Und lebt wohl.

Uwaak zögert für einen, zwei Herzschläge, reitet dann los und entfernt sich langsam. Die Hunde erheben sich träge, folgen ihm, wobei sie ein paarmal bellen, geben jedoch bald auf und kehren friedlich zurück.

Akina schaut mich nicht an, kauert nachdenklich.

Frau, ich weiß, der Mensch hat dich Geduld gekostet. Du warst gut, hast dich als gute Schwiegertochter erwiesen, bis auf das Ende.

Das Ende, was war da?

Da hast du versagt.

So? Wenn ich nur wüßte, wie!

Der Mensch hat zum Schluß seinen Fehler eingesehen. Und hat sich dafür auch entschuldigt. Da hättest du ihm entgegenkommen müssen.

Wie denn entgegenkommen? Ihm die Hand geben? Oder sagen: Macht nichts!?

Weder noch. Er ist doch der Gast. Und als solcher hat er sein Recht auf Beköstigung.

Habe ich ihm die Schüssel mit dem Trockenquark, dem Hartkäse und den frischen Fladen nicht hingestellt und die volle Teeschale nicht wiederholt hingehalten? Habe ich ihm nicht ein gutes Süppchen kochen wollen? Habe ich ihn nicht angefleht, als schulde ich ihm etwas? Als wäre er mir Schwager, gar Schwiegervater? Du bist ungerecht, Mann!

Das alles hast du, und darum sage ich auch, du warst gut. Zum Schluß aber, als endlich Friede einkehrte, da hättest du mit der Speiseschüssel hineilen und sie ihm hinhalten sollen, damit er wenigstens zu einer Kostprobe käme und so seinem ungenossenen Gastrecht nachträglich Genüge getan sei.

Ich verstehe. Aber vorhin kam mir dies wirklich nicht in den Sinn. Vielleicht hättest du es mir sagen sollen.
Ich wollte dir nicht alles vorkauen. Du hast viel zu verdauen, mußt selber zu den Zähnen kommen, imstande sein, dich durch die fremde Welt zu beißen.

Die Sonne geht unter. Wir stehen auf und schütteln uns. Vielleicht hat sich die Luft zu plötzlich erkühlt, und wir haben es gespürt. Oder wir müssen die Kinder von uns ablegen, die wir gerade haben sein dürfen. Und bevor wir aufbrechen, verschiebe ich da und dort einige Steine und streue eine Handvoll Erde über das Reich unserer kurzen, gemeinsamen Kindheit. Akina möchte wissen, wieso ich dies mache. Ich sage: Damit unsere Jurte und unser Weideland für Fremde unbewohnbar bleiben! Die kleine Herde hat sich längst auf den Nachhauseweg gemacht, und die Hunde sind ihnen gefolgt. Ein Schwarm Berghühner fegt uns entgegen, rauscht knapp über unsere Köpfe hinweg; ihr Wind spaltet den hereinbrechenden Abenddämmer so mächtig, daß wir für einige Lidschläge einen brodelnden und schäumenden Strom durch den auseinanderklaffenden Scheitel entlang des Himmels wahrzunehmen glauben.
Auf der gleichen Höhe mit der Jurte angekommen, frage ich Akina: Riechst du die nahende Schafherde? Sie bleibt stehen, lauscht ein wenig und sagt: Ich höre sie! Später fügt sie hinzu: Als ob in großer Ferne eine Glocke läute. Ja, jetzt höre ich es auch, es ist das abblätternde, die Oberfläche der Südhänge der Berge füllende Schiefergestein, das nun mitfließt. Wie wär's, wenn wir der Herde entgegengehen, damit Schwiegervater und Schwiegertochter in der Dämmerung noch einander sehen können, sage ich. Akina erschrickt, was mich anfeuert und schon die Richtung einschlagen läßt, aus der das Geräusch kommt, nun schon zu einem hell-dunklen Gelispel und Geraune angeschwollen. Der Hang ist steil, der Boden rutschig, ich nehme Akina, den Stadtmenschen in den rundsohligen Filzstiefeln, bei der Hand und ziehe sie.

Bald sehen wir die Herde. Sie flutet heran. Wir könnten dort, wo wir gerade sind, stehenbleiben, dann würden wir zwei Pfähle sein und die Flut an zwei Stellen aufschlitzen, und sie würde rechts und links an uns vorbeiströmen. Aber wir weichen ihr aus, eilen nach oben und nach unten und lassen sie zwischen uns hindurch, bilden zwei Ufer. Ich pfeife auf die Herde beruhigend und ermunternd ein. Aber das ist das Wenigste, das Unbedeutendste, was ich in dem Augenblick tue. Ich erlebe Schönes und Wichtiges, durchwandere einen seltsamen Zeitstreifen: dicht, bunt und randvoll. Sehe über die Flutwelle hinweg den spitzen Umriß, beleuchte ihn, erkenne den Menschen Akina erstmalig in seiner ganzen Länge und Breite, dringe in ihn ein, trete auf den Pulsschlag, spüre den Neid, die Angst, die Freude: ja, vor allem die neid- und angstvolle Freude, die den ganzen Körper kreuzwärts erfüllt, und dann auch den überschwenglichen Entschluß und das leise, blasse Zagen darin. Sehe die ersten Sterne über dem flockigen Umriß, ermesse die Unermeßlichkeit und begreife die Unbegreiflichkeit des Raumes, in dem sie stehen. Sehe Vater zu Pferde über der hellen, niedrigen Flut dunkel und hoch hinausragen, leicht abheben und mit dem Kopf im bereits nächtlichen, östlichen Himmel verschwinden. Sehe auch mich, sehe den Pfahl, der an der Flut vorbeiströmt, grau und nichtig, sehe in dessen Innern ein Bündel Flammen flackern und züngeln, hell und mächtig. Und weiß, daß dieses Flammenbündel nicht länger an den Pfahl gebunden, in der Hülle gefangen bleiben, ja, bei der nächsten Sonne schon auf- und davonbrechen wird. All das sehe und erlebe ich nicht nacheinander, alles kommt gleichzeitig über mich.
Dann geschieht, daß ich rufe: Vater, wir sind es!
Wer ist wir? erschallt es nach einer Weile aus der Dämmerung.
Wir haben Besuch. Die Schule hat eine Bevollmächtigte gesandt, und die Kreisleitung hat sie zu Pferde und mit Geleit hergeschickt!
Ich weiß, meine Mitteilung wird vorerst in Vaters Ohren blei-

ben. Er muß sie wägen und wohl auch der Abgesandten ansichtig werden.
Da ist sie, Vater. Akina heißt sie.

Es wird ein urfriedlicher Abend, der tief in die Nacht hineinreicht und zum Schluß noch ins Helle des nicht mehr fernen Morgens hinausflattert. Und er setzt sich dreisprachig ins Gefüge der Dinge fest: Während alle anderen sich mit Akina auf kasachisch verständigen, bleiben wir zwei bei unserer Schulsprache, Mongolisch, und dazwischen liegt die Rille fürs Tuwa, frei und wie frisch gekehrt, da ein Paar fremde Ohren es unentwegt begutachten.
Zuvor aber erfüllt die bevollmächtigte Abgesandte ihren wichtigsten Auftrag – händigt mir das Geschenk und die Post des Klassenkollektivs aus. Es sind ein paar Bücher, Schreibblöcke, Bleistifte und eine beträchtliche Menge Süßigkeiten. Und die Post besteht aus einem vollbeschriebenen und -bemalten Heft. Die Bücher sind alle aus der neuesten Lieferung, und die Briefe sind eine Idee von Hartasch: Jedem eine halbe Seite, erklärt Akina. Ich verfahre großzügig mit den Bonbons, bestehe darauf, daß man sich daran sattäße. Dafür begnüge ich mich selber mit nur einem Stück. Ich bin freuderfüllt, in mir ist kein Platz mehr für andere Dinge, nicht einmal für Süßigkeiten.
Schnell überfliege ich die Briefe. Gleich auf den ersten Blick heben sich die verschiedenen Handschriften und Tintenfarben ab, es ist wie eine bunte Kette, gekonnt gemasert und großzügig in den Farben. Man hat sich Mühe gegeben.
... Yaks lassen Haufen, Rinder Fladen und Pferde Äpfel zurück, wenn sie einen Ort verlassen. Du bist weg und hast in der Klasse eine große Lücke zurückgelassen, die nur du wieder schließen kannst, Tangad ...
... Vorgestern war wieder einmal Hygienekontrolle, du kennst den armen Sohn des Stupsnase Zewel, er hatte wieder einmal einiges zuviel – eine Laus und zehn zu lang gewachsene Fingernägel, und er mußte den Himmel wieder einmal krumm-

seufzen: Ach, ist das ein scheußiges-läusiges Leben! Baatar, der sich gern deinen Freund nennen möchte ...
... Die Russen sind lieb, die Amerikaner böse, und das ist erneut und nun endlich von uns selber bewiesen. Neulich kam eine Russin (die hatte eine lange, ahlspitze Nase, dazu noch Lippen und Fingernägel, als hätte sie damit ins Blut gegriffen!) in die Klasse und lehrte uns ein Lied. Zuvor schwebten amerikanische Spionageballons über der Stadt, und die Menschen hatten eine schlaflose Nacht vor Angst, Delger ...
... (Ach, du Meine, großer Himmel, wüßtest nur, wie sehr ich knirsche und krache vor Spannung!) Ruhigen Herzens (so?) bleibe ich hier, da meine und deine beste Freundin es ist, die das Glück und die Verantwortung hat, dich, mein liebster Angeber (du weißt, Dinge zusammenzubringen, die sonst nicht zusammenliegen!) und dümmstes Kind, in deiner Vorfahren Heimat und deiner Eltern Jurte zu besuchen. Meine guten Wünsche werden euch diese Tage und dich weitere hundert Jahre noch begleiten, Agda, deine ältere Schwester ...
... Du fehlst uns, Dichter, ein wenig auch mir, manch einer anderen aber hunderttausendmal mehr! Günsmaa, die Krummbeinige und Schlitzäugige (Nein, nicht deswegen, Mädel, es ist die Hölzernheit, die in dir steckt!) ...
... (O diese fetten, runden Buchstaben, jedesmal der treue Abklatsch seines Schöpfers!) Die Stadt wächst, die Schule besteht, die Klasse hält zusammen, auch in deiner Abwesenheit. Wir hoffen (warum nicht: ich hoffe?), in der Abgeschiedenheit der Steinwüste des Hohen Altai wirst du mit der Zeit die fixen Ideen nach Ruhm und (Un)sterblichkeit ablegen und eines Tages wieder gesund zur Schule zurückkehren, wenn auch nicht zu der Klasse! Zerew des Ogoon, wahr ... (Du kannst dich noch hundertmal so nennen, aber du wirst im Gedächtnis der Mitwelt es bleiben, als was ich dich getauft habe: *Zerr*, Halsschleim, Junge!) ...
... Neulich hatte unsere Klasse ein Treffen mit dem Schulkoch Taewing. Er erzählte, es gäbe vier Arten Freunde: berggleiche,

baumwollgleiche, kugelgleiche und erdgleiche. Ich weiß nicht, von welcher Art du für mich bist. Ich aber möchte dir ein erdgleicher Freund sein: Du kannst um die Erde reisen, doch dann, wenn du zurückkommst, werde ich dasein, immer. Du kannst auf mich treten, in mich graben, in mir herumstochern – ich werde nicht au noch weh sagen, Hartasch ...

Die Bonbons waren ein guter Anfang, und längst ist ein lebhaftes Gespräch im Gange, als ich mich von dem Heft endlich trenne und mit meinen Gedanken in die hiesige Welt und das Jetzt zurückkehre. Mutter und Ambike sind beim Auffrischen alter Erinnerungen. Ihre beiden Mütter sind befreundet gewesen, und Mutters Mutter hat den Jungen Bükesch genannt und ihn in Schutz genommen, wenn ihn seine Mutter manchmal wegen seiner Langsamkeit schalt. Einmal hat sie, zur Zeit des Herbstes und zu Füßen der Üsch Argalyg, ihre Freundin zu beruhigen versucht: Nein, Inej, du bist nicht gescheit, wenn du den Jungen nur deswegen tadelst. Weißt du denn, was der Himmel vorhat mit ihm, wenn er ihn mit so bedächtigen Sinnen ausgestattet? Ist es nur der reißendste der Bäche, der den großen Fluß auch erreicht? Ist es nur das schnellste der Pferde, dem du dein wachsendes Kind und deine alternde Mutter anvertraust? Ist es nur die feurigste der Yakkühe, die dir die meiste Milch gibt? Laß also den Jungen sein, wie er eben ist. Eines Tages wirst du sehen, wozu es gut gewesen, daß er an alles so bedächtig und überlegt herantritt! Viele Jahre später hat die Mutter, bevor sie starb, dem Sohn diese Geschichte erzählt, und damit verstehen zu geben wollen, er sei ein gutes Kind gewesen, habe seine Pflicht vor ihr erfüllt.

Vater und Akina unterhalten sich über den kasachischen Stamm Bakat. Welcher Weg sie dahin geführt hat, erfahre ich erst später. Damals war sie an den Fingern zweier Hände abzuzählen. Heute sind sie wie das Gras der Steppe gewachsen, schwappen von Jahr zu Jahr über und rücken immer dichter an uns heran, sagt Vater. Großvater und deren Häuptling sind miteinander

befreundet gewesen und haben Tamyr zueinander gesagt. Da erscheint eines Tages der Tamyr an der Spitze einer großen Schar, mehr Männer zu Fuß als zu Pferde, alle aber mit Keulen und Spießen ausgerüstet, am Rand unseres Ail. Es hat Zwist gegeben innerhalb ihres Stammes, und einige Sippen haben sich gegen den Häuptling gestellt, haben sich in der letzten Nacht davongeschlichen und die meisten Pferde mitgenommen. Nun brauche ich deine Unterstützung, Tamyr, brauche Pferde, um die Diebe einzuholen! sagt der Häuptling. Großvater erwidert: Wärest du auf einem anderen Weg, ich würde dir die Pferde sofort geben. Da du dich aber auf dem Wege des Blutes befindest, kann ich dir die Bitte nicht erfüllen! Der Häuptling ist beleidigt, sagt ärgerlich: Ich hatte gedacht, du wärest mir ein Tamyr! Andere werden noch ärgerlicher, scheinen gewalttätig werden zu wollen. Großvater aber bleibt ruhig: Ich sehe, ihr habt Keulen und Spieße bei euch, seid ein großer Haufen, und so wähnt ihr euch vielleicht stark. Ich traue euch zu, daß ihr tatsächlich manches anrichten könntet, so zum Beispiel, mir altem Mann den Schädel einzuschlagen, das Weiber- und Kindervolk ringsum niederzumetzeln und die Herden davonzutreiben. Aber ich darf euch auch verraten, daß ihr euch damit ein Volk zum Feind machen werdet, welches einzuschüchtern und auszurotten selbst den Mandshu und den Chinesen letztlich nicht gelungen ist; Hunderte und Tausende von Büchsenläufen werden auf euch zielen, und schwer zu glauben, daß Jäger, die den Murmeltierkopf nicht verfehlen, plötzlich an euren Köpfen und Brüsten vorbeizielen könnten! Der Häuptling geht, die Männerschar folgt ihm.
Später erzählt Vater eine andere Geschichte. Sie betrifft den Russen Jewan – so spricht die Tuwa-Zunge Iwan aus. Die Geschichte ist allgemein bekannt, man hat sie von verschiedenen Seiten erzählt bekommen, diese und jene Einzelheiten bei diesen und jenen Anlässen. Es handelt sich um einen Weißgardisten, der als einziger seiner Einheit eine Metzelei durch die Roten überlebt hat. An einem kalten Spätherbstabend war er

am Herdenrand erschienen, unbewaffnet, dennoch auf den ersten Blick gefährlich genug ausschauend: durch die Uniform am Leib, die da und dort zerrissen, blut- und lehmverschmiert, durch die großen rollenden Augen und den Vollbart. Sonst gebärdete er sich friedlich, und sogleich sah man ihm auch an, es war ein Wesen in Not, hilfebedürftig und doch bereitwillig zu allem, was man von ihm wollte. So brachte man ihn in den Ail, gab ihm zu essen und bot auch ein Nachtlager an. Dabei verständigte man sich mit ihm durch Zeichen und Gesten. Am nächsten Morgen ging er nicht, er blieb. Doch er wollte nicht untätig dasitzen, gab zu verstehen, er wolle arbeiten. Keiner hatte etwas dagegen, es fanden sich immer kleine Beschäftigungen für ihn. Einmal sah er zu, wie ein Kessel geflickt wurde. Und er schüttelte den Kopf, verzog das Gesicht. Da überließ man ihm die Arbeit. Und siehe, er hatte geschickte Finger. Fast im Handumdrehen saß der Flick. Darauf beschäftigte sich er mit weiterem Küchengeschirr, das ihm seinerseits nicht in Ordnung zu sein schien. Und es gab viel auszubessern. Alles machte er. Und wurde mit jeder getanen Arbeit immer fröhlicher. Und jedes Stück, das er aus der Hand legte, verschaffte ihm zwei neue.

Der Fremde blieb, und bald nannte man ihn nicht mehr den Fremden, auch nicht den Russen, sondern Jewan, und jedesmal, wenn einer ihn traf, sagte man zu ihm *karascho* und zeigte seinen aufgestreckten Daumen. Das wurde zum Gruß mit ihm, zum Wort, das soviel ausdrückte wie: Es ist schon in Ordnung, Jewan, daß du hier bist! Und er erwiderte das gleiche Wort und dieselbe Geste, und damit sagte er wohl soviel aus: Ich danke dir, euch für die Gastfreundschaft! So wurde Iwan bald zu einem Mitglied der Sippe, teilte mit ihr alles. Er bekam dies und jenes geschenkt, bekam dies und jenes neu genäht, so daß er seine alte Uniform ablegen konnte. Man sah ihm die Freude an. Dabei sprach er ein paar Worte Tuwa, verstand aber schon weit mehr. Ab Mitte des Winters dann begann er sogar, die Sprache gezielt zu lernen. Und da war er zur Seite Vaters und noch zweier junger Männer mit den Großviehherden auf der Winterweide jenseits des Nordflusses. Und etwa alle zehn Tage kam einer der Hirten herüber, überbrachte Nachrichten. Da kam einmal Iwan, und man bekam eine Menge mit. Großvater war so sehr erfreut über sein Auftauchen und seine Sprache und sagte, im Sommer würde er seinen russischen Sohn bejurten, das heißt, er würde ihm eine Jurte und eine Frau besorgen. Worauf der Russe in ein begeistertes, lautes Gelächter ausbrach, den hochgestreckten Daumen zeigte und *karascho* sagte. Aber es ist dann doch nicht dazugekommen, eines Tages hat sich Iwan auf den Heimweg gemacht.

Soweit die Geschichte, die mir bekannt ist. Nun das Neue, das Vater an diesem Abend hinzusetzt: Den Winter und das Frühjahr überstehen Hirten und Herden gut, sie kehren zu den Schwarzen Bergen zurück, um in den nächsten Tagen über die Ebenen und die Flüsse zum Mittleren Rücken im Süden zu gehen, diesmal mit den Jurten und dem Sippenvolk. Da sieht man sich der Frage gegenübergestellt: Was wird aus Jewan? Bis jetzt hat er am Landesrand gelebt, ist von nur wenigen Außenstehenden gesehen worden, und diese wenigen, die ihn sehen durften, sind eigene Leute gewesen, die zur Sippe gehörten oder solche, die mit ihr irgendwie zu tun hatten, durch Heirat, Verbrüderung oder sonstwelche Verpflichtungen. Nun aber wird man ins Innere des Landes gehen, vor mehr Augen und Ohren treten, auch solche, die beobachten und belauschen. Die neue Zeit schien mittlerweile weiterhin Fuß gefaßt zu haben, man hatte durch die langen, kalten Monate hindurch so manches gehört, auch von Verhaftungen und Erschießungen. Was ist nun, wenn ein falscher Blick das liebe, arme Menschenkind trifft? Dann würde nicht nur es allein, sondern als Sippenältester auch Großvater, der seit einiger Zeit den immer kühler werdenden Zeitwind am eigenen Leib sehr wohl gespürt hat, in Schwierigkeiten kommen!

Vater und Sohn beraten es mit einigen anderen und beschließen, Iwan in alles einzuweihen. Und dieser versteht. Sagt bestimmt, er würde sich auf den Heimweg machen. Der Sippenälteste sagt: Jewan, mein Sohn! Ich hatte dir versprochen, dich zu bejurten. Da ich nun dazu verdammt zu sein scheine, mein dir gegebenes Wort zu brechen, so will ich dir wenigstens dies überlassen: Nimm alles, was du von mir haben möchtest! Iwan nennt ein Pferd mit Sattel- und Zaumzeug und Wegverzehrung für einen Monat. Am nächsten Morgen verabschiedet er sich von den Ailleuten mit den Worten: Wir werden uns nicht wiedersehen, aber auch nicht vergessen, Vater, Mutter, Geschwister! Dies spricht er auf tuwa aus, später weiß man, er hat vorher nach diesem und jenem Wort gefragt. Und als er es sagt, kommt es zu Tränen bei allen, auch bei ihm. Dann besteigt er den achtjährigen dunkelbraunen Wallach, zu beiden Seiten des Sattels hängt die prallgefüllte Tulup. Vater, gerade zwanzig Jahre alt, begleitet ihn, er bringt ihn bis Ak Bulak, der Quelle. Dort sitzen sie ab, tränken ihre Pferde und trinken auch selbst. Vater zeigt auf den Schluchtausgang und sagt: Dort endet die Schwelle meiner großen Jurte. Dort hört die Welt auf, die ich kenne. Weiter mußt du dir selber helfen, Bruder! Iwan drückt ihn heftig an die Brust, küßt ihn auf den Mund und sagt: Das hier ist auch meine große Jurte, und sie wird immer da sein! Dann besteigen sie wieder ihre Pferde, und jeder reitet dorthin, wohin er muß. Monate später hört man vom letzten Weißgardisten, der bekämpft worden ist, und auch von dessen Jäger. Jahre später hört man noch davon, daß jener Menschenjäger zum Partisanen der Volksrevolution befördert worden ist.

Es werden weitere Geschichten erzählt. Sie sind kürzer, kommen von allen Seiten, treffen sich friedlich mit anderen und ergeben zusammen so etwas wie einen Owoo aus Worten, die derart lange Zeit bewahrt bleiben werden. Auch Akina steuert eine Menge bei. Ihr Vater entstamme einer ruhmreichen Sippe, sei streng und ehrgeizig, schlafe, esse und trinke wenig, ihre Mutter sei in allem das schreiende Gegenteil, und die Kinder hielten meistens zu ihr. Der Bruder über ihr sei ein schwieriger Fall, habe die Schule ein Jahr vor dem Abschluß verlassen und sei zu den mütterlichen Großeltern auf dem Land geflüchtet, und neulich habe man gehört, er wolle heiraten. Auch habe der ehrgeizige Vater unter manchem unbegreiflichem Verhalten seines immer kindischer werdenden Vaters, des allbekannten Partisanen, oft schwer zu leiden. So sei erst vor wenigen Tagen der nun bald siebzigjährige Großvater inmitten des kalten Winters zu Pferde in der Bezirksstadt erschienen, um den höchsten Chef zu sprechen: Im nächsten Herbst werde der zwanzigste Jahrestag des Bezirks gefeiert, und zu diesem Anlaß möchte er die höchste Auszeichnung des Staates, den Süchbaatar-Orden, endlich bekommen! Da sei der Sohn um ein Haar wahnsinnig geworden.

Einige der Geschichten sind mir bekannt, andere sind mir neu, und nun rücken sie mir Akina noch tiefer in meine innere Jurte, machen sie zur Bewohnerin deren linker Seite. Nicht, weil sie Geheimnisse ihrer Familie preisgibt, nein, sondern weil sie sie zu bewahren und zu reinigen weiß, indem sie ihnen die peinlichen Einzelheiten nimmt. Sie greift Dinge auf, die ohnehin in die Öffentlichkeit gedrungen sind und behandelt sie so, daß sie gerade noch ins Licht des Menschlichen passen. Der Klatsch über den komischen Alten ist überall bekannt. Von seinen drei Frauen, deren Jüngste noch nicht dreißig ist, und von den vielen Gesuchen, die nach oben gehen, hat man längst gehört. Ebenso weiß man von dem ungezähmten Akina-Bruder, der raucht und trinkt und sogar die Stärke seiner Fäuste hin und wieder an dem eigenen Vater mißt. Akina hat jetzt Leute, die mit ihr durch diesen großen Lebensabend verbunden sind, in die verwickelte Geschichte ihrer Welt eingeweiht und sie damit unterhalten.

Auch Ambike ist ein gewissenhafter Erzähler. Er läßt nichts hängen, holt selbst Splitter und Schnipsel noch nach, baut sie in das bereits Bestehende ein und scheint es wieder und wieder mit einer feierlichen Pause durchkneten zu wollen. Denn während der Mund schweigt, reden die Augen, ihre Brauen, die Stirn, die einem zerfurchten, von Regen und Schnee zerschlissenen und vom Wind durchkämmten Berghang gleicht, weiter, ja, diese fangen an, erst recht wieder zu reden und bestätigen das, was die Zunge gerade ins Licht gerückt hat. Die Backen stehen vor, gleichen zwei Brusthügeln, die sich aus der Gesichtslandschaft wie auf einen Ruf erheben und der niedrigen Nase mit der winzigen, kugelrunden Spitze zu Hilfe eilen. Der Sohn, die Vierzig längst hinter sich, hat die Mutter noch zu Rat gezogen, welches der Pferde er demnächst einfangen solle. Und die Mutter, bald achtzig, habe ihr ziegenweißes Köpfchen stolz erhoben und angestrengt überlegt. Als sie dann gestorben war, hätten alle vier Geschwister, übriggeblieben von neun, das eingebeutelte Körperchen der Mutter umringt, dabei sei er der einzige gewesen, der laut geschluchzt, ja, geschrien habe, und das Älteste der Geschwister, die Schwester Güsen, habe ihn dabei getröstet: O je, Kleiner, was machen wir bloß mit dir nun? In diesem Augenblick sei ihm eingefallen, wann das letzte Mal die große Schwester ihn den Kleinen genannt habe: Als er in die Armee gehen mußte. Seitdem seien nun gut zwanzig Jahre dahingestürmt.

In dieser Nacht sind über dem Altai besonders viele Sterne aufgegangen, und sie brennen ungestört hell. Viele lodern und flammen wie manchmal in mondlosen klaren Nächten. Der Mond ist vom Vierundzwanzigsten, hat schon kräftig abgenommen und trotzdem einen guten, weichen Bauch, nicht ein bißchen schartig und überhaupt nicht schneidend. Akina kennt den Sternenhimmel nur vom Unterricht her, hat kaum astronomische Kenntnisse. Ich schenke ihr einen Stern. Er steckt eine Handspanne weiter links unten von meinem und schimmert grünlich, während der meine bläulich flackert und sein ganzes Umfeld im Feuerschein ein wenig abzukühlen und ihm einen Hauch Durchsichtigkeit zu verleihen scheint. Darf man denn das? ruft sie leise, mit bebender Stimme aus, als ich ihr das mit dem Geschenk verkünde. Ich schon, sage ich wichtig.

Eine Handspanne trennt uns die Nacht voneinander. Wenn ich

die rechte Hand ausstrecke, kann ich das weichgegerbte, nach Molke und Erdsalz riechende Schaffell berühren und ihr Blut klopfen spüren. Die Finger tasten sich weiter voran und gelangen einmal unter den heißen Strom ihres gleichmäßigen Atems. Da kommen ihnen schnell andere Finger entgegen, zwicken, kneifen und stoßen sie zurück. Mir wäre lieb gewesen, wenn meine Hand mit den streunenden Fingern gebissen worden wäre. Aber auch so bin ich zufrieden und erst recht und selbst im Liegen taumelig vor Glück. Da tragen vielleicht die Felle einiges bei, in die sie von Mutter eingewickelt worden ist, mit den Worten begleitet: Wir haben keine Läuse, mein Kind. Aber dennoch, wer weiß, dauernd kommen Leute und übernachten. Deshalb gebe ich dir keine Decke, lieber diese Schaffelle hier, die gerade fertiggegerbt sind! Aber es ist in der Luft viel mehr als der harmlose Fellgeruch allein, es ist noch der Duft, den sie ausströmen muß, atmend, liebe Gedanken denkend, dabei vielleicht lächelnd, doch keinen Herzschlag lang vergessend, daß nebenan erwachsene hellwache Menschen mit sechs lauschenden Ohren und drei Bündel Lebenserfahrungen liegen. Ja, da ihr angeborener weiblicher Sinn wach bleibt, weiß sie ihrer Lieblichkeit kleine Borsten in Form von ein paar zwicklustigen Fingern mit messerscharfen Nägeln zu verleihen. Nun liege ich, gerührt und betört, äußerlich still, die blöde Hand längst wieder unter der Decke, das alberne Gesicht mit den lachsüchtigen Muskeln glatt und ruhig, an allen Ecken und Enden abgelegt und abgestellt, innerlich jedoch bleibe ich volltätig. Gehe auf Reisen, bewege mich vor- wie rückwärts in der Zeit, mache Entdeckungen, Erfahrungen, treffe Entscheidungen. Und rüste mich für den morgigen Tag. Dazu gehört vor allem der Schlaf. So gehe ich auf ihn zu, liefere mich ihm aus. Tauche tief in den Schlaf ein und verschließe mich den Träumen.
Am Morgen sage ich zu den Eltern: Ihr denkt und sagt, ich sei ein Kind. Aber ich bin es nicht mehr. Und dies seit jenem Tage, an dem ihr mich dem großen Bruder mitgabt. An dem Tage waren wir zu dritt: das langsame blaue Pferd, der große, mir

noch fremde Bruder und der kleine hinkebeinige, nacktärschige Junge, der ich war, um ein Haar im Flußwasser ersoffen. Die letzte Nacht nun sah ich das Kind davongehen, der Strom riß es mit sich fort. Wer auf dem anderen Ufer ankam und auf die haltbietende Erde wieder treten durfte, das war nicht mehr das Kind, war schon ein kleiner Erwachsener ...
Ich rede in Gegenwart von Ambike und Akina, rede lange. Und schließe ab: Ich werde mit meiner Klassenkameradin gemeinsam zurückkehren! Wohl habe ich gedacht, darauf würden die Eltern ratlos werden, und deshalb habe ich weitere Worte in mir bereitgehalten. Nun muß ich sie nicht aussprechen, denn nichts dergleichen geschieht. Mutter schlürft an ihrem Tee weiter, mit leisem Stöhnen nach jedem Schluck, dabei heftet ihr Blick immer noch dort, wo er die ganze Zeit geruht hat: auf der Handspanne Luftraum zwischen meiner rechten und Akinas linker Schulter. Vater macht noch einen großen, lauten Schluck, senkt die Linke mit der Schale auf Herzhöhe und räuspert sich. Dann setzt er an: Es ist immer dasselbe Blut und dieselbe Milch der Erdmutter, dasselbe bald helle, bald dunkle Wasser, habe ich als junger Mensch gedacht, das irgendwo seinen Anfang nimmt und sich davonmacht. Aber warum, habe ich mich dann gewundert, bleibt das eine ewig Bach, ein Flußkind nur, während dem anderen beschieden ist, zu einer ordentlich klopfenden Ader zu erwachsen, um durch Berge und Täler zu strömen und sich dann in einen See oder gar in ein Meer zu ergießen. Einem wieder anderen ist nicht einmal gegeben, zu einem Bach anzuwachsen, er geht verloren, muß in der Wiege ersticht und verdorrt sein, während dem drei Berge weiter vielleicht erlaubt ist, sich zu einem Strom zu ermächtigen, jede Weite zu bezwingen und den Ozean zu erreichen. Später habe ich herausgefunden: Hinter jedem dieser Gewässer wohnt eine Kraft. Daran dachte ich, als ich später auf euch, meine Kinder, schaute. Wer ist hier Bach und wer Fluß? dachte ich eben. Ist da einer, dem nicht gegeben ist, o weh, Spuren zu hinterlassen? Oder ist da vielleicht einer, dem erlaubt sein wird, sich zu einem Strom zu

entfalten, großer Himmel? Und ich glaubte, da und dort Zeichen für Künftiges zu erkennen...
Die Zeichen und ihre Träger werden genannt und erläutert. Die bei der einzigen Tochter hätten ihn immer beunruhigt. Sie liefen auf ein kleines Geben und ein großes Nehmen hinaus. Bei Bruder Galkaan hätten sie ausgesehen wie bei einem Arbeitspferd: durchaus gediegen, aber ohne etwas, was darüber hinausgereicht hätte. Und bei mir, dem Jüngsten, sei es von Anfang an drunter und drüber gegangen; da sei immer ein Zuviel gewesen, was für Angst wie Hoffnung Grund genug wäre. So redet er von uns dreien, die wir in einer, seiner bisher letzten Jurte hintereinander geboren und auch dort aufgewachsen sind. Die anderen, die außerhalb stehen, erwähnt er nicht. Nach diesem langen, schwierigen Umschweifen sagt er schlicht: Nun, geh, wenn es dich zieht!
Also steht der Entschluß der Eltern fest. Später, als der Augenblick des Aufbruchs herangerückt ist, sagt Mutter, wir sollen bei meiner anderen Jurte absteigen und hereinschauen. Und dann fallen noch Worte, die Akina gelten: Du hast uns den Jungen wieder fortgeführt, Kind, und so mögest du dich um ihn kümmern wie um einen leiblichen Bruder! Akina, ein wenig durcheinander vor Aufregung, verspricht es ihr, dazu bedient sie sich Worten, die davon zeugen, sie hat durchaus begriffen, in was für eine feierliche Stimmung sie geraten. Und diese lauten: Fehlt euerm Kind die Nähe eines Herds, werde ich es in die Jurte bringen, in der ich selber geboren bin und noch geborgen lebe; fehlt euerm Kind der Beistand eines Erwachsenen, werde ich die Mutter, die mich geboren und aufgezogen hat, bitten, ihm beizustehen!
Es gibt *bu'un und tüjin*, Bündelchen und Beutelchen, die immer ein wenig lausig aussehen, ohne die aber keine Beziehung zu einer kasachischen Familie leben kann. Fühle dich davon nicht belästigt, mein Kind, und bring sie zu deinen Eltern, sagt Mutter, an Akina gewandt. Bin zweimal in eurer Stadt gewesen und weiß, was das heißt, dauernd Fladen zum milchlosen Tee essen

zu müssen; eine kleine Abwechselung sollen die weißen Speisen in eure Küche bringen! Dann gibt es einen größeren Beutel Trockenquark und -käse, dazu auch einen Lammpansen voll mit Mehl und eingekochten Milchrahm. Sie sind für die Klasse, sind das Gegengeschenk für die Süßigkeiten.

Vater bittet Akina, von ihm einen Mundvoll Worte für den kindischen Großvater mitzunehmen und sie so weiterzugeben, wie sie eben ausgesprochen sind: Ich, Schynykbaj, der älteste Sohn des Hylbangbaj, sah deinen Vater Tang-Atar, welcher ein rechtschaffener Mann war; ich hörte auch von deinem Großvater Rustam, hörte nur Gutes; so verkehrten wir miteinander, Achtung und Wohlwollen lagen auf beiden Seiten; dann kam es zu einem Knoten, der den Pfad zwischen deiner und meiner Sippe seit einem halben Menschenalter versperrt hat; nun ist deine fingerhutkleine Enkelin bei uns erschienen und hat ihn gelöst!

Ich bin von etwas erfüllt, das ich nicht zu benennen vermag. Vielleicht ist es nur Reisefieber. Finde Mutters Bewegung langsam und das, was sie macht, lästig. Dafür geht es hier um das Notwendigste und Gewöhnlichste, wenn einer den langen Weg antritt: Ein paar Wacholderkrümel werden über der niedrigen Säule aus übereinandergetürmten flachen Steinen angezündet, ich soll mich, während Mutter nebenan steht und Milch verspritzt, davor niederwerfen und dabei ein paar Gebete an Haarakan, den großen, heiligen Berg jenseits der Flüsse und ihrer Täler, und an die anderen Berge richten. Schließlich tue ich es doch, nur lust- und kraftlos, wie mir vorkommt und was mich verwundert. Dann trete ich zu den beiden Mitreisenden, die neben ihren Pferden wartend stehen. Und was mich da wieder verwundert: Ich habe gar kein eigenes Pferd, ich werde hinter Akinas Sattel auf einem zusammengerollten Tonn sitzen, und das stört mich nicht im Geringsten. Und ich empfinde große Erleichterung, als ich weiß, alles liegt hinter mir: Von Vater und Mutter berochen, steige ich zu Pferd, das sich sogleich in Bewegung setzt.

Es ist einer jener ersten Frühlingstage mit den siedenden Lüften, der dampfenden Erde und den mehr höhwärts als seitwärts hüpfenden, schreckhaften Erdhöckern über den Ebenen zwischen den wackligen Bergen. Die Brise trägt den Geruch des greisen Schnees, vermischt mit dem des jungen Grases, nach dem die Augen noch umsonst suchen. Ich sitze gut: weich und warm von unten her, die Arme fest um ihre Taille, die Nase dicht an ihrem Rücken. Doch muß ich, wenn ich auf unseren Schatten schaue, daran denken, wie *geschwisterlich* wir zwei ausschauen, was einer Entschuldigung gleichkommt und einen guten, denn mildernden Nachgeschmack hinterläßt.
Am Eingang des steilen Abfalles vom Üsük Aksy sitzen wir alle ab und führen die Pferde an der Leine. So ist es auch schön, eigentlich noch schöner. Deshalb verzichten wir bis zum Fluß gänzlich auf das Pferd. Ambike macht es mit, entgegen unserer Bitte, wieder aufzusitzen, sobald es ebener wird. Auch dann, als der Weg sogar ein Stück bergauf führt, auf den Rücken des Doora Hara zu, schreitet er, die Hände auf dem Kreuz, vor uns und seinem Pferd gemächlich davon. Später sagt er, es sei gut zu wissen, seine Bequemlichkeit, die ihm so manches Mal zu schaffen gemacht habe, käme nun wenigstens dem armen vierbeinigen Bruder zugute.
Ich hätte am Owoo vorbeimarschieren können, ohne darauf einen Stein zu legen – so gleichgültig erscheint er mir. Aber ich folge Ambikes Beispiel und erfülle meine Pflicht. In dem Augenblick spüre ich in mir so etwas wie eine blutende Wunde. Es ist mein schlechtes Gewissen, ich weiß. Da muß ich mich fragen: Vielleicht bin ich doch wahnsinnig? Und die Antwort, die ich darauf finde, lautet: Wer ist es denn nicht! Akina fragt, ob sie auch einen Stein hinlegen müsse. Der Mann, der so ausgesehen hat, als wäre er mit seinen Gedanken weit weg, der berüchtigt langsame Ambike, kommt mir mit der Antwort zuvor: Keiner muß. Man darf! Schon läuft Akina den Abhang hinunter, um wohl einen Stein zu holen. Eine Kasachin will ein Opfer darbringen – wenn das kein Wahnsinn ist! Später bestätigt sie dies,

als sie sagt, am liebsten hätte sie sich heute früh vor dem aufsteigenden Wacholderrauch vor der Jurte ebenso niedergeworfen.
Die Schamanin empfängt mich mit den Worten: Geh nur, deine Sinne sind längst schon fort! Darauf erwarte ich das Gelächter. Aber es bleibt aus. Girwik sagt, die Mutter hätte schon vor Tagen gesagt, aus der Richtung der aufgehenden Sonne werde jemand kommen und mir mein jüngstes Kind entführen. Dagwaj schaut dummfrech auf mich und sagt: Mutters jüngstes Kind, und schon beweibt! Darauf wiehert er laut. Anstatt ihn niederzudonnern, lachen die anderen dazu. Sirgesch will wissen, ob Akina eine Mongolin sei. Dagwaj beantwortet die Frage: Vorhin hätte sie doch ihre Schwiegermutter auf kasachisch begrüßt! Und die Mutter gibt ihm recht und sagt, Akina scharf anblickend, ein schönes Mädchen sei sie, durchaus tauglich zur Helin, wäre sie nur keine Kasachin! Dieser Feststellung wird von allen Seiten beigepflichtet, und dabei heften sich die Blicke an die Unglückliche, die sich, im ganzen Gesicht rot angelaufen und den Blick gesenkt, über ihre Trinkschale beugt, die bestimmt längst leer sein muß. Zur Rache wohl schaue ich mir die Jurte schonungslos an, mit dem schadenfreudigen Wunsch, Akina möge aufblicken und mit mir, Aug an Auge, schonungslos und genußvoll durch das Wirrsal wandern und begreifen, wie Wahnsinn aus der Nähe aussieht und wie er sich körperlich anfühlt. Sama liegt im Bett, nur der knittrige Scheitel des kahlrasierten bläulichen Schädels ist zu sehen; ein großer Stiefel mit durchgetretener Sohle liegt am Kopfende des Bettes, der Filz, der aus dem runden Loch herausguckt, gleicht einer herausgestreckten Zunge; zwei Handspannen weiter der abgebrochene, an zwei Stellen verkohlte Stiel der Ascheschaufel – die letzte Nacht muß es wieder einmal eine Prügelei gegeben haben!
Beim Abschied stehen alle um unser Pferd herum. Die Sonne hat gerade die Mittagshöhe erreicht, glüht und flammt weiß. Mir ist, sämtliche Uhuaugen sind verblendet, wirken plötzlich

blicklos. Aber keiner gibt auf und geht etwa, nein, ein jeder klebt beharrlich dort, wo er eben ist, und da ist mir, als ziele ein jeder aus nächster Nähe mit dem ganzen, vor Neugier glühenden runden Gesicht auf uns, das einer zusätzlichen, lästigen Sonne gleicht. Ambike arbeitet gewissenhaft, zieht zuerst beide Sattelgurte an, klopft dann unsere plattgedrückten Sitze wieder locker und hilft uns schließlich aufs Pferd. Doch selbst dann läßt er von uns nicht ab: Die Säume müssen glattgezogen und um die Knie gewickelt werden. Ein für alle Mal spüre ich Verständnis für die Menschen, die dem guten Mann jenen Spitznamen verpaßt und in diesen dabei den bestimmten Beigeschmack miteingepackt haben.

Die Schamanin redet fortwährend, nur muß mir der Sinn der Rede vollkommen entgangen sein. Denn später vermag ich mich einzig an die Worte zu erinnern: ... auf dieser Erde, wo alles, alles rund läuft wie deine Backe hier, und wie dein Gesäß da, Kindchen ... Doch da, als mir die Worte wieder einfallen, sind wir längst aus dem Ak-Hem-Tal heraus, in dem die Luft immer aufgewärmt steht von dem vielen Viehatem und Jurtenrauch. Sind nun hinter dem großen Fluß, der freilich immer noch im Eispanzer liegt und unerschütterlich glänzt. Sind damit in der ebenen, steinigen Steppe, in der immer ein Wind weht. So ist es auch heute. Und es ist ein unbarmherzig zielender und kühlender, im Angesicht der immer noch lodernden und fast staubenden und rauchenden Sonne unverständlicher Wind.

Die Frau hat recht, unterbricht Ambike plötzlich die einschläfernde und zermürbende Eintönigkeit aus dem Kiesgeknirsche unter den Pferdehufen, Gesäusel des Windes und der klaffenden Stille dahinter, wenn sie meint, der Daumen wüchse dem Kleinfinger an der Ferse. Ich bekomme einen Schreck: Welche Frau? Nach einer ganzen Weile begreife ich, wer damit gemeint ist. Darauf überlege ich: Auch das hat sie gesagt? Und was heißt das?! Ambike legt zu: Hinter jedem Ende steht unweigerlich ein Anfang, oder umgekehrt – so verstehe ich es!

Die Worte erscheinen mir seltsam: hochtrabend und unpassend zu dem langsamen, ängstlichen Menschen in dem alten, da und dort längst schwarz glänzenden Tonn mit den vielen Flicken und den zerschlissenen Ärmelrändern. Dennoch vielleicht oder deshalb gerade scheinen sie mich nur an der Außenhülle zu streifen, vermögen bis zum Trommelfell nicht vorzudringen – kommt mir vor. So sehr ich mir einbilde wach zu sein, ich finde keinen Sinn darin. Akina jedoch meint, alles, das heißt, das Wesentliche verstanden zu haben. Der Mann hat recht: Wo Akina endet, wird Agda beginnen. Und wir wollen es auch dabei belassen!
Aber da sind wir schon angekommen, sind in der Stadt . . .

EINSAMKEIT HAUST UM DEN GIPFEL

Akina bringt mich zu Agda und übergibt mich ihr samt dem Deel und der kunstseidenen Schärpe, die sie auf der Reise getragen hat: Hier geht wohlerhalten zurück, alles, was dir zusteht! Die um den halben Kopf kleinere, rotbackige Agda ist nicht in der Lage, zu antworten, senkt den Blick und fängt an zu schnauben. Später weint sie. Auch ich versage, stehe da, zittrig und überflüssig, und weiß nicht, was tun. Bin überwältigt. Aber ich gestehe, es ist mir nicht unangenehm, ich fühle mich nicht viel anders als in einem Spiel – bin vielleicht in eine kipplige Lage geraten, möglicherweise werde ich auch einen Sturz erleben, aber dabei glaube ich in mir etwas Tröstendes und Rechtfertigendes zu wissen: Was ist denn weiter? Jedes Spiel braucht doch einen Verlierer!
Akina, die mich am besten gleich dagelassen hätte, meint später das Gegenteil, nennt mich ein Glücksschwein, und zwar ein unverschämt dickes. Doch gleich darauf, nachdem sie dies behauptet hat, gibt sie mir zu bedenken, ich brauchte mir nichts einzubilden deswegen, denn es sei ein so heimtückisches, da kugelrundes Glück, das allzuschnell in Pech umschlagen könnte! Nun erscheint mir alles erst recht spielhaft. Und so gehe ich gern darauf ein, als die streng Tuende sich noch tiefer in ihre Rolle begibt und mit mir ein *Abschiedsgespräch* inszenieren will. Sie habe, sagt sie mit der Miene, die sie einer Fünfzigjährigen abgespäht haben könnte und nun eisern verteidigt, alles, das heißt, das Wesentliche, ein für allemal begriffen: Neben mir, dem Sprößling von Tuwa-Eltern, sei kein Platz für eine Kasachin – sie aber sei auf diese Erde nun einmal von einer kasachischen Mutter gefallen, und das sei eben ihr unumstößliches Schicksal.
Ich bin verwirrt und will wissen, worauf sie hinauswolle. Und

da sagt sie, wir müssen uns trennen! Das sagt sie so einfach, wie, jetzt gehe ich nach Hause, und du gehst ins Internat und dann gleich ins Bett. Ihre Stimme verrät keinerlei Regung; das kopflose Aufbrausen, das man bei ihr sonst nie gesehen hat, kommt erst später. Mir aber sei, bemerke ich treuherzig, als habe sie mich wieder gern – was nun? Da geschieht es: Sie platzt fast vor Wut, nennt mich einen, der sich zu viel erlaube. Wieder gern! äfft sie mich nach. Gut nur, daß du nicht noch gesagt hast, lieben: ichliebedich-duliebstmich-wirliebenuns! Aber schlimm genug: gernhaben! Habe ich, hast du je solch dicke Kotzbrokken aus dem Mund gelassen? Haben wir je mit solchen Blödheiten uns erniedrigt und beschmutzt? Sag es mir schnell!

Sie weint beinah, und das macht mich stutzig. Nein, fange ich unsicher an, das haben wir voneinander nie gehört. Darauf werde ich wacher, schneidiger, da ich tiefer in mich hineinbohre – bin angesteckt von der Leidenschaft, die sich plötzlich ihrer bemächtigt hat: Aber du und ich sind eine ganze Weile zusammen, sind wie Gaumen und Zunge gewesen, und mir ist, wir sind es nun wieder. Deine Stadt, meine Berge, die Menschen hier wie dort und der Blaue Himmel über allem und allen sind meine Zeugen!

Genug! fährt sie mich an. Denkst du, das weiß ich nicht? Wenn du wüßtest, wie viele und welch geile und tolle Liebesbriefe ich bekommen habe mit meinen sechzehn Jahren schon! Das Wort ödet und widert mich längst an, du warst vielleicht meine Rettung, da du neben mir warst – ich fühlte mich unerreichbar für den verheerenden Druck, unter dem alle stehen, auch du bist nicht frei davon! Ja, eine Zeit lang warst du weg, aber da ich hoffte und wohl auch wußte, du genäsest bald von deiner noch harmlosen, kindischen Mitmacherei und fändest dich zu mir zurück, muß ich weiterhin gefeit geblieben sein vor dem allgemeinen Wahnfieber ringsum: Jugend heißt lieben – mach mit! Und du meinst, das, was dich und mich zusammenhält, sei keine Liebe?

Vielleicht war es eine, aber warum sollte sie gleich genannt,

bestimmt, unter ein Dach gesteckt werden mit etwas, von dem man doch wußte, es war vergänglich?
Mir fällt ein: Wir haben nie darüber gesprochen, was zwischen uns war. Haben zwar so manche fremde Liebesgeschichten aus Büchern oder Filmen erlebt, zumeist abwechselnd einander vorgelesen, erzählt und gespürt, wie nah sie uns waren und wie sehr sie uns unter die Haut gingen. Nie aber haben wir über die Liebe selbst gesprochen, geschweige denn, ob wir einander liebten. Nun spüre ich Unbehagen. Mir ist, als ob ich etwas versäumt, vernachlässigt, ja gar verraten hätte.
Du und ich haben es nicht nötig gehabt, darüber Worte zu verlieren, um vielleicht zu rechtfertigen, weshalb etwas so und nicht anders ist. Dafür haben wir einfach zusammengehört!
Du hast recht. Aber warum bloß redest du in der Vergangenheit?
Weil alles nun der Vergangenheit angehört!
Stimmt ja nicht!
Doch, doch – ich habe dich einer anderen abgetreten. Und dabei wird es bleiben.
Ich will es aber nicht!
Nicht irgendeiner Beliebigen, sondern derjenigen, derentwegen du mich ja schon einmal hast verlassen können!
Das war damals. Nun ist eine andere Zeit, und ich bin zu einem anderen Menschen geworden, bin erwachsen!
Du *willst* vielleicht erwachsen sein. Aber ich sage dir: Du wirst es nie. Und du brauchst es auch nicht.
Wieso *das*?
Weil du so geschaffen bist, und weshalb es dir auch steht.
Ich habe das Gefühl, du bist die Katze, ich bin die Maus, und du spielst mit mir!
So unrecht hast du damit nicht. Wenn ich wollte, könnte ich die Katze sein und mit dir spielen, denn die Maus bist du allerdings, und das Seltsame ist: Du wirst es immer bleiben, nie und nimmer wirst du es zu einem Ziesel, geschweige denn zu einem Murmeltier bringen. Genau darum geht es. Doch das, was ich

dir jetzt sagen werde, ist nicht von mir, es ist von einem großen Schamanen. Du staunst, was? Ja, auch wir Kasachen haben solche, und diese leben im Unterschied zu euren tief im Versteck, es geht hier um eines der strengsten Geheimnisse des Stammes. So einer heißt – das darfst du wissen – Bagsy, du siehst, es hat mit unserem heutigen Bagsch, Lehrer, zu tun. Wir haben einen, den alle vor lauter Ehrfurcht nur Bagschy nennen, und der Mensch soll unglaubliche Dinge zustande bringen – jetzt endlich weiß ich, woher der Name kommt!
Siehst du? Also schleichen alle Katzen um den gleichen Brei! Aber ich wollte dir etwas anderes sagen, nämlich etwas verraten, was ich eigentlich nicht darf. Nun will ich es doch tun, und es soll mein Abschiedsgeschenk an dich sein. Also: Der große Mann hat mich, als ich noch in der Wiege lag, als eine mit dem ausgereiften Verstand befunden, das heißt, ich sei von Anfang an ein fertiger Mensch.
Das klingt lustig.
Ist es aber nicht. Ist eine ernste, für denjenigen, den es betrifft, schwer erträgliche, ja, todtraurige Sache. Denn die Vorhersage muß irgendwie gestimmt haben – ich hatte keine Kindheit, oder so: Die, die ich hatte, kam mir unerträglich albern, wie ein Zeitverlust, wie ein Betrug vor. Denn die Geschwister unter und über mir waren alle hilflos dumm. So auch die anderen Kinder, die mich umgaben. Selbst die Erwachsenen waren nicht viel besser. Oft noch schlimmer sogar, denn sie heuchelten oder glaubten, alles besser zu wissen. In der Schule ging es mit dem Leiden weiter – dieselben dummen, nun auch frechen Kinder, dieselben heuchlerischen, besserwisserischen, und dazu noch die ausgebildeten und gegen Bezahlung zugelassenen Lehrer. An einem meiner Leidenstage sah ich dich und behielt dich lange im Blick – eines aus der Schar der dummen Kinder zwar, mit einer Besonderheit jedoch: Du hattest helle Augenblicke, und da vermochtest du recht weit zu schauen und von deiner Helligkeit Einiges auf andere auszustrahlen. Damals wußte ich noch nicht, woher es kam, inzwischen, nach all dem,

weiß ich es freilich. Dann warst du ein unbestechliches Wesen. Was immer beeindruckt, und das ist auch der Grund, weshalb du die Mädchen anziehst. Zunächst warst du mir wie ein, wie mein Kind. Oder so: War ich eine Stute, du warst ein Fohlen. Und wenn dieses Bild stimmte, dann mußten wir von einer Herde von Yaks oder Schafen, von lauter andersgearteten Wesen umringt sein. Lange Zeit blieben du und ich wohl geschlechtslos, waren einfach Artgenossen zueinander. Aber unsere Körper waren im Wachsen, mittlerweile erwachten neue Gefühle darin, und eines Tages wurde mir die Zukunft bewußt: Ich war die Frau und stand dir, dem Mann, gegenüber. Was schrecklich war, ich meine auch, schrecklich schön...

Endlich macht sie eine Pause. Doch will mir nichts einfallen, was ich dem Gespräch beisteuern und womit ich eine Zusage der Person mit dem reifen Verstand ernten könnte. Das, was ich soeben erfahren durfte, hat sie bei mir auf eine höhere Stufe gehoben und in ein geradezu grelles Licht gestellt. Bin verunsichert, trotz der süß-feinen Schmeicheleien, die in meinen Ohren kleben wie Nebelfetzen an Grashalmen und Baumblättern. Darf auf keinen Fall dummes Zeug reden und sie enttäuschen. Möchte so gern den lichten Augenblick, von dem sie sprach, in die Länge ziehen und sie durch loderndes Geisteslicht an mich binden. Allein ich fühle mich schwer und ermattet.

Akina schickt sich an, die Pause, die sie mir belassen hat, zu beenden. Sie muß von mir enttäuscht sein. Sie darf es ruhig. Das ist ihr gutes Recht, ich weiß. Und mein Recht wäre vielleicht, hin und wieder helle Augenblicke zu haben und in der restlichen Zeit, dumm zu bleiben? So scheine ich mir geschaffen zu sein, aber ich kann mich damit schwer abfinden, und deshalb bin ich von mir selbst enttäuscht. Und entmutigt. Ja, mit einem Schlag drohen, um mich herum Lichter auszugehen. Denn nun redet Akina wieder und erst recht von der Trennung, und sie tut es erschreckend gut. Ich verstehe davon nur die Sinnrichtung. Was eigentlich genügt. Ich sei einer, nehme ich zur Kenntnis, der immer eine weibliche Nähe brauche. Sie, Akina, könne und wolle mir diese nicht mehr geben, sei jedoch auch weiterhin bereit, die Stute zu bleiben, die ihr Fohlen im Blick behält, nun mit Abstand. Dann höre ich, Agda sei eine gute Wahl, tadellos und richtig für später. Mir wird bewußt: Sinnlos, einer, die so oder so recht hat, widersprechen zu wollen!

Also beschließe ich, mich mit dem Schicksal abzufinden, das mir Akina bereitet. Und das sage ich ihr. Da geschieht etwas, das mir seltsam erscheint: Ein Schatten huscht über ihr Gesicht, das rot anläuft, die Schultern zittern. Später sehe ich Tränen aus ihren Augen fließen. Es ist ein stilles Weinen. Ich frage sie nicht nach dem Grund. Bald versiegen die Tränen. Akina gibt mir ihr Taschentuch und sagt: Ich soll es mit Speichel benässen und ihr damit die Tränenspuren aus dem Gesicht wischen. Ich will ihr schnell gehorchen. Merke dabei aber, ich habe keinen Speichel mehr, habe einen trockenen Mund. Schaue, während ich die Zunge an dem Gaumen reibe, um zu Speichel zu kommen, auf das Tüchlein. Es ist ein Lappen eigentlich, Rest eines blau gesprenkelten Baumwollstoffes, wasch- und bügelfrisch und kunstvoll gefaltet. Und es strömt den Duft aus, der von allen gepflegten Mädchen der höheren Schulklassen ausgeht – wohl der Geruch der reifenden Weiblichkeit. Schließlich bekomme ich doch einen augengroßen Naßfleck auf das Tüchlein und fahre damit sanft über die glänzenden Tränenspuren auf ihrem Gesicht. Dabei fällt mir die Weichheit auf, die schleierhaft, nun fast hilflos in den sonst streng blickenden dunklen Augen liegt. Ich sehe das, weiß aber keinen Rat. So wende ich den Blick ab und drücke das Taschentuch in die Hand, die mir klein, kalt und regungslos vorkommt. Was mich für einen Augenblick verunsichert. Aber dann überlege ich, gehe auf Suche nach einer Begründung dafür, weshalb die kleine Hand nun kalt und regungslos ist. Ich stoße auf keine Antwort, spüre dafür verletzten Stolz und erwachten Trotz in mir. Sie veranlassen mich dazu, mich auf der Stelle umzudrehen und das Feld zu räumen. Und sie sagt nicht, ich soll bleiben.

Ich hätte ins Internat und gleich ins Bett gehen können, denn es ist inzwischen später Abend geworden. Aber ich will es nicht, will lieber den einmal erwachten Trotz in mir schüren und nähren und dem neuen, von Akina für mich geschmiedeten Schicksal ans Fell rücken und es reizen. Ich gehe zu Agda. Und sie kommt mir entgegen. Das erscheint mir zunächst unglaublich, aber dann wieder verständlich und sinnschwer. Sie habe, sagt sie, Kopfschmerzen bekommen vom Heulen und habe beschlossen, nach frischer Luft zu schnappen, bevor sie ins Bett ginge, dann habe sie gedacht, besser, du machst, anstatt sinnlos rumzustehen in der Dunkelheit, schnell den Sprung bis zum Schulhof – vielleicht triffst du jemanden.
Agda wohnt in der Tat nur einen Sprung von der Schule weg, hinter den ersten paar Hütten in einer eingezäunten Jurte, die der Großmutter gehört und weitere zwei Schulkinder beherbergt. Ich bin dort öfters und gern gesehen, denn die Kinder sind alle Mädchen, sind bei einigen Arbeiten wie Holzhacken auf Hilfe angewiesen. Bilde mir ein, die Großmutter hat mich auch so gern, wohl muß sie etwas gemerkt haben.
Nun bin ich wieder da, sage ich, die kleine, glühende Hand mit den kurzen, drallen Fingern beidhändig anfassend.
Ich habe gedacht, höre ich, Akina hat es nur so dahergesagt.
Nein, das tut sie nicht – man kennt sie doch!
Agda scheint, es trotzdem nicht zu fassen, daß ich da bin, zurückgekommen zu ihr, kleid- und hautnah vor ihr stehe. Vor lauter Aufregung verfehlt sie meine Lippen, die Zunge. Sie hat besser geküßt, wenn auch nie so sicher und sauber wie Akina. Heute ist sie in Hast. Ich weiß nicht, weshalb, aber so gefällt sie mir noch besser. Und dazu der bebende Körper, die glühenden Backen! Sie überzeugt. Spät in der Nacht betrete ich den Schulhof und schleiche mich mit vorgestreckten Armen und auf Zehenspitzen in das stockfinstere Internat; manche Mühe kostet es mich, die richtige Tür und das richtige Bett zu finden. Zu meiner Überraschung finde ich letzteres zum Schlafen bereitet vor, und das erscheint mir wie ein liebes Geschenk, wie ein

gutes Omen. Später, unter hellem, leisem Geriesel von nahenden Nebelschwaden des Schlafes, denke ich an Akina, Agda und den, der mir das Bett gemacht hat, denke dankbar an sie alle und den verlebten Tag.

Der Mai bricht herein und mit ihm ein Frühling, wie man ihn seit langem nicht mehr erlebt hat. Der Fluß, der sich an der Stadt vorbeiwälzt, schwillt mit jedem Tag an und gleicht an der Stelle, die von der Schulpforte aus zu sehen ist, immer mehr einem See – die mit Schwertlilien und Taaten-Stauden überwachsene Wiese wird nach und nach überschwemmt. Der Geruch des Wassers dringt bis in die Internats- und Unterrichtsräume herüber, vermischt sich mit dem Duft des Wermuts, der im Schulhof wuchert, und hält die Sinne alleweil wach, erhält sie weich. Dem ersten Regen, der die ausgedörrte und von Frühjahreswindstürmen aufgewühlte Steppe erreicht hat und gleich ein unverhofft reichlicher gewesen ist, folgen weitere Niederschläge, aber immer nachts, und so wartet morgens wieder und wieder eine benäßte, erholte Erde auf die Sonne, die immer eiliger und eifriger den Dienst aufzunehmen scheint. Die Tage werden länger und farbiger, werden immer flinker am einen, träger aber am anderen Ende.

Die Abende wollen kein Ende nehmen, dehnen sich immer länger aus, wachsen immer tiefer in die Nächte hinein. Agda und ich leben wie verwachsen miteinander, schwelgen im Rausch. Verbringen viele Stunden am Fluß. Meistens sitzen und starren wir stumm ins Wasser. Dabei hänge ich oft meinen Gedanken nach, und sie führen mich von ihr weg. Später berichte ich ihr, wo ich war, was ich sah und wie es mir ging. Sie hört geduldig zu, stellt aber nie Fragen, ebenso wenig ist ein Widerspruch zu erwarten. Lächelt verlegen, wenn ich sie danach frage, was sie nun denn dazu meine. Ich weiß nicht, wie ich eine solche Geste auslegen soll – vielleicht soll ich meinen, sie ist mir eine treue Zuhörerin und findet alles, was ich sage, in Ordnung.

Manchmal sitzt einer von uns, die Beine ausgestreckt, dann

liegt der andere, den Kopf auf dem flachen Schoß des anderen. Ist Agda die Sitzende, dann singt sie meistens, und singt sie tatsächlich, dann bin ich der dankbarste Zuhörer. Der Gesanglehrer hat einmal gesagt, sie würde die Atemluft aus dem Magen holen. Ich habe dazu eine andere Meinung: Nicht sie singt; es schäumt und sprudelt aus ihr heraus. Denn es scheint ein unglaublicher Druck zu sein, der eine nicht mehr menschliche, eine silberne Stimme heraufbeschwört. Bin ich der Sitzende, dann trage ich Gedichte vor, die ich seit dem letzten Mal, was in der Regel die letzten Stunden bedeutet, geschrieben habe – bin wieder der Dichter, ja, so viel gedichtet wie in diesen Maientagen habe ich nur selten. Und das ist der Grund für das sonnenwarme und -helle Licht, von dem ich erfüllt zu leben glaube. Lebe gern und zufrieden, muß ich gestehen. Mir ist, als wenn ich sogar glücklich wäre über das, was mit mir geschehen ist. Doch wüßte ich nicht, was das genau ist: dieses Glücklichsein. Eines aber glaube ich zu wissen: Ich habe es Akina zu verdanken, und aus dieser Überlegung wohl empfinde ich immer etwas Warmes und Bindendes ihr gegenüber.

In unserer Blicknähe befinden und bewegen sich meistens auch andere Liebespärchen. Agda schämt sich vor ihnen. Mir dagegen macht die fremde Nähe nichts aus, sie kommt mir sogar wie das Salz zum Essen vor – mir ist hin und wieder sehr danach, mich, uns, so wie wir gerade beieinander sind, ihnen, ja, der ganzen Welt zu zeigen: Schaut, hier sind wir, so stehen wir zueinander! Als wenn wir alle Teilnehmer eines großen Schauspiels wären, und wer möchte da schon von den anderen übersehen werden? Soll einer vielleicht denken: Die haben aber was verpaßt!

Bei dem Wort fällt mir wieder die Schule ein. Die gibt es natürlich immer noch. Und sie hat mich wieder. Doch gibt es bei mir eine deutliche Trennung: Unterricht, Dichtung, Liebe. Und was das erste betrifft, steht es damit bestens. Wie jeder, der durch Krankheit die Schule hat versäumen müssen, habe ich am Tage meiner Rückkehr einen dicken Stapel beschriebener loser Blätter ausgehändigt bekommen – tagtäglich hatte der jeweilige Bereitschafsdiensthabende eine Kopie von allem, was im Unterricht behandelt wurde, pflichtgemäß angefertigt und bei dem Klassenältesten abgeliefert. Und ich habe die vielen, unterschiedlichen Handschriften nicht nur schnell, sondern auch gern gelesen, da sie immer Persönliches und natürlich auch Fehler enthalten. Außerdem, wer schon im achten Jahr nur sehr gute Zensuren gehabt hat und gerade krank gewesen ist, mit dem gehen die Lehrer sanfter um, stelle ich fest. Aber da ich ja auch Ehrgeiz habe, möchte ich nicht zulassen, daß man mir die Zensuren schenkt. So weiß ich, mich ordentlich anzustrengen, und im Endergebnis geht es mit dem Lernen also weiterhin bestens.

Noch etwas, was meine Rückkehr in die Schule betrifft. Mir ist gleich zu Anfang aufgefallen: Keiner hat mich genau nach meiner Krankheit gefragt, außer ob alles bei mir nun wieder in Ordnung sei. Selbst Akina damals, selbst Agda nun nicht. Das mahnende Verbot, das verhängt worden sein soll, wirkt also nachhaltig. Dennoch spüre ich den neugierigen Blick von mancher Seite. Und meine Antwort ist die Ausgelassenheit, die ich mit fast schmerzender Lust herauskehre.

Der Tag, an dem folgendes geschieht, ist wieder ein Samstag. Die junge, neue Zeichenlehrerin, die seit Anfang des Jahres kränkelt, begleitet von dem Getuschel, sie sei schwanger, fehlt wieder. Und wir erreichen, daß die nächste Stunde zur allgemeinen Freude vorgezogen wird, denn dies ist die letzte Stunde, Viehwirtschaft, deren Lehrer, ein bejahrter lieber Mensch, unserem Bitten und Flehen oft nachgibt und uns immer ein wenig früher zu entlassen weiß. Also lärmen und schwärmen wir einem längeren, freien Nachmittag entgegen. Und dann haben und genießen wir ihn, so wie man ein Essen, ein Getränk, ein frisches, nach Wind, Wasser und einem Hauch Seife duftendes Kleidungsstück genießt, wir hüllen uns in ihn samt seiner heizenden Sonne, kühlenden Brise und der beflügelnden und betörenden Stille ein, wie später in die Decke. Ja,

Agda hat sie mitgebracht, in ihr Kopftuch eingewickelt, die luftige, bläulich grüne Wolldecke.
Du hast eine Decke mit? sage ich, als sie endlich an der Uferböschung auftaucht und neben mir steht. Die Frage tut mir schon leid, denn sie stutzt, errötet und bringt schwer aus sich heraus: Ich habe ge... gedacht... es ist besser... gegen die nasse Wiese... wenn wir dann wieder... sitzen... Und ich versuche, mich an meine Stimme zu erinnern: Was hat sie denn verraten? War es Freude? Oder Tadel? Oder gar Spott?! Mir ist, als wenn ich einen Angeber öffentlich erzählen hörte, ein Mädchen hätte es mit ihm nicht länger ausgehalten und sei eines Abends prompt mit einer Decke erschienen. Lange kommt kein Gespräch auf. Aber wir gehen und gehen. Erst hinter der Wiese, hinter dem ersten seichten Flußarm, im Gebüsch kommen wir zum Stehen und lassen uns noch in einem kleinen Kessel nieder. Ich weiß, etwas wird geschehen. Und dieses Wissen ist unerträglich. Gerate in Taumel. Was sich auf Agda überträgt. Oder ist sie es gewesen, die ihn, den Taumel, mit der verflixt lieben, guten Decke gebracht und mich angesteckt hat? Wie auch immer, ich bin erregt, in lodernder, lähmender Wallung. Bin aber bestrebt, diesen Gefühlszustand zu verdecken, indem ich rücksichtslos selbstbewußt auftrete. So bestimme ich, daß die Decke ausgebreitet und die Ober- wie auch die Fußbekleidung ausgezogen wird. Bald darauf baue ich unser Nest um: Mache aus ihrem Deel und meiner Jacke eine Unterlage und aus dem Rest: meiner Hose, meinem Hemd, ihrem Gürtel und ihrer Bluse Kopfkissen, und wir schlüpfen unter die Decke.
Sie hat einen weichen und fülligen Körper. Der nun zittrig und schweißig ist und zu dem herzbetörenden Duft eisige Kühle entströmt. Der meine ist es wohl auch. Ich spüre die Gänsehaut, spüre die Stiche in die Poren und meine, es sei kalt. Schiebe die Ränder der Decke fest unter uns. Bade bald in Schweiß, es wird unerträglich heiß – auch unerträglich aufregend. Da liegen wir längst in einem veränderten Zustand: in

krampfhaften Verzückungen, ineinander geschlungen, verkeilt, liegen Mund an Mund, im gegenseitigen Sog; ich spüre Blutgeschmack auf der Zunge, am Gaumen, was mich jedoch in keiner Weise zurückhält, nein, die Lust nur noch steigert, die Lust, mit den eigenen Lippen die anderen bebenden Lippen, mit der eigenen Zunge die andere flüchtende Zunge einzufangen.

Agda küßt anders als Akina, ist unsicher. Kommt mir in ihrer Aufregung mal zu früh, mal zu spät entgegen, hinkt und hüpft. Doch möchte ich mich in diesem Augenblick mit keiner anderen balgen und beißen, von keiner anderen auf der Welt etwas wissen, eigentlich – ein wenig ärgert und beschämt es mich schon, daß mir nun Akina in den Sinn kommt, sie , die ein unsichtbarer Schatten zu sein scheint, dazu erschaffen, mich zu verfolgen und mir meinen bezweckten Rausch zu verderben. Schnell verstoße ich den unangenehmen Gedanken, damit er in einen meiner Winkel fiele und dort versperrt bliebe. Und um so entschlossener gehe ich Agda an, nestele an ihren unteren Kleidungsstücken. Was sie schwer erschreckt und in heftigen Widerstand setzt. Doch das reizt mich nur noch, ich werde wie wild, reiße das Zeug, das ihre Blöße bedeckt, ihre Haut, ihren Leib vor meiner brennenden Haut, meinem bebenden Leib versteckt hält, schonungslos herunter. Sie kämpft unglaublich entschlossen, mit dem Ergebnis, daß auch ich unglaublich entschlossen bin. Ich habe einfach stärkere Muskeln, also überwältige ich sie.

Irgendwann sehe ich sie unter mir liegen: unterhalb der Nabelgrube entblößt, mit verschwitztem, knallrotem Gesicht und krampfhaft zusammengekniffenen Augen, an deren Wimpern ein, zwei Tränen, wie zerquetscht, wie zertreten, glitzern. Der Anblick erfüllt mich mit süß-böser Befriedigung, was mir wohl einen letzten Anstoß setzt: Bedecke mit meiner entblößten, brennenden Haut ihre entblößte, erloschene Haut, drücke meine bebenden, prallen Muskeln auf ihre bebenden, erschlafften Muskeln – gehe den überwältigten Leib endgültig an. Keinerlei

Widerstand spüre ich dabei. Was das Geschehen erleichtert, gewiß. Aber sie hätte mich so oder so nicht mehr zurückhalten können, denn nun bin ich geradezu gewetzt, gespannt und geladen, bin Dolch, bin Pfeil, bin Kugel, bin mordsbereit zu dem, was mir in diesem Herzschlag Zeit vorschwebt. Träne, Spucke, Blut ... jedes ablehnende Wort, jede abweisende Geste, jede Gegenspannung hätte mich nur noch mehr gereizt. Allein der Himmel wird wissen, womit das alles geendet hätte, wenn mich dabei Schimpfe oder Schläge oder nur ein paar Kratzer getroffen hätten. Aber dazu kommt es nicht. Vielleicht den Bock, den Bullen, den Hengst, vielleicht alles zusammen, dem ich zahllos oft zugeschaut hatte, vielleicht aber auch nichts im Sinne, blindlings nur, ich blinder Schuß des Triebes, breche ich mit meiner armseligen, da gerade unverschämt aufschneidenden Anhöhe in ihre armselige, da hilflos entblößte Mulde ein; Schmerzen fahren mir schneidend durch Fleisch und Mark, doch bin ich keineswegs gewillt, zurückzuweichen oder nur Halt zu machen, im Gegenteil, spanne mich am ganzen Körper an, nehme wieder und wieder Anlauf, um noch tiefer einzudringen, weiterzukommen, das längst begehrte, nun endlich unterworfene Fleisch unter mir durchzustoßen und an die Erde zu pflocken. Da geschieht, daß sich in mir, im Kreuz ein Knoten zu lösen scheint, daraufhin spüre ich ein grelles, sengendes Feuer entlang der Wirbelsäule hinaufsteigen und ins Hirn einschlagen. Mir vergeht Hören und Sehen.

In einem der nächsten Augenblicke habe ich das Bewußtsein wiedererlangt. Ich erkenne meine Lage, das heißt, ich erkenne mich und den Boden unter mir nicht mehr: Ertaubt, wie ausgehöhlt und gleichzeitig vollgestopft liege ich keuchend und drücke ohnmächtig auf die, die in keiner Weise der sechzehnjährigen bildhübschen und maienfrischen Agda, sondern einem ältlich feisten, rotgesichtigen Weib mit verweinten, verschwollenen Augen und schweren, verbissenen Kiefern gleicht. Mir wird übel. Gerade noch reicht mir die Kraft, mich von ihr abzuwälzen, hochzuraffen und wegzugehen. Ein paar

Schritte weiter, hinter einem Weidengebüsch muß ich mich übergeben.
Das Waschen im Fluß und das Abtrocknen mit dem Unterhemd hilft nur einigermaßen. Doch kehre ich schnell zum Lager zurück, um mich anzuziehen. Ich finde sie schon angezogen und hockend vor. Gut, daß sie dabei den Kopf gesenkt und das Gesicht hinter den Händen verborgen hält. Denn ich empfinde eine Sterbensscheu vor ihr ob meiner Nacktheit, obwohl ich das halbnasse Unterhemd zerknüllt auf die Scham drücke.
Wir sitzen im Abstand voneinander. Es dauert lange, bis ein, das erste Wort fällt. Und es kommt von mir. Ich frage, ob sie sich nicht das Gesicht waschen wolle. Sie sagt nichts, steht sogleich auf und geht. Und bleibt lange weg. Was mir nur recht ist. Doch habe ich dann, als sie endlich zurückkommt, das Gefühl, sie hat sich tatsächlich nur das Gesicht gewaschen. Da liege ich längst, bin kurz vorm Einschlafen. Ja, ich spüre schwere Müdigkeit in den Knochen, auf den Augendeckeln. Und als ich später erwache, finde ich sie neben meinem Knie, in einem Abstand von einer guten Handspanne, immer noch hockend, immer noch den Kopf gesenkt und das Gesicht in den Händen wieder. Die drückende Müdigkeit ist verflogen, aber fröhlicher bin ich nicht geworden. Nun jedoch glaube ich zu wissen, was mit mir los ist: Es ist die Enttäuschung. Soll nun es, nur dieses gewesen sein, wovon andere so angeberisch berichteten? Wovor ich so heilige Ehrfurcht hatte? Und worauf ich so hoffte und mich freute? Wenn ja, dann, ach, wie kümmerlich wenig, und wie ekelhaft auch! Das kann aber nicht sein, denn ich hörte und sah nicht einen oder zwei davon reden und schwärmen, viele, alle waren es, die so taten, als wäre es fast mehr als alles andere im Leben! Zweifel erwacht in mir: Vielleicht habe ich, haben wir etwas falsch gemacht?!
Ich muß mir Klarheit verschaffen! Muß sie fragen! Du, fange ich leise, doch aufdringlich an, sag mir: Hast du vorher . . .? Ich spreche es nicht aus, da ich denke, sie würde mich schon ver-

stehen. Aber sie scheint es nicht zu tun, und das bringt mich auf. So gehe ich sie derb an: Ich will, ich muß wissen, ob du vorher dieses mit einem andern gehabt hast! Dabei nehme ich an, da ich es wohl so wünsche, sie würde nein sagen, vielleicht sogar entrüstet auffahren über diese so unverschämte Frage. Allein ich muß sehen, sie tut weder das eine noch das andere, bleibt dafür, wie mir vorkommt, trotzig: still und stumm, sitzen. Mir ist, als ob ich mit dem Gesicht im Schnee liege. Der Ärger verfliegt, nur die Angst bleibt.

Irgendwann redet sie doch. Sie hat mich verstanden. Sie sagt, ich hätte es schon richtig gemacht. Sie tröstet mich: Es sei immer so. Alle sagten es. Sie selber habe es vorher zweimal gehabt. Zuerst mit einem Erwachsenen, der bei ihr in der Jurte übernachtete und sie dann überfiel; sie habe aus Hemmung vor den Menschen nebenan nicht heftiger gekämpft und auch nicht geschrien; das sei besonders schlimm gewesen, da es noch und vor allem schmerzte. Später habe sie es noch mit einem Jungen machen müssen, nicht viel anders. Ich will wissen, warum sie denn dann, zum Kuckuck und zum Raben auch noch, es zugelassen habe, daß es ein weiteres Mal geschah. Sie habe gedacht, sagt sie, ich sei nicht so wie die anderen.

Ich komme zu einer noch deutlicheren Antwort. Aber erst später. Vorher gibt es den leeren, langen Sonntag, den ich im Bett, grübelnd und dichtend verbringe, und den end- und sinnlosen Unterricht am Montagvormittag. Gleich in der ersten Pause sage ich Akina, ich muß sie dringend sprechen. Sie entgegnet, es gäbe nichts mehr, was zwischen mir und ihr besprochen werden müsse. Darauf läuft sie weg. In der nächsten Pause gehe ich sie erneut an, sage, daß ich unbedingt mit ihr reden muß, am besten gleich. Sie wiederholt, was sie schon gesagt hat, und fügt hinzu, außerdem habe sie heute keine Zeit. In allen weiteren Pausen dann bleibt sie unnahbar für mich, klebt an dem, den ich nicht riechen kann. In mir erwacht der Trotz. Ich beschließe, auf das Mittagessen zu verzichten und sie auf dem Heimweg zu stellen.

Was soll das, sagt Akina verächtlich, als sie merkt, ich bleibe an ihrer Seite. Ich sage, ich werde mit ihr nach Hause gehen und mich, wie sie es doch damals meinen Eltern gegenüber so großkotzig versprochen habe, an ihre Mutter wenden.
Worum geht es?
Ich muß Sie, werde ich sagen, etwas fragen, liebe Mutter. Ich muß es tun, da Ihre Tochter, Akina mit dem reifen Verstand, sich weigert, daß ich die Frage ihr stelle. Aber ich muß etwas wissen, um jeden Preis.
Und die Frage wäre?
Wie es ist mit dem, was man auf kasachisch *liegen*, auf mongolisch *schlafen* und auf tuwa *sich nähern* nennt? Weshalb man es tut, und wie es vor sich geht?
Du bist wahnsinnig!
Ich weiß. Habe in Erwartung darauf gelebt, daß es mir einer sagt. Nun hast du es getan, als erste.
Verzeih, ich meinte es anders. Wollte dir sagen, dies fragt man nicht. Im günstigsten Fall vielleicht den Anatomielehrer, aber doch nicht eine ältere kasachische Frau, deren Mann noch lebt und auf die Ehre der Ehe immerwährend achtet und deren Kinder nebenan wachsen und die Mutter auf Schritt und Tritt bewachen, eifersüchtiger noch als der Vater!
Mit einem Mal wird mir bewußt, daß wir stehengeblieben sind. Vor mir sehe ich Akinas Gesicht, es verdeckt, groß und wie in Flammen, den Maientag und die in ihm aufgelöste Welt; die Sommersprossen sind dabei, sich da und dort zu Herden zusammenzutun und zu herz- und nierenrunden, fleischroten Flecken zu wachsen. Die Augen schauen starr über die Tränenbuckel an den Rändern hinaus. Mir fällt ein, so hilflos habe ich sie noch nie gesehen. Und das bringt den Trotz, den ich soeben felsenfest in mir gewußt habe, schnell ins Wackeln und Bröckeln.
Also, sagt sie, leise und immer noch starr blickend, es ist geschehen?
Ja.

Und wie war es?
Nicht gut.
Du lügst – es muß schön gewesen sein!
Nein! Es war scheußlich. Und das eben ist es, weshalb ich dich sprechen, weshalb ich jemanden, der Erfahrung hat, aber keinen Grund zu lügen, fragen wollte.
Und was habe *ich* zu tun mit deiner Schweinerei?
Du magst recht haben. Vielleicht war es tatsächlich so. Gut, ich bin ein Schwein, ein Eber wohl. Aber nicht deswegen. Es geht um den Zweifel, der mich nicht verlassen will ... Habe ich alles richtig gemacht? Es geht doch nur darum ... Kienchen, du weißt doch immer alles. Sag es mir, bitte. Ich will dir genau schildern, wie es war ...
Hör auf! Zuerst eberst du herum, dann kommst du, um mir damit noch zu prahlen – was erlaubst du dir bloß, siebenmal Verfluchter und Wahnsinniger!
Akinas Stimme versagt, sie bricht in Tränen aus. Und das am helllichten Tag, der allhörenden, allsehenden Stadtwelt, denke ich erschüttert. Mir wird die Schwere meines Vergehens bewußt. Nun will ich, einmal endlich, da sie sie nicht übernimmt, die Führung ergreifen, eine Entscheidung treffen. So packe ich sie am Ellbogen und ziehe sie nach rechts. Dort dämmert, in einer Lücke höherer Bauten, einen Lassowurf entfernt, das Anwesen, das man immer noch einem namenlosen Chinesen zuschreibt, der in der Vorzeit gelebt haben muß. Akina folgt mir, und das überrascht, das beflügelt mich. Während wir auf die Lehmhütte mit den beiden, wie die Tür auch, längst eingestürzten Fenstern zugehen, komme ich mir erwachsen: befleckt und gestählt vor. Und ich versuche zu ergründen, wieso es möglich war, daß Akina mit dem ausgereiften Verstand auf einmal die Fassung verloren hat. Wieso und weshalb? Soll das bedeuten, sie ist dagegen, daß ich es mit einer anderen so weit treibe? Aber sie selber hat mich doch entlassen und zu jener gebracht!
Es ist eine verfallende Welt, auf die wir zustreben: Die Hütte ist

niedrig, wirkt wie eingesunken unter dem hohen, dichten, holzig-weißschenkeligen Unkraut, das seit vielen Jahren wuchert, und von der einstigen Mauer aus Rohziegelerde ist nur noch ein kniehoher Wall übriggeblieben. Aber das Anwesen ist auf dem Weg, der ihm von Anfang an zugestanden hat, denke ich unbestimmt, unter einer dumpfen Ahnung. Später klärt und schärft sich der Gedanke: Die heute aufstrebenden, hohen, weißgetünchten Häuser nebenan werden eines Tages den gleichen Weg gehen. Die ganze Stadt wird verfallen. So ist es mit jeglichem Ding, es darf entstehen, muß aber dann vergehen. So mit dir und mir, spinne ich den Gedanken weiter, mit bitterem Vergnügen. Mit unseren Körpern und unseren Gefühlen. Genauso mit der Geschichte, die du und ich miteinander hatten. Die inzwischen der Vergangenheit angehört, und von der eine Ruine übriggeblieben ist. Müssen wir nun daran rühren? Ein Haus läßt sich vielleicht mehrmals aufbauen, läßt aber eine Geschichte – wohlan, Liebe genannt! – ähnlich mit sich verfahren? Kann man Gefühle flicken, anstreichen, kitten?
Der Trotz in mir, der vorhin wacklig geworden und mittlerweile zu Krümeln zu zerfallen schien, erwacht wieder und festigt sich sogleich. Ich schleppe die inzwischen nur noch Schnaubende an der Hütte derb vorbei, schlage die Richtung zum Fluß ein und sage bestimmt: Das war nun seltsam, war aber trotzdem keine Antwort auf meine Frage!
Hast du denn mit einer Schürze gelebt, die deinen blöden Hirtenaugen vorgehängt war wie den geilen Böcken auch? Was gibt es zu fragen da, wo nichts verkehrt gemacht werden kann!
Einen Strom habe ich durch ihren Ellbogen fahren gespürt, die Augenbrauen haben sich zornig zusammengezogen. Akina ist zu sich zurückgekehrt. Doch bin ich nicht gewillt, mich weiterhin mit ihrem reifen Verstand abzuplagen. Habe keine Lust und keine Kraft mehr, ihrer Laune nachzugeben und so meine ohnehin knappe Lebenszeit damit zu vergeuden. Mit diesem Entschluß schaue ich auf sie und stelle fest, sie hat sichtbar mehr an sich als Agda, weshalb ein Mann sie begehren müßte. Jedoch

bleibe ich ruhig. Dann sage ich, sie soll zum Fluß gehen und sich das Gesicht waschen. Ich aber, füge ich hinzu, gehe zurück – vielleicht komme ich doch noch zum Essen.
Die Zeit darauf fällt sonderbar aus. Die Tage erscheinen trüber und die Nächte träger. Ich fühle mich leer. Und, vielleicht deswegen, auch erleichtert. Mir ist, als hätten tief in mir Umlagerungen stattgefunden: hier wurde eine Bucht zugeschüttet, dort eine neue ausgeschaufelt und an einem wieder anderen Winkel hat sich eine klaffende Spalte aufgetan, vor der es mich graut. Meine Flüsse fließen anders. Ich weiß von neuen Staustellen und Stromschnellen.
Mit Agda treffe ich mich nicht mehr. Doch bevölkert sie noch lange meine Gedanken. Ihr gequältes Gesicht mit den zugekniffenen Augen will mir nicht aus dem Sinn. Und jedes Mal, wenn es mich abermals anstarrt, wird mir übel. Ich muß an eine Erstickende denken, mir einredend, es kann nicht wahr sein, genau wissend jedoch um den Mord und den Mörder. Dies dauert solange, bis ich eines Abends einen Faltbrief unter dem Kopfkissen vorfinde. Es ist eine stark verschnörkelte, unbekannte Handschrift in folgenden Worten: *Wahnsinniger! Du brauchst dir gar nicht einzubilden, du hättest A. beschlafen. Nein, du hast sie nur besudelt mit deinem armseligen Brei! A. hat inzwischen einen neuen Freund, einen richtigen Mann und will von dir nichts mehr wissen! X.*
Die Worte, die geschrieben sind, um mich zu verletzen, heilen mich. So scheint es. Denn eines Tages stelle ich fest: Meine Innenräume haben Agda ausgestoßen.
Lerne verbissen und stecke eine Fünf nach der anderen ein. Und dichte. Es sind nun andere, wie ich glaube, reifere Gedichte. Sind tadellos gereimt und ernsten, höheren Inhalts, sind zeit- und todschwer. Bin also wieder der Musterschüler, der ich mal gewesen. Gleiche nun erst recht einem Gipfel: Rage über alle anderen hinaus, schaue auf sie herab, bin einsam. Und der Ertrag, den ich dafür ernte: Lautes Lob in der Lehrer- und stumme Ehrfurcht in der Schülerecke. Doch ich weiß auch von anderen Dingen. Sie sind unsichtbar, liegen verdeckt und ver-

steckt irgendwo in der Nähe, umkreisen mich. Hin und wieder bekomme ich ihren Wind zu spüren. Und mir ist, als ob sich dabei immer nur eines herausschält: *Wahnsinniger*. Sollte ich recht haben, mich stört es schon nicht mehr. Denn diejenigen, die gesund im Gemüt sein wollen, sind mir viel zu stumpf und blöd, haben geradezu ein krankhaftes: verschlafenes und verwässertes Hirn.

Dann ist es so weit: Das Schuljahr geht zu Ende. Auch diese Klasse schließe ich mit *Sehr gut* ab. Es gibt wieder einmal eine Auszeichnung. Geschafft! denke ich, als ich aufstehe, ermächtigt dazu, als erster den Raum zu verlassen. Hinter der Türschwelle, heißt es, sei neues Territorium: die neunte Klasse. Spüre Erleichterung, aber auch Erschütterung, während ich mich auf die Tür zu bewege und den Klassenlehrer schon den nächsten Namen ausrufen höre. Von den neunundzwanzig Namen im Klassenjournal werden fünf nicht ausgerufen, ihre Träger müssen sitzenbleiben und die achte Klasse, ob in diesem oder einem anderen Raum, ein weiteres Jahr lang wiederholen. Dies habe es noch nie gegeben, daß fast ein Sechstel einer Klasse sitzenblieb, heißt es. Auch der Rest habe in der Leistung nachgelassen. Klar ist, daß der Klassenlehrer mit einer Rüge rechnen muß.

Später kehren alle, die soeben symbolisch entlassen wurden, in das Klassenzimmer zurück. Und scharen sich um die fünf Pechvögel, die, jeder noch auf seinem Plätzchen, aber längst vereint durch ihr Jammern und Wimmern, in Tränen und Rotz vergehen zu wollen scheinen. Verschiedene Worte fallen von verschiedenen Seiten. Sie sind mitfühlenden, tröstenden Inhalts, doch bewirken sie das Gegenteil: Nun wird erst recht geheult, hemmungslos laut und mit kleinen, schamlosen Ausbrüchen dazwischen, die auf eine Herabminderung und gar Rechtfertigung des eigenen Verfehlens zielen. Und die Tröster lassen alles zu, sind herzlich bereit, die Schuld von den Sitzengebliebenen auf die Lehrer, die Schule, die fehlenden oder schwerverständlichen Lehrbücher, die ausbeuterischen Ver-

wandten, bei denen man wohnt, die selbstsüchtigen, hartherzigen Mitschüler, die einen in einem entscheidenden Moment nicht ein wenig haben abschreiben lassen ... also auf andere abzuwälzen. Da die Trauer auf diese Weise theatralisiert wird, merkt man bald, es ist nicht mehr so schlimm – schon ist ihr die Schwere genommen, das Gift entzogen.
Aber es geht trotzdem weiter, das Trauer- und Tröstspiel, ja, nun wird erst recht gespielt. So mancher aus der Zuschauer- und Zuhörerecke zeigt sich bemüht, mit einem weiteren abtrünnigen Gedanken gegen die Ordnung zu wettern oder wenigstens mit ein paar gesalzenen und gepfefferten Ausdrücken an die öffentliche Aufmerksamkeit zu gelangen. Ich fühle mich unwohl in meiner Haut, fühle mich, dicht im Gedränge stehend, ausgebordet und getroffen von der Bemerkung über die Selbstsüchtigen und Hartherzigen. Dabei spüre ich an meiner Schulter schwer drücken den Schulbeutel, in dem, wohlverpackt, die Auszeichnung liegt; ich weiß nicht, was sie enthält, habe noch keine Zeit gehabt, sie auszupacken. Vielleicht sind Süßigkeiten darin? Wenn ja, fällt mir ein, dann könnte ich sie den anderen geben, zumindest unter die fünf verteilen. Doch bin ich mir unsicher: Ob es angebracht ist, an der verflixten Verpackung zu rühren und so die anderen an die Auszeichnung zu erinnern? Was ist, wenn sie keine Süßigkeiten enthält? Und noch schlimmer, wenn die Unglücklichen sich weigern, mir die Gabe abzunehmen? Würde ich denn, in ihre Lage gestellt, etwas wissen wollen von einer Gabe aus der Hand eines Glückspilzes? Wohl nicht, denn jeder Nichtmitbetroffene, geschweige denn der unverschämt einsame Glückspilz, wäre dann für mich ein Bevorteilgter!
Ich halte inne, vom eigenen Gedanken unangenehm betroffen. Versuche, die Lage noch einmal zu überdenken. Und finde heraus: Es ist ungerecht und grundverkehrt, den Grund für das eigene Versagen bei anderen zu suchen. Doch darauf erneut dies: Ich würde mich trotzdem ablehnend verhalten jedem gegenüber, der besser da steht als ich – komisch!

Komisch auch und beängstigend: Mit einem Mal scheine ich zu erblinden, sehe nichts mehr, vernehme dafür Stimmen.
Die erste: Ach, wegen eines schäbigen Sitzenbleibens ...
Darauf eine zweite: ... tut doch, Kinder, nicht so, als wäre ein Unglück passiert!
Darauf eine dritte: Ist denn einer unheilbar erkrankt? Nein!
Darauf eine vierte: Und nun auch vom Wahnsinn gestreift ...
Darauf eine fünfte: ... und zum Wild mit einer Wahnsinnskugel für alle Ewigkeiten verkrüppelt? Nein!
Die Stimmen wechseln rasch, gleichen einer Szene mit geübten Rollen. Plötzlich verstummen sie. Es ist, als wäre ein elektrisches Hilfsgerät ausgeschaltet – ich höre nichts mehr. Dafür kann ich wieder sehen. Sehe die Gesichter und glaube, dort verdächtige Spuren zu erkennen. Sie müssen soeben gegrinst haben. Ich knöpfe den Schulbeutel ab, hole die verpackte Auszeichnung heraus und lege sie auf die Bank vor mir. Dann löse ich mich aus der Umkreisung und verlasse den Raum.
Eile zum Fluß. Ein Gewitter ist niedergegangen, und das Flußwasser, rostbraun, poltert und schäumt in qualvoller Erregung. Eine Gänsehaut überzieht mich, während ich mich ihm nähere und von der hüpfenden, auseinanderberstenden Strömung die ersten Spritzer abbekomme. Schnell bleibe ich stehen und spüre heftiges Zittern in den Knien.
Plötzlich sehe ich am Stadtrand Akina auftauchen. Sie eilt auf mich zu. Und wie sie bei mir ankommt, sehe ich ihr aschfahles Gesicht. Ich bin, sage ich, nicht nur selbstsüchtig, sondern auch feige. Das sage ich leise, da bin ich noch zögerlich. Dann aber habe ich mich nicht in der Gewalt: Viel zu feige, um ins Wasser zu steigen und mich von den Fluten verschlucken und forttragen zu lassen, weg von der menschlichen Blödheit und Gemeinheit!
Ich muß noch andere Worte gesagt haben, es muß Zeit vergangen, und es müssen Dinge dabei geschehen sein. Denn ich finde mich, verweint und geschwächt, in Akinas Armen wieder.

Irrsinnige Welt, höre ich mich vor mich hin flüstern, wem ein blödes Hirn zufällt, dem scheint als Ausgleich auch eine Packung Schläue zuzustehen ... und so weiß dieser immer, sich für etwas anderes auszugeben ... das Angebot ist wahrlich nicht klein: lieb, gütig, einfach, kernig ...
Warum ich solch unsinniges Zeug rede, welcher Weg mich zu dem schleimigen Gedanken geführt hat, fällt mir nicht ein. Akina hält mich beidhändig umklammert, und saugt mir mit den Lippen die Tränen vom Gesicht. Dabei flüstert sie immer wieder die Worte: Bitte nicht, mein Kleiner, bitte nicht, mein Einziger ... Was mir unbeschreiblich wohltut.
Später läßt sie mich los. Da weine ich schon nicht mehr. Stehe, mir selber überlassen. Doch durch den Blick mit ihr vereint – wir schauen einander fest in die Augen.

Die Nacht träume ich von Akina. Es ist, als wenn wir nicht gegangen wären, als ob ich, da alles vielleicht zu schnell geschehen wäre und mich so zu sehr verwirrt hätte, es nun noch einmal, und zwar immer in einem kleinen, hirngerechten Stück erleben dürfte. Denn zwischendurch erwache ich immer wieder und überzeuge mich, daß ich auf meinem Internatsbett aus drückenden und quietschenden Latten und Brettern liege und gerade geträumt habe.
... Kreischend zerrt sie mich von dem gallengrünen Flußwasser unter krachenden, weißmähnigen Fluten weg und drückt mir die halbvolle Packung in die Hand: Hier, der Anteil, der deinem Owoo, deiner Lehrerin und deinen Eltern zusteht – der Rest ist unter die Versager verteilt und hat ihnen das Leid gelindert ...
... Sie hält mich umschlungen, drückt mich fest an ihr Gesicht und leckt mir mit ihrer sengenden, zuckenden Zunge die Augen aus: So manche Nächte habe ich Tränen geweint und mir gewünscht, du möchtest davon wissen; nun habe ich deine Tränen gesehen und sie dir gleich aus den Augen getrunken ...
... *Ich* war's, sagt sie, die der Agda zugeredet hat, die Decke

mitzunehmen. Es sollte eine Prüfung sein für dich, und du hast sie nicht bestanden.

Ja, die verfluchte Decke! schreie ich. Du also stecktest dahinter, Hexe!

Und ich versuche, sie von mir wegzustoßen. Allein sie klammert sich noch fester an mich, an der Schläfe spüre ich ihren heißen, feuchten Atem.

Aber habe ich mich selber auch der gleichen Prüfung gestellt.

Weshalb denn das?

Aus Wut vielleicht. Aber auch aus Neugierde. Wollte das verflixte Ding endlich hinter mich bringen.

Und mit wem denn das?

Du weißt es schon.

Mit Zerew?

Sie zögert. Ich werde wild. Mit dem Fettsack, dem Spießer und Meuchler also? Ausgerechnet mit *dem*! Ich müßte dich totschlagen!

Tu es doch.

Aber ich rühre mich nicht. Fange dafür an zu heulen.

Ich danke dir für die Tränen. Denn ich habe auch viel Tränen darüber vergossen. Doch es kann auch gut sein, ich bin nicht unbedingt durchgefallen bei der Prüfung.

Wie das?

Ich hab es nicht ausgehalten. Habe ihn von mir weggestoßen, bin aufgesprungen und davongelaufen ...

... Wir stehen Arm in Arm, hängen aneinander.

Du bist ein mitunter blöder, aber im ganzen ein gescheiter Kerl, sagt sie. Hast mir wieder einmal Sorgen gemacht, so daß ich mit schweren Gedanken durch Stadt und Steppe rennen mußte. Nun bin ich beruhigt, bin dem Himmel und auch dir endlos dankbar. Ja. Du hast dich feig genannt. Das hast du gewiß nur dahergesagt, denn das, was du nicht getan hast, nie tun darfst, ist nicht aus Feigheit, sondern aus Vernunft geschehen. Dir ist doch im Grunde deines Wesens jeden Tag und jede Stunde bewußt, woran du bist: Du dichtest und rührst damit an etwas,

was vielleicht bleiben könnte, während alles Andere mit Gewißheit vergehen wird. Daher die hohe Pflicht, die du wahr- und ernstnehmen mußt: dich zu erhalten, solang es irgendwie geht...
... Wir ruhen, immer noch Arm in Arm, schweben eigentlich.
... Du, wollen wir uns nicht wieder zusammentun?
Wir *sind* zusammen.
Waren aber doch auseinander! Denkst du, sonst wäre ich zu einer anderen und du zu einem anderen gegangen?
Agda und Zerew sind zwei Namen einer Sache. Jeder beiläufig wie notwendig wie der andere. Die Schule, von der wir eine uns unentbehrliche Lehre beziehen durften.
Und die wäre?
Du und ich sind einander unersetzlich.
Das hast du gut gesagt. Also hatte die Prüfung doch einen Sinn!
Jede Prüfung hat ihn. Die nichtbestandene noch eher als die bestandene...
Ich darf es eigentlich nicht. Aber weil nun du es bist: Unser Schamane ist gerade da – willst du ihn sehen?
Ja...

Ich schlafe nicht wieder ein. Muß aufstehen. Alle stehen auf. Denn ein jeder will rechtzeitig an Ort und Stelle sein, um das Postauto zu erwischen, das ihn in seinen Landkreis bringen wird. Vorher muß man noch frühstücken und das Bettzeug abgeben. So entsteht eine große Betriebsamkeit. Aber sie berührt mich kaum. Ich bin mit meinen Träumen beschäftigt. Auch merke ich, der gestrige Tag lastet noch schwer auf mir. Immer noch empfinde ich bitteren Groll gegen die Mitschüler. So werbe ich nicht im Mindesten um ihre Gunst, im Gegenteil, ich gebärde mich unerreichbar, Gipfel eben. Lieber mit der hohen Nase dastehen und Neid erregen als mit wedelndem Schwanz daherkriechen und Mitleid ernten, denke ich, Akinas Worte über meine Bestimmung in den Ohren.
Auf der Poststation dann kommt es, wie immer, zu einem

schweren Gemenge und Gewürge. Schweiß und Schmerzen kostet es einen jeden Beteiligten an der blindwütigen Schlacht, sich gegen alle anderen zu behaupten. In einem erdrückend großen Haufen verloren zunächst, jung und flink aber, erfahren und geübt inzwischen auch, schaffe ich es schließlich doch, unter das erste Drittel oder gar Viertel zu gelangen, das sich aus der schwerfälligen, sinn- und hilflos wütenden Menge herausschält, das heranrollende Auto bestürmt, von allen Seiten mit Gepäck bewirft und erklettert. Die acht Handfinger über dem Rand der Ladekiste, weiß ich, ich werde es schaffen. So geschieht es im nächsten Augenblick auch: Die Hände ziehen den Körper in die Höhe, solange, bis er mit einem Mal nach vorne umkippt. Und der Mensch, der im staubigen Boden der geräumigen Ladekiste aus längst schadhaften Brettern zappelnd liegt und ich bin, fühlt sich siegestrunken. Ich bekomme einen guten Platz: im vorderen, mittleren Teil. Und mache mich breit auf dem Sack, der meine wenigen Habseligkeiten enthält, sitze wunderbar und bin entschlossen, den einmal errungenen Vorteil gegenüber der Mehrheit, mit welchen Mitteln auch immer, bis zum Ziel zu verteidigen.

Doch bringe ich ihn, den Vorteil, wenig später selbst in Gefahr, indem ich aufstehe, ja absteige. Dies, da ich plötzlich Akina gewahr werde am Rande dieser geschäftigen, gewalttätigen Welt; sie kommt, traumleicht und lichthell, auf das Wirrsal von Autos und Menschen zu, und an ihrer Seite schleppt sie einen humpelnden, kleinen Mann. Mir ist, als wenn in mir eine Sonne aufschösse, gewaltiger als die am Himmel, und in deren Lichtschein sich ein Berg aufrichtete, erhabener als jeder auf Erden. So fahre ich auf, klettre sogleich das Auto herunter, begleitet vom Gemurr und Geknurr der Umsitzenden. Dann eile ich den Herannahenden entgegen, den Blick auf den Alten gerichtet: Es ist ein dürres, klappriges Männchen; alles, was es anhat, ist verwittert, grau, im Gegensatz zu dem schmalen Gesicht mit dem spitzen Ziegenbart – dieses ist hell, wirkt fast grell, scheint zu lodern. Ich will den Hochbetagten, wie es sich gehört, we-

nigstens ein wenig mit der kasachischen Umständlichkeit begrüssen, doch da kommt mir ein Bündel Worte in den Sinn, von denen ich nicht wüßte, ob sie mir zur Verfügung stünden, wenn einer meiner leiblichen Großväter, aus dem Zeitnebel gelöst, in diesem Augenblick mir entgegenträte.
Opa, höre ich mich mit hoher, hell begeisterter Stimme rufen, als ob dein Bart flammte!
Ein sanftes Lächeln sprudelt von den flatternden Nasenflügeln und verbreitet sich über das ganze Gesicht, in dem, wie ich jetzt bemerke, auch die Augenbrauen und -lider weiß sind, die halbmondförmigen Augen selber wasserblau und schauen aufmerksam aus den tiefen Höhlen heraus.
Du bist es also, Enkel des Kylbang-baj, höre ich ihn sagen. Die Stimme ist weich, die Worte sind langsam und klar ausgesprochen.
Ja. Und Sohn des Tschynyk-baj.
Deinen Vater sah ich in jungen Jahren einmal. Deinen Großvater kennt man. Zwar heißt es, der Ruf des guten Vaters ernährt den schlechten Sohn vierzig Jahre lang. Aber ich höre und sehe, du bist kein schlechter Sohn gerade, wie dein Vater es auch nicht war.
In diesem Augenblick wird hör- und sichtbar ein neues Gemenge auf dem Gelände des Wirrsals, und es scheint dummerweise mich unmittelbar zu betreffen: Eine weitere Menge ist hinzugekommen und hängt nun am längst überladenen Auto von allen Seiten herab. Die schon oben sind, stemmen sich dagegen und erheben ein Geschrei: Der Fahrer möge endlich kommen und abfahren! Akina, die bisher nicht zu Worte gekommen ist, dafür aber heftige Blicke mit mir ausgetauscht und dabei im ganzen Gesicht gestrahlt hat, ruft nun aufgeregt aus, ich solle mich beeilen, der Fahrer käme. Ich gehe schon davon und höre hinter mir den Alten wie für sich, wie enttäuscht brummen, es sei aber nicht das gewesen, was er mir in der Schnelle gesagt haben wollte.
So sehr ich auch kämpfe, ich schaffe es nicht, mich über den

Rand der Ladekiste vorzubeugen. Eine Unzahl von Fäusten erhebt sich gegen mich wie Knüppel, wie Bajonette. Kein Strampeln, kein Stammeln, weder Fluch noch Bitte, nichts hilft. Und es endet damit, daß der Motor anspringt, das Auto abfährt und die Hängenden irgendwann auseinander brechen, übereinander purzeln und im staubigen Kies liegen bleiben. Wieder auf die Beine gekommen, stehe ich, keuchend und zitternd, wie ein Blöder in einer Herde von Blöden. Alle Freude ist verflogen. Dafür empfinde ich bitteren, ungezielten Groll. Da werde ich der beiden ansichtig, und sofort weiß ich, auf wen ich ihn, den Groll, loslassen könnte: Natürlich auf den geschwätzigen Alten und die launische Akina, die den Einfall hatte, dieses Spektakel zu veranstalten. Und erst in dem Augenblick fällt mir das eigentlich Schreckliche ein!

Ich höre meine eigene kreischende, brechende Stimme, empfinde sie als unangenehm, doch es ist mir nun auch gleichgültig, denn mir ist mein Gepäck weggefahren! Akina will wissen, ob auch die Gedichte mit drin seien. Ja doch! gebe ich gereizt zur Antwort. Die Gedichte, die Schultasche, die Ober- und Unterwäsche, die Auszeichnung – alles, alles! Darauf ärgere ich mich über mich selber, darüber, daß ich so alles im einzelnen nennen mußte. Akina erzählt es dem Alten noch einmal, worauf dieser dasteht, wie der Sprache beraubt, wie vom Donner gerührt. Sein ohnehin helles Gesicht wird noch bleicher und erstarrt. So steht er eine ganze Weile, wie hilflose Wesen eben dastehen. Zu dem Groll, der sich in mir gegen ihn zieht, gesellt sich da eine boshafte, furzkleine Genugtuung auch noch: Nun, Eure Heiligkeit, alle stehen wir gleich blöd da, nicht wahr?

Auf einmal bindet er den Ledergürtel vom Bauch ab und legt ihn schwungvoll über den Hals, während er auf die Knie fällt. Faßt ihn, Kinder, an den Enden an und tut mir nach! sagt er. Die Stimme, wie die Bewegung auch, verrät Entschlossenheit. Akina folgt ihm aufs Wort, sinkt auf die Knie, greift nach dem einem Ende des Gürtels. Ich folge ihrem Beispiel, mit einiger Verzögerung, mit einigem Widerstreben. Der Alte richtet den

Blick zum Himmel und spricht: Lange habe ich dich nicht mehr belästigt, Vater. Nun aber muß ich es tun. Hier stehen Menschenkinder, unwürdig behandelt und in Not gestürzt. Bedürfen deiner Hilfe. Bitte, steh ihnen bei, gib ihnen Mut und Verstand, auf daß sich ihr ersehnter Wunsch erfülle!
Einige der Menschen ringsum sind unserem Beispiel gefolgt, hocken mit nach oben gerichtetem Blick auf den Knien, während die Worte über die Steppe verhallen und sich mit dem Lärm ringsum mischen. Andere stehen, schauen herüber. Verwunderung, Angst, aber auch Spott und gar Verachtung verraten die Blicke. Der Alte schaut sich ungeniert um und sagt, bevor er geht, hörbar laut, der Himmel hätte keine Autos, die er herunterlassen könnte, auf Erden aber könnten eher welche stehen, und man müßte nur verstehen, eines davon ausfindig zu machen und es herbeizutreiben! Darauf ruft einer, wie erwacht: Leute, wir sind doch alle Menschen, begabt mit Sprache und Verstand. Laßt uns also geschlossen zum Verantwortlichen dieser Sauwirtschaft gehen und von ihm ein zweites Auto fordern!
Gesagt, getan. Wenig später bestürmt ein gutes Dutzend aufgebrachter und zu manchem entschlossener Menschen das Amtszimmer des Stationschefs und trägt ihm vor, was soeben vorgefallen ist. Und dann noch: Es gibt entweder ein weiteres Auto oder die Miliz? Der Genosse blickt bestürzt drein, wohl darauf bedacht, gleich loszuplatzen, sieht da aber die Tatspuren, bis auf Schürfungen mit Blut. Er erkennt die Lage und geht auf die Forderung ein. Eine unerträgliche Freude erfüllt mich, gekoppelt mit einer heiligen Ehrfurcht vor dem Mann, der nun, schmal und beschämt wie ein verkleidetes und entpupptes Kind, am Rand der Menge steht und Akina am Ärmel zupft. Ich folge den beiden.
Verzeih, Freundchen, wenn du dich unseretwegen einer Unannehmlichkeit stellen und aufregen mußtest, sagt er später. Da stehen wir wieder draußen, warten auf das versprochene Auto. Ich hätte nicht so viel reden sollen. Nur mußt du wissen, Alter

neigt halt zur Geschwätzigkeit. Doch auch das ist es nicht, was ich dir sagen wollte. Nun aber dies endlich, was ich auf Wunsch meiner Urnichte hin dir anvertrauen, dir auf den Lebensweg mitgeben will, Sohn: Du hast also Großes vor. Dir wird es gelingen, sicher. Denn ein jeder nimmt immer nur das wahr, was er auch hat in seinem Gefäß. Der Weg zum Ziel ist jedoch steinig. Und auch das Ziel selber ist flüchtig. Je weiter und höher es ausfällt, um so mehr und größer die Steine, die aber immer und überall anders heißen, gewiß. Wer ein weites, großes Ziel hat, der braucht einen ruhigen, festen Blick. Und ruhig und fest ist der Blick erst, wenn er sich über die Gipfel der Berge und die Schneiden der Horizonte erhebt...
In diesem Augenblick steht inmitten des Geländes, wie aus den Wolken gefallen, ein bulliges Auto, desgleichen man vorher nirgends gesehen hat. Es ist lackneu und glänzt vor lauter Blech und Glas. Schon rennen die Menschen von allen Seiten auf es zu. Sprungbereit federe ich auf den Fersen und schaue auf Akina, sie leitet es weiter, indem sie schnell auf den Opa schaut. Und noch etwas, sagt dieser und fügt dem beiläufig hinzu, diesmal schaffen wir es schon, denn ich habe nur noch drei Wörtchen zu sagen, und dann bist du entlassen, Freund. Dabei verbreitet seine Stimme eine solche Ruhe, die prompt ansteckt. Ich bin still, höre willig zu.
Das Ziel liegt immer von Einsamkeit umgeben, und das muß man wissen, bevor man losgeht!
Ich bin oben. Es ist ein großes, schönes Auto. Der Laderaum erinnert an einen Tanzsaal – so glänzt der Fußboden und so erheben sich die Wände. Und lautere Freude herrscht darin. Die Menschen, die geräumige Fläche nur auf ein Drittel füllend, erinnern an Mitglieder einer Familie – keine Spur von der allgemeinen Feindseligkeit, die vorhin in dem anderen Pferch geherrscht hat. Der Alte, der wie unser aller Vater unten steht und herüberschaut, das hagere, helle Gesicht voller Lachfalten, sagt, gleich würden wir die anderen einholen.
So geschieht es in der Tat. Eine gute Stunde gefahren, werden

wir ihrer ansichtig: Sie bedecken, wie ein fliegenschwarzer Schwarm, den Hang unterhalb des Eser-Passes, etwas entfernt steht, ebenso schwarz, das Auto. Zusammen erwecken sie das Bild eines zersplitterten Felsens inmitten einer hellen Piste oder eines Geschwürs auf dem samtig grünen Körper der Erdmutter. Das Auto ist zusammengebrochen, erfahren wir wenig später. Kein Wunder, heißt es weiter, auf einer Fläche, für achtzehn Personen bestimmt, sind vierzig gefahren. Ich wäre die einundvierzigste gewesen, denke ich erschüttert, während ich absteige, um mein Gepäck zu holen.
Nach langem Hin und her kommen sämtliche Reisende zu uns. Jetzt geht es gesitteter zu. Der Fahrer, eigentlich ein schmächtiger, junger Kerl, erklärt zuvor die Regel: Jeder, der es wagte, wieder zu drängeln, würde hier bleiben. Er sagt es leise, bleibt dabei stehen und schaut genau zu. Und es ist, als wäre die wilde Horde vom Morgen gegen lauter neue Menschen ausgetauscht. Es wird wieder eng, aber gekämpft wird trotzdem nicht.
Das knallvolle, schwer beladene Auto fährt wunderbar. So, als wenn es abhöbe und über Wellen, über Wolken dahinglitte. Ich bin im Rausch. Und traue den anderen dasselbe zu. Denn kein Gerede ist zu hören, kein Gezappel zu sehen, summende, betäubende Stille liegt über uns. Mit geordneten, geschärften Sinnen schaue ich auf die Mitreisenden, erkenne dabei so manches Gesicht, so manchen Blick, so manche Faust wieder. Und führe mit ihnen ein stummes, aber heftiges Gespräch.
Den älteren Kasachen mit dem roten Schnauzbart gehe ich mit meinem Blick an: Sie haben bestimmt Kinder. Dennoch haben Sie es fertiggebracht, Ihre erwachsene Faust mir an die Brust zu setzen und sich mit Ihrem Körper dagegen zu stemmen!
Der Mann hat zu dem roten Bart noch die Augen eines Luchses, und sie sind hellwach. Sie erkennen mich sogleich wieder und nehmen den Sturm meines Blicks auf: Ja, mein Kind, und dumm, daß es geschehen ist. Nun, was hast du mit mir vor? So gesund und stark wie hier und heute sollen Sie noch hundert Jahre bleiben!

Wa-as? Das soll deine Vergeltung für meine Gemeinheit sein, weshalb?
Das eigene Gewissen ist der strengste Richter – deshalb, Mann! Ich weiß nicht, woher ich die Weisheit habe. Sehe sie aber ins Ziel treffen. Der Blick flattert, bricht und erlischt. Ich muß von den Ruinen, von dem nichts ablassen. Gehe also weiter und gerate an eine runde, klumpige Frau, bei der ich mir nicht sicher bin, ob sie schwanger ist oder nur fett. Es ist eine stumpfe Person, es dauert lange, bis sie meine Blicke bemerkt.
Na, Mütterchen. Sie haben aber ein Hirn, nicht so flink wie die Zunge!
Und was hat denn die wieder angerichtet, meine Zunge?
Anstatt den Wald von wütenden, schlaglustigen Fäusten gegen einen um sein bißchen Platz und Gepäck bangenden Jungen zu beschwichtigen, hatte sie, Ihre Zunge, die Bosheit, zu sagen: Wer den Würmern im Arsch nachgibt und wegrennt, der muß eben unten bleiben, ha,ha, ha!
Ist das wahr? Es muß ein Scherz gewesen sein!
Ein Scherz – ach, wie schändlich mager plötzlich ...
Die Frau langweilt mich. Vielleicht ist es gerade ihre Bestimmung, andere zu langweilen. Ich jedenfalls weiß mich von ihr entlassen. Aber da erfühle ich einen starken Blick, ertaste und erwische ihn. Es ist ein alter, dürftiger Mann mit dem Gesicht einer Eule. Sein Blick muß länger auf mir geruht haben, drückt und sticht gar.
Wer ist der Alte, der den Himmel um Hilfe erbeten hat? Und wer das hübsche, junge Ding?
Das war meine Verlobte mit ihrem Großvater ...
Das möchtest du vielleicht, Angeber!
Mir eine Schwester und ein Großvater vielleicht ...
Kann nicht sein. Kasachen waren es doch! Und dir sehe ich deine Herkunft an!
Nun im Ernst: Es waren meine Lehrer, Mann!
Lehrer, meinst du? Das könnte sein. Lehrer, meinetwegen, wofür aber?!

Für die Weisheit.
Ich hörte vom Schrift- und Zahlenlehrer. Gibt es denn auch einen für die Weisheit? Der alte Mann vielleicht – er sah in der Tat weise aus. Das junge Mädchen aber, es auch?
Ja. Und vor allem sie!
Ich sehe dir an, du meinst es ernst. Dennoch schwer zu glauben – in dem Alter und mit der Erscheinung Weisheitslehrerin zu sein, und ausgerechnet für dich, zappliges, grünes Jüngchen – nein!
Bei Himmel und Erde, bei jedem Haar auf Ihrem erlichteten Haupt, bei jedem Jahr und Tag auf Ihrem gekrümmten Rücken, großer Mensch: Es ist mein Ernst!
Oh, das sind Worte. Doch du mußt mir ungebildetem, altem Mann erklären, wie so etwas möglich ist!
Jeder Lebens- und Sterbenstag ist immer ein Lerntag. Jeder, dem man begegnet und an dem man sich reibt und schleift, so oder so, ist einem ein Lehrer.
Das ist wahr, Junge! Wer aber bist du denn, der du in deinem Alter so sprichst?
Sie wollen wissen, wer ich bin? Nun, wer bin ich denn?

Akina erscheint. Sie trägt die helle Bluse und den ebenso hellen Faltenrock vom Morgen. Steht leuchtend und flatternd vor dem, über dem Meer von schwarzen Kleidern und schwarzen Gesichtern. Und wendet sich an den, an alle, die stumm und glückselig dahingleiten und vor sich hin träumen: Laßt ihm Zeit, liebe Leute. Eines Tages wird er es euch sagen, und ihr werdet wissen, wer er ist!

DER BRUCH AM ZEITDAMM

Als ob am Zeitmeer ein Damm gebrochen wäre: Tage und Nächte stürzen übereinander; Sommer, Herbst, Winter und Frühjahr lösen in Hast einander ab. Sie überfluten die Erde, vorerst noch in eherner Abfolge, gehen aber beinah unbemerkt vorbei. Erst im Nachhinein wird einem bewußt, daß sie dagewesen, vorübergeflutet sind. Zu dieser späten Erkenntnis kommt es wohl, da wir die hinterlassenen Spuren zu Gesicht bekommen, wir uns darin bewegen und manches noch zu verdauen haben.
So wie die Zeit über den Rand getreten ist, so scheint sich dort, wo sich menschliche Dinge ereignen, eine Tür aufgetan zu haben: Allerhand merkwürdige Dinge sind geschehen. Die Eltern sind der Genossenschaft beigetreten. Damit sind sie keine *Hirten im Wohlstand* mehr, wie sie bislang hießen; früher waren sie, war Vater zumindest, Baj. Jetzt sind sie nicht anders als die Nachbarn und Verwandten, denn sie haben ihr Vieh, bis auf ein Restchen, abgegeben. Wem? Darüber scheint Unklarheit zu herrschen. Der Genossenschaft eben, beteuern diejenigen, die ihnen die Herden abgenommen haben. Doch keiner glaubt daran, ein jeder meint, dem Staat. Denn es heißt weiterhin, Strafe gäbe es, wenn Tiere oder Erzeugnisse fehlten. Aber jetzt gibt es Geld für alles: gehütete Herde, geschorene Wolle, gemolkene Milch. Dennoch herrscht keine eitle Einigkeit in der Familie. Beschnitten fühlt sich Vater, den armen Schluckern und Faulenzern angeglichen. Mutter stellt sich dagegen: Seit Ewigkeiten lebt man, den Hintern des Viehs im Gesicht, und was hat es abgeworfen außer Mist? Nun gibt es Geld!
Bergsteiger sind gekommen und auf Besch Bogda, die Fünf Heiligen, geklettert. Haben die Höhen gemessen und einen der Fünflinge als den höchsten Gipfel in den ganzen mongolischen

Landen herausgefunden. Und haben ihn dann von tuwinischem *Sook* – Kälte in mongolisches *Nairamdal* – Freundschaft umgenannt. Ängste bleiben zurück und Entrüstung. Wir in der Schule aber sind stolz: Unser Berg ist der allerhöchste!
Chinesen sind auch gekommen. So manches hat man über sie gelesen und gehört, nun sieht man sie quicklebendig in Herden und Horden daherziehen. Es sind nur Männer, alle jung, einer wie der andere in dunkelblauer Jacke und Hose, beides dickgefüttert, bei der letzteren noch ein Boden, der tief, fast bis zum Knie hängt. Alle haben dünne Schirmmützen und dicke Füßlinge, alles aus demselben Stoff und von derselben dunkelblauen Farbe. Sie bauen Häuser. Manchmal schleichen wir um die Baustelle herum und bekommen dies und jenes mit. Sie scheinen redselige Menschen zu sein, sprechen noch mehr und lauter als Kasachen. Und während sich der Mund bewegt, hören die Hände nicht auf, sich zu bewegen. Es sind flinke, geschickte Hände. Aber wir nähern uns ihnen nicht. Dies nicht allein wegen der Ziegelsteine, die in der Luft herumfliegen – diese werden nicht von einer Stelle zur anderen getragen, nein, sie werden zugeworfen und vom Nächsten immer aufgefangen. Auch wegen der Gerüche. Sie sind stechend, umwerfend fast. Das soll von dem gesäuerten Gemüse kommen, das sie essen. Wir nennen es Gestank. Aber der Stadtdepp Balabaj, der lange Jahre bei den Chinesen gelebt hat, hat gesagt, in deren Nasen würden wir, die wir uns von Fleisch und gesäuerter Milch ernähren, genauso, womöglich noch schlimmer stinken. Wir erschrecken, überlegen und müssen ihm dann recht geben. Ein-, zweimal kommen wir mit ihnen sogar auf Hautnähe zusammen.
Es gibt Freundschaftsabende. Die Mädchen der oberen Klassen haben dabei am schwersten zu tragen: Sie müssen mit ihnen tanzen. Schon nach dem Eröffnungswalzer schwirren sie mit verzogenen Gesichtern auseinander und suchen die Nähe von Jungen, die dann beim Ansetzen der Musik zum nächsten Tanz allseits aufspringen und die Schutzsuchenden davonführen.

Was dem Leiter des Abends gewiß nicht paßt, und so verordnet er *weiße* Tänze, bei denen die Damen ihre Partner auswählen. Wir sollen zuerst an die Völkerfreundschaft und die Gäste denken. Nach ihrem Zögern und wiederholter Mahnung müssen die Mädchen aufstehen, auf die fremden, erwachsenen Männer zugehen und sie zum Tanzen auffordern. Was für einen schier unendlichen Gesprächsstoff sorgt. Tage später noch wittern wir beim Betreten des Klubraumes den widerlich süßen Geruch.

Eines Sonntags sehen wir einige schwer bepackte Chinesen in den Schulhof einziehen. Sie fangen an, in der hintersten Ecke Mörtel zu mischen. Sie bessern den Außenputz der Küche und des Badehauses aus. Sie machen es von sich aus, heißt es. Jeden Sonn- und Feiertag gäbe es einen Arbeitseinsatz. Doch nicht jeder dürfe sich daran beteiligen, die Stoßtruppe bestehe lediglich aus Parteimitgliedern, Anwärtern und Siegern im sozialistischen Wettbewerb. Später erscheint der Schuldirektor, lädt die Arbeitswütigen in das Innere der Häuser ein. Am Ende des Tages sieht alles recht schmuck aus.

Am nächsten Tag, in der großen Pause, haben wir abermals mit einem Chinesen zu tun. Es heißt zwar, der Mensch sei mongolischer Abstammung, und auch der halbwegs mongolisch klingende Name *A Tschu luun*, aber seine merkwürdige Aussprache und vor allem die Bekleidung und der Geruch lassen keinen Zweifel daran, daß er einer von denen ist. Dieser soll auf Wunsch der Schulleitung gekommen sein, bringt uns nun ein Lied bei. Es ist einfach im Wort wie auch in der Weise. Schnell lernen wir es und singen bald in dröhnendem Chor:

> Im Osten ist die Sonne aufgegangen
> In China ist Mao Dsedung geboren
> Des Volkes Weg-Zeiger dieser Mensch
> Des Volkes gewaltige Kraft ist er
> Unsere Sonne Mao Dsedung
> Bescheint alle Erdteile
> Die sich ihm zuwenden ...

Erneut sind Chinesen und ihr Land im Gespräch. Drei Männer sind herübergeflüchtet, alle Nicht-Chinesen: ein Kasache, ein Urianchai und ein Tuwa. Der erste lebt inzwischen nicht mehr, er hat sich den Schädel an der Gefängnismauer zertrümmert. Dies, nachdem man ihn wissen ließ, er werde zurückgeschickt, den chinesischen Behörden ausgeliefert. Auch die beiden anderen haben gedroht, sich auf der Stelle töten, wenn dies geschähe. Da sei man unschlüssig geworden und von dem anfänglichen Vorhaben abgerückt, mit jedem Abtrünnigen des Bruderstaates wie mit einem eigenen zu verfahren.

Dazwischen lagen viele Monate, die die beiden, ohne etwas voneinander zu wissen, im Untersuchungsgefängnis verbringen mußten. Ihre Aussagen unterschieden sich nicht, was für sie sprach. Aber ausschlaggebend muß gewesen sein, daß die chinesische Seite nicht nach ihnen gefragt hat. Jedenfalls wurden sie nicht ausgeliefert und irgendwann freigelassen. Zu welchen Bedingungen, weiß kein Außenstehender.

Der Tuwa heißt Osal, ist ein lieber Mensch in vorgerücktem Alter, später wird er mit uns noch verwandt. Und das alles kommt so: Gleich nach seiner Entlassung aus dem Gefängnis bringt ihn ein Vertreter der Miliz in unsere Ecke und übergibt ihn der Kreisleitung. Was dort gesprochen worden ist, weiß man nicht. Das heißt, man weiß es nicht so genau, was wiederum heißt, man weiß es nicht sogleich, denn nach und nach dringt vieles bis zur Öffentlichkeit durch, und da ist es allerdings längst nicht mehr möglich, zu unterscheiden zwischen dem, was sich wirklich zugetragen hat, und dem, was Erzähllustige dem Helden einfach auf die Zunge gelegt haben.

Tatsache bleibt: Der Mensch bekommt über Nacht eine Bleibe und kurz darauf eine Arbeit, die daraus besteht, Erde umzugraben und darin zu stochern. Das ist im Frühjahr gewesen. Im Herbst gibt es Erdhoden. Diese hat der Flüchtling – was übrigens ein verbotenes Wort ist; man soll den Menschen beim Namen oder, wenn sich das nicht schickt, den Gemüsebauern nennen – Osal aus seiner umgepflügten Erde ausgegraben und damit

ganze Säcke gefüllt. Im Winter darauf läßt er sich in der Jurte unserer Tante Schulmujtaj nieder, die sich selbst anders nennt. Die Geschichten, die um den Namen des guten Mannes herum blühen, sind kurvenreich und kunterbunt. Diesen zufolge muß China ein bitter-armes Land sein, in dem fürcherliche Dinge geschehen. Die Menschen hausen in Erdhöhlen und ernähren sich aus einer Gemeinschaftsküche von blankem Wasser und Reis, den man mit zwei Stäbchen aus der Schale körnerweise hebt und abzählt. Wenn man auf ein paar überzählige Körner stößt, soll man es gleich melden, damit die entsprechende Anzahl beim nächsten Mahl abgezogen wird. Wer es nicht tut, kann jede Zeit erwischt werden, denn es ist gut möglich, daß sich hinter der Ungenauigkeit eine Absicht verbirgt. Wer faulenzt, wird ausgepeitscht; wer lügt, der muß auf Stachel beißen; wer stiehlt, dem schlägt man die Hand ab – zuvor aber wird man gefragt, mit welcher Hand man den Diebstahl begangen habe, die meisten Diebe sagen, mit der linken und bekommen dann auch diese abgehackt, es gibt hin und wieder ehrliche, aber auch müde, zum Sterben entschlossene Diebe, und diese sagen aus, mit beiden Händen.
In dem Ail, dortzulande heißt es Dorf, also in dem Dorf, in dem Osals Erdhöhle liegt, wohnen Kasachen, Uiguren, Urianchai, Torguten, Dungane und Angehörige sonstiger Stämme. Aber jede Familie hat einen Chinesen zum Aufpasser, und alle tun, was dieser ihnen sagt. Es ist einem verboten, in seiner Gegenwart die eigene Sprache zu sprechen und die eigene Tracht zu tragen. Mann und Frau ist es nicht erlaubt, in einem Bett zu schlafen. In einem solchen Dorf und inmitten eines solchen Lebens heißt es eines Tages, ein Eselsfohlen sei abhandengekommen. Darauf werden einige Männer und Frauen verhaftet und eingesperrt, werden viele Tage und Nächte lang behandelt wie wirkliche Diebe. Drei, ein jeder alleinstehend, tun sich zusammen, sagen, sie haben außer ihrem bißchen Leben nichts mehr zu verlieren, und so überwältigen sie bei einer Gelegenheit den Wächter und flüchten. Zuvor sagen sie noch, sie hätten

zu dritt das Eselsfohlen geschlachtet und gegessen. Sie sagen das, damit die anderen entlassen werden.
Aus einem Gefängnis geflüchtet, landen sie dann in einem anderen, zunächst. Aber dieses ist im Vergleich zu jenem fast das Vorland zur Freiheit. Hier bekommen sie seit Jahren zum ersten Mal Fleisch und Brühe. Daß es dabei nur um Innereien oder mageres Pferdefleisch handelt, mit Hirse vermischt, mit Mehl verdickt, hat nichts zu sagen. Und hier gibt es keine Mißhandlungen. Gut, es gibt Verhöre. Ohne die geht es ja nicht, denn man ist letzten Endes Flüchtling, hat die Grenzen zweier Staaten überschritten und ist nun bei der Untersuchung. Schwer-schwer nur, Menschen, die China nur vom Hören-Sagen kennen, aber nicht mit eigenen Augen gesehen haben, von der Wahrheit zu überzeugen. Die Beschuldigung, die einen immer wieder und jedes Mal verwundend trifft: Verräter! Aber man versucht, so gut es geht, die schwere, zum Teil vielleicht berechtigte Beschuldigung von sich abzuwälzen. Nicht seine Heimat, wo man geboren ist und die mit einem Mal chinesisch geworden ist, nicht einmal China, ja, nicht einmal die Armut, und schon gar nicht den Sozialismus habe man verraten wollen. Es liegt nur an der hanchinesischen Unterdrückung, an der Erniedrigung, der man als Nicht-Hanchinese tagtäglich ausgesetzt und vor der man geflüchtet ist. Ja, man ist kein Verräter, sondern Flüchtling!
Eines Tages wird Osal von Dshalhaaj besucht. Zu beiden Seiten des Sattels hängen prallvolle Taschen und drücken schwer gegen die Waden des Reiters und die Nieren des Pferdes. Heej! ruft er laut mit seiner hellen, herrischen Stimme. Ist da jemand? Die Tür der Hütte geht auf, und Osals kahlgeschorener, spitzer Schädel, sein zerknittertes, freundliches Gesicht wird sichtbar. Ja, doch. Ich bin hier. Seien Sie gegrüßt. Sie suchen vermutlich den Tierarzt. Seine Praxis ist zwei Häuser weiter, da hinten. Dshalhaaj nimmt sich Zeit. Seine tiefliegenden, grauen Augen blinzeln. Ein kleines Lächeln huscht über sein schmales Gesicht mit der hohen Bocknase und scheint in dem dichten,

weidengrauen Gestrüpp um den Mund zu verschwinden. Dann steigt er vom Pferd ab. Nun endlich erwidert er den Gruß seines Gegenübers, den er die ganze Zeit nicht aus den Augen gelassen hat.

Sei gegrüßt. Nicht der Tierarzt, sondern du warst mein Ziel, als ich heute früh meine Jurte anderthalb Örtöön von hier verließ. Gut, daß ich jetzt deine Stimme höre und deine Gestalt sehe, Osal. So war doch der Name, nicht?

Osal, längst herbeigeeilt und mit der Geste, dem seltsamen Besuch die Fuhrleine abzunehmen, bejaht die Frage und verbeugt sich vor ihm.

Die Bücklinge, Osal, wirst du dir bald abgewöhnen müssen wie anderes auch. Hierzulande werden andere Eigenschaften geschätzt, von Weibern vor allem.

Während er dies sagt, beginnt er, seine Satteltaschen abzubinden und herunterzuholen. Osal macht sich von der anderen Seite an den Sattel heran und setzt seine Gesten fort, ihm zu Hilfe zu kommen. Der Besuch weiß dies zu schätzen.

Oho, ich sehe, dir fällt es schwer, untätig herumzustehen und zuzuschauen – das gefällt mir aber!

Der Gelobte bindet die Fuhrleine an der Hütte fest, hebt die schweren Satteltaschen und will wissen, wohin damit.

In dein Jürtchen nun, wohin denn sonst. Der Inhalt ist für dich gedacht. Die Beutel, die Kannen und die Taschen gibst du mir wieder zurück, sobald es dir möglich ist, alles zu verstauen.

Es ist eine merkwürdige Behausung: eng, dunkel und schief. Bis vor kurzem ist sie ein Abstellschuppen vom Krankenhaus gewesen. Darum fehlt ein Fenster. Aber seit kurzem ist ein Ofen vorhanden. Und in diesem Ofen hat Osal gegen wiederholte Ablehnung seines Besuchs Feuer gemacht und einen Tee gekocht, der ihm ein weiteres Lob bringt. Nun sind die Männer beim Teetrinken und im Gespräch. Das heißt, der Besuch redet, und der Hausherr läßt es nur verlegen brummend über sich ergehen.

Ich habe eine Tochter, mein einziges Kind. Zwanzig Jahre alt

war ich, als sie mich zum Vater machte. Jetzt bin ich achtundsechzig, du kannst selber ausrechnen, wie alt sie inzwischen sein muß. Meine weißhaarige, bald achtzigjährige Urgroßmutter war es, die der Ururenkelin ihren Namen gab. Man muß wissen, die Namensgeberin war nicht irgendeine alte Frau, nein, das war die Witwe des großen *Saryg Daa*. Also muß es ein wohlüberlegter, wohlklingender Name gewesen sein. So war er denn auch. Doch ist dieser wie auch der gute Ruf der Vorfahren mittlerweile abhanden gekommen. Die Mitmenschen haben sich geweigert, sie bei dem Namen zu nennen, haben ihr ihn aberkannt und dafür einen neuen ausgedacht: Schulmujtaj. Du siehst, es kommt von Schulmu, Hexe. Ja, sie ist es auch wahrhaft, eine Hexe! Aber ich frage dich, wie sind nun Hexen, ah? Der Hausherr weiß nicht zu antworten. Ist verlegen, brummt irgendetwas und schwitzt. Der Besuch wartet auf eine Antwort, sieht ihn fortwährend an, und sein Blick tastet gespannt in den schweißgefüllten Falten des leidgeprüften, gütigen Gesichts.
Ich sehe, du hast mit keiner zu tun gehabt. Ist auch in Ordnung. Nun höre zu, ich will dir sagen, wie die sind, die Hexen: Schön im Gesicht, geschickt in den Fingern, hell im Schädel und finster im Herzen. Ja, so eine ist die, die ich gezeugt habe und hiermit dir zur Frau anbiete!
Osal entfährt ein kurzer, spitzer Laut, aus der Schale in seiner Hand schwappt ein wenig Tee. Aber der Besuch achtet nicht darauf, fährt unbekümmert fort:
Unmöglich kannst du dich vor gähnende Gewehrläufe und Gefängnistore gestellt haben, um in diesem Loch hier zu enden. Du verdienst Besseres, brauchst ein Weib, das für dich kocht, näht und wäscht. Die, von der die Rede ist, kann das alles bestens. Ihre Jurte, ihre ganze Wirtschaft ist soweit in Ordnung. Dies, da die bisher immer wieder Männer – und was für Männer! – zur Hand gehabt hat. Die Hexe hat sie gewechselt, wie andere nicht einmal Hosen. Nun aber scheint es damit zu Ende zu sein. Denn der letzte Mann ist vor drei Jahren gegangen. Keiner mehr in Sicht, dafür aber der Lebensherbst.

Das weiß sie selbst. Du bist keine Berühmtheit und keine Schönheit, aber gut genug wärest du als Bettgenosse und Arbeitskraft. Ich bin bereit zu wetten: Die wird auf dich zukommen, denn du bist ihre letzte Rettung. Mein Wunsch wäre: Du beißt an! Geschieht dies, es wird dein Schaden nicht sein. Denn du brauchst nur den einen Fehler nicht zu machen, den alle deine Vorgänger – es waren vier – gemacht haben und darum irgendwann rausfliegen mußten: dem hexischen Zauber zu sehr zu verfallen und unter ihrem Peitschenhieb paßzugehen. Gleich am Anfang, wenn sie noch die Werberin ist, ein kräftiges Wörtchen aussprechen und später, wenn sie anfängt, zickig zu werden, sie immer wieder daran erinnern und ihr zu verstehen geben, daß du der Bock bist – die mag gern die Ziege sein, du aber bist der Bock eben. Es hat ihr bislang an einem Widerstand gefehlt, und so ist sie verwachsen. Ja, durch den Willen und die Faust eines Mannes muß die gebrochen, gegerbt und durchgeknetet werden!

Der Hausherr zeigt sich besorgt über den erkalteten Tee des Besuchs, will in die halbvolle Tasse neuen, heißen nachgießen. Dieser jedoch bemerkt die Bemühungen seines Gegenüber gar nicht, redet ungestört weiter.

Wenn nicht einer, wenn nicht zwei, sondern ganze vier Männer – ich wiederhole es: was für Männer! – immer wieder auf den gleichen Leim gegangen und geblieben sind bis zum unrühmlichen, bitteren Ende, dann muß an dem Weib wirklich etwas sein – Hexe eben! Du darfst schon in Erwartung von etwas Besonderem leben, aber deswegen weder kindisch dich überstürzen noch greishaft zögerlich werden. Warte kühl ab und geh, sobald es sich zeigt, festen Schrittes darauf zu, nimm bedenkenlos, was noch geblieben ist und gib restlos hin, wozu dein spätreifer männlicher Körper noch fähig ist. Behalte aber deinen Verstand und laß dich nicht verhexen! Die Hexe ist fruchtbar wie eine Geis. Bei jedem hat es gleich geklappt. Vielleicht hast du Glück; die Frauen hierzulande bleiben oft bis über die Fünfzig hinaus empfänglich.

Der Hausherr sagt, ob er den alten, erkalteten Tee nicht wegschütten und neuen, heißen in die Schale einschenken solle. Doch der Besuch überhört die Frage, übersieht das besorgte Getue vor seinen Augen. Redet dafür mit unverminderter Hingabe weiter.
Sollte alles so kommen, wie ich voraussehe, und solltest du zum Schluß jedoch scheitern, so wie deine Vorgänger alle gescheitert sind, dann hast du hier mein Wort: Für jedes volle Jahr, das du mich zu einem mit einem Schwiegersohn gemacht hast, bekommst du von mir ein Pferd geschenkt, Osal!
Dann endlich greift er nach der Schale mit dem erkalteten Tee, trinkt ihn aus, trinkt auch neuen, heißen. Dann steht er auf.
Osal ist ein aufmerksamer Gastgeber, ein weitblickender Mensch – er schenkt dem Besuch sein einziges Vermögen: eine handtellergroße Schnupftabakflasche aus Rauchachat. Als Besänftiger der Gefäße, die voll gekommen und nun leer zurückgehen müssen, sagt er. Das beeindruckt den Besuch sehr. Bist du denn wahnsinnig? ruft er aus. Weißt du denn überhaupt, was so ein Stück kostet?!
Keine Ahnung. Habe ähnliches nie besessen. Bin auch kein Schnupfer.
Ich aber bin einer und weiß auch, was du dafür verlangen darfst: wenn nicht drei, so doch zwei Pferde wenigstens, ein zahmes Reitpferd und eine junge Yakkuh mit Kalb auf alle Fälle, Mann!
Ich habe kein Weib und keine Kinder zu ernähren. Hier sind die Menschen so gastfreundlich, und das Land ist so reich. Ich weiß schon, ich werde keinen Hunger erleiden müssen. Habe bereits eine Arbeit bekommen. Werde es auch so auf ein Reitpferd und eine Milchkuh bringen, wenn es sein muß. Nehmen Sie die Flasche nur. Sie möge Ihnen meinen Herzensdank besser ausdrücken, als ich ungeschliffener Mensch mit der groben Zunge ihn aussprechen kann. Nehmen Sie sie schon und befreien Sie mich damit aus dem Zwang, das Geschenk mit einem Gegengeschenk zu erwidern. Etwas anderes habe ich einfach

nicht. Aber selbst dann, wenn ich diese oder jene Kleinigkeit zum Verschenken gehabt hätte, würde ich Ihnen nichts anderes als diese Flasche schenken wollen, denn sie ist die Gabe eines seltsamen Menschen, den das Schicksal in dem hiesigen Untersuchungsgefängnis mit mir zusammenführte und der meinem Leiden dort ein Ende setzte. Ja, anfangs wurde ich, wie jeder Neuling dort, gehänselt von einigen Mitinsassen, vor allem von einem, der in mir einen Chinesen sehen wollte. Und einmal, als ich übel zugerichtet, in meinem Blut, in Tränen und Rotz lag, tauchte ein junger, breitschultriger Mann mit vielen Narben im Gesicht auf, verhörte mich. Darauf befahl er jemandem, er sollte meinen Peiniger herholen, was auch sofort geschah. Da schlug der Riese – das war der Ataman – jenen fast tot, ich mußte eingreifen und in Himmelsnamen bitten und flehen, damit der in Weißglut Geratene aufhöre. Der hörte auf mich, sprach aber zu jenem und zu den anderen auch, käme dies noch einmal vor, gäbe es einen Hautsack voll zerschlagene Knochen und zerquetschtes Fleisch, denn ich sei einer mit einem echt mongolischen Herzen, da ich die mongolische Heimat erkämpft habe. Und er gab mir die Flasche; ich solle sie in Gefahr immer vorzeigen.

Seitdem wurde ich des Atamans älterer Bruder genannt, war beschützt. Also ist es mehr als eine Flasche nur, es ist mein verwandeltes Leben. Schon deswegen schlagen Sie mein Geschenk nicht aus, lieber väterlicher Bruder!

Der Gast schaut gerührt auf den Gastgeber, überlegt und findet eine Lösung: Laß die Milch, den Käse und Quark, die Butter und das Fleisch, laß alles so, wie es gerade ist. Die Beutel, Taschen und Kannen, alles Gefäße mit der Öffnung nach oben, schenke ich dir, sie mögen zur Grundausrüstung deines neuen Haushaltes gehören. Bald wirst du von mir zu hören bekommen, Osal!

Damit steckt er die nierenrunde, leberbraune Flasche mit den haarfeinen, wolkigen Musterungen und dem wulstigen Verschluß aus einer roten Koralle in die andere Ecke des Beutels

seiner Schnupftabakflasche ein, die er die ganze Zeit abwechselnd in einer der beiden Hände gehalten hat, darauf faltet er den Beutel einmal in der Mitte und führt ihn so in flacher, gerader Lage in den Brustlatz. Dann verläßt er, sichtbar erholt und entschlossen, die Hütte.
Kaum besteigt der Besuch, gestützt vom Hausherrn, sein Pferd und biegt um die Ecke, klettert der Wächter Bilgisch von seinem Wachturm herunter, und die Reinemacherin Semisek verläßt ihr Versteck hinter einem der Fenster im Hause nebenan. Beide treten dann ziemlich zur gleichen Zeit an Osal heran, der wie benommen dasteht und dem inzwischen Verschwundenen immer noch hinterher blickt. Man will wissen, was jener gewollt habe. Und man hört zur Antwort, ach, so allerlei oder eigentlich gar nichts. Auch andere Neugierige erscheinen, stellen die gleiche Frage, bekommen die gleiche Antwort. Später geht selbst diese nichtssagende Antwort auf den Weg, geht durch Münder und Ohren, bekommt so manche Ausschmückung.
Doch bei all dem macht sich auch ein Murren hörbar: Der Flüchtling sei eigentlich ein merkwürdiger Kauz, sei so stillschlau und sogar hinterfurzig mit seinen Anworten. Was auch stimmt. Denn auf die meisten Fragen, die die drei Dinge: China, Flucht und Gefängnis betreffen, weiß er keine Auskunft. Aber da er ein höflicher Mensch ist, sagt er das nicht so direkt.
Ob es stimme, daß die Menschen in China Heuschrecken essen?
Menschen und Heuschrecken, sagst du? Ja, beides gibt es in Mengen. Daß der eine den anderen ißt? Laß mich kurz überlegen. Ich muß ein schwaches Hirn im Kopf haben, muß vorher immer überlegen. Nun, wenn du das so fragst, dann mußt du es doch irgendwo gehört und der, der es dir erzählte, es selbst irgendwann gesehen haben. Denn man erzählt doch nur Dinge weiter, die man mit eigenen Augen gesehen hat und von dem man weiß, es ist so und nicht anders, oder? Nein, mir fällt kein Fall ein, daß ich einem Heuschrecken essenden Menschen zusah. Was mir dagegen eingefallen ist, Heuschrecken

fressen Gras, nicht anders als Schafe. Gerade bin ich am Überlegen, was macht man mit so einer Heuschrecke in der Hand? Verfahren wie mit einem Schaf, also sie schlachten, ihr die Haut abziehen und das Eingeweide herausnehmen?
Wie sieht die Staatsgrenze aus?
Das kann man vielleicht auf der Erdkarte sehen. Wir hatten sie nicht. Und wir wußten nicht, daß wir über die Grenze gingen. Denn es war Nacht, es regnete noch dazu. War nichts zu sehen. Tapsten blindlings vorwärts, hatten die Richtung verloren. Als es anfing zu tagen, waren wir am Nordhang des Berges, und das war die Mongolei.
Weshalb sie geflüchtet sind?
Wer sagt, daß wir geflüchtet seien? Wir sind auf Suche nach unseren Herden gewesen, haben uns dabei verirrt und sind hierher geraten. Dann haben wir uns entschlossen zu bleiben, da es uns hier gefiel. Diesen unseren Wunsch haben wir an die entsprechenden Stellen gerichtet. Bis man uns sachgerecht Bescheid gab, hat es eine Weile gedauert. Dann aber kam sie, die bejahende Antwort. Und es hieß, China und die Mongolei sind beide sozialistisch, sind Bruderstaaten. Sie helfen einander ohnehin, und so könnten wir, falls wir es selber wünschten, hier bleiben und an dem hiesigen Zipfel des im Aufbau befindlichen Weltsozialismus mitanpacken.
Wenige Tage nach dem ersten Besuch bekommt Osal einen zweiten. Diesmal ist es der ältere der beiden Schulmutaj-Söhne, der dreizehnjährige Bakisch. Den hat der Großvater geschickt mit einem Fuhrpferd: einem fünfjährigen Schimmelwallach unter Sattel und mit voller Ausrüstung, selbst der Pflock zum nächtlichen Festseilen des Pferdes fehlt nicht. Alles sei für ihn, ein Geschenk. Osal hätte vor Freude geweint, lautet die erste Meldung, die von Mensch zu Mensch geht. Später wandelt sie sich: Er hätte sich vor dem Schimmel verneigt. Dieses Geschenk von einem Mann an einen anderen liefert den Außenstehenden einen schier unerschöpflichen Nährboden für Gespräche und Mutmaßungen, gibt ihnen ein Rätsel auf.

Und dann die Erdhoden! Manche feine Leute wollen diese Benennung nicht gelten lassen, sie finden sie primitiv und gebrauchen lieber das russische Wort Kartoffel dafür. Aber dem Volk scheint der Name zuzusagen. Ein jeder lächelt, wenn er ihn hört, und macht darauf eine anerkennende, sogar liebkosende Bemerkung zu den seltsamen Früchten oder zu ihrem Schöpfer. Osal, dessen Auftauchen seinerzeit die Gemüter heftig eregte, wird durch seine Ernte berühmt. Alle haben von den märchenhaften Erdhoden gehört, viele bekommen sie zu sehen und in der Hand zu halten, und alle wollen davon kosten. Die Urteile sind zwar unterschiedlich, aber eine schroffe Verschmähung gibt es nicht. Dafür gibt es Erfahrungen, Empfehlungen. Die einen haben herausgefunden, daß sie, in Glutasche gebraten, zum Milchrahm gut passen. Andere haben sie in dünne Scheiben Hammelschwanzfett eingewickelt und gebraten. Wieder andere haben sie, gedünstet und gebröckelt, in geschnetzeltem Roßbauchfett geknetet.
Es heißt, die Kreisleitung habe Osal empfangen und ausgezeichnet. Dabei habe man ihn zum Spezialisten in Sachen des Umganges mit der Erde ernannt; ab nächstem Frühjahr würde er Schüler ausbilden. Das muß den Wert und auch den Selbstwert des Mannes gesteigert haben – noch vor der Winterschlachtung, heißt es, er habe sich in der Jurte der Schulmutaj niedergelassen.

Das alles sind angenehme, erholsame Kunden für Ohr und Zunge: Man kann, ihnen zuhörend oder selber erzählend, hin und wieder schmunzeln. Es gibt aber auch unangenehme. Unseren Kreis gibt es nicht mehr. Man hat ihn im Windschutz des allgemeinen Friedens überfallen und im Sturmwind des sozialistischen Aufbaus zerstört: den Namen zerhackt, die Angestellten entlassen, die Papiere verbrannt und alles, was einnehmbar ist, eingenommen und dem Nachbarkreis einverleibt. Dieser und jener der Entlassenen gewinnen einen Teil des Hirten- und Jägervolkes, dem die Weide- und Jagdgründe, allen voran aber die Winterlager über Nacht streitig gemacht worden sind, man will abwandern.

Der Tuwa Samdyn schlägt dem Kasachen Burkan die Nase ein und kommt vors Gericht. Eine Peitsche, die nicht zur Jurte, und ein Wortspiel, das nicht zur Begrüßung gehörte, sollen schuld an der Schlägerei gewesen sein: Samdyn sagte zu Burkan, der mit der Peitsche in der Hand seine Jurte betrat, er sähe, der Sohn von einem, der mit einem Wanderstock über den Altai gekommen sei, habe es nun auf eine Reiterpeitsche gebracht, worauf der antwortete, nicht nur das, auch zwei volle Hengstherden! Samdyn bemerkte, er könne sich an keine Pferde erinnern, wohl aber an die zwölf Schafsjährlinge, die sein Vater Bulung dem Hütekasachen zum Ende des Jahres immer gegeben! Burkan hakte ein, das stimmte: Früher hätten die Kasachen den Tuwa das Vieh gehütet gegen ein Schaf mit Euter im Monat, künftig würden die Tuwa den Kasachen das Vieh hüten gegen eine Ziege mit Hoden im Jahr! Der Sohn des Bulung-baj ist nicht nur jähzornig, er ist auch stark, so packt er den Gast an der Gurgel und wirft ihn hinaus. Und ein Peitschenhieb, der ihn am Nacken trifft, löst seine Rechte mit der längst geballten Faust. Das Gericht erlegt Täter und Opfer eine Geldstrafe in gleicher Höhe auf. Was die erhitzten Gemüter auf beiden Seiten schnell und gleichermaßen abkühlt.

Eines Tages heißt es, der Haarakan, der große, heilige Berg, sei nicht mehr unser. Zuerst hält man es für einen unangebrachten Witz, ein böses Gerücht allenfalls. Dann aber sehen wir in der Schule auf einer neuen, handangefertigten Bezirkskarte: Eine rote Linie trennt den Berg und seinen gesamten südlichen Teil von den übrigen Landschaften, deren Namen uns bekannt sind. Also sind wir Tuwa nicht nur vom Norden her überfallen, sondern auch vom Süden her bestohlen worden! Das läßt einen bitteren Nachgeschmack in uns zurück.

Und ich habe Akina verloren. Und damit hat meine Verwirrung begonnen. Ja, ich bin durcheinander, weiß nicht mehr, wo ich in der Zeit stehe. Stunden, Tage und Wochen vergehen, ohne daß ich es bemerkt habe. Monate und Jahre sind vergangen seit jenem verhängnisvollen Wintertag mit dem Flugzeug, der mich mit der Krankheit zurückgelassen hat. Heute schreibt man das Jahr 1961, es steht im vierten Monat schon, die Frühjahrsstürme toben. Und wir stehen kurz vor der Entlassung in das Erwachsensein. Früher, als ich Akina in mir wußte, habe ich voller Ungeduld auf diesen Augenblick gewartet und mich darauf gefreut. Nun stehe ich unschlüssig davor, weiß nicht, wie ich fertig werden soll mit all der Freiheit, die an einem der nächsten Morgen über mich hereinbrechen wird – da werde ich, wollte ich es nur, alles dürfen: rauchen, trinken, heiraten und vieles andere.

Ich sagte, ich bin durcheinander. Bin schwer krank. Nur weiß kein anderer Mensch etwas davon. Der Schein kann glänzend trügen – nach außen wirke ich wohl gesund und erfolgreich: Die Zensuren sind weiterhin in Ordnung, und auch mit dem Betragen, meiner Schwachstelle, stimmt alles diesmal bestens. Also bin ich immer noch oder in den Augen so mancher nun endlich richtig der Musterschüler, da ich die Lernerei noch nie so lust- und schmerzvoll betrieben habe wie eben jetzt. Der Klassenlehrer meint, ich dürfte nach Moskau gehen und an der Lomonosow-Universität studieren. Nur um meine Dichtung steht es nicht gut, und das ist auch einer der beiden Gründe für mein Leiden. Nicht etwa, daß ich damit aufgehört hätte. Nein, ich schreibe weiter, und zwar verbissen. Dies, da ich eine Entdeckung gemacht habe: Meine Gedichte sind nicht besser als die von anderen – wollte ich doch alle überragen und zum Lermontow meiner Epoche werden!

Als ich in jenem Herbst voller Sehnsucht, nach innen erfrischt, nach außen gefestigt, zur Schule zurückkehrte, war Akina nicht mehr da. Es hieß, sie wäre in die Hauptstadt gegangen, auf eine Spezialschule, in der Mathematik im Vordergrund stünde. Es war mir, als ob mich ein Schlag träfe, von dem ich mich bis heute nicht erholt habe.

An jenen Septembertagen aber kochte ich vor Wut, schmorte in Trauer, ratlos darüber, weshalb sie es vor mir geheimgehalten hat. Da überbrachte mir eines Tages ein etwa zwölfjähriges Mädchen die von mir so bitter vermißte Kunde; eh ich lesen konnte, von wem das feingefaltete Brieflein war, sah ich dem Kinde an, es war ihre jüngere Schwester.

Mein einziger, einem Zwillingsbruder gleicher Freund, fing der Brief an und erzählte, was alles in ihrer Familie geschehen sei, nachdem ich weg war. Eine ernste, sie und mich betreffende, Meldung war an das Ohr der Mutter gekommen, sofort hatte der Vater nachgeforscht und sie bestätigt gefunden. Aber wir sind ja nur befreundet miteinander, versuchte sie, sich zur Wehr zu setzen. Nein, einem Jungen und einem Mädchen in dem Alter geziemte solches nicht, meinten die Eltern. Da verlor sie die Beherrschung und sagte, vielleicht werden wir später auch heiraten, und warum auch nicht – laut Gesetz dürfen wir es doch! Außerdem haben Sie, mein Vater und Gebieter, selber seine Vorfahren in hehren Worten gelobt – eben dem Geschlecht entsprossen und dann noch ein Dichter! kann ich mir denn je einen Besseren wünschen?

Das war verkehrt. Sie bekam Rede- und Ausgehverbot. Tage später wurde sie mit dem zusammengeführt, der noch vor ihrer Geburt durch einen Schwur zum Schwiegersohn der Familie bestimmt war. Zuerst hatte sie Angst vor dem Unbekannten. Aber dann ... die albernen Worte, die mich Silbe um Silbe trafen und knickten: Ich sah und erkannte ihn sofort wieder, irgendwo, vielleicht im Traum hatte ich gesehen den hochgewachsenen jungen Mann mit den breiten Schultern und dem ebenmäßigen, klaren Gesicht, und wenn ich mir und dir gegenüber ehrlich sein müßte, schon damals habe ich ihn mir als meinen künftigen Gatten gewünscht ...

Das widerlich süße, glitschige Zeug spann sich noch länger. Ich spürte, sie war von einem Liebesfeuer erfaßt, flammte lichterloh. Das müssen die Eltern auch schnell erkannt haben. Sie beschlossen, die Tochter von dem enthüllten Bräutigam wegzuschicken, solange sie mit der Schule noch nicht fertig, noch nicht volljährig war. Wohl hatte dies sein Gutes auch für mich.

Übrigens, aus der Verlobung wurde nichts. Schuld war daran der Angebetete, der sich vorzeitig eine andere zur Frau nahm. Die Verschmähte handelte entschlossen, fügte sich einem Besseren, einem Reiferen zur Frau und führte mit ihm eine vorbildliche Ehe. Sie übertraf in der Anzahl der Kinder, die sie ihrem Gatten schenkte, die Nebenbuhlerin.

Juri Gagarin heißt der jüngste Held. Man spricht von einer überwundenen Erdenschwere und einem gezähmten Weltenraum. Auch davon, daß die Sowjetunion die Vereinigten Staaten am anderen Ende der Erdkugel nun endgültig auf die Geschichtshalde gestoßen und im Rennstaub zurückgelassen habe. Bei diesen letzten Worten kommen einem unwillkürlich die komischen schwebenden Spinnen entlang des Himmelsbauches von damals in den Sinn, und man denkt: Armes, unglückseliges Amerika! Schulweit wird Geld eingesammelt für ein Glückwunschfernschreiben an die sowjetische Leitung. Auf jeden entfallen nur fünf Möngö, doch erweist es sich als ein schweres Unterfangen, da das Geld nicht geliehen werden dürfe, damit ein jeder an der Sache wirklich beteiligt sei. So viele Fünf-Möngö-Stücke, wie Menschen in der Schule sind, gibt es aber nicht. Zum Schluß darf auf zwanzig Namen ein Ein-Tögrög-Schein gegeben werden. Ob unser Fernschreiben im Kreml tatsächlich ankommt, und wenn ja, es vom Genossen Chruschtschow auch gelesen und verstanden würde, da es ja in Mongolisch sei? Es gibt auch andere Fragen, doch die Antworten besagen, der Lehrer weiß es nicht.
Auf Jungen, die das Weltlicht erblicken, wartet sein Name hauchfrisch und griffbereit. Dabei ist es nicht *sein* Name etwa, sondern der seiner Sippe, wie immer. Das steht in der Zeitung, das hört man im Radio. Aber das weiß man auch so, denn in so manchen Familien der Schulangehörigen gibt es auch bereits so

manche eigenen Gagarins. Ein Schreibwettbewerb mit dem Thema Juri Gagarin, Weltraum und neuer Sieg des Sozialismus wird ausgerufen, der Preis ist gewaltig. Ich überlege mir etwas und finde heraus: Der kleine Juri muß wie ich auch Angst vor diesem oder jenem gehabt, dann aber, wachsend, sie von sich gescheucht haben. Ich nenne die Dinge, die ihm nicht geheuer gewesen sein sollen: die Maus, den Donner und den Abgrund. In tage- und nächtelangem Ringen entsteht ein ellenlanges Gedicht in unruhigen, auf- und abgehenden Zeilen. *Der, der seine Ängste erjagte* betitle ich das Poem. Und ich rechne fest damit, daß ich den Wettbeweb gewinne. Weit verfehlt aber – nicht der zweite, auch nicht der dritte Platz ist mir beschieden. Die Siegerwerke schaue ich mir an: Die althergebrachte, greisenhafte Lobpreisung, von außen aufgezählt, kindisch-tapsige Anfangsreimerei! Und was ist mit meinem Poem? erkundige ich mich und muß eine Rüge von seiten des Ideologiechefs einstecken: Wie hast du es gewagt, dem Welthelden Ängste zu unterstellen? So kannst du Hunderte von Heften vollkritzeln, aber ich sage dir: Keine Zeile daraus wird je gedruckt! Sei froh nur, wenn dein freches, politisch völlig blindes Geschreibsel keine weiteren Folgen nach sich zieht, Genosse!

Ich bin zu Tode beschämt, zunächst. Nach und nach legt sich die Scham in mir, dafür erwacht nun die Wut. Die dann schnell bis zur Weißglut erwächst und in einer Raserei endet: Kurzentschlossen packe ich alle Gedichthefte, zerknülle und zerreiße und stecke sie in den Ofen. Und während ich eile, sie anzuzünden, schwöre ich: Nie, nie, nie mehr damit Lebenszeit vergeuden!

Die Zimmergenossen haben gedacht, der Wahnsinn in mir hätte sich gemeldet. So hat es keiner gewagt, mich bei dem Vernichtungswerk zu hindern. Dafür haben sie den bereitschafsdiensthabenden Lehrer benachrichtigt und dieser den Arzt. Mit einem Mal sehe ich beide neben mir stehen. Was sei los? wollen sie wissen. Nichts, sage ich. Ich vertilge meinen eigenen Müll. Sie bleiben noch eine Weile stehen und gehen

dann. Schwer finde ich zur Ruhe zurück. Und als ich dann, ermattet und erledigt, im Bett liege, spüre ich eine gähnende Leere in mir.
Die Leere bleibt. Aber nicht nur das, sie wächst, frißt sich in mich hinein, überflutet meine Innenlandschaften. So manche Gepflogenheiten und Herzenswünsche scheinen in ihr unterzugehen, sie kommen mir abhanden. Ich spüre kein Bedürfnis mehr, fortzukommen und an das Unbekannte heranzutreten. Wenn in mir überhaupt ein Wunsch geblieben ist, dann der, zurückzukehren. Ja, ich will nicht studieren, will nach Hause fahren. Will Hirte bleiben, wie alle meine Vorfahren es waren, wie ich als Kind es auch war. Weiß nicht, ob ich es dann wollen werde, mich dem zu stellen, was auf mich zukommt, nichts mehr untersagt, alles, alles nur erlaubt. Heiraten werde ich wohl müssen, dies, weil alle es tun. Werde trinken und rauchen oder schnupfen, wenn es sich ergibt. Wenn aber nicht, dann lasse ich es eben sein. Werde Schamane.
Es ist wieder einmal ein schweres Jahr. Aus dem Frühling, der der laufenden Zeitrechnung zufolge längst dasein müßte, wird und wird nichts. Mitte Mai tobt der Sturm, der vor Monaten eingesetzt hat, immer noch mit eisiger Kälte und aufreibender Trockenheit. An einen Niederschlag, wenn es auch nur Schnee wäre, wagt man schon nicht mehr zu denken. Denn des Wartens ist es einfach zu viel gewesen, und die Angst, die Eissturmzeit könnte angebrochen sein, hat sich gefestigt. Da geschieht es: Ein Hagelregen geht nieder, so wie ihn noch kein Mensch erlebt hat. Doch auch dann bleibt es kühl und windig, nun gegen Mitte des sechsten Monats im Jahr. Vielleicht bin ich tatsächlich so abgestumpft, oder es ist nur der Trotz – ich denke: Mir soll es nur recht sein!
Und eines Tages ist es soweit: Das letzte Staatsexamen wird abgenommen. Damit ist die Schulzeit zu Ende. Es gibt eine Sitzung im Klubraum. Es gibt ein Essen im Speisesaal. Es gibt davor und danach und dazwischen auch andere Dinge. Allen gehen die schmückenden Wörter *letzt* und *festlich* voran. An

allen nehmen außer Schülern und Lehrern auch einige Eltern teil. Die Reifezeugnisse werden ausgehändigt. Die Studienplätze werden bekanntgegeben. Dort wie hier wird zuallererst mein Name gerufen. Ich höre so manches Lob, bekomme die Goldmedaille, von der schon länger die Rede gewesen ist, an die Brust geheftet. Und in die Sowjetunion soll ich gehen und Kybernetik studieren. Was mich kalt, oder richtiger, erschauern läßt. Denn nun spüre ich in mir nicht nur Leere, sondern auch Kälte. Nur aus Hemmung vor den fremden Anwesenden mache ich alles mit, lasse das vielfache Lob über mich ergehen; ich will weder, daß man mich bemitleidet, noch daß die mittlerweile verblassende Wahnsinnsgeschichte zu einem neuen Anlauf gereizt wird. Meine Entscheidung steht nun einmal fest: Schluß ist mit der Lernerei; die Versuchung kann weder süßer noch größer ausfallen – ich werde aussteigen und mein unterbrochenes Dasein fortsetzen!

DIE ZWEI KÖNIGSKINDER

Das Land finde ich nun Mitte des ersten Sommermonats immer noch winterlich blaß und kalt, die Eltern erschöpft und gealtert wieder. Was mich in meiner Entscheidung nur noch bestärkt: Ja, es ist Zeit, mich um sie zu kümmern! Sie aber wollen davon nichts hören, ich solle das tun, was der Staat sage, solle gehen, wohin man mich schicke, und lernen, was erlernbar sei. Einem Pfeil, einmal abgeschossen, gälte einzig, solange zu fliegen, bis er auf das Ziel träfe, sagt Vater; auch einem Floß sei nicht gegeben, unterwegs zu verweilen, geschweige denn, gegen die Strömung zu schwimmen; ein Roß, das vom halben Weg zurückkehre, dürfe sich nicht wundern, wenn der Rückweg über Steine und unter Peitsche verliefe und es bei der Ankunft die Fessel erwartete; – nun sei er, der neunfache Vater mit ergrauendem Haar und stockendem Atem, dabei zu überlegen, wozu der Stamm mich, sein jüngstes Kind, auf die Wanderschaft geschickt habe. Mutter redet, wie immer, weniger verschlüsselt, direkter und leidenschaftlicher als er. Seit dem Ende ihres Ältesten sei sie ein halbtoter Mensch; daß sie überhaupt noch die vergitterte Jurte bewohne, und nicht schon die steinerne Steppe, verdanke sie uns, ihren wenigen übriggebliebenen Kindern, denn die Nachricht über die guten Lernergebnisse in der Schule habe ihr immer wieder Hoffnung eingeflößt: Wir könnten zu mehr als schwarzen Hirten und Jägern ringsum werden und damit den letzten Willen des Dahingeschwundenen erfüllen; würde ich jedoch auf halbem Weg umkehren und so bei den Gesichts-, Namen- und Stimmlosen der weiten Welt wieder landen, dann wären nicht nur all die Anstrengungen und Entbehrungen in den letzten zehn Jahren umsonst gewesen, sondern auch das Vermächtnis meines Bruders wäre verletzt, und dies würde sie schnell brechen und

sogleich auf die Steppe schicken. Die Worte treffen mich schwer. Doch vermag selbst dies mich nicht umzustimmen. Vorerst schweige ich und warte ab.
Um so mehr strenge ich mich bei der täglichen Arbeit an. Will das sein, was Vater in jungen Jahren gewesen sein soll: Nachts den Pferde-, tags den Schafherden und zwischendurch den vielen anderen Beschäftigungen des nomadischen Lebens hinterhergehen. Als Hirte das sein, was ich in den vielen Wochen und Quartalen der letzteren, längeren Hälfte meines Lebens als Schüler gewesen bin: Vor nichts zurückweichen, mit allem fertigwerden. Denke jede Arbeit, die auf mich wartet, in ein Unterrichtsfach um, gebe ihr einen Namen: Schafherde ist Mathe, Yakherde Mongolisch, Pferdeherde Literatur, Kamelherde Physik . . . Dann muß noch Dung gesammelt, Wasser geholt, gewaschen und gekocht und vor allem gemolken werden. Ist die Milch aus dem Euter in den Eimer gelangt, ist lediglich der Anfang getan: Sie muß noch gekocht, aufgeschäumt, abgerahmt, gesäuert, gestampft, abgebuttert, abermals gekocht, nun dickgekocht, dabei ihr der Geist abgefangen, der Quark von der Molke getrennt, gepreßt, gebrochen und getrocknet werden. Ist ein Tier erkrankt oder verletzt, muß es behandelt, mitunter geschlachtet werden; ist das letztere der Fall, muß vorher das Messer geschärft, nachher das Fleisch gesalzen und geräuchert und zum Schluß die Haut abgefettet und in eine Salz-Molke-Lauge gelegt werden. Damit ist abermals nur die Schwelle zu weiteren Arbeiten markiert.
Ja, es nimmt kein Ende. Es gibt kein Ende. Aber es ist durchaus machbar. Es läßt sich gut zusammenhalten. Wie in der Schule eben auch. Kommt dort hin und wieder Neues vor, hier wohl kaum. Alles ist eine einzige Wiederkehr. Aber das Seltsame ist, es wird nie langweilig. Es ist, als wenn sich alles ständig erneuerte. Und es erneuert sich auch tatsächlich. Es ist nie dasselbe Wasser, das ich tagtäglich aus der Quelle schöpfe und nach Hause trage – es entspringt ständig neues. Wie das Gras, das meine Augen sehen, meine Nase riecht, meine Fußsohlen be-

fühlen und die Herden fressen – es wächst unaufhörlich, ist ständig neu. So die Milch, so das Blut – im selben Euter zwar, aber neu: durch die Fülle anderer Gräser, unter der Hitze einer anderen Sonne und dem Druck eines anderen Windes gesickert; derselbe Geruch, dieselbe Farbe und dasselbe prickelnd warme und bindend weiche Gewebe zwar, aber neu: durch andere Adern gejagt und zu einer anderen Stunde erjagt.
Freilich, die zwei Paar alter, gestählter Hände sind auch noch da, sie packen mit an, wo sie nur können. Aber die meinen sind geschmeidig, kräftig und vor allem von einem flammenden Willen getrieben, alles den beiden abzunehmen. Verwandte, Nachbarn, alle werden aufmerksam auf mich. Es spricht sich herum. Manch einer kommt, habe ich das Gefühl, um nur mich zu sehen. Zu meinen vielen Namen fügt sich ein neuer hinzu: Der Braune Wirbelsturm des Isch-Maani. Mit dem letzteren ist Vater gemeint. Es ist zu sehen, der Name ist von draußen gekommen. Ebenso wird, wenn die Rede von mir ist, der Blaue Steppenwolf öfters genannt. So flink soll ich in meiner Bewegung sein.
Die Eltern sagen, ich soll mich zähmen, morgens ausschlafen und zwischendurch etwas ausruhen. Sie haben Angst vor der weißen Zunge, das heißt, dem allzu lauten Lob. Im Laufe des Tages komme ich mit verschiedenen Menschen zusammen, und in ihren Augen sehe ich, aus ihrem Mund höre ich die Bewunderung, die sie mir zollen. Dich müßte man zum Schwiegersohn haben, sagen mir so manche. Aber diese haben keine Töchter, die in Frage kämen. Die, die welche haben, sagen nichts, sie denken es, vielleicht, wer weiß. Die jungen Mädchen, die ich manchmal treffe, werfen mir neckende Fragen zu: Wirst du deine Kasachin auch heiraten? Oder: Was machst du bloß, Junge, hierzulande ist kein Mädchen, das dir zur Frau taugte? Meistens weiß ich, die passende Antwort zu finden. Ich scherze. Später aber, wenn ich allein bin, denke ich über die Fragen ernsthaft nach.
Daß ich mir jemanden zur Frau nehmen muß, daran ist nicht zu

rütteln. Denn alle tun es. Die Eltern freuen sich, wenn sie nebenan die Jurten ihrer Kinder stehen und darin Enkelkinder spielen sehen. Das ist immer so gewesen. In der heutigen Zeit der Genossenschaften finde ich einen weiteren Nutzen heraus: Da sich die Stückzahl der Tiere, die man privat besitzen darf, nach dem Haushalt richtet – auf jeden fünfundsiebzig Stück in unserer Bergwüstengegend – sollte ich die Gelegenheit eigentlich gleich nutzen. Denn ich spüre in mir die alte Leidenschaft, so viele Tiere wie nur möglich zu besitzen. Damals habe ich von der Zahl Tausend und dem Titel Baj geträumt, mittlerweile weiß ich, der Traum wird sich zwar nicht erfüllen, dafür weiß ich aber von anderen Dingen: Ich würde das überzählige Vieh nicht abgeben, würde es verstecken, verkaufen, verschenken oder wenigstens schlachten. Alle tun das. Auch Vater, der Inbegriff für Ehrlichkeit und Ängstigkeit, versucht neuerdings, es darin den anderen gleichzutun. Dabei verzählt er sich manchmal. Was mich betrifft, ich kann mit den Zahlen umgehen, o ich werde die Viehzähl-Kommission an der Nase herumzuführen wissen. Ja, ich will und werde auch im Wohlstand leben! Doch wo ist die Frau, die mir die Jurte beseelen, Kinder gebären und mit mir die Pflichten vor der Sippe und auch den Wohlstand teilen soll?

Die Frage erweckt in mir jedesmal Akina. Der Gedanke an sie schmerzt, als ob sie mir ein Licht vor den Augen auspustete und ein paar Muskelfasern aus den Gliedern herauszupfte. Als ob ich in den Ohren ein Flüstern hörte: Soll ich ihr nicht hinterherfahren und versuchen, sie ausfindig zu machen? Ich weiß, der Gedanke ist gefährlich, da er machbar ist, darum fahnde ich in mir schnell nach einem Gegengewicht und finde: Agda. Ja, mit ihr hatte ich auch schöne Stunden. Aber ich weiß nicht, wie sie jetzt zu mir steht, nach all dem, was ich ihr angetan habe. Und auch sie wird bald weggehen und so für mich unerreichbar sein, für immer. Soll sie auch! spucke ich ärgerlich aus, um mich von den lästigen Gedanken loszureißen. Und das gelingt mir, da ich mich der nächsten Aufgabe zuwende. Die Arbeit ist es,

der ich mich hingebe, um mich von ihr ein wenig erdrücken und dabei aus meinem Innern die unliebsamen, schmerzhaften Gedanken herausquetschen zu lassen.
Eines Tages kommt von Vateronkel und Muttertante eine Nachricht, gerichtet an mich, ihren Adoptivsohn. Ich soll mit Reit- und Lasttieren kommen und sie abholen. Was ich gewiß auch tue. Allein, das ist leicht dahingesagt, schwer jedoch getan. Bis ich die nötigen Kamele und Pferde endlich zusammenhabe und sie von Orulga hinter dem Schwarzen See treibe, wo sich die wiederversammelte Sippe niedergelassen hat, bis Ak Dünge am Gelben See, wo das gegen Ende des Frühjahres abhandengekommene Glied aufgetaucht ist, vergehen ganze vier Tage, und der Umzug dauert weitere drei Tage.
Von weitem erkenne ich die Eltern, und zwar in einem Handgemenge, in beträchtlicher Entfernung dahinter dämmert und flattert die zottelige, windschiefe Jurte. Ein paar der Kinder hocken dicht aneinandergedrängt davor, sie schauen, sich sonnend, dem Zweikampf zu. Die beiden schieben und zerren einander hin und her, so daß unter ihren Füßen heller Staub aufwirbelt, in hauchdünnen Schwaden in die Luft steigt und über die hüfthohen Pfriemengrasstauden hinwegzieht. Dunkel erhebt sich zwischendurch eine Faust über die Köpfe, aber sie trifft kaum das Ziel, wird immer wieder von einer Hand aufgefangen. Hörbar werden warnende, helle Schreie, allein die Kämpfenden lassen sich davon nicht im mindesten stören, im Gegenteil, das erhitzte Blut scheint dadurch in Wallung zu geraten, denn endlich gelingt einer Faust ein Schlag, was allerdings auf der Gegenseite einen Fußtritt auslöst, der das Ziel recht wuchtig trifft. Da federt eines der Kinder davon, stürzt auf die beiden zu und wäre um ein Haar von einem durch die Luft fliegenden Bein getroffen worden – die beiden Volltreffer haben dem Zweikampf einen neuen Glanz verliehen. Ich vermag dem schneidend hellen Geschrei abzuhören: *Gishi geldi, molalar* – es kommt jemand, ihr Schandollen!
Jeder versetzt dem anderen noch einen letzten, flüchtigen Stoß,

dann lassen sie voneinander ab. Und beide eilen davon, laufen auf die Jurte zu, er vorneweg, sie hinterher. Es dauert seine Zeit, bis ich zur Jurte gelange, vom Pferd absteige, die Tiere festbinde. Die Schmutzuhus von Kindern, fünf an der Zahl, das jüngste an der Hand einer der älteren Schwestern, umstehen mich, gaffen mich an aus großen runden, grünen Augen unter den gelbbraunen Mähnen. Keines kommt und hilft. Selbst Dagwaj nicht, mittlerweile halbwüchsig und ein kräftiger Junge. Statt zu kommen und mitanzupacken, steht er grinsend in einigem Abstand, was mir Grund genug ist, ihn mit einem grimmigen, geringschätzigen Blick zu bedenken.

Friede herrscht in der Jurte. Er sitzt genau dort und genau so da, wie es sich für den Hausherrn gehört: einen Schritt weiter links vom Kopfende des Ehebettes und pflockgerade hinter verschränkten, flachliegenden Beinen; sie hockt auf allen Vieren vor dem Ofen und versucht, ein Feuer zu entfachen. Beide tun verdutzt und geben zu verstehen, sie haben mich nicht erkannt. Er redet von einem Sojan, sie von einem Kasachen, für den sie mich gehalten haben. Beide rufen meinen Namen in freudigem Schreck aus, wobei ich für ihn Galdar-ool bin, für sie dagegen Dshuruunaj. Und beide richten sich her, um mich zum Gruß zu empfangen. Von ihm werde ich an der rechten Schläfe flüchtig berochen, von ihr an der Stirne ausgiebig beküßt.

Dann weiß ich, bis der Tee gekocht ist, dies: Es geht ihnen schlecht, ja dreckig. An Vieh sei so gut wie nichts mehr übrig geblieben. Dshanik habe sie im Stich gelassen, sei nach seinem Militärdienst, statt sofort zurückzukehren und den Eltern beim Stopfen der vielen aufgesperrten Mäuler beizustehen, in die Stadt gegangen. Girwik sei längst ihren älteren Schwestern gefolgt, sei eine ergebene Schwiegertochter. Sirgesch verdinge sich seit letztem Sommer bei fremden Leuten, verdiene ihr Anziehzeug und darüber hinaus dies und jenes für die jüngeren Geschwister. Einzig die Taube sei noch da und würde die Hauptlast tragen. So sei sie auch jetzt nach Dung unterwegs.

Und dann, während wir Tee trinken, nimmt das Gespräch einen

anderen Verlauf – kommt auf mich zu. Vielleicht, räuspert er sich gewichtig, der den Gesprächsfaden würdevoll in der Hand zu halten und ihn nach Gutdünken zu lenken weiß. Vielleicht wird aus Dagwaj etwas Besseres als aus seinem älteren Bruder, diesem hirn- und herzlosen Hund! Solange er aber noch ein menschliches Welpchen ist und sich hier durchfressen muß, bist du derjenige, der alle in dieser Jurte aus der Patsche zu ziehen hat. Grinse nicht so dumm, sonst bekommst du womöglich den Geschmack der Innenseite meiner Rechten zu kosten – ich hätte als dein leiblicher Onkel dich auch früher schlagen dürfen, nun darf ich es erst recht als dein Adoptivvater! Also sitze gerade und höre gut zu: Der rote Wollfaden, der durchgeschnitten wurde, als du krank und nackt zwischen den ebenso entblößten und wie gespreizten Beinen des uhuäugigen Weibes da drüben hocktest, scheint den auf dich gierenden Asa samt der Darstellerin und den Zuschauern jenes Schauspiels gewirkt zu haben, denn du bist nicht nur wieder gesund, sondern auch alle um diesen Herd herum fingen an von dir zu reden wie von einem, der hierher gehört. Also bist du der große Bruder unter diesen Dreckfressern, und so bist du auch die Hauptstütze, um die sich alle, auch wir, deine alternden Adoptiveltern, schlingen werden in jeder Not!
Bekomme auch dies zu hören: Ich soll bejurtet und beweibt werden, und zwar noch im bevorstehenden Herbst. Denn sonst könnte mir ein anderer die vielbegehrte, vom Vateronkel schon als Braut beschaute Ojtuk-Tochter wegschnappen – sie sei längst überreif. Das alles sagt er. Sie lacht und zwinkert mit ihren gewaltigen Augen nur.
Nach dem Tee verteile ich die Kamele und Pferde für die Nacht auf die spärlichen Ebenen und pflocke sie an, so wie ich mit ihnen unterwegs immer verfahren bin. Stricke und Fesseln, selbst Pflöcke habe ich in genügender Anzahl mit. Wisse, hatte Vater gesagt, zu wem du gehst. Nimm alles mit, was von Nöten sein könnte. In dieser Stunde hätte ich ein paar menschliche Hände gebrauchen können. Doch keiner kommt und packt mit an.

Der Vater tritt zwar aus der Jurte, trottet aber an der Tierhorde wie blind vorbei, stellt sich vor eine besonders hohe Pfriemengrasstaude, schlägt den Saum vom Lawaschak zurück und spreizt die Beine, dann, das Geschäftchen beendet, dreht er sich schwerfällig um, gähnt heulend, schwankt auf einen kleinen Erdhügel nebenan zu und läßt sich mit Geknirsche in den Knien und Gerölps in der Kehle darauf nieder; zurückkehrend finde ich ihn später in einem festen Schlaf, rücklings angelehnt an den Hügel, das rote, klebende Licht der untergehenden Sonne im Gesicht.

Die Kinder folgen mir in einigem Abstand, umstehen und begaffen mich zwar weiter, gleich, wo ich mich hinwende und woran ich bin, aber keinem fällt ein, heranzutreten und auch nur einen Finger zu krümmen. Grimm spüre ich in mir erwachen und wachsen. Und als sich der Nasenstrick eines Kamels an einem Pferdefuß verheddert, ist es soweit: Anstatt den Tieren zu Hilfe zu eilen, springe ich in die andere Richtung, lande bei Dagwaj, packe ihn im Nacken und schreie ihn an: Entweder du hältst das Pferd fest oder ich schlage dir, Bengel, den Schädel ein! Damit stoße ich ihn so derb vorwärts, daß der kugelige Körper holpernd davonschnellt, nach einigem Stolpern umkippt und längs über die Steppe hinschlägt. Doch gebe ich mich damit noch nicht zufrieden, gehe gegen die nächste der Rotznasen vor, die etwa siebenjährige Tewene – drücke ihr den Wulst aus Lederleinen und Haarstricken unwirsch in die Hände und brülle: Hier, halt das fest, Freßsack, ein Vielfaches davon hast du bestimmt schon verfressen und verschissen! Darauf eile ich, endlich, zu dem unglückseligen Kamel, das wie am Spieß brüllt, da das Pferd, unruhig geworden, ihm die Nasenhaut mit dem Pflock am anderen Ende des verhedderten Stricks zu zerreißen droht. Da liegt mir der ungeschickte Kerl im Wege, was meine Wut noch steigert. So falle ich, kaum ist das Kamel vom Pferd getrennt, über ihn her.

Erneut packe ich ihn am Kragen, drehe das rotzbeschmierte Mondgesicht mit dem riesigen Schädel mir gewaltsam zu und flüstere: Merke dir dies, mein Bürschlein, zische ich zwischen den Zähnen leise, kommt es noch einmal vor, daß ich arbeite und du stehst untätig daneben und grinst dazu noch: ich werde dich weich und flach schlagen; dazu war ich früher schon berechtigt als dein älterer Vetter, nun bin ich es doppelt, bin dein älterer Bruder – kapiert?!

Dagwaj gebärdet sich, er hat mich verstanden. Doch lasse ich noch nicht locker, eher straffe ich den Griff. Dein Gesicht, sage ich, ist dreckiger als jeder Hundearsch. Und kein Hundearsch enthält so viel Scheiße wie deine Nase Rotz enthält. Eine große Steppe umgibt dich, darauf darfst du dich schneuzen. Ein ganzer See liegt vor dir, damit kannst du dich waschen – nun! Endlich lasse ich ihn los. Er schwankt davon, bis er am Rand einer Mulde stehenbleibt, sich darüber bückt und versucht, sich zu schneuzen. Die Geschwister, alle steif und stumm vor Schreck, eifern ihm nach.

Der lächerlich kleine Grimm bleibt lange wach in mir. Und als er endlich anfängt, zu weichen, tritt an seine Stelle ätzende Trauer. Und diese rührt nicht so sehr von der Armut her, die mich von allen Seiten anstarrt, sondern von dem Dreck, der mich zu verfolgen und an allen meinen Enden und Ecken zu beschmieren scheint. Hinzu kommen das Wirrsal, der Müßiggang und die Trägheit ringsum, sie zeigen sich mir auf Schritt und Tritt, zerren an meinen Sinnen und verpesten die Wege und Stege, auf denen ich mein noch zu lebendes Leben herüberwehen, -wellen und -strömen spüre. Soll es heißen, frage ich mich entgeistert, ab jetzt wird der Sinn meines Lebens darin bestehen, gegen all das anzugehen, damit diese Kreaturen erhalten bleiben? Und die Antwort darauf fällt bejahend aus. Wenn das Schicksal es so will, denke ich ergeben, warum nicht? Ich hätte ja ungeboren bleiben oder wie die größere Hälfte meiner Geschwister im zarten Alter gestorben sein können! Also richte ich mich auf und packe die nächste Arbeit an, um die Trauer zu unterdrücken, die sich in mir breit zu machen droht. Und zur nächsten Arbeit hole ich mir Dagwaj hinzu,

abermals die Unglückskreatur. Komm mit, Junge, sage ich wie
beiläufig, indem ich mit dem Kopf in Seerichtung weise, und
gehe selber schon vor. In dem Augenblick bin ich mir nicht
sicher, ob er mir so ohne Weiteres folgen wird, da die Eltern in
der Nähe sind. Aber er folgt mir. Was mich so erfreut und
ermutigt, daß ich mit ihm sogleich ein Gespräch anfange.
Wie alt bist du, Junge?
Er weiß es nicht.
Geboren ist er im Jahr der weißen Häsin, rechne ich nach.
Elf Jahre alt bist du, verstanden? Noch einmal also: Wie alt bist
du?
On bij – elf.
Es hätte *on bir* heißen sollen, aber gut. Die verhätschelte, ver-
bogene Zunge werden wir ein ander Mal drannehmen. Heute
habe ich mit ihm Wichtigeres vor. Erst den blöden Kopf, der
wenigstens von außen ein wenig gesäubert werden muß.
Hast du schon Jungpferde eingeritten?
Nein.
Murmeltiere erjagt?
Auch nicht. Ziesel aber ja.
Hör zu, Junge. Ich habe das eine wie das andere schon mit neun
Jahren gemacht. Und mit elf dann ganz andere Dinge. Habe
sogar einem Kasachen, der tags zuvor uns eine Lassoleine hat
mitgehen lassen, in der Nacht einen Hammel gestohlen und
geschlachtet.
Das ist zwar geflunkert, aber dem Guten bleibt der Kiefer
hängen.
Am Seeufer angekommen, sage ich, wir werden uns waschen.
Und fange an, mich auszuziehen. Dagwaj tut es mir zögernd
nach. Dann bleibt er in kniehohem Wasser stehen und benäßt
sich Gesicht und Hände wieder und wieder. Ich sage, er soll
sich ins Wasser setzen, sowie ich es tue. Er steht da und zittert.
Ich komme ihm zu Hilfe – werfe ihn um und drücke ihn in die
Tiefe. Er schreit auf, zappelt und kreischt fortwährend. Ich
versetze ihm ein paar Klapse, auf Arme, Schultern und Backen

auch. Ich sage, er soll aufhören zu brüllen, sonst zerschlüge ich ihm alle Knochen und stieße ihn in den Seegrund. Er beißt die Zähne zusammen, wird leiser, zittert aber arg. Bleibt schließlich ergeben auf dem Gesäß sitzen, krallt sich aber weiterhin an mir fest: Lieber, lieber Bruder, laß mich nicht ersaufen! Nun wasche ich ihn. Schwer geht die Schmiere ab. Die fettig-schorfige Kruste um den Hals, hinter den Ohren und an den Haarwurzeln auf der Kopfhaut klebt so zäh, daß sich da mit bloßem Wasser, auch wenn dies ein gestandenes, lauwarmes und mit verschiedenen Resten angereichertes ist, nichts machen läßt. Ich hole vom äußeren Rand der Uferwiese beide Hände voll Erdsalz, beschmiere damit den ganzen Kopf, reibe und kratze. Der arme Kerl scheint, um ein Haar vergehen zu wollen unter meinem gewalttätigen Eingriff, allein ich mache ihm verständlich, er habe zu schweigen. Nach einer Weile wasche ich den Schlammbrei aus, und siehe da: Die klebrige Schmutzschicht ist weg!

Das sage ich ihm. Sage auch, während wir endlich aus dem Wasser steigen, nun sei er der Sauberste in ganzem Tuwaland. Was ihn gewaltig zu trösten scheint, denn schnell beruhigt er sich und wird am Ende gar flott und fröhlich. Freilich muß er, gereinigt und gepellt wie er ist, am Ende doch wieder in seine alten, drecksteifen Lumpen schlüpfen. Sinnlos, die Mutter etwa nach frischer Unterwäsche für den Jungen zu fragen! So will ich kein Sterbenswörtchen verlieren darüber, wo wir waren und was wir da machten. Er jedoch, Dagwaj, der ein wenig durch eine kleine Hölle gegangen, vermag die Zunge schwerlich im Zaum zu halten – immer wieder kommt er aufs Wasser zu sprechen, und dabei nimmt er Wörter, die auf Gefahr deuten. Aber er ist voller Begeisterung, ein Held eben, der einer Todesgefahr nisseknapp entkommen! Machst du das, was du mit mir gemacht hast, mit den anderen auch, Hendshe-aga? Und ob – ich habe manches vor, und es ist gerade dabei, Gestalt anzunehmen, o ja, der Unglücksmeute werde ich den Dreck abkratzen, selbst wenn dabei eine Schicht Haut mitabgehen sollte! Aber wie hat mich der Bengel gerade genannt? *Hendsheaga*: Bruder Jüngst oder Spätling, so wie mich bisher noch keiner genannt hat! Suche nach dem Wortsinn, während ich dasitze, rechts an die Jurtenwand gelehnt, in meine Gedanken vertieft und so vor dem wimmelnden und surrenden Haufen abgeschirmt, einzig für Tewej offen, die vor dem Ofen hockt und ruhelos hantiert, um das Feuer in Gang zu halten und so das Murmeltierfleisch im Kessel gar zu bekommen. Wer und was bin ich? frage ich mich. Bei meinen eigenen Eltern das jüngste Kind, hier aber spät aufgetaucht – also mit den Rechten und den Pflichten eines Jüngsten dort und eines Ältesten hier? So erscheint mir mein Leben großflächig und gewichtig. Bin erschüttert und zugleich bereit, mich dem zu stellen, was auch immer auf mich zukommen mag.

Schwer fallen die nächsten Tage für mich aus. Aber ich überlebe sie, erfülle die Erwartung von Seiten der Eltern dort wie hier. Bin gewillt, mit allem, auch mit dem Schlimmsten, fertig zu werden. Bin der Anführer des Umzuges, bin der Besitzer der Kamele und Pferde und aller Lade- und Reitgeschirre, die herbeigesehnte und -gebetene und feierlich ernannte Stütze einer Familie in Not. Bin mir meinen Wertes bewußt, gehe ehrgeizig wie ergeben den Pflichten nach, und so spüre ich durchaus Erquickung trotz der Schwere der Last, die ich zu tragen habe. Dabei zeige ich mich den Mitmenschen von meiner nützlichen, will heißen harten und auch schwer verdaulichen Seite. Doch sieht es so aus, als würde man mich ertragen. Auch ich finde die, die ich anführe, um so erträglicher, je mehr sie sich meinem Willen fügen. Die Kinder habe ich recht schnell im Griff, nicht nur weil sie mich fürchten, sondern vor allem, weil in ihnen die Lust erwacht ist, mich nachzuahmen. So wird ihnen schon während des Umzuges der Rotz, der Langschlaf und der Müßiggang als etwas Verdammenswertes eingebläut. Bei all dem ist Tewej meine zuverlässige Stütze. Dagwaj ist listig, immer geneigt, sich zu drücken, und feige. Schwieriger schon sind die Eltern. Ich weiß, ich darf sie nicht gleich packen, biegen und

brechen. Die Kinder sind der Sack, auf den ich einschlage, die Erwachsenen wissen, sie sind gemeint. Ihre Streitereien untereinander, die fast immer mit einer Rauferei enden, sind ihre wunde Stelle. Während dieser unheiligen Stunden darf jeder beliebige sie mit Worten, Gesten und selbst mit Händen und Füßen angehen. Das einzige, was dabei zu beachten ist: Der Angriff muß gleichzeitig gegen beide gerichtet, zu gleichen Teilen verteilt sein. Beide hängen an mir, daran ist kein Zweifel. Doch hat ein jeder seinen guten Grund: Sie tut es, weil sie in mir ihre Fortsetzung sieht, und er, weil ich ihm und der Familie Ernährer bin. Aber dies wird eine später gewonnene Erkenntnis sein.
Bei sinkender Sonne des dritten Tages erreicht unsere Karawane das Ziel. Lärmend und schwirrend läuft die ganze Sippe zusammen, empfängt derart die Ankömmlinge. Es gibt freudvoll laute, vielfache Begrüßungen, Freudentränen, deren reichlicher Teil mir gilt: Ich hätte mich als erwachsen, als ein echter Nachfahre meiner ruhmreichen Vorfahren erwiesen, indem ich ein fehlendes Glied der Sippe herbeigeholt und so ein Halbes wieder ergänzt hätte. Sehe den brennenden Stolz in den Augen meiner Eltern. Höre Vater sagen: Wer Augen und Ohren hat, möge sehen und hören, und in wessen Schädel noch ein Hirn klopft, möge wieder einmal nachsinnen darüber, weshalb der Arsch, der stinkt, trotzdem nicht aus dem Körper herausgeschnitten wird! Und Mutter: Ej, Himmel, ej, Erde, schaut her und laßt die Vergangenen und Verwandelten wissen, wir halten immer noch zusammen!
Es gibt gegenseitige Bewirtungen, die tagelang dauern. Zuvor aber strömen in Säcken, Beuteln, Tüchern, Schüsseln, Kannen, Kellen Spendegaben in die angekommene Jurte. Ich komme mit einem Hammel, werfe ihn vor der Jurte um und zücke den Dolch aus der Scheide. Die Eltern meinen, die ausgehungerten Kinder sollen wieder zu Kräften kommen. Doch passe ich auf, daß nicht zu viel Fleisch in den Kessel kommt und die Brühe später mit Hirse gestreckt wird – Hirse, wegen des niedrigen

Preises von Dummfrechen Hundefutter genannt, ist gut genug, auch für reichere Leute! – bestimme ich. Überhaupt bleibe ich weiterhin der Anführer, der ich während des Umzuges gewesen, bin der Bestimmende. Und so geschieht, daß auf meine Entscheidung hin zwei der Kinder, Tewene und ihre um ein Jahr jüngere Schwester Hünesch, in andere Jurten ziehen, um dort zu helfen, zu wohnen und zu essen. In Gesprächen mit den Tanten, die die beiden Mädchen aufgenommen haben, erreiche ich, daß sie die Nichten neu einkleiden. Die Stoffe hole ich vom Aagint, einen Trab von uns entfernt. Die lasse ich auf die Namen der Tanten anschreiben. Nehme mehr mit, weitere Stoffe und Munition. Und ich verpflichte mich, Murmeltier- und Zieselhäute abzuliefern. Die Stoffe bringe ich zu Mutter, sage, sie soll dafür sorgen, daß damit in der Jurte nebenan alle Blößen einmal frisch bedeckt werden. So geschieht es auch. Mir schlägt das Herz hoch, wenn ich die unter meiner Obhut nicht mehr als breit dahinflatternde, nach Schmutz stinkende zottige Wesen in schwarzen Lumpen sehe, sondern als schlanke, aufrechtstehende Menschen in kräftigem Blau, Grün und Gelb sehe. Und wie glücklich macht mich der Anblick der beiden Mütter, wie sie die Yakkühe gemeinsam melken und die Milch unter sich aufteilen!

War ich bislang bemüht, jeden Tag einen kleinen Berg an Verpflichtungen abzutragen, ist es nun die doppelte Menge, mit der ich von früh bis spät fertigwerden muß. Während ich dazu einzig meinen Körper mit den zwei Armen, zwei Beinen, zwei Augen und zwei Ohren hatte, verdreifache, vervierfache mich nun mitunter. Tewej steht mir bei allem bei. Stark, ausdauernd und wach ist sie. Vor allem aber: lieb. Daß sie schwer hört, stört uns nicht. Wir verstehen einander meistens vom Blick, müssen also nicht immer reden. Manchmal tun wir es doch, unterhalten uns. Da brauche ich nur ein wenig lauter zu reden. So spreche ich eines Tages zu meinen Zweiteltern: Schwester Tewej hört. Und begreift alles, besser als der ganze Fleischhaufen zusammen, den ihr zwei aus euch herausgekratzt und auf die Welt gesetzt habt. Ihr seid schuld daran, wenn sie bis heute sitzengeblieben ist, weil ihr sie ständig die Taube genannt habt. Außenstehende haben es euch geglaubt. Ab jetzt verbiete ich, daß einer sie so nennt!

Dagwaj halte ich stramm, behalte ihn griffbereit in meiner Nähe. Ist Tewej der andere Hügel, nach dem ich Hügel mich richte und an dem ich mich messe, ist Dagwaj die Niederung, die sich nach mir zu richten hat, ist mein Schatten. Und der von Tewej ist die fünfjährige Alej. Zu viert brechen wir morgens auf, verlassen den Ail gewöhnlich in zwei Richtungen, behalten einander tagsüber im Blick und kommen manchmal zusammen. Schön zu wissen, gleich, ob groß oder klein, stark oder schwach, vollwertig oder fehlerhaft, alle Hände, Füße, Augen und Ohren stehen mir zur Verfügung. So wähne ich mich reckenhaft, imstande, selbst einen Felsen anzugehen und davonzuwälzen. Diese Zuversicht teilen mit mir die anderen. Das sehe ich ihnen an.

Wohin ich auch trete, begegnet mir Wohlwollen. Ich bin von Lob umweht, nun erst recht. Was mich nur noch anfeuert. Fühle mich leicht, wie auf Schwingen schwebend. Lebe lichthell, als wenn mich von innen her eine Sonne beschiene. Stehe im Rausch, verspürend, wie ich entgegenfliege dem großen Ziel, will alles Verbogene wieder geradebiegen, alles Ausgerenkte wieder einrenken, das Fehlende herbeischaffen, das Vorhandene behüten und vermehren. Die Zukunft scheint, längst und gut angefangen und einem frischabgezogenen Tierfell gleich, ausgebreitet vor mir zu liegen, in allen ihren Teilen erkenntlich: die Jurte, die Frau, die Kinder, die Herden, die ich habe, und die Eltern, die Sippe, der Stamm und der Staat, vor denen ich als Sohn, Mitglied, Bürger jede meiner Pflichten erfüllen werde.

Doch die Eltern, die anfangs, als ich mit der Karawane ankam, so begeistert waren, zeigen nun immer weniger Freude an meinem Fleiß. Sind bald voller Sorgen angesichts des lauten Lobs. Reden nun entgegen ihrer Gewohnheit abschätzig über den

Kleinkram, dem ich mich von früh bis spät widme. Setzen immer häufiger das Wissen dagegen, das meiner harre. Und damit nennen sie jedesmal den großen Bruder, der, selber gehend, seinen verbleibenden Geschwistern jene Wegstrecke vermacht habe, die zu Ende zu gehen ihm nicht beschieden war.

War es so oder nicht so? fragt mich einmal Vater.

Ja, es war so.

Deine Schwester mußte aufhören. Es war die Krankheit, die sie dazu zwang. Da war nichts zu machen. Außerdem hat sie als Mädchen so oder so ein wenig außerhalb jeder ernsthaften Rechnung gestanden. Sie ist mittlerweile bei Fremden gelandet, wir können ihr nur Gutes wünschen. Aber dein Bruder Gakaj ist dem Vermächtnis gefolgt und ist nun das dritte Jahr auf der Hohen Schule. Und du, der du noch mehr geeignet bist, in den Gefilden des Wissens zu wandern, willst plötzlich auf halbem Wege kehrtmachen? Weshalb nur?

Ich muß es, euretwegen. Ihr kamt mir diesmal so vom Alter gezeichnet vor, daß ich gedacht habe, einer muß sich um euch kümmern.

Laß uns altern. Allen geht es so. Man muß sich immer für das Wichtigere entscheiden. Hier bist du es, bist wichtiger. Denn du gehörst nicht uns, nicht einmal der Sippe. Wir sehen in dir ein Kind des Stammes.

Euretwegen, sagte ich. Das war am Anfang, als ich mich entschied zu bleiben. Inzwischen sind meine anderen Eltern und ihre Kinder hinzugekommen. Ihr seht doch selber, wie sie ohne mich dastünden.

Rührend, wie du dich um sie kümmerst. Und gut sogar, daß du die Kinder zur Arbeit angeleitet hast. Vielleicht werden sie dranbleiben, auch ohne dich, denn nun wissen sie ja, wo es langgeht. Aber, mein liebes Kind, laß dir eines sagen von deinem alternden Vater: Einen Hungrigen kann man ein-, zweimal sättigen, einen Frierenden kann man ein-, zweimal aufwärmen. Nicht aber ein Leben lang! Und noch etwas: Das Bild, das du

vor Tagen bei deiner Ankunft am Gelben See in der Sama-Jurte und um sie herum gesehen hast, steht vielleicht für das ganze Tuwaland? Unsere Augen haben sich an das Elend gewöhnt. Was aber, wenn ein Außenstehender von weither käme und uns als Land, als Volk sich anschaute? Ich bin davon überzeugt, er würde erschrecken. Denn nach dem Fürsten Burgan Saryg Daa, was ein reichliches Jahrsechzig, drei Generationen also, zurückliegt, sind wir Tuwa ein kopfloses Häuflein in einem herrenlosen Land. Wenn wir dich davonjagen und auf deine Hilfe und Fürsorge freiwillig verzichten wollten, dann vielleicht deshalb, da wir solche und andere Dinge vor Augen zu sehen glauben.
Nach diesem Gespräch ist mir, als ob das männlich rote Felsgestein, das ich in mir weiß und das vielleicht meinen Entschluß darstellt, einen Sprung bekommen hätte. Aber ich spüre es immer noch raumfüllend und schwer genug in mir ruhen. Da schickt mich Vater in das Kreiszentrum, ich soll dies und jenes erledigen. Mutter gibt mir einen zugeschnittenen Seidenstoff mit, den ich zur Tante Balaka, was Schulmutajs anderer Name ist, bringen soll, auf daß sie ihn auf ihrer Maschine nähe. Beim Aufbruch bekomme ich noch einmal gesagt, ich soll mir Zeit nehmen und alle Verwandten unterwegs besuchen. Ich weiß, sie tun es, damit ich aus den Fängen des Sippenalltages loskomme und mich vom Leben draußen ein wenig ablenken lassen möge. Aber ich glaube zu wissen, daß ich schon am nächsten Tag zurücksein würde.

Und da treffe ich auf sie: Batana. Von der ich bis auf den Augenblick wohl angenommen hätte, sie wäre aus mir gänzlich gewichen, denn ich hatte sie seit jener Schneenacht in keinem Traum mehr gesehen und wenn ich sie in Gedanken da und dort noch getroffen, so muß es bestimmt vor langer Zeit gewesen sein.
Aber wir erkennen einander nicht nur auf den ersten Blick, wir nennen uns sogar noch gegenseitig beim Namen. Und daraus

geht die Kraft, daß wir sogleich aufeinander zufliegen und scheinbar nicht wieder auseinander gehen wollen. Uns ist, als ob wir, gestört zu Anfang eines verheißungsvollen, gemeinsamen Lebens, nun einander gehörten. Der erhoffte Augenblick ist gekommen, jeder schiebt in sich einen Riegel zurück, schubst den Gefangenen auf den Ausgang zu, und sieh da – es kommen zwei Wesen heraus und gehen aufeinander zu, ein jedes überreif vor Sehnsucht nach dem anderen. Der Zeithaufen hinter jedem und zwischen uns beiden bricht auseinander und zerrinnt angesichts der Begegnung sogleich ins Unsichtbare, Niedagewesene. Es scheint, der große, schwere Haufen tote Zeit hat Batana nichts anhaben, ihre Jugend auch nicht ein wenig flachwälzen können. Sie ist so jung und schmal geblieben, wie einst, während ich in jeder Beziehung zugenommen, mich vom Jüngling zum Manne entwickelt habe. Aber ihr Blick verrät mir, auch ich bin unversehrt geblieben, obwohl ich an jenem anderen Ende der Zeit gestanden habe. Und das macht, als wären seit unserem letzten, eigentlich, all-einzigen Beisammensein nicht Jahre, sondern nur Stunden vergangen, und darüber wäre ein Wunder geschehen: Die beiden Haufen Zeit, verlebt von ihr und mir, hatten sich zusammengetan, in der Mitte geteilt und wieder über uns ergossen – so stehen wir nun gleichaltrig, alterslos da.

Die Geschichte nimmt ihren für mich traumhaften Verlauf, für sie aber einen verhängnisvollen Fortlauf damit, daß ich die Tante, die den Stoff schneidern sollte, in ihrer Jurte nicht vorfinde. Weder die Kinder noch die Nachbarn vermögen mir zu sagen, wo sie ist – sie sei plötzlich verschwunden, seit vorgestern schon, vielleicht sei sie bei ihrem Mann, der sich seit Frühjahr in Haak, auf seinem Gemüsefeld aufhalte. Also beschließe ich, die Halbtagesstrecke auf mich zu nehmen, und reite dorthin. Angekommen treffe ich neben dem Onkel, anstatt der gesuchten Tante die Agronomin, die schon länger dort ist und mit dem erfahrenen Ackerbauern den Maisanbau versucht.

Nun sind wir erst einmal zusammen. Onkel Osal, den ich schon kenne und schätze, zeigt sich nicht nur überrascht, sondern auch begeistert von unserer Bekanntschaft und geht sogleich daran, dem Glück, das uns erfüllt, ja, auf unser Umfeld überschwappt, auf seine Art etwas beizutragen: Nach einem mageren ersten Steppentee macht er sich aus dem Staub, um von den nächsten Jurten Milch und sonstiges zu holen. Die nächsten Jurten stehen ein ganzes Stück weiter flußaufwärts; während ich auf die Sonne schaue, die knapp über dem Mittleren Rücken im Westen steht, und auch darauf, wie bedächtig und friedlich der gute Mann auf seinem berühmten *bemähnten hellen Ochsen*, der *Vorgift* des weitsichtigen Schwiegervaters, davonreitet, weiß ich, er wird heute nicht zurück sein. So geschieht es dann auch.

Die Hütte aus hellem Rohziegel, die sich Osal gebaut hat, im Volksmund *Ak Basching*, weißes Haus, gehört uns beiden. Aber nicht nur das. Die ganzen grünenden Ackerfelder davor, die bräunliche Kiessteppe mit den Karaganasträuchern ringsum, der ruhlose, bald hell schmatzende, bald dunkel polternde, randvolle Haraaty, das ganze Flußtal, der halbe Altai. Und die Zeit, die stehengeblieben zu sein scheint, sie vor allem gehört uns allein. Eine Nacht zunächst, und später viele Tage und Nächte lang. Jede Sekunde, alle weiteren Jahre, die Zukunft, alles gehört uns.

Batana meint, ich würde zittern. Aber sie ist es, die zittert. Ich sage ihr das. Ja, gibt sie zu, aber du noch mehr. Es kann doch nicht sein, widerspreche ich ihr, du zitterst so, daß es heftiger gar nicht geht. Sie hält inne, ist eine kleine Weile ruhig, schüttelt sich aber dann mit einem Mal so gewaltig, daß ich sie festhalten, an meine Brust drücken muß. Darauf küssen wir uns endlich richtig. Ihre Lippen fühlen sich weich und liegen eng um die meinen, ihre Zunge ist heiß, saugt fest und vibriert; es schmeckt salzig-milchig, wie damals auch. Als wir zur Besinnung kommen und uns voneinander befreien, fällt mir ein, daß sie heute doch gar keine Milch getrunken hat. Das macht mich stutzig.

Unter den niedrigen Karaganasträuchern erwacht auf einmal eine dunkle Herde Schatten, erhebt und dreht und bläht sich auf angesichts eines anderen Dunkels, eines mächtigeren Schattens, der vom Westen her, geschlossen und unaufhaltsam auf sie zukriecht; aber nichts nutzt, so scheint es, der eine große Schatten holt die vielen kleinen ein, verschluckt sie und kriecht weiter. Dann überflutet er das ganze weite Flußtal bis auf die glatte, kiesgraue Steppe, bis an die struppigen braunbunten Hänge und die zackigen und schneidigen roten Spitzen der Berge an der Ostseite, und während dieses Vormarsches des Abends erfüllt ein dumpfes, leises Dröhnen, vermischt mit einem hellen, lauten Rascheln die Luft, als ob eine wirkliche Herde auf Hunderten und Tausenden von Hufen unterwegs wäre. Das kommt wohl von den Zikaden, Heuschrecken, Grashüpfern und anderen Bewohnern des Untergrases, die angesichts der herannahenden kühlen Flut sich vor eine Entscheidung gestellt wissen. Der Abend bricht bedächtig herein, fällt mächtig aus und endet beinah unwirklich.

Hand in Hand, dicht gedrängt aneinander, mit angehaltenem Atem, wach in Aug und Ohr und sonstigen Sinnen kauern wir auf dem Steilufer, den immer dunkler krachenden, polternden Fluß unter dem Knie und das letzte, zusehends verblassende Sonnenlicht in den Schleierwolken über dem schmalen, schartigen Berggrat vor dem Gesicht. Mit den ersten Sternen erheben sich auch die ersten Nachtvögel in die Lüfte, wir hören ihr Geräusch, spüren ihre Winde nur, vorerst. Es müssen große, tieffliegende Vögel mit mächtigen Schwingen sein, unbekannt für mich. Batana erschauert jedes Mal, wenn sich uns wieder einer nähert, dabei aber schmiegt sie sich noch dichter an mich heran. Ein auffallender Geruch, der, solange Helligkeit über der Erde lag, nicht da gewesen, verbreitet sich mit einem Mal; er erinnert an das ferne Gletschereis am oberen Ende des bewegten Wassers, das nahe Ackergrün mit der aufgerissenen, feuchten Erde, an mein Pferd, das einzig sichtbare vierbeinige Lebewesen an dieser in die Breite flüchtenden Flußbeuge, und noch etwas, das sich nicht bestimmen läßt. Und dieser Geruch, der ein Duft ist, betört und muntert auf zugleich. Schnell entzünden sich weitere Sterne, und bald erglänzt über uns der ganze Himmel in einem einzigen, gewaltigen Flammenschein. Wir wissen nicht, wie lange wir so gekauert, eine Stunde oder viele Stunden. Und solange wir dort bleiben, sagen wir kein einziges Wort; wir wissen, es gibt nichts zu bereden. Durch die Hände verknüpft, aneinander geschmiegt, alle Fühler ausgestreckt, alle Falten aufgestülpt, haben wir uns einander geöffnet, durchdringen nun einander, sind ein Körper, ein Geist, eine Seele. Wir erheben uns erst, als wir anfangen zu frieren, die Gletscherbrise ist zu einem Wind gewachsen, und es ist kühl geworden. Und wieder auf den Beinen, werden wir uns erst jetzt dessen bewußt, daß wir zu lange gehockt haben müssen. Doch wir sind nur belustigt über uns selber, taumelig auf vier holzsteifen Knien, und alles kommt uns noch einmal so schön vor.

Trotz der kühlen Luftströmung, die eine Unzahl von Eisnädelchen zu enthalten scheint, bringen wir es nicht übers Herz, die Sternennacht zu verlassen und in die Hütte zu flüchten, nur um wärmer zu liegen. Denn wir wissen, es ist *die* Nacht unseres Lebens; so lange sie sich auch erstrecken mag, keine unserer Lebensnächte kann diese eine, unsere erste gemeinsame Nacht übertreffen. Im Windschutz eines Strauches errichten wir unsere Liegestätte – bewußt sage ich nicht Schlafstätte, denn wir machen aus, nicht zu schlafen, um die nächtliche Welt weiterhin zu erleben und dem voll besternten und lodernden Himmel weiterhin zu folgen. Keiner von uns fragt oder sagt ein Wort, wie wir schlafen würden, wir werken an *einem* Bett, und es kommt auch nur eine Schlafdecke zum Vorschein. Dann ziehen wir uns aus, ohne ein Wort. Trotz des Windes und der Kälte ziehen wir uns ganz aus. Dabei fühlen wir keinerlei Scheu. Ihr Körper ist sehr hell, kommt mir geradezu milchweiß vor. Bei dieser Wahrnehmung bekomme ich einen Schauder, der mich plötzlich arg zur Eile treibt.

Endlich unter der Decke, fliegen wir nun erst recht aufeinander zu, ersticken beinah. Ihr Körper ist wunderbar weich trotz der Gänsehaut, an der windige Kälte klebt, aber schnell fällt diese ab, einem lästigen, letzten Kleidungsstück gleich, und darunter schlägt mir, warm und glatt, ihre Haut entgegen, umhüllt mich; mir ist, als wenn ich in sie, in das Heiße, Weiche und Duftende, was ihr Wesen sein muß, eintauchte. Doch ist mir, ich müßte noch tiefer hineingehen, in sie hineinstürzen, um mich dort, in ihr, aufzulösen. Von dem gleichen Verlangen muß offensichtlich auch sie erfüllt sein, denn sie geht mich, glühend und stöhnend, weiter an, kämpft atemlos, scheint mich erdrücken und zerquetschen und darüber selbst vergehen zu wollen. Es ist zum Sterben schön mit ihr. Der gleiche Körper, vielleicht, und wer weiß noch, tatsächlich der gleiche Vorgang, aber kein bißchen, gar keine Ähnlichkeit mit dem damals, mit Agda! Die Spannung, die zu zerreißen und zu zersprengen droht, löst sich, und beide sinken wir, erschlafft und ermattet, in uns zusammen, die Kraft, die uns zueinander gezogen, bleibt aber. Aneinander geschmiegt, ineinander geschlungen liegen wir, entleert und erfüllt zugleich, beruhigt und befriedigt vorerst und unsäglich glücklich, nicht nur darüber, was eben gewesen, sondern auch, was noch kommen würde, wieder und wieder. Ich lächele und spüre, auch sie lächelt, und ich denke, so ein Lächeln, das nicht erlöschen will, muß sich auf den ganzen Körper verbreiten.

Ein rötlicher Schein sticht gegen den östlichen Himmel, und die Sterne dahinten fangen an zu ermatten. Wir warten gespannt auf den nahenden Mond, und das Warten kostet gehörige Geduld. Nach einer ganzen Weile geht, zuerst eine Herde Funken, ein Bündel Strahlen, darauf ein Ballen Flammen, dann ein Packen Glut und schließlich und endlich eine verformte, lodernde Scheibe, er auf. Es ist der abnehmende, zur unteren Hälfte abgelutschte Mond des Einundzwanzigsten. Nun stehen die Sträucher nebenan, zurückgetreten und herausgehoben aus dem Schatten, von der östlichen Seite her beleuchtet, und scheinen

leise zu lodern und leicht zu rauchen inmitten der milchig trüben Nächtlichkeit. Mit rasselndem Geräusch und fegendem Wind streicht ein Vogel, den ich für einen Uhu halte, über uns hinweg. Wenig später hören wir aus dem Gebüsch flußabwärts einen Hasen, dessen Geschrei sehr dem eines Kindes gleicht. Darauf ertönt in großer Entfernung ein Wiehern, das sich hell und stoßartig erhebt und dann jäh aussetzt, und das das Pferd hinter uns zu einem Gegenwiehern reizt. Es ist sehr laut, erschallt über das ganze Flußtal und hallt in den Felsen zu beiden Seiten lange nach. Bleibt aber unbeantwortet.
Batana ist schrecksam, zuckt immer wieder zusammen, selbst bei harmlosen, kleinen Geräuschen. Aber sie gibt keinen Laut von sich, kuschelt sich nur noch enger an mich. Ich spüre ihr Herz schnell und laut pochen und halte sie fest in den Armen wie ein verängstigtes, schutzbedürftiges Kind. Überhaupt erscheint sie mir in dieser Nacht klein und jung, gar nicht wie die Frau, die um etliche Jahre älter ist als ich und dazu noch bewegende Geschichten hinter sich hat. Aber daß wir so beharrlich schweigen, kommt von ihr; ich habe einmal zu einem Gespräch angesetzt, habe anfangen wollen, sie nach ihrem Leben zu fragen, da hat sie mir den Mund zugeküßt und ist darauf geblieben mit dem ihren. Ich habe sie verstanden und nicht noch einmal gewagt, die Nacht, die in ihrer Sprache zu uns spricht, mit meinem Gerede zu stören, an die Nacht, die nur uns beiden gehört, Fremde heranzulassen und sie so mit fremden Geschichten zu belasten und zu beflecken. Alles, was ich seit dem Sonnenuntergang aus ihrem Mund erfahren habe, ist: Osal hat die einzige, dazu noch recht schmale Holzprische in der Hütte ihr überlassen, seitdem sie hier ist, und hat selber jede Nacht draußen geschlafen, einmal auch bei Regen. Sie ist in der Nacht wach geworden, ist mit Scham und Schreck hinausgelaufen und hat ihm gesagt, er möge schnell in die Hütte kommen, aber dieser hat geantwortet, er habe doch die selbstgeschneiderte Regendecke aus Dungsäcken. Daß der Hausherr ein lieber Mensch sei, hat sie gleich am Anfang gesagt. Später

aber auch dies: Der liebe Onkel habe eine etwas komische, wohl sehr eifersüchtige Alte zur Frau, aber er wüßte schon, mit ihr fertig zu werden. Wie, hat sie nicht erzählt. Aber diese Worte sind noch bei Tageslicht gefallen, , während eines belanglosen Gesprächs.

Wir hatten vor, nicht zu schlafen. Nun aber schaffen wir es doch nicht, die ganze Nacht wach zu bleiben. Ich sei der erste gewesen, der einschlief, erfahre ich am Morgen. Sie habe eine gute Weile noch gewacht, habe weitere Sternschnuppen und einen Sputnik gesehen, habe auch einige seltsame Laute gehört. Dann sei auch sie eingeschlafen. Am Morgen bin ich wieder derjenige, der es mit dem Schlaf länger zu tun hat. Erwachend spüre ich sie im Rücken, und wie ich mich dann umdrehe, sehe ich sie mit so großen, klaren Augen mir entgegenschauen, die lange wach sein müssen. Aber sie sagt, sie sei es gar nicht. Daß ich mich im Schlaf von ihr abgewandt habe, kommt mir gegen meinen Willen, ja, peinlich vor ihr vor. So sage ich, sie hätte mich doch gleich wecken können, damit ich nicht noch länger so blöd daliegen durfte wie ein toter, abgehäuteter Hund. Der Vergleich träfe überhaupt nicht, meint sie, denn ich sei, als ich so dalag: abgewandt, mit angewinkelten Beinen und vorgebeugtem Kopf, ein Kind gewesen, jenes Kind, das ich war, als wir uns zum ersten Mal trafen, und bis heute in mir noch andauert; dann sei ich ihr vorgekommen wie ihr Kind. Ich erzähle ihr von meiner Empfindung in der Nacht. Und das ist Anlaß genug, daß wir erneut aufeinander zufliegen und in ein Gemenge geraten, in der einzigen, glühenden Bestrebung, ineinander einzudringen. Es ist wunderschön, zum ewig Leben schön ...

Dann stehen wir auf und hüpfen Hand in Hand, so, wie wir sind: splitternackt zum Fluß. Auch jetzt, im gleißenden Licht der Morgensonne, zerzaust und verdrückt am Haar, verschwitzt und verklebt am Körper empfinden wir keinerlei Scheu voreinander und vor der großen Außenwelt, die doch Augen hat. Wir stellen uns voreinander in den Fluß und waschen einander.

So ist es wieder gut getroffen, denn das Wasser ist noch eiskalt, und hätte sich jeder selber zu waschen gehabt, es wäre daraus sicherlich eine Katzenwäsche geworden, aber so: den geliebten Körper noch einmal bearbeiten, jeden seiner Teile, welchen du nur willst, nun im funkelnden und glitzernden Sonnen- und Wasserschein vor Augen haben, ihm Gutes tun dürfen, ist etwas, wovon auch der Dümmste nicht abzulassen vermöchte. Batana sagt unter argem Zittern, wir sollen noch im Fluß bleiben, solange sie die Geschichte erzählt, die ich schon hören wollte, denn sie sei kurz, sei aber schmutzbehaftet, daß das fließende Wasser sie schnell wegtragen möge aus ihrem Leben, von meinem Ohr, von dieser heiligen Stätte: Du hast gesehen, ich stand zwar hinter dem Stacheldraht, war aber nicht faul, so wurde ich trotz des Disziplinarverfahrens, das ich bekam, als guter Zögling eingestuft und wurde vorzeitig entlassen. War nur acht Monate im Gefängnis anstatt der anderthalb Jahre. Kam dann zu dem zurück, dessentwegen ich mit meiner Freiheit büßen mußte, wollte ihm Frau sein, Kinder gebären, aber dies alles neben meinem Beruf, den ich ernst nahm. Doch es stellte sich sehr bald heraus, Amanbek war nicht der, für den ich ihn hielt, du hattest recht, er war ein schlechter Mensch. Das sagte ich ihm. Erwähnte auch den Namen, den du ihm zugedacht hattest, erzählte so: Ich hatte für einen Traum lang einen Liebhaber, er nannte dich Dshamanbek, mittlerweile habe ich erkannt, er hatte recht. Da schlug er mich. Das tat er öfters. Ich hatte Angst vor ihm. Jetzt aber habe ich keine, seltsamerweise. So schrie oder wünschte ich mir wohl: Der das sagte, war ein Himmelsprinz, und eines Tages wird er kommen und mich dir entreißen, du alter, schwarzer Mann! Seit dem flüchte ich, so gut ich es nur kann, vor ihm, aber er spürt mich immer wieder auf, wo ich auch bin.
Damit ist die Erzählung zu Ende. Aber gerade in dem Augenblick fällt mir ein Traum ein, und er hat mit Akina zu tun. Das kommt mir wie eine Gemeinheit Batana gegenüber vor. Halt! rufe ich. Auch ich habe etwas, was ich loswerden muß. Ich

habe, deucht mich, in der Nacht von einer anderen Frau geträumt. Will den Traum schnell aufsagen und dem forteilenden Wasser mitgeben! Doch mir fällt nichts ein, so sehr ich mich auch anstrenge. Statt dessen geht mir ein Gedanke auf, ein fürchterlicher. Denn jetzt weiß ich, was es war: Vorhin, während ich, erwacht, mich umdrehte, habe ich gemeint, ich sehe Akina, weiß der Kuckuck weshalb. Nun rücke ich damit heraus, sage: Ich habe dich für einen kurzen Augenblick lang mit einer anderen verwechselt, entschuldige.
Mit einer, mit der du öfters im Bett lagst?
Kein einziges Mal!
Gerne aber liegen würdest?
Nicht mehr. Denn du bist in mein Leben eingetreten!
Ist es denn wahr?
So wahr, wie wir zwei in diesem Augenblick voreinander stehen, splitternackt, so wie wir ins Leben getreten sind, so wie wir aus dem Leben gehen werden!
Batana fällt mir um den Hals und bricht in Tränen aus, schreit fast. Sie hat damit nicht warten können, bis wir endlich aus dem eiskalten Wasser treten.
Osal kommt, während wir uns anziehen. Wir bringen es nicht fertig, unser Bett zusammenzupacken und zu verstauen. Aber der gute Mensch weiß, die Ecke zu vermeiden. Ich hatte damit gerechnet, daß er erst nach dem Morgenmelken aufbrechen würde. Aber er hat gekochte und über Nacht abgekühlte Milch vom Vortag genommen und sich schon beim Morgengrauen auf den Weg gemacht. Ich hatte keine Ruhe, sagt er, als ob er sich rechtfertigen müßte, da ich dachte, ihr seid hungrig.
Sind wir das? fragt mich Batana vieldeutig.
Längst wieder, sage ich leise und spüre einen Schwindel erregenden Stolz.
Wenig später machen wir uns über das Mitbringsel unseres lieben Onkels her. Es ist eine gewaltige Menge, angefangen bei einem ganzen Hammel. Wir stehen benommen davor wie Kinder, die zuschauen, wie der gerade angekommene Vater sein Reisege-

päck auspackt. Es wird ein Festtag in jeder Hinsicht. Es gibt sogar Milchschnaps. Nun sind wir erst recht benebelt, schweben durch die Zeit, Batana und ich. Zwischen den guten, schweren Mahlzeiten gehen wir zum Ackerfeld, nesteln ein wenig daran. Ich bekomme dies und das von zwei Seiten erklärt, so die Hauptarbeit der beiden zur Zeit, den Mais, der nach dem richtungsweisenden sowjetischen Willen nun auch hierzulande wachsen soll, aber es vorerst nicht zu wollen scheint. Nur ist mein Verstand nun einmal nicht auf Nebensächliches zu lenken, denn er zielt zu sehr auf den Kern aller Dinge, und dieser ist die Agronomin selbst, nicht etwa ihre blöden Gräser und Knollen. Ich bin liebeskrank, werde von Stunde zu Stunde immer kränker, erleide schwere, lähmende Sehnsucht nach ihr, so sehr sie auch neben mir geht und steht, ich ertrage keinen Abstand mehr, brenne nach ihrer Nähe, meine Lippen dürsten nach ihren Lippen, meine Haut hungert nach ihrer Haut, ich muß sie anfassen, ihren reifen und jungen, wunderbaren Körper mir in seiner Gesamtheit und in jeder Einzelheit anschauen und noch tiefer einprägen, ihren Duft einatmen, in ihrem Blick die Sehnsucht nach mir erkennen, o ich halte es nicht mehr aus!
Aber nichtsdestoweniger muß ich bis zum Abend warten. Und als sich die Dunkelheit endlich über die Erde senkt, ein rettender Vorhang, eine schützende Hülle, bin ich schon schwer gestört, kann ich mich nur mühsam bewegen. Wir machen uns keinen Gedanken darüber, wie wir uns betten – wieder errichten wir das gemeinsame Lager, heute nun ein Stück weiter weg von der Hütte, in die sich der Hausherr recht eilig zurückzieht und muckmäuschenstill bleibt. Diesmal sind wir warm am Körper, heiß von Anfang an, gehen gleich aufeinander los, glühend, dennoch zittrig, atemlos. Vieles spielt sich vor meinem inneren Auge ab, und das nicht hintereinander, nicht auch in der schnellsten Abfolge etwa, nein, alles zum gleichen Zeitbruchteil, wie die schattenhaften Zeichnungen auf einer riesigen Felsplatte, wo alles sofort sichtbar ist und in Bewegung ruht. Der Bilder ansichtig, weiß ich schon, ohne es erst wei-

terzuverfolgen, worauf es hinführt. Es sind meine Drillingsgestirne: Agda in der Senke auf der Flußinsel, Akina vor dem halb verfallenen Haus des namenlosen Chinesen, Batana an dem Abend auf meinem Nachhauseweg mit den Eltern und der Herde ... und ich wende mich an alle und jede – auch das alles gleichzeitig – zu Agda: Verzeih, das war von mir ein Verbrechen dir gegenüber, kleines, liebes Wesen, meine guten Wünsche mögen dich begleiten; zu Akina: Du, mein Schutzgeist, die Ehrfurcht, von der ich erfüllt lebte vor dir, hielt ich für Liebe, wie du es schon damals gewußt haben wirst, gut möge es dir ergehen, Schwester; und zu Batana: Ich sah hell und erkannte dich gleich als das Weib, das mir zustand, so wie die Erde dem Himmel zusteht ...

Die erdrückende Bürde eines randvollen Liebestages von Leib und Seele endlich abgewälzt und wieder zum Atem gekommen, frage ich, wie es wäre, wenn wir die Nacht nun dazu nähmen, uns zu unterhalten. Batana ist begeistert. Alsbald fange ich an.

Wir werden heiraten!

Geht doch nicht!

Wieso nicht? Wir sind beide volljährig und müssen es eines Tages sowieso!

Nein, das geht nicht.

Wieso das? Oder bist du mit Amanbek gesetzlich verheiratet?

Das nicht. Außerdem möchte ich den Namen nicht wieder hören, bitte.

Also wunderbar! Mein Onkel, der Adoptivvater, drängt mich ohnehin zur Heirat. Ich habe mir so manches Mädchen angeschaut. Es gibt aber keine Auserwählte, die in Frage käme.

Du mußt dich nur ein wenig gedulden und wirst schon eine finden, die zu dir paßt.

Jetzt habe ich diese eine gefunden!

Ich danke dir, mein Junge. Ich sehe, du bist verliebt. Ich bin es auch. Dennoch weiß ich, es geht nicht.

Darf ich hören, wieso es nicht gehen soll?

Das kann ich dir genau sagen. Erstens bin ich eine alte, zwei-

tens eine befleckte Frau. Deshalb würde ich, selbst dann, wenn deine ganze Verwandtschaft mich darum bäte, ihre Schwiegertochter zu werden, nein sagen, dir zuliebe, ja, gerade deshalb, weil ich dich liebe!
Batana bleibt bei ihrem Nein, so sehr ich auch versuche, ihr zu beweisen, daß sie im Unrecht ist. Das macht die Nacht für uns zu einer Qual. Dennoch kosten wir erneut unbeschreibliches Glück, liegen zum Schluß beide in Tränen. Und inmitten des schweren, gewaltigen Gefühls, vor Liebeswonne und -schmerzen zu vergehen, sind wir eingeschlafen. Ich träume von einem riesigen, schwarzen Vogel, der aus großer Höhe, einem fallenden Stein gleich, auf mich zuschießt, höre und spüre rauschenden Wind. Batana redet lange auf mich ein, um mich zu beruhigen. Dabei ist sie selbst verängstigt. Aneinander geschmiegt, ineinander verkeilt liegen wir und wagen nicht zu reden. Vom Nordosten her kommen Wolken auf, überschwemmen schnell den ganzen Sternenhimmel, und der Fluß mutet immer matter an.
Matt und schweigsam erheben wir uns in den neuen Tag. Gehen zu dritt recht zeitig zum Acker, jäten Unkraut. Arbeiten verbissen. Inmitten der Arbeit frage ich sie, ob sie denn zu Hause jemanden hätte, der auf sie wartete. Wenn ja, sage ich weiter, ich wäre bereit, das Feld sofort zu räumen. Wie ich darauf käme? Sie schreit fast, unvorbereitet auf die Frage. Ich lasse ihre überraschte Frage unbeantwortet. Sie hätte ihr Leben vermasselt, sagt sie später. Hätte kein Recht mehr, *so*, wie sie jetzt stünde, nach Hause zurückzukehren. Sie müsse etwas erreichen vorher.
Ich tränke mein Pferd und pflocke es ein Stück weiter, auf einer anderen, frischen Wiese. Als ich zurückkomme, finde ich sie mit einem tränenbenetztem Gesicht wieder. Ich hatte gedacht, sagt sie, du wolltest gehen. Und darauf wieder: Natürlich mußt du es, mußt gehen, und zwar, je früher, um so besser!
So, sage ich. Soll ich dann doch gleich gehen? Statt zu antworten, läßt sie aus ihren Augen, die noch gestern so viel Glück

ausgestrahlt haben, seit dem Morgen jedoch von Trauer erfüllt sind, die Tränen rinnen. Dabei verzieht sie die Lippen so fest, daß kein Laut herausdringt, nur der Körper bebt. Osal nähert sich uns gerade.
Für die Nacht wird Regen erwartet. Wir werden gefragt, ob wir nicht lieber in der Hütte schlafen möchten. Batana sagt zögernd nein, fügt aber hinzu, im Falle, es regnet tatsächlich, es gibt ja die Regendecke. Dann aber regnet es nicht, dafür stürmt es, und die Nacht fällt unruhig aus, vergeht schwer. Dennoch verrinnt sie viel zu schnell. Unseretwegen hätte es auch gewittern, hageln und schneien dürfen, nicht aber zu Ende gehen. Ist Freude honigsüß, Leid ist salzbitter, Glück schmeckt nach beidem. Also trennen wir uns auch von dieser Nacht ungern, auch sie, gerade sie entreißt sich uns so unsanft, daß wir in der Seele zerrissen zurückbleiben und aus dieser Wunde bluten. Gegen Morgen sehe ich den gestrigen Traum erneut, nun höre ich anstatt des rauschenden Windes von den Vogelschwingen eine menschliche Stimme. Es ist Pürwü, die meinen Namen ruft. Wieder muß mich Batana zur Ruhe betteln und tätscheln.
Wer ist der, der nach dir ruft? will sie später wissen.
Es ist meine Hohe Mutter.
Du mußt heute gehen!
Nein! Ich bleibe bei dir, solange du hier bist!
Sei nicht dumm, Junge... Sie sagt es leise und drückt darauf ihr Gesicht mir fest gegen die Brust. Und dann: Hör dem nun gut zu, was ich dir jetzt sagen werde!
Wir haben bald drei Nächte hinter uns. Die allererste Nacht ist die allerschönste gewesen, und jede weitere ist dann immer ein wenig anders ausgefallen, ohne daß wir es so wollten – meinst du nicht, daß irgendwann eine kommen könnte, die uns gar keine Freude mehr, dafür vielleicht Verdruß bringt? Du willst nicht nur mich irgendwann heiraten, sondern sofort bei mir bleiben. Was den verliebten, närrischen Sinnen der alten, befleckten Frau, die ich bin, nur schmeichelt. Aber je länger wir uns erlauben, zusammenzubleiben, um so tiefer werden wir

einander verfallen. Was ist, wenn wir uns aneinander gewöhnen und anfangen, an die Rollen zu glauben, die zugeflogen sind nicht für ein Leben, sondern für einen Traum lang? Was, wenn du dabei wichtigere Dinge vernachlässigst und ich mir zusätzliche Bürden auflade, zum Beispiel schwanger werde? Vielleicht ist es bereits passiert! Damit will ich dich nicht erschrecken, nein. Das wäre für mich nicht gerade einfach, aber ich werde auch damit fertig werden. Und die rufende Stimme. Als du das sagtest, ist auch mir seltsam zumute geworden, mir war, ich müßte dich sofort entlassen. Wenn zwei Frauenherzen, das der Mutter und das der Geliebten, es gleichzeitig tun, dann muß dahinter schon etwas sein. Diese drei Dinge sind es, die die andere Person in mir, die Studierte, die Verbrannte, die Rechnende – so schamlos Rechnende, es demnächst sogar auf einen Orden oder einen Titel zu bringen und damit wenigstens halbwegs zu dem verlorenen Gesicht zu kommen – diese dreifach Gepanzerte hat soeben die Lage noch einmal durchdacht und ist zu dem Schluß gekommen, der sich gegen mich Verwirrte und Verliebte richtet und lautet: Komm zur Besinnung! Gleich nach dem Morgentee sattle ich mein Pferd. Osal kommt zu mir und sagt: Du willst uns also verlassen? Ich weiß nicht, was ich antworten soll. Dann sagt er: Jemand hat deine Tante an der Fahrpiste Richtung Bezirksstadt gesehen. Was glaubst du, wo könnte sie hingefahren sein?
Erst recht weiß ich nun keine Antwort darauf. Mir ist, ein Anflug Sorge läge in seiner Stimme. Vielleicht kam es daher, denke ich später, daß er so leise gesprochen hat. Als wenn er meinte, es ist nur für mein Ohr bestimmt.
Batana kommt ein Stück mit. Die Hand auf meinem Knie, schreitet sie neben dem Pferd her. Du mußt, fängt sie mit ihrer sanften, meinen Ohren nun schon sehr vertrauten Stimme an, in der Tat der Himmelsprinz sein, mit dem ich einen Ungeliebten erschlagen wollte und erschlagen habe. Ich bin allen guten Geistern dankbar dafür, daß ich dich treffen und diese Zeit mit dir erleben durfte. Daß du ungern von mir gehst, ist schon Trost

genug für mich. Du wirst die Sonne meines Herzens bleiben, die ich jedem und allen gegenüber verteidigen werde. Glücklich wäre ich, wenn auch ich in dich so eingehen dürfte, wie dein junger, ungetrübter Blick mich gesehen hat...

Den Rand der Außensteppe erreicht, will ich vom Pferd absteigen, um mich von ihr ordentlich zu verabschieden. Doch sie gibt mir zu verstehen, ich soll im Sattel bleiben. Also beuge ich mich, und es kommt zu einem heftigen Kuß.

Dann schaut sie mich aus ihren sanften, trotz der randvollen Tränen immer noch klaren Augen und flüstert: Und laß dir zum Schluß noch etwas sagen: Bei meiner ersten Ankunft hierzulande dachte ich an deinen großen Bruder, der in der steinigen Altaisteppe Gemüse anbauen wollte und darüber ums Leben kam. Vorhin dachte ich auch an seinen letzten Willen – ihr hinterbleibenden, spatzenkleinen Geschwisterchen solltet den Weg des Wissens bis zum Ende gehen. Sollte mein Leben in diesem Augenblick enden, ich würde dir dasselbe sagen. Also, mein Junge, vergiß den dummen Gedanken, von dem du mich gestern überzeugen wolltest: Deiner Sippe wegen auf das Studium zu verzichten, das gibt es nicht. Entreiß dich den kleinen Bindungen des Lebens und geh auf das große, ferne Ziel los. Du darfst dabei keinerlei Rücksicht nehmen, am wenigstens auf mich!

Damit richtet sie sich auf, stemmt sich deutlich gegen mich, gegen das Pferd und tritt erhobenen Hauptes zurück. Ich verstehe, ich muß gehen. Doch bevor ich die Zügel in der Hand lockere und die Fersen gegen die Pferderippen drücke, rufe ich ihr feierlich zu: Warte auf mich – ich werde zurückkommen!

IM WINDSCHUTZ UND LICHTSCHEIN
DES WEISSEN BERGES

Am vierundzwanzigsten morgens haben wir uns getrennt, am achtundzwanzigsten abends ereilt mich die unglückselige Nachricht: In Haak hat ein Mann eine Frau erschlagen und wenig später sich selbst getötet!
Manch einer will es als ein plumpes Gerücht verwerfen und seinen Zweifel damit begründen, daß um diese Zeit dort doch niemand sei.
Ein anderer eilt ihm zu Hilfe: Ja, keine Menschenseele außer diesem Flüchtling, der seit Jahr und Tag den Innenrand der Ak-Be-Steppe entlang maulwürfelt und nach Erdhoden stochert!
Ach ja, springt ein weiterer hinzu, der und die, die im letzten Frühjahr aus dem Bezirk zu ihm gekommen ist!
Gibt es denn diese auch noch? Dann vielleicht die beiden?
Ich bin längst alarmiert: Onkel Osal hat die Tante...? Großer Himmel!
Aber da fallen schon weitere Worte.
Der Flüchtling ist schuld gewesen an allem!
Hat eine junge Frau aus dem Bezirk hergelockt, um ihr angeblich den Ackerbau beizubringen!
Hat sie dann aber in seine Chinesenhütte eingeschlossen und mit ihr geschweinert!
Dem hat seine Alte, die Schulmutaj, natürlich nicht still zugeschaut, hat sich zu böser Letzt auf den Weg gemacht und so lange nach dem Mann der Nebenbuhlerin gesucht, bis sie ihn fand und herbrachte!
Und der vor Eifersucht Zischende hat an Ort und Stelle dann mit der Läufigen kurzen Prozeß gemacht!
Ich falle wahrlich aus allen Wolken, bin betäubt bis an jedes

meiner Enden. Es ist mir, als ob das, was ich soeben gehört habe, in meinem Hörkanal steckengeblieben wäre. Doch spüre ich wieder und wieder dumpf, wie Worte, die einen sinnloser und grausamer sind als die anderen und Geschossen gleich, mich treffen, verwunden und durchschlagen, vor allem aber betäuben ...

Die Frau war eine Kasachin und erst vor kurzem aus dem Gefängnis entlassen!

Und der Mann ein Halha-Mongole, der wegen des jüngeren und wohl auch hübscheren Weibes seine gesetzliche Frau mit einer Horde von Kindern verlassen hat!

Der Tollwütige hätte seinen Nebenbuhler auch noch erschlagen, dieser jedoch hatte seine anerzogene Chinesenschläue bei sich, war auf ein sattel- und zaumloses Pferd gesprungen und geflüchtet!

Als er dann endlich Leute holte, war alles längst geschehen, und die Schulmutaj, die den Mörder hergeführt hat, stand kreischend da vor Entsetzen!

Und der Flüchtling stürzte sich, nachdem er das Gemetzel gesehen, auf sie zu, warf sie zu Boden, zückte sein Messer aus der Scheide, daß man fürchten mußte, ein weiteres Menschenleben würde verlöschen!

Aber er schnitt ihr nur einen Zopf ab, schleuderte ihn weg und schrie sie an: Er würde, wenn sie nicht sofort aufhörte zu kreischen, ihr noch zuerst ans Ohr und dann an die Gurgel gehen!

Jetzt gibt es Gelächter, und das trifft mich so, daß ich aus der Betäubung ein wenig erwache. Dann erfahre ich mehr: Es ist an dem Tag geschehen, an dem ich dort weggeritten bin. Die Leichen lagen am nächsten Morgen immer noch da, man bewachte sie, jemand war unterwegs, um die Bezirksmiliz zu benachrichtigen.

Der Blitz trifft mich jenseits des Godan-Flusses, in einem fremden Ail, in dem ich übernachten wollte wegen meines erschöpften Pferdes. Bin in Hara Büüre, einen Tagesritt entfernt, bei

dem kasachischen Weisen und Orakelmeister Kusajn gewesen, habe ihm von Batana und mir erzählt und ihn um Rat ersucht. Habe von ihm die vernichtende Auskunft erhalten – unsere Wege hätten sich bereits getrennt. So habe ich zerknittert dagestanden, die Richtigkeit der Aussage stark bezweifelnd. Und nun dies...
Ich beschließe, mich auf den Weg zu machen. Man versucht, mich wegen der mond- und sternlosen Nacht und des Flusses, der immer noch viel Wasser führt, davon abzubringen. Aber nichts vermag mich zurückzuhalten, ich verlasse die Jurte, in der das grausige Gespräch weitertobt, einem Brand bei Sturmwind gleich. Die Nacht, drückend und stockfinster, bricht stürmisch herein. Der Himmel, seit dem Morgen schon verhangen, scheint zu erblinden und nachzusinnen über das Schicksal. Lange muß ich nach dem kleinen Einritz am Ufer, dem Eingang der Fuhrt, suchen. Schließlich steige ich vom Pferd ab und führe es an der Leine. Nun gehe ich den steilen Uferrand entlang und ertaste das unsichtbare All vor mir mit dem Fuß und hin und wieder, mich bückend, mit der Hand. Und den Weg endlich gefunden, muß ich noch gegen das Pferd ankämpfen, ihm meinen Willen aufzwingen, den Fuß in das sich daherwälzende und dahinwindende finstere Wasser zu setzen. Dann geht es los, geht von allein weiter. Es gibt dieses eine nur: aushalten und durchkommen! Es heißt bei jeder Flußüberquerung, ich weiß-weiß, eil- und furchtlos bleiben, aber ich werde von beiden erfaßt, von einer Eile, die mich über den Sattel zu ziehen und stoßen droht, und einer Furcht, die mir die Haare zu Berge stehen und die Muskeln zu Holz, zu Stein erstarren läßt. Bin angesichts der Gewalt, die in den aufeinander stürzenden, auseinander berstenden Fluten wohnt und an meinen Grundfesten rüttelt, so verschreckt und verwirrt, daß ich nichts anderes meine, als sterben zu müssen: Gleich, sogleich würde ich vom Wasser eingerollt, in die Tiefe des Flusses gezerrt und in das finstere Reich des Todes dahingerafft – Batana hinterher. Daß ich ihr in den Tod folgen muß, kommt mir

selbstverständlich vor. Verständlich, aber schrecklich! Schon bin ich todesstarr, verharre in der Erwartung des Unausweichlichen, Einzigwahren nunmehr. Bis allein das Wasser, das sich nur noch wilder vermehrt und so zum letzten erlösenden Schlag ausholt, alles andere ist längst stehengeblieben: die Nacht, das Pferd, die Zeit; das, was ich mein Leben nenne, der süße Traum, der gemeine Betrug, flimmert an mir vorbei: Vater, Mutter, Geschwister, Großmutter, Pürwü, Dshurukuwaa – das Baby, das Kind, der Schüler –, zuerst mit Akina und Agda, dann allein: Batana, ich will ihr zurufen, sie soll warten, ich komme mit, aber sie hat es eilig, ist schon vorbei, dafür nun Mutter, wieder, sie bleibt. Da geschieht das Wunder – kein Druck, kein Griff, kein Wasser mehr plötzlich! Ebene, stille, trockene Erde! Das Pferd ist stehengeblieben, und ihm entfährt ein langgezogenes schlurrendes Stöhnen. Ich will absteigen, trete daneben und stürze auf die Wiese. Bleibe liegen und breche in ein lautes Geheul aus. Dabei taste ich mit beiden Handflächen das weiche, kühle Gras ab und frage mich in Gedanken wieder und wieder: Bin ich denn dem Tod wirklich entronnen? Muß ich denn noch nicht sterben? Darf ich denn weiterleben morgen, übermorgen, Jahre noch? Wenn das stimmt, daß das mit meinem Tod nicht mehr stimmt, warum könnte es mit dem ihren stimmen? Ich richte mich auf, versuche aufzustehen. In diesem Augenblick schüttelt sich das Pferd, ich gerate in einen Regen. Meine Sinne sind aufgeschreckt, der Verstand steht klar, sagt, nein, es waren doch alle erwachsene, ehrwürdige, nüchterne Menschen, die das behaupteten! Ich stemme mich mit allem, was an und in mir ist, dagegen: Das geht aber doch nicht, daß dies wahr ist! Etwas muß getan werden, sollte es wirklich wahr sein! So rufe ich über das Pferd, über den Fluß, in die Nacht hinaus: Ba...ta...nah...baa...taa...naah...ba...aa... ta...aa...na...aah...ba...aa...ta...aah...
Keine Antwort, kein Echo, nichts. Ich bin gewillt, mich zu einem neuen Geheul, zu einem gewaltigen Brüllen zu sammeln, das die Stummheit dieser gemeinen Nacht übertönen und niederreißen

möge. Aber meine Stimme bricht. Aus ohnmächtiger Wut werfe ich mich nieder, haue mit den Fäusten und mit der Stirne auf die Erde und schluchze und röchle. Aber der Brand in den Eingeweiden läßt sich davon nicht löschen, wütet weiter.

Irgendwann muß ich dann doch zur Ruhe kommen, muß mich sogar aufrichten, aufstehen. Denn ich überzeuge mich von der Stummheit und Kaltschnäuzigkeit, von der aufreibenden Härte dessen, was mich umgibt, endgültig. Ich begreife, daß ich auf dieser endlosen, kalten, harten Erde, in diesem endlichen und darum halt- und sinnlosen Leben einzig mir selber überlassen bin und damit nun selber fertig werden muß, was auch immer auf mich zukommt. Jetzt bin ich mir nicht mehr so sicher, ob es sich wirklich gelohnt hat, daß mich der Tod vorerst verschont hat. Und die Freude, die ich darüber empfinde, kommt mir nichtig und niedrig, ja, Batana gegenüber, schändlich vor. Vielleicht wäre es doch sinnvoller gewesen, ihr in den Tod zu folgen. Wenn es so wäre, dann ist es noch nicht zu spät – der nach deinem bißchen Leben und Leib gierende Fluß kracht und donnert immer noch, geh hin und stürze dich hinein, fertig! Bei dem Gedanken bekomme ich einen Schüttelfrost. Bin ohnehin arg verfroren – Stunden müssen vergangen sein, seitdem ich, hinausgespült, ein Schwemmkörper, auf dem Uferrand, auf der Scheidelinie zwischen Leben und Tod liege und winsele und wimmere, armer Hund. Merkwürdig, ich bin nicht bereit, aufzustehen und die drei Schritte zu tun, um mich dorthin zu begeben, wo jedes Leiden für mich aufhören und wo ich vielleicht meine Batana treffen würde, wenn auch nur als verwaiste, leere Seele, bar des lebensstrotzenden, hitzestrahlenden wunderschönen Körpers. Ich rechtfertige mein Zögern damit, daß es niemals zu spät sein könnte – ich würde den Tod immer neben mir haben wie meinen Schatten, oder noch mehr, denn er, der Tod, würde auch zu schattenlosen Stunden mich bewachen.

Ich sitze auf, und das ausgeruhte Pferd trägt mich mit flotten, trommelnden Schritten davon. Über dem östlichen Rand der Erde zeigt sich eine kaum erkennbare matte Helligkeit hinter

dem Wolkenmeer, das nun, nicht mehr so stockblind und undurchdringlich, ein paar Risse bekommen zu haben scheint. Eine Entscheidung reift in mir: Ich werde hinreiten! Vielleicht ist sie noch da, wenigstens im Kreiskrankenhaus noch? Vielleicht war sie nur bewußtlos? Vielleicht aber sogar gab es nur eine kleine, dumme Prügelei, und alles andere war nichts als eine unverschämt plumpe Erfindung! Bei diesem Gedanken fängt mein Herz an, wie wild gegen die Rippen zu hämmern. Ach, wie schön wäre es, wenn es so wäre! Was macht eine kleine Verletzung, ein wenig Verstauchung, Zerrung und Prellung schon, selbst ein gebrochener Knochen, eine Handvoll zerquetschtes und zerschrammtes Fleisch – nichts! Jetzt bereue ich es, daß ich nicht sofort auf den Gedanken gekommen bin, unverzüglich hinzureiten – bald schon wäre ich dort!
Längst stehe ich über dem Sattel, vornübergebeugt, und halte den Wallach ununterbrochen in scharfem Trab. Die Helligkeit hat zugenommen, es fängt an zu tagen. Eine ellenbreite blaue Spalte tut sich in den Wolken auf, und es ist mir, als wenn die schwere, dumpfe, dunkle Masse in meiner Brust einen Sprung bekäme und ein kleines, scheues Licht hineinfiele. Einen Hauch Zuversicht spüre ich. Wenig später kommt am oberen Rand der Spalte die Mondsichel herausgeschlichen. Mir wird sehr weh und milde zumute. Du bist, denke ich mit trübem, scheuem Blick auf die Himmelsleuchte, zwar nur ein letzter Rest von dem Mond vor sieben Nächten, bist aber mir Zeuge genug. Auch ich bin nur ein kümmerlicher Rest von dem, der ich war. Du wirst dich bald wieder erholen, wirst in vier Nächten schon wieder neugeboren. Für mich dagegen gibt es in diesem Leben keine Erneuerung mehr, werde bleiben müssen, sowie ich nun dastehe: erloschen und ausgeleert, und dies solange, bis mich der Tod nimmt und erlöst ...
Selbstmitleid packt mich, die Tränen fließen schon wieder. Gut wenigstens, daß sie jetzt, ohne mein Geschluchze und Geschrei, still herausfließen, wie Wasser aus einem lecken Behäl-

ter. Der Druck muß aus mir gewichen sein. Aber schmerzen tut es schon, weh und wund ist die ganze Innenseite des armseligen Sacks, der ich bin, aus dem der Druck schon gewichen ist und das Leben auch bald weichen möge, meinetwegen ...
Der Wallach ist aus dem Trab gefallen, merke ich jetzt. Ihm muß die Kraft ausgegangen sein. Ich habe auch keine mehr, ihn anzutreiben. Lasse ihn gehen, wie er will und kann. Zeuge meines Glücks und Gefährte im Leid! wende ich mich an die Mondsichel, die jetzt in einem größeren Raum schwebt und der zur Seite der Morgenstern leuchtet. In jener Nacht war der Altai unser Bett, der Erdball unsere Jurte, und du warst unser Gast, den wir mit Ungeduld erwarteten. Warst uns der Nächste, der Ranghöchste unter allen Gestirnen, deinen Geschwistern. Aber du erschienst als Letzter. Wir nahmen es dir nicht übel, denn wir wußten, du hattest deinen Grund dazu. Um so schöner war dann dein Geschenk: Es war Feuer in der Geburt, loderte über dem Dachreifen unserer großen Himmelsjurte und bewachte dann noch lange unseren gelösten, einigen Körper im Schlaf. Ja, du warst Gast und Zeuge unserer Hochzeit. Nur war ich dann ein dummer Mensch, der noch von einer Heirat schwafelte – welche schändliche, sträfliche Blödheit, wo alles geschehen, wir längst zu Mann und Weib voreinander gekürt und voneinander bezeugt, zu einem Körper und einer Seele aus je zwei Hälften vor Himmel und Erde verschmolzen dalagen! Aber es muß mein Schicksal gewesen sein, daß ich eben der Blödheit erlag und mich zu einer Trennung überreden ließ, um angeblich die verfluchte, nichtsnutzige Genehmigung zu einer Heirat bei meinen Eltern, meiner Sippe zu erreichen, in Wahrheit aber sie der nahenden – wohlgespürten! – Gefahr allein zu überlassen und selbst zu fliehen, ich feiger Hund ...
Ob es überhaupt einen Sinn gehabt und einen Hauch von einem Sinn noch hat, daß ich mich erkühne, an dem verhängnisvollen Tag gleich nach meiner Ankunft im Ail vor alle Eltern und die halbe Sippe zu treten und sie mit dem Geständnis und der Bitte zu überraschen? Ich bekam die Genehmigung nicht,

mit der, wohlgemerkt, witzigen und unerwarteten Begründung: Fleisch könne jedes Yakvieh erzeugen, Geist aber nur der Mensch, und zwar jeder hundertste oder tausendste – also könne es, solange der Weg des Wissens nicht bis zum Ende gegangen, keine Rede von einer Heirat sein! Es wunderte mich da gar sehr, daß selbst der Vateronkel, der mir ja erst neulich von der Ojtuk-Tochter erzählt hat, kein Wort dagegen sprach, doch muß ich gestehen, ich hegte in mir trotzdem allen gegenüber ein Dankesgefühl, dafür, daß keiner ein Wort gegen die Person Batanas gesagt und somit diese mit ihrer düsteren Vorausschau Unrecht hatte. Das wenigstens! tröstete ich mich und ging in Gedanken auf die Suche nach möglichen Auswegen. Und schließlich glaubte ich etwas gefunden zu haben, ein flüchtiger Pfad nur, vielleicht doch zu einem Weg austretbar? Ich wollte es jedem recht tun, auf beiden Seiten nachgeben, aber meinem Ziel treu bleiben: Zum Studium fahren, aber davor mich Batanas Ja-Wort versichern! Wenn sie weiß, daß die Verwandtschaft nichts gegen sie hat, weder gegen ihr Alter noch gegen ihre Vergangenheit noch gegen ihre Herkunft, dann hätte sie keinen Grund, weiterhin nein zu sagen, denn sie mag mich, das weiß ich nun einmal genau. Um ganz sicher zu gehen, wollte ich ihr noch mit den Worten des berühmten Wahrsagers Kusajn kommen – daß es bejahende, ermunternde Worte sein würden, daran zweifelte ich nicht im mindesten. Sagt mir Batana zu, dann bin ich bereit, alles zu tun, was man von mir verlangt. Die vier, fünf Jahre der Hochschule werde ich singend hinter mich bringen! Und sie, meine herzensliebe Braut, wird, solange ich in der Ferne bin, hier im Hinterland, unsichtbar, mich stellvertreten, sich um die Eltern, die Sippe, den Stamm kümmern und zu allem gezielt Freundschaft pflegen. Ob es dann auch jemanden noch gäbe, der gegen unsere Heirat wäre? So kommt mir unsere Liebe verwickelt wie in einem Roman, und darum gerade schön, wunderschön vor...
Die Mondsichel verblaßt, geht in den Morgenhimmel als Licht ein. Am unteren Ende der bläulichen Lichtung hinter den zer-

bröckelnden, grau-braunen Wolken zieht der Tag herauf. Ich reite das seichte, nach verdunstendem Urin und brennendem Dung riechende Bergtal hinauf, an grasenden Pferden und kauenden Yaks vorbei, komme im erwachenden Ail an. Die Eltern bekommen einen Schreck, und ich weiß nicht, ob von meinem so frühen Auftauchen oder meinem Aussehen, doch ich komme ihnen zuvor: Habt ihr gehört, was in Haak passiert ist? Sie haben es. Nun dann, setze ich dem schnell hinzu, ich werde hinreiten, unverzüglich, muß aber vorher das Reitpferd wechseln; ehe ich mir ein frisches hole, möchte ich, daß die anderen Eltern, die Lange Tante, Opa Stierauge mit Oma und wen ihr sonst noch für nötig haltet, hierher kommen – ich habe ein, zwei Worte zu sagen, eh ich meinen Weg gehe . . .

Ich nehme den fünfjährigen Apfelschimmelhengst, der mich neulich um ein Haar abgeworfen und zu Tode gebracht hätte. Als ich ihn nach manchem Kampf im Zaum habe, sage ich ihm: Endlich weiß ich, wozu deine jüngste Unfreundlichkeit gut gewesen ist. Denn heute brauche ich kein Pferde-, sondern ein Teufelskind unter Sattel und Peitsche, du Aas! Man hat Bedenken, wegen meines Reitpferdes, aber nicht nur seinetwegen. Das lese ich den Gesichtern ab. Doch aus keinem Mund fällt ein Wort gegen mein Vorhaben. Sie müssen sich vorher untereinander beratschlagt haben. Auch bleibt das, worüber sie Bescheid wissen sollen, unberührt. Fast tun sie mir leid, die erwachsenen Menschen, die von ihrem Alter und ihrer Stellung in der Verwandtschaft her berechtigt wären, mir entgegen zu treten, nun so eingeschüchtert, der Sprache beraubt, mit glänzenden Augen dasitzen zu sehen. Fast vermag ich die Macht, die ich mittlerweile über die Sippe besitze, zu schmecken und ein klein wenig auch auszukosten.

Sollte stimmen, was getratscht wird, fange ich leise an, dann hätte die Sippe eine Schwierigkeit weniger. Für mich aber würde mein Leben, soweit es weitergeht, einen anderen Verlauf nehmen. Was für einen? Das weiß ich im einzelnen nicht vorauszusagen, in mancher Hinsicht aber ja! Ich werde es in hehrer

Einsamkeit und sinnvoll verbringen. Kommt mir also wann auch immer nicht mit einer fleißigen, bescheidenen Schwarzäugigen oder Rotwangigen aus guter Jurte, von edler Herkunft! Darum wollte ich euch, verehrte Eltern und liebe Verwandte, gleich zu dieser Stunde gebeten haben, wo die Wunde in meinem Innersten noch blutet. Dann noch dies: Ihr ließet jenes Wesen, das inzwischen vielleicht wirklich nicht mehr im Leben ist, als Menschenkind in Würde, indem ihr an dessen Herkunft, Vergangenheit und Alter nicht rührtet. Habt Dank dafür. Und schließlich, ich bin euch auch dafür dankbar, daß ihr in dieser Stunde nicht versucht, mich von meinem Vorhaben abzuhalten. Allein der Himmel wäre imstande, es zu tun. Ich werde hinreiten und, es sei versprochen, damit keiner sich noch unnötig quälen muß, zurückkommen. Da ich schon einmal beim Versprechen bin, hier ein weiteres: Ich werde den Rest meines Lebens als Diener der Sippe und des Stammes, meinetwegen auch des Staates verbringen, werde mit der Arbeit verheiratet sein, die anderen dient...

Während ich rede, sehe ich so manche Augen in Tränen schwimmen, die meinen jedoch bleiben trocken. Den einzigen Einwand oder den mitgehenden Vorschlag, einen Begleiter zu nehmen, schlage ich ab, mit der höflichen Begründung, keiner könne es mithalten mit der Geschwindigkeit des Apfelschimmels. Dem widerspricht keiner. Ich trinke noch ein paar Schalen Tee, ziehe mich um und breche auf.

Übermut sprudelt aus dem Hengst: Gleich will er davonpreschen; doch ich gebe ihm unverzüglich zu verstehen – halt, hier wird nach meinem Willen geritten! So ziehe ich die linke Faust mit den Zügeln ruckartig zurück, stemme die rechte mit der schweren, vierkantigen Peitsche gegen den Schenkel, während die bestiefelten Füße kräftig in die Achselhöhlen stechen. Er bewegt sich in durchschüttelndem Trab, äugt dabei fortwährend nach einem Anlaß zu scheuen. Klar scheint das Verhältnis zu liegen, das uns, Pferd und Reiter, miteinander verbindet. Stärke, heißt es, und wach bleiben! Erleichtert nehme ich die-

sen Sachverhalt zur Kenntnis. Ablenkung werde ich haben, gut nun!
Kaum aus dem Blickfeld des Ails und den Hügelsattel zum Schwarzen See überschritten, lockere ich die Zügel in der Hand, und sogleich schießt der übermütige Kerl vorwärts, geht in Galopp mit hohen Sprüngen. Ich warte ab, bis er sich legt und streckt. Das geschieht auch bald. Doch ich verharre weiterhin in der lässigen Haltung, mache keinerlei Gebaren, die panische Geschwindigkeit abzudrosseln, in boshaftem Lauern, es kann nicht lange so gehen. Aber der junge Hengst, nicht nur voller Kraft, sondern auch voller Trotz, hält erstaunlich lange durch. Die beträchtliche, beschwerliche Strecke entlang des Seeufers durchrast er, einem Löwen gleich, der einer Antilope nachsetzt – die hüpfende Berglandschaft vorne muß das Opfer sein, dem der in alle Winde hin flatternde Verfolger ständig auf den Fersen bleibt. Die breiten, vorgreifenden Hufe sind gewaltige Tatzen. Der Haraaty-Altai fliegt dem Raser entgegen, Hügel und Täler huschen vorbei, es geht hinauf und hinunter durch das Gefilde von steinigen Beulen und morastigen Kesseln – aber immer noch kein Zeichen von Ermüdung. Selbst Büüre, der unsinnige Haufen von allem, was sich ein Reisender nicht wünscht, wird unter unverminderter Wucht zurückgelegt, und erst vor Hara Ushuk, ausgerechnet in der Ebene nun, läßt der löwenschnelle und -starke Hengst nach. Vielleicht hat er mir damit zu verstehen geben wollen: Da hast du die siebenundsiebzig Höllen aus lauter Fels und Morast, Höckern und Senken hinter dir! Vermutlich ... Sofort komme ich ihm entgegen, straffe die Zügel und lockere mich. Er nimmt mein Angebot gleich an, fällt zuerst in Trab und darauf in Schritt.
Der Apfelschimmel sieht jetzt erst recht auffallend aus: glänzend schwarz das Fell, der Kopf mit der aufgebauschten Vollmähne schaumbedeckt, weißbunt und das Hinterteil mit dem welligen Schweif staubbedeckt, rotbunt. Der Atemhauch aus den aufgeblähten Nüstern gleicht Flammen, der erhitzte, junge Körper sengt durch Sattel und Decke hindurch. Auch ich

bin ins Schwitzen gekommen. Durch den Schweiß miteinander verbunden, schätze ich die bereits zurückgelegte Strecke auf ein Drittel des Weges. Eine Stunde haben wir gebraucht vielleicht, oder noch weniger; manch einer würde darüber einen halben Tag verstreuen, du!

Wir reiten wieder schneller, traben jedoch. Der aufgeputschte, eingerannte Hengst hat einen gewaltigen, ausholenden und durchgreifenden Trab, der die Erdhaut zusammenzufalten scheint. Die Bergsteppe rennt uns mit hellem Gekicher entgegen, so scheint es. Ein weiteres Drittel des Weges schlängelt sich unter uns keck und willig hindurch. Schon tut sich Örgün Schirik, die weite, ebene Flußbucht, vor uns auf, gleicht einem ausgebreiteten, grünen Teppich. Und dort holen wir einen Reiter ein, dem ich am liebsten nicht erst begegnet wäre. Denn das Reitpferd, die gescheckte Stute mit dem spärlichen Wedelschwänzchen, erkenne ich schon aus der Ferne. Es ist der Siebenmaul-Gögenik, der darauf sitzt. Da ich aber nun nicht aus dem guten Tempo fallen und ihm hinterher trotten will, muß ich auf ihn zugehen. Er hätte ohnehin auf mich, den Reiter hinter sich, gewartet – sonst würde er doch nicht so heißen, wie er eben heißt.

Also hole ich ihn ein, rufe ihm einen kurzen Gruß zu und will sogleich weiter. Das dürre Männchen mit dem länglichen, knochigen Gesicht voller Falten stößt einen panischen Ruf aus: Uj-uj, Blauer Himmel, warte, Junge! Wir wollen ein paar Worte wechseln! Ich sage, ich habe es eilig. Damit will ich ihm entkommen. Allein er gibt seiner Stute Peitsche und bleibt neben mir.

Wohin, Junge?

Ins Kreiszentrum.

Ich will auch dorthin. Wir wollen zusammenbleiben und zu unserer Kurzweil einander Dinge erzählen.

Ich hab es eilig.

Ist jemand erkrankt?

Das gerade nicht.

Na, also. Keiner ist erkrankt. Ein Krieg ist auch nicht ausgebrochen, die Sowjetunion wird keinen zulassen – so steht es in der Zeitung. Stimmt es?
Es könnte stimmen.
Der Mensch stellt mir eine Frage nach der anderen, auf die ich einsilbig antworte. Es sind harmlose Dinge. Dann jedoch kommt das, was ich erwartet hatte und weswegen ich ihn auch so schnell wie möglich von mir abschütteln wollte: Ob man da oben, wo unser Ail sei, von den Schrecknissen in Haak gehört hätte? Ich bejahe die Frage. Aber das genügt ihm nicht, er will wissen, was genau man dortzulande gehört habe. Ich weiß nicht, was ich antworten soll, und das ist wohl ein Fehler.
Weißt du, wie groß der Abstand zwischen Lüge und Wahrheit ist?
Ich weiß es nicht.
Vierfingerbreit – so weit liegt das Auge vom Ohr! Will sagen: Gesehenes ist wahr, Gehörtes nicht. Ihr habt die Nachricht vom Hörensagen. *Ich* dagegen habe es mit meinen beiden Schlitzen gesehen. Und gehört, nicht aber, wie ihr, auf Zweit-, Dritt-, Viertwegen, sondern immer direkt aus dem Mund desjenigen, der mit der Sache unmittelbar zu tun hatte. Also kann ich dir, Junge, genau wiedergeben, wie es war ...
Seltsamerweise bringe ich es nicht fertig, abzuhauen. Was eigentlich einfacher gar nicht ginge – ich brauchte die Zügel nur um einen Deut zu lockern, der Hengst würde die mickrige Stute rasch abschütteln. Statt dessen balle ich die Faust über der flatternden Mähne noch fester und bleibe neben dem Männchen, das sich vor lauter Klatschlust im Sattel aufgerichtet hat wie ein aufgereizter Ziesel. Und legt schon los.
Wenn also das, was ich in diesem Augenblick zu hören bekomme, wahr sein soll, dann hat das Unglück wohl so ausgesehen: Amanbek geht zuerst auf Osal los, Batana eilt her, stellt sich ihm in den Weg und schreit: Laß den Onkel aus dem Spiel, komm her, schau mir ins Gesicht und hör zu, wenn du keine Angst vor der Wahrheit hast! Damit bringt sie den Wütenden erst einmal von

dem Unschuldigen weg und nimmt die Wucht der Wut auf sich selbst. Es gibt eine erste, kurze Prügelei, darauf einen längeren, heftigen Wortwechsel. Die Rede ist von einer geopferten Ehe, einer läufigen Hündin und von einem Himmelsprinzen auch. Dem folgt ein weiteres Aufeinanderprügeln: Sie reißt die Bluse auf, streckt die Arme auseinander und schreit was von Siegelabdrücken und abermals von dem Himmelsprinzen. Er stürzt sich auf sie, packt sie an der Gurgel. Osal räumt das Feld, auf Suche nach Hilfe ... Die Miliz ist erst gegen Mittag des nächsten Tages erschienen, hat Osal und Schulmutaj in einem Auto mitgenommen mit den beiden Leichen, die das Männchen, nun in voller Fahrt, zu beschreiben anfängt ...
Jetzt reißt mir der Geduldsfaden, ich gebe dem Druck der Zügel um eine Faust nach und straffe die Wadenmuskeln. Schon schiebt sich der Hengst mit dem halben Körper nach vorne, der Siebenmaul-Gögenik fistelt wie gestochen: Aber, Junge, so hält doch mein Stütlein nicht mit!
Soll mir auch recht sein! denke ich voller Abscheu und stoße weiter in den Wind, der mir das erhitzte Gesicht angenehm kühlt. Der Hengst geht in Galopp über, ich gebe ihm die Zügel frei. Meine Gedanken aber vermögen sich von dem soeben Gehörten nicht so schnell zu befreien, sie müssen entgegen meinen Willen noch hinten geblieben sein, denn sie kreisen um die Schlägerei, die Leichen. Und das macht mich so wütend, daß ich das häßliche Männchen, wäre es in diesem Augenblick noch neben mir, wohl aus dem Sattel hätte stoßen können. Nein, nein und noch mal nein! sage ich. Das Scheusal lügt! Es hat Batana niemals gesehen, weder lebend noch tot! So hat es kein Recht, von ihr zu reden wie von einem toten Schaf! Keiner hat das Recht, sich am Tod eines anderen zu weiden! Aber alle tun es trotzdem! Verraten ihr endlich befriedigtes, niedriges Gelüst, sind nur so feige und verlogen dabei, daß sie ihre schäbige Schadenfreude in klebrige, dauernde Worte einwickeln müssen! Warum, ach, warum?
Hinter Gök Gertik merke ich, die anfangs helldonnernden,

schmetternden Hufschläge auf die Steppe tönen immer dumpfer, die Kräfte lassen langsam nach. Anstatt dem Ermüdenden entgegenzukommen und die Zügel zu straffen, versetze ich ihm einen derben Peitschenhieb, den ersten überhaupt. Der Hengst ist arg überrascht, schnellt stoßartig davon, zuerst ein paarmal in polternden, hohen, dann immer niedrigeren, aber gleich bleibenden reißenden Sprüngen. Tränen füllen mir die Augen, die Ohren ertauben. Aber ich tue nichts dagegen, überlasse das gekränkte und verschreckte Tier seinem mörderischen Können.

Vielleicht bin ich mir in diesem Augenblick noch nicht bewußt dessen, daß ich dem Siebenmaul-Gögenik vor allem deshalb so böse bin, weil er mir den letzten Schimmer Hoffnung zerstört hat. Er hat mir die endgültige Bestätigung des Schrecklichen geliefert. Es zählt ja letzten Endes nicht wie, sondern daß es passiert ist. Als mir dies bewußt wird, spüre ich lähmende Kälte ums Herz, und ich gebe auf: Ach, es wird schon stimmen, wenigstens mit dem Wesentlichen; das Ekel, so wie es geschaffen ist: hündisch schnüfflerisch und weiberhaft klatschsüchtig, wird irgendwie den Tatort erkämpft und dort dann seinen Anteil bekommen haben...

Haak sieht auf den ersten Blick sehr bevölkert aus, gleicht einer Stätte des Festes. Ich glaube, Menschen zu Pferde und zu Fuß zu sehen und bekomme heftiges Herzklopfen. Ein Gemisch von Angst und Hoffnung erfüllt und betäubt mich. Vielleicht werden sie hier bestattet? Dann wäre ich ja, Himmel und Hölle zum Trotz, gerade noch zum richtigen Zeitpunkt gekommen! Hoffentlich werde ich meine Batana leibhaftig sehen und anfassen dürfen – ach, mir wäre ziemlich gleich, wie sie aussähe, meinetwegen so, wie das Dreckmaul es beschrieben. Hauptsache, sie ist noch nicht gänzlich verschwunden aus dem Erdantlitz und ist mir ein letztes Mal gegeben – o ich werde schon wissen, was zu tun ist! Sollte einer es wagen, mich daran zu hindern, er wird was zu hören bekommen, ja, ich werde, erhobenen Hauptes und die Hand auf dem Herzen, laut und

feierlich verkünden: Das hier ist mein Weib, es war, wie ein Sterblicher schöner nicht sein kann, und wir waren miteinander, so wie zwei Menschenkinder glücklicher miteinander nicht sein können – die Gräser und Blumen der Erde und die unzähligen Gestirne des Himmels bezeugen es!
Aber dann, näher gerückt, erkenne ich: Ich habe mich getäuscht! Es ist dort ein Gewimmel von Yaks, Pferden und auch einigen wenigen Kamelen – keine Menschenseele weit und breit! Die Hütte ist abgeschlossen. Und die Viecher stehen auf den Ackerfeldern, haben alles zertrampelt! O ich könnte sie niedermähen, gäbe es ein Maschinengewehr! Da ich nun kein Gewehr, keine Maschine zur Hand habe, gehe ich mit Steinen auf sie los. Steine gibt es genügend: runde, kantige, knöchelgroße, faustgroße, und sie fliegen, sie treffen, wie immer, gewaltig, sie verfehlen das Ziel fast nie. Und die Hörner, die Schädel, die Rippen, die oberen, abstehenden Enden vom Beckenbein und Schulterblatt, die Schwanzwurzel, die Sprunggelenke, die Schienbeine sind es, auf die ich ziele, und die Steine treffen knallend und krachend. Die Viecher, unerhört träge und geringschätzig mit ihren aufgeblähten Bäuchen und schläfrigen Augen, scheinen mir zuerst zeigen zu wollen, was sie für mich übrig haben: bläffende Winde und plätschernde Haufen aus unverschämt dicken, aufgestülpten Ärschen, aber dann, nachdem sie zu sehen, zu hören und auch am eigenen Leibe zu spüren bekommen, was in so einem herfliegenden Stein steckt, ergreifen sie die Flucht. O wäre ich an dem Tage nur dageblieben, ich hätte schon gewußt, sie, mich, uns vor dem Kerl zu beschützen! Er mochte auch so lang in den Knochen, so stark im Fleisch und so finster im Gemüt sein, was wäre er aber gegen mich mit einem Altaistein in der Hand, mit Hunderten und Tausenden von Altaisteinen im Kreis gewesen? Ich wäre mit ihm auf jeden Fall fertig geworden! Nur, es hätte leicht sein können, daß ich mich dann der Körperverletzung oder gar des Totschlages schuldig gemacht hätte. Aber was wäre das schon gegenüber dem, was passiert ist – sie wäre am Leben geblieben!

Was sind schon fünf oder zehn Jahre Gefängnis? Erhobenen Hauptes und flammenden Herzens wäre ich der Gefängnisarbeit nachgegangen, in dem guten Wissen: Batana wartet auf dich, und hinter ihr warten Jahre eines gemeinsamen Lebens auf uns beide!

Die Tiere verteilen sich über die Steppe, bewegen sich langsam auf die Berge zu. Totenstille bleibt über Haak zurück. Es ist ein Flecken verlassene und verwüstete Erde.

Leere scheint mich von allen Seiten her anzugähnen. Müdigkeit überkommt mich bleischwer. Ich fühle in mir keine Kraft mehr, mich dagegen anzulehnen, lasse mich also dort hinsinken, wo ich gerade bin, am Rand des gewesenen Maisfeldes, nun einer zerstampften, verzotteleten Masse aus Pflanze, Erde, Kot und Urin. Zuerst sitze ich breit auf dem Gesäß mit ausgestreckten Beinen, dann lasse ich mich rücklings fallen und schließlich drehe ich mich auf den Bauch. Ich halte keine der Lagen länger aus, denn mir ist, als wenn ich irgend etwas tun müßte, aber ich weiß nicht, was. Wohl müßte ich weinen, endlich. Doch es geht nicht über ein Schluchzen, ein Röcheln hinaus, die Augen bleiben trocken. Die Tränen müssen versickert sein.

Da trifft mein Blick den Hengst in der Hocke, gerade davor, sich zu wälzen. Mir fällt ein, daß ich die Sattelgurte noch nicht gelockert habe. Rufe ahaj! und springe auf. Während ich dem hörenden Pferd in der zögernden Haltung zueile, wundere ich mich über die Lautstärke meiner Stimme und die Schnelligkeit meiner Bewegung.

Der Hengst sieht arg gelitten aus. Ich sattle ihn ab und führe ihn an der Fuhrleine zu einer sandigen Ebene, auf daß er sich wälzen möge. Und das tut er, und zwar ausgiebig. Auch dann, als er endlich wieder aufsteht, schüttelt er sich gründlich. Alles zeugt von gutem Charakter. Ich streichle ihm die Stirne, kraule ihm die Ohren, den Hals. Er läßt es mit sich geschehen. Als verstehe er mich und nehme mir die Gedanken ab: Verzeih, Freund, wenn ich zwischendurch ungerecht zu dir war, und hab

Dank, Bruder, dafür, daß du an diesem schwersten Tag mit mir gelitten hast ...

Dann verlasse ich den Hengst, auf daß er schlafen möge. Selber gehe ich zu unserer Liegestätte von der ersten Nacht und strecke mich in der seichten Mulde mit dem gedrückten und geknickten Gras aus. Schließe die Augen und bilde mir ein, Batana ist unterwegs hinter einem der Karaganasträucher, wird gleich auftauchen. Und sie tut es auch. Aber jetzt sind wir auf einem Berg, der leicht der Haarakan sein könnte. Sie steht über mir, einen Lassowurf weiter oben, auf einem Gletscherbuckel. Ich will sie einholen, allein ich kann vom Fleck nicht wegkommen, denn unter mir ist ebenso Gletscher, ist glänzendes, haltloses Eis. Es herrscht blendende Helligkeit. Sie kommt nicht nur von dem Eis und Schnee und dem Himmel darüber, sondern auch und vor allem von Batana, sie steht in loderndem Weiß. Ich vermag weder ihr Gesicht zu sehen noch ihre Stimme zu hören. Aber ich weiß, sie wartet auf mich, und so bin ich in großer Eile ...

Von einem Pferdebrummen erwache ich. Darauf vernehme ich nahendes Hufgetrappel. Ich fahre auf. Und erkenne an dem wiegenden, federnden Gang unseren Rappen. Vateronkel mit geschultertem Gewehr reitet heran. Der seit Monaten beurlaubte Tiergreis tut mir leid. Um so mehr bin ich ihm dankbar. Und Freude empfinde ich – bin nicht mehr der Einsamkeit ausgeliefert! Der Mensch, den der Lächerlichkeit preiszugeben jedes Kind einen Grund findet, muß in seinem Kern doch mehr sein als er meist zu sein scheint, denn er ruft noch aus beträchtlicher Entfernung mir zu, ich soll mein Pferd schnell zum Fluß bringen. Während ich auf den Hengst schaue, weiß ich, weshalb: Er hat heftiges Nierenklopfen. Wir führen ihn sogleich zum Fluß, in die tiefste Stelle, die wir finden. Das Wasser reicht bis zu den Nieren, und so ist es gut. Bis dies erreicht ist und dann noch das Tier in strömendem Flußwasser stehenbleibt, das alles dauert seine Zeit, kostet Kraftaufwand. Aber so ist es gerade richtig gewesen – ohne die Peinlichkeit eines Frage-Antwort-Spiels auskosten zu müssen, stehen wir mit einem Mal mitten in einem Gespräch.

Da du nun einmal hier bist, sagt Vateronkel, hat man beschlossen, du sollst gleich anschließend nach den Kamelen schauen, die jenseits der vorderen Berge sein müssen, und ich soll, dich begleitend, sehen, ob sich nicht ein paar Murmeltiere erjagen lassen. Dann will er wissen, ob ich unterwegs jemanden getroffen hätte. Ich bejahe die Frage und nenne den, den ich überholen mußte.

Ach, den. Hat sicherlich viel getratscht. Aber man darf ihm nichts übelnehmen. Ist ja ein armer Kerl. Und wie hast du ihn dann abschütteln können?

Daß er das alles weiß, kommt mir seltsam vor. So erzähle ich, wie ich zu meinem zweiten Galopprit gekommen bin.

Du hast schon richtig getan. Nur hättest du gleich nach der Ankunft dein Pferd ins kalte Wasser führen sollen.

Ich dachte, es könnte, erhitzt so wie es war, Wasser trinken und so sich den Rücken verderben.

Da hast du wieder recht. Man muß immer solange warten, bis sich der Körper abgekühlt hat.

Es hätte böse enden können, wärest du nicht gekommen. Es wäre nicht gut gewesen für den jungen Kerl, den ich auch so ganz toll finde.

Nun ist er erst einmal im Wasser. Wir werden ihn solange drin lassen, bis er anfängt zu zittern. Macht nichts, wenn wir auch etwas später aufbrechen. Wir werden uns die Nacht gewiß nicht mit leerem Magen zur Ruhe legen müssen, denn dafür sind wir doch Nachkommen des großen Tarta, der nicht nur ein berühmter Ringer, sondern auch ein bekannter Jäger war, oder?

Darüber wird der Himmel entscheiden.

Richtig. Was man auch immer tut, nie darf man ihn vergessen, den Himmel!

Die Nacht verbringen wir in den Bergen. Vateronkel behält recht: Wir sitzen am Lagerfeuer, über dem im Jägerkessel Murmeltierfleisch kocht. Er erzählt mir einige Geschichten aus seiner Jugendzeit. Ist ein anderer Erzähler als Vater, kennt keine Gleichnisse. Dennoch verrät er ein Gespür für den Tiefsinn, der so im ausgesprochenen, wie auch im ausgesparten Wort wohnt. Überhaupt wirkt er wie ein völlig anderer Mensch, wenn Muttertante nicht in seiner Nähe ist, stelle ich fest. Die bekannte Geschichte, daß er in die um vier Jahre Ältere so verliebt war, daß man ihm, dem erst Vierzehnjährigen, die Heirat einfach genehmigen mußte, erzählt er leidenschaftslos. Findet, daß die Eltern seinem Drängeln nachgegeben haben, nicht gut: Was hat man als Ehemann von einer Schamanin? Nichts! Hoffentlich haben Außenstehende etwas davon? lacht er boshaft.

Aber es heißt doch, du hättest Wälder angezündet und Gewässer vergiftet, hätte man deinem Drängeln nicht nachgegeben!

Glaubst du im Ernst, ich hätte es wirklich getan?

Ich weiß es nicht.

Hättest *du* es gekonnt?

Nein!

Meinst du, ich bin so anders als du?

Bist mitunter schon sehr anders als andere Menschen!

Vielleicht bin ich es einst gewesen? War all die vierzig Jahre lang, die auf meinem Buckel liegen, immer nur der Kleine. Zuerst den Eltern und den älteren Geschwistern, später der eigenen Frau gegenüber. Wurde immer mit Nachsicht behandelt, das heißt, nie ganz ernst genommen.

Aber doch nicht deinen Kindern gegenüber?

Die Kinder lesen den Augen der Mutter ab, wer ich bin. Also auch da! Und mehr noch: Auch den Außenstehenden, ja selbst den Hunden gegenüber bin ich der Dümmere, der weniger Darstellende.

Was du nicht sagst?

Alles kommt auf den ersten Schritt an. Da war die Frau die Ältere, Erfahrenere, die körperlich Größere und Stärkere auch, die Wichtigere also. Sie war es, und sie blieb es. Dann war sie

die Schamanin. Das ist für die Außenstehenden ausschlaggebend. Der Weise braucht immer einen Depp, um in seiner Weisheit erkannt zu werden. Wohl habe ich anfangs mitgemacht, um dem Ruhm der Umschwärmten beizustehen und die Fürsorge der Bemutternden zu genießen. Aber dann, als ich es auf einmal satt hatte und anders sein wollte, merkt man, es ist zu spät: Keiner ist bereit, einem seine neue Rolle abzunehmen, am wenigsten die eigene Frau. Vielleicht daher die Streitereien. Als Zwerg von einem Ehemann trägt man in sich die Bosheit, die Berühmtheit neben und gelegentlich auch unter dir, aber dennoch hoch oben über dir zu stürzen, zu beschädigen und zu entlarven vor der Herde von Dummen, die daran gewerkelt haben, wie Vögel an einem Nest, und immer noch bestrebt sind, das auf diese Weise zustande gekommene eigene Werk noch vergrößert zu sehen. Zugegeben, ich habe mich an die Streitereien und Prügeleien gewöhnt, sie halten Geist und Körper frisch. Auch macht es bösen, bittersüßen Spaß, in der zugewiesenen Rolle zu leben, denn sie ist einfach, besteht aus nichts anderem als schlafen, erwachen und dazwischen kauen, schlucken und es dann, verarbeitet, wieder hinauszubefördern.
Ich habe dich verstanden. Trotzdem, was hättest du getan, wenn Muttertante dir verwehrt worden wäre, sagen wir, ein anderer sie dir weggeschnappt hätte?
Dann hätte ich vielleicht ein wenig so getan, wie man es gern auslegen wollte, aber im Grunde nichts mehr als ein stilles Warten darauf, daß die kleine, schwarzäugige Tochter des Adler-Nase-Tenekej heranwuchs.
Wer ist das?
Ist früh gestorben. Vorher aber zu einem leckeren Weibchen herangewachsen. Und ich bin ein paarmal zu ihr gegangen. Habe gedacht, ich hätte besser warten sollen. Da war ich zwanzig, schon ein wenig ehemüde. Doch sie starb, wurde vom Blitz erschlagen. Als ich davon erfuhr, ging ich auf die uhuäugige Frau los und verprügelte sie erst einmal ordentlich. Das war fast das einzige Mal, daß ich richtig derb zupackte und fest zu-

schlug. Sie kreischte: Sie wäre es doch nicht! Ich glaubte ihr gern. Habe nie daran glauben können, daß ein Schamane einen zu Tode fluchen könnte, ebenso wenig, sie könnte einen dem Tod entreißen...
Die Nacht träume ich von einer Jagd, von wiederholtem Töten. Erwacht, verfolge ich den Traum und stoße auf Ähnlichkeiten zwischen einem abgehäuteten Murmeltier und einem entkleideten Menschen. Gleich nach dem Morgentee brechen wir auf, reiten zurück. Die Kamele bleiben unerwähnt. Im Ail werden wir mit sichtbarer Erleichterung empfangen. Es gibt diese und jene Begebenheiten, die sich in den zwei Tagen ereignet haben und über die nun berichtet wird. Ich erzähle von dem Hengst, sage, er dürfe auf keinen Fall kastriert werden. Wird auch nicht gemacht! eilt mir Vater entgegen.
Wende mich schließlich an Muttertante: Nimm am besten den Dungkorb und komm mit, wir haben miteinander zu sprechen! Sie gehorcht mir auf der Stelle. Während wir dann über die Steppe schlendern und Ausschau halten nach vertrockneten, grauscheiteligen Dunghaufen, berichte ich ihr alles. Sie hört schweigend zu. Der blendend weiße Traum läßt sie aufhorchen, merke ich. Aber auch dazu sagt sie nichts.
Nun dann, rücke ich mit dem Wichtigsten heraus, morgen ist der siebte Tag.
Ja, stimmt, pflichtet sie mir bei. Und was hast du vor?
Das, was auch sonst geschieht, wenn einer aus der warmen Mitte der Sippe herausgerissen wird.
Gestern war der Neunundzwanzigste. Da hatte ich mich heiser gebettelt vor den Asalar, die immer hochmütiger zu werden scheinen.
Da hast du nur deine Pflicht erfüllt, Schamanin. Nun geht es um eine Bitte.
Morgen ist der erste Tag eines neuen Monats. Unmöglich, da schon wieder die Reisemüden von gestern anzustrengen!
Mir erscheint es anders. Der neue Mond kommt morgen noch nicht an, also sind die, die du plump und ungelenk findest und

verschmähst, an den Keimen des Unverbrauchten noch nicht gefüttert und daher flink und scharf wie Jagdhunde, die auch in der dritten Nacht kurzgehalten.
Du weißt aber viel, Schüler!
Was ist der Sinn des Schüler-Schicksals? Den Lehrer übertreffen! Und davon schöpft Trost ein jeder hohlwangige Schüler! Für die Worte, die meinen Ohren nicht gerade schmeicheln, aber schon nach etwas klingen, bitte ich dich um weitere!
Wenn du Angst hast, so nehme ich alles auf meine Kappe!
Du tust aber mutig, Bürschlein!
Es ist nicht der Mut, es ist die Not, die drängt! Nimm mich wie einst an der Hand, führe mich hinaus und schicke mich voraus, bitte!
Du meinst, es würde gehen?
O ja! Ein so flammender Geist, eine so lodernde Seele können nimmer erlöschen. Ich muß wissen, was aus dem geworden ist, das meine festere und hellere Hälfte war, ist und bleiben wird! Will nicht länger im Dunkeln tappen!
Laß mich diese Nacht schlafen, Gedanken auf den Weg schikken und auf ihre Rückkehr warten. Morgen früh werde ich klüger dastehn als jetzt, wer weiß...
Die Körbe sind voll, unter schwerer Last sind wir auf dem Heimweg. Dann noch dies, sage ich und verlangsame den Schritt. Dein Mann, mein Onkel, nun auch Vater, nähert sich zügig dem Alter. Seine Weisheit hat er bereits in sich. Er, der anfangs jünger war, ist mittlerweile älter als du. Ich hab es die letzte Nacht erfahren. Kann dir genau sagen: Einst hoben dich vier Jahre von ihm ab, inzwischen sind es vier Jahre, die ihn über dich erheben. Weshalb es so geworden ist, wirst du verstehen, wenn du weißt, daß unterschiedliche Lebewesen in unterschiedlichen Zeitabständen um ein weiteres Jahr reifen. Ein Katzenjahr beträgt anderthalb, ein Hundejahr knapp drei, ein Schafjahr fünf Monate. So ist auch das Jahr eines Mannes und einer Frau nicht gleich. Nun das, worum es gehen soll: Sei zu deinem Mann so, wie man zu einem Menschen sein muß,

der bereits um vier Jahre reifer ist und die Aussicht hat, zu noch größerer Reife zu gelangen. Fang damit gleich an, erst einmal bis morgen früh, versuchsweise.

Am Morgen fragt die Schamanin, ob ich von der Frau ein Bild zeichnen könne. Ich versuche es, sage ich willig und stürze mich sogleich in die Arbeit. O, es ist schwer damit! Alle ihre Feinheiten, mein Erkennbares und zum Anfassen Gegenwärtiges zerstiebt und erlischt, sobald ich aus ihren Umrissen ein Strichfädchen aufs Papier setzen will. Zeichnen ist meine Sache nicht. Doch ich muß mit dem Ergebnis meiner Bemühungen herausrücken und verbinde dies mit der Bitte, das Bild mit Worten ergänzen zu dürfen. Ihr Blick erfaßt es, und je mehr ich meinen Worten erliege, um so mehr weiten sich ihre Uhuaugen. Schließlich spricht sie.

Die Nacht werden wir draußen verbringen, reiten bei Sonnenuntergang los!

Was soll ich alles mitnehmen?

Habe ich dir das vorzuschreiben? Es ist deine Sache, deine Nacht!

Wir reiten gen Osten, auf Döngülek zu, bewegen uns tastend vorwärts mittenhindurch einer zerwühlten Landschaft, entlang der linken Strähne vom Bergrücken. Stapfen durch sumpfige Wiesen, klettern auf Höcker, gehen über Gras, über Stein, auch über mit Krüppelbirken bewachsene Halden, stolpern von einer zur nächsten der unzähligen Dellen, Mulden und Senken, geraten in manchen Erdkessel, stehen wieder über dessen wulstigem Rand und schweben ein wenig. Kleben dennoch fest im Sattel, strapazieren die Pferde, bleiben verbissen und uneinsichtig auch gegen uns selbst. Reiten lange. Und als wir endlich halten, haben sich die Sterne über und um uns herum längst zur Mitternachtsstellung geordnet.

Unten ist ebene, weiche Erde, mit Flechten bezogen. Pürwü geht in die Knie, sinkt geräuschvoll zur Seite und kichert leise. Ich war achtzehn, als ich dem Lehrer hierhin folgte, sagt sie: Es war, fiel mir gerade ein, auch um diese Zeit im Jahr, allerdings an dem zugelassenen Tag, dem Neunundzwanzigsten. Als ob es ein- und dieselbe Nacht wäre, die uns jetzt umfängt. Aber unser Ail war damals in Hara Sug zu Homdu, also hatten wir einen weiteren Weg und kamen hier auch später an. Und ich mußte, sowie ich vom Pferd runterkletterte und außer Puste dastand, sogleich anfangen. Der Lehrer überstürzte sich leicht. Aber da war ich schon fünf Jahre Schamanin, eine verheiratete Frau, Mutter. Nun ging es um eine Erhöhung meines Stands. Vielleicht sollte ich Meisterin werden, wie man es heutzutage nennen würde. Von hier, dem Widerrest des Altai, aus sollte erfragt werden, etwas, was genau, habe ich nie recht begriffen ...

Ich packe aus, was ich mitgebracht habe: Milch, nackten Tee, beides in rauchgesteiften Yakledergefäßen, einen Hengsthodensack mit zerriebenem Wacholder, eine Schafherztasche mit Butter, ein Bündel Steinsalzpuder, eine Mischung von Erwen, Thymian und Mohnblumenblättern, geschwängert mit Rauchtabak, einen Knäuel aus losen, verschiedenfarbigen Stoffstreifen sowie ein paar holzsteife und -trockene Dungfladen zu einem Ballen Dörrgras. Während ich Feuer anzünde und es entfache, packt auch sie ihre Satteltasche aus und kleidet sich um. Bis der Dung herunterbrennt und Glut ergibt, schichte ich Steine zu einer Säule mit vier Armen von je drei Gliedern auf und bereite die dreizehn Nester des Rauchopfers vor. Dann verteile ich die Glut in die Nester und lege auf jede zuerst eine Handtellervoll Wacholderkrümel, dann einen Klecks Butter und schließlich einige Körnchen Salz. Es fängt sogleich an zu qualmen und zu brennen, knisternd und knallend. Die Schamanin schwenkt Mütze und Schawyd über dem hell anschwellenden Rauchfeuer, tritt zurück und läßt sich gen Westen nieder. Ich setze ihr die Mütze auf, ziehe die Schnürbänder im Nacken zu einem Knoten fest. Sie fängt an, sich langsam zu wiegen und zu wimmern; ich gewahre im Licht der glimmenden Feuerchen mit den bläulichen Rändern und der milchhellen Rauchschwaden die Hand in ihrem Rücken, sie bettelt nach

Rauchbarem. Reiße dem Packpapier ein Stück ab, lege darauf eine Prise der Kräutermischung und versuche, ein Stäbchen zu drehen. Es muß entweder an meinem Speichel liegen oder an dem Papier – es will nicht klappen. Aber schließlich schaffe ich es doch, zünde das daumengroße Würstchen an dem dickeren und festeren Ende an und schiebe es ihr zwischen die Finger. Drehe noch zwei weitere auf Vorrat.

Die Wirkung scheint überwältigend. Kaum ist das erste Stäbchen zu Ende geraucht, steht sie auf und schreitet schwankend um die Opfersäule herum, fährt mit dem Schawyd gemächlich um sich herum, läßt es plätschernd und prasselnd auf Schultern und Rücken niedergehen. Dabei gähnt sie eine zeitlang fast schreiend laut in einem fort und stimmt nun den Gesang an. Ihre Stimme ist heiser, wie immer anfangs. Längst sauge ich selber an einem der Würstchen. Die Lederflasche mit dem nackten Tee oder dem starken, salzbitteren Kräutersud und den Spritzlöffel behalte ich griffbereit unter der Hand.

Pürwü singt von verwelkten Gräsern vieler Sommer und verdunstetem Schnee vieler Winter. Erklärt sich lange und reumütig vor einem, den sie den Großoheim Weißschopf mit dem Sitz unter der Mähne des Altai nennt. Rühmt ihn als die Stütze eines jeden Hinkenden, als das Auge eines jeden Blinden. Bittet ihn um weiteren Beistand. Erwähnt den nachtschwarzen, giftbitteren Trunk, der dem Urin eines übermütigen Hengstes und der Träne einer streunenden Hündin gleicht. Ich verspritze den Tee und merke, daß mir der Schädel dröhnt.

Wie war er doch, der Name des Kindes? fragt sie aus dem Gesang fallend.

Batana! sage ich, und der Name scheint mich mitten ins Herz zu treffen.

Badana, spricht sie mir nach; ich denke, ich müsse schmunzeln, statt dessen aber schießen mir Tränen in die Augen.

In der Satteltasche ist das Bild, hol es heraus und zünde es an! Vergebens suche ich nach ihm. So verzweifelt, daß die Tränen

anfangen zu rinnen. Aber dann finde ich es doch, es hat unter der Satteltasche gelegen. Nun zünde ich es an einer Ecke an, halte es an der anderen hoch über dem Kopf.
Komm schnell her damit und faß hier an!
Ich eile mit der ausgestreckten Rechten hin und berühre das, was ich anzufassen habe: den Schawyd-Stiel.

> Wer bist du, die du
> Meinem Kind, meinem Küken
> Das Herz aus der Brust
> Gerissen und
> Den Verstand aus dem Schädel
> Will dich stellen und sehen
> Wer du: *Ese* oder *Asa*
> Gabe oder Strafe
> Gedeih oder Verderb ...

Ich spüre, daß ich in schnelle Bewegungen gerate, als wenn ich wirbelte und abhöbe. Neben mir weiß ich eine zeitlang Pürwü, aber es kommt mir vor, ich sei allein. Höre meine eigene Stimme.

> A-ah-aaj, du Meine, Einzige
> Erhör mich, Mutter, Weib, Kind
> E-eh-eej, du Meinste, Alleinzige
> Erschau und erfühl mich
> Gewebe von meinem Fleisch
> Gespinst von meiner Seele
> Gedunst von meinem Geiste ...

Ich höre meine Stimme brechen. Spüre Tränen überm Gesicht. Fühle schweren, schwersten Druck in der Brust. Denke, es geht zu Ende mit mir. Weiß, ich muß dem, was jetzt über mich hereinbricht, entgegeneilen, sonst wird es schmerzlich werden, und bedauerlich. Aber ich möchte keine Schmerzen und möchte nichts bedauern, gerade jetzt nicht. Da wird mir seltsam zumute, als ob ich einen großen Raum beträte, in dem Stille herrscht. Ja, ich erspüre und erfühle sie, die gewaltige Stille. Ich erschaue ihre Farbe, sie ist so weiß wie der Schnee, wie die Milch. Ich ermesse ihren Umfang, er ist so groß wie Himmel und Erde zusammen. Ich erkenne ihr Wesen, es ist wandelbar, also unvernichtbar, es ist ewig. Und da verwandelt sie sich in einen Berg. Es ist derselbe Berg, den ich damals im zarten Alter, auch zu einer schweren Stunde gesehen habe. Weiß lodert er und rückt immer näher. Plötzlich werde ich eines noch helleren Fleckens am Bergkörper gewahr. Der Flecken, dochtspitz, gewinnt an Schärfe, und es erwächst daraus Batana. Vernehme eine Stimme, von der ich nicht weiß, ist sie ihre oder meine oder gar Pürwüs.

> Wie soll ich dich nicht
> Erhören, erschauen
> Du, Meiner, Meinster
> Da ich mich in dich
> Zurückgezogen
> Erfühle dich, sowie ich
> Allemal erfühlt
> Mitten in der Hölle
> In die ich dich
> Gestoßen
> War die Zeit, die ich dir
> Im voraus hatte
> Unser Pech einstweilen
> Wird sie, eingefroren
> Einmal sein uns Glück
> Du wirst überholen
> Mich im Zeitstrom und
> Zurücklegen zu der eignen
> Noch die Strecke, die ich
> Habe lassen müssen
> So werde am Ende
> Auch ich mich, in und mit dir
> Mehr laben an dem Traum
> Dem ich geopfert mein kleines
> Angeschlagenes Leben
> O Junge, o Vater ...

Ich spüre einen kräftigen Druck am Handgelenke. Höre eine Stimme: Erwache! Es ist die der Schamanin. Dann erkenne ich ihren großen, breiten schwarzen Umriß vor mir. Der Sternenhimmel ist westwärts gerückt. Der Gletscherwind fegt und sticht. Ich friere, zittere.
Bist du nun wach?
Ja. Mir ist so kalt!
Denkst du, mir ist heiß?
Die Schamanin ist ungehalten. Sie schimpft mit mir. Ich sei frech gewesen, hätte ihr das Schawyd aus der Hand gerissen und sei fortgelaufen.
Dir hat nur noch gefehlt, mich zu enthaupten, ich weiß! Aber so schnell geht es gar nicht, mein Lieber! Erst müssen die Sperren, die dir auferlegt sind, entfallen – es sind ihrer sieben insgesamt, eine einzige hast du bisher überwunden, in deinem dreizehnten Lebensjahr. Alle zwölf Jahre eine weitere dann, und mit fünfundachzig erst wirst du ...
Paaj! Soll ich denn so alt werden?
Du sollst nicht, du könntest. Mußt kämpfen, um dich so lange zu erhalten!
Und wozu das alles?
Auch der Wurm bemüht sich, noch eine Stunde länger sich im Gras zu bewegen. Auch der letzte Dummkopf versucht, noch einen Tag länger am Leben zu bleiben. Sieh, schon darum. Aber es gibt weitere Gründe. Es muß einen geben, der die auseinanderstreuende Meute wieder zusammentreibt, sie um ein paar kranke Zellen weniger und ein paar gesunde mehr macht in ihrem vermodernden Leib, verfaulenden Hirn. Vielleicht bist du dieser eine? Wer sein Fünfundachtzigstes erreicht und bis dahin seinen Geist rein und seinen Körper gesund zu erhalten weiß, heißt es, der erklimmt den Gipfel der Weisheit. Dieser wäre dann der wahre Schamane. Wäre endlich einer, dessen Macht nicht über die fünf Flüsse und vier Seen, sondern über fünf Erdteile und vier Ozeane reichte. Zu diesem einen könntest du werden, vielleicht.

Dann beruhigt sie sich plötzlich. Sagt friedfertig: Komm, laß uns eine weiche, windgeschützte Stelle finden, wir legen uns schlafen.

Später, als wir uns in einer tiefen, grasbewachsenen Mulde zum Schlaf einrichten, meint sie, wir tun uns zusammen, so sei es wärmer. O je, denke ich, Läuse wird sie haben! Doch wage ich nicht, ihr zu widersprechen. Ich will nicht, daß sie wieder erzürnt. Mit allem, was wir an Kleidung haben, decken wir uns zu. Ich ziehe mich zusammen, presse meinen Rücken gegen ihren Bauch und spüre im Nacken den heiß-feuchten Atem. Schlafe schnell ein. Und träume von Läusen. Von einer dunkelbäuchigen, über dem Rücken quer gestreiften großen, feisten Laus mit langen, scharf angewinkelten Beinen und ebenso langen, nun aber gleichmäßig gebogenen Rüsseln, die Hörnern gleichen. Und dann von vielen Jungläusen, denen ich den Hunger ansehe. Sie stürzen sich flink und in einem blaßgrauen Schwarm auf mich zu.

Am Morgen werde ich gefragt, ob ich geträumt hätte. Ich sage nein. Du hast geträumt, flüstert Pürwü und drückt mich liebevoll an sich. Gut, behalte es für dich! Ich fühle mich ertappt, doch kommt es mir peinlich vor, von Läusen zu reden, da sie sicherlich welche haben wird. Erst viele Jahre später werde ich erfahren, daß ich zu Recht geschwiegen habe, denn es war gerade einer der Träume, die man nicht preisgeben darf, wie auch der, man äße aus einem Hundenapf. Von diesen beiden hatte ich damals noch nicht gehört, da noch keiner davon geträumt hatte. Der Traum muß unterwegs zu unserer Welt gewesen sein.

EPILOG

Die Zeit vergeht. Die Schmerzen bleiben. Dennoch scheint die Wunde in mir nicht mehr zu bluten. Scheint unter dem Zeitstaub zu verharschen und zu vernarben. Denn ich bin getröstet. Lebe im Windschutz und Lichtschein des Weißen Berges. Lebe für zwei. Versuche, alles herauszuholen, was in mir ist, und abzugeben dort, wo es gebraucht wird.
Überdies endet der Sommer, der schlecht angefangen hatte, doch recht gut, zieht sich in die Länge und mündet in einem milden, schier unendlichen Herbst. Also geht es Menschen und Tieren gut. Es gibt keine weiteren schlechten Kunden, dafür aber einige gute.
Osal und Schulmutaj kehren schnell und unbeschädigt zurück und vertragen sich. Die Jurte der anderen Eltern wird schon lange von keinem Streit erschüttert, geschweige denn von einer Prügelei. Dafür scheint es auch keinen Grund mehr zu geben. Denn vom Vateronkel heißt es, er sei endlich erwachsen. In der Tat erhebt er sich morgens mit der aufgehenden Sonne, wäscht sich Hände und Gesicht und bleibt den ganzen Tag auf, gegürtet. Und verbringt den Tag mit Arbeit. Muttertante siezt und spricht ihn neuerdings mit *Aschgyjak* – Alter, das heißt, Mann, an.
Ein Gedanke taucht in mir auf: Mit dem Schlag, der mich getroffen und mir das Teuerste geraubt, ist womöglich jegliches Schlupfloch für das Böse um mich herum zugepropft?
Doch lebe ich mit dem Unbehagen. Es liegt unvergänglich und unverdaulich in mir – ein Stein, nagt unvergeßlich und unersättlich an mir – ein Tier. Es ist die Ungewißheit, die in mir pocht und wächst. Wer bin ich? Wie werde ich mit der Lebenszeit fertig, die vor mir liegt und vielleicht sehr lange sein wird? Was mache ich mit dem Vermächtnis des großen Bruders? Und

wie war das zu verstehen, was Batana im Traum zu mir gesprochen hat?
Die Arbeit ist der Vorhang, hinter dem ich mich verstecke vor solchen Fragen. Und wenn ich alle meine Muskeln ordentlich angestrengt, abermals geschuftet habe, fühle ich mich so erschöpft, daß ich glaube, ich bin da und dort tot, ebenso wie die lästigen Fragen.
Endlich zieht der Winter ein, und unsere Jurten gehen auseinander. Eine jede erkämpft sich die bewährte Winterbleibe. Der Rauhreif wächst zum Schnee, der weiteren anzieht, den Wolken neue Schichten abschält. Die ersten Schneestürme fegen über den Altai hinweg. Die Winterschlachtung beginnt. Ich bringe das Schlachtvieh der Adoptivjurte aus den Bergen ins Flußtal. Muttertante hat kein Auge für die Gabe. Dafür hat sie ihre Umstände. Erwähnt einen Traum, den sie gehabt hat, ohne ihn mir zu verraten. Fragt mich, ob ich denn weiterhin entschlossen sei, den Weg des Wissens gänzlich aufzugeben. Die Frage erscheint mir ungelegen. So antworte ich unwirsch: Wieso? Schamanenlehre ist doch auch Wissen!
Sogleich merke ich, daß ich mich falsch verhalten habe. Sie wird so wütend, wie ich sie noch nie erlebt habe, selbst dann nicht, als sie in einer erbitterten Prügelei mit ihrem Mann stand. Noch-bin-ich-da! zischt sie, als ob sie mir jedes Wort ins Gesicht spiee. Und-solange-ich-hier-bin-ist-kein-Platz-für-dich-kapiert?!
Ich weiß dem nichts zu entgegnen. Stehe auf und will gehen. Da bewirft sie mich noch mit folgendem, nun ein wenig besänftigt: Zieh doch zu den Geistern und lerne bei denen schamanen!
Ich erzähle den Eltern, was vorgefallen ist. Sie sagen, ich soll fortgehen.
Jetzt mitten im Schneewinter? frage ich.
Ja, sagen sie. Ich soll aus dem Blickfeld verschwinden, so schnell wie möglich!
Am nächsten Tag bringt mich Vater ins Kreiszentrum. Stunden

später nimmt mich ein Auto in den Bezirk mit. Dort bleibe ich zwei Tage. Dann hocke ich sechs volle Tage und noch fünf halbe Nächte lang auf der Ladefläche eines schweren Lasters und lasse mich durchfrieren und -schütteln. Eines Nachts wird in der Ferne ein Lichtermeer sichtbar. Es sei unser Ziel, die Hauptstadt.
Sind dort die Geister? frage ich mich.
Offensichtlich nicht, muß ich mir später selbst antworten. Denn ich komme nicht dazu, dort anzukommen, werde schon erneut ausgestoßen. Diesmal ist der Weg, der sich unter mir ausstreckt, länger als alle Wege zusammen, die ich in all den Jahren bisher zurückgelegt habe. Die Geister müssen weit weg wohnen. Und als die Reise endlich zu Ende geht, stehe ich da, ein blinder menschlicher Welpe. Aber ich verbiete mir zu winseln. Das zumindest habe ich begriffen. Und das kann durchaus der Inhalt meines bisherigen Lebens gewesen sein.

GLOSSAR

Aagint	Agent auf tuwa, fliegend-reitender Händler
Ail	Jurtensiedlung
Aragy	aus Sauermilch destillierter Schnaps
Asa, *pl.* Asalar	Geist
Ataman	aus dem Russischen: Anführer in den Gefängnissen oder bei der Armee
Bagsy	Lehrer, Meister; bei den Kasachen: Schamane
Baj	Reicher, Fürst; ehrwürdiger Anrede für einen Höherstenden
Daamal	Titel für einen Höherstehenden
Darga	Chef; neuzeitliche Anrede für einen Höherstehenden
Dataj	geläufiger Geistername, oft mit *Ewej* gepaart
Deel	mantelartiges Kleid für beide Geschlechter
Dörr	gegenüber der Tür gelegene Seite in der Jurte, gilt als Ehrenplatz
Ese	Geist, oft mit *Asa* gepaart
Ewej	siehe *Dataj*
Garuda	mythologischer Vogel
Hadak	zumeist blaue, aber auch weiße Schärpe als Gastgeschenk oder Opfergegenstand
Helin	Schwiegertochter
Hendshe-aga	Nachzügler-Bruder
Jurte	runde, zerlegbare Nomadenbehausung aus Holz und Filz

Karascho	russisch: gut, in Ordnung
Lermontow, Michail Jurijewitsch	russischer Dichter aus dem 18. Jahrhundert
Örtöön	Entfernung von etwa 30 km, alte Bezeichnung für Pferdestation
Owoo	Haufen aus geopferten Steinen, für die jeweiligen Ortsgeister errichtet, Gebets- und Kultstätte
Puschkin, Alexander Sergejewitsch	russischer Dichter aus dem 18. Jahrhundert
Saryg Daa	vorletzter Fürst der Tuwa um 1900
Schaschu	kasachisch: Eßbares, wie Süßigkeiten, Gebäck und Käsebrocken, werden zur Begrüßung von besonders erwünschten Gästen in der Menschenmenge ausgeworfen
Schawyd	Stoffbündel, die Geisterpeitsche eines Schamanen darstellend
Sojan	ethnische Untergruppe der Tuwa
Süchbaatar	Feldherr und Politiker (1893-1923), Begründer des modernen mongolischen Staates
Tamyr	kasachisch: Ader, Wurzel; Schwurgefährte
Tell	Tierkinder mit zwei oder mehr Müttern
Tonn	mantelartiges langes Winterkleid aus Schaffell
Tulup	Reisesack aus gegerbtem Ziegenbalg
Üschbörleer	bestes Bild beim Orakeln mit einundvierzig Steinen; dreimal nebeneinander; wörtlich: dreiwölfen
Yak	langhaariges Rind des zentralasiatischen Hochlandes, auch Grunzochse genannt

Neue deutschsprachige Literatur
im Suhrkamp Verlag
Eine Auswahl

Kurt Aebli
- Frederik. Erzählung. 109 Seiten. Gebunden
- Küß mich einmal ordentlich. Prosa. es 1618. 106 Seiten
- Mein Arkadien. Prosa. es 1885. 115 Seiten
- Die Uhr. Gedichte. es 2186. 90 Seiten

Ulla Berkéwicz
- Adam. Broschur und st 1664. 180 Seiten
- Engel sind schwarz und weiß. Roman.
  Leinen und st 2296. 352 Seiten
- Ich weiß, daß du weißt. Roman.
  Gebunden und st 3250. 264 Seiten
- Josef stirbt. Erzählung. Broschur und st 1125. 115 Seiten.
- Maria Maria. Drei Erzählungen.
  Broschur und st 1809. 90 Seiten
- Michel, sag ich. Broschur und st 1530. 109 Seiten
- Mordad. Leinen und st 2710. 118 Seiten
- Nur Wir. Ein Schauspiel. 77 Seiten. Englische Broschur
- Zimzum. Leinen und st 2947. 122 Seiten

Marica Bodrožić
- Tito ist tot. Erzählungen. 160 Seiten. Gebunden

Paul Brodowsky
- Milch Holz Katzen. es 2267. 72 Seiten

Gion M. Cavelty
- Ad absurdum oder Eine Reise ins Buchlabyrinth.
  es 2031. 110 Seiten
- Endlich Nichtleser. st 3131. 120 Seiten

- Quifezit oder Eine Reise im Geigenkoffer.
  es 2001. 106 Seiten
- Tabula rasa oder Eine Reise ins Reich des Irrsinns.
  es 2076. 107 Seiten

Esther Dischereit
- Joëmis Tisch. Eine jüdische Geschichte. es 1492. 122 Seiten
- Merryn. 118 Seiten. Gebunden
- Übungen, jüdisch zu sein. Aufsätze. es 2067. 150 Seiten

Dirk Dobbrow
- Late Night. Legoland. Stücke und Materialien.
  es 3403. 204 Seiten
- Der Mann der Polizistin. Roman. es 2237. 224 Seiten

Kurt Drawert
- Alles ist einfach. Stück in sieben Szenen. es 1951. 116 Seiten
- Frühjahrskollektion. Gedichte. 96 Seiten. Gebunden
- Haus ohne Menschen. Zeitmitschriften. es 1831. 120 Seiten
- Privateigentum. Gedichte. es 1584. 138 Seiten
- Rückseiten der Herrlichkeit. Texte und Kontexte.
  es 2211. 256 Seiten
- Spiegelland. Ein deutscher Monolog. es 1715. 157 Seiten
- Steinzeit. es 2151. 160 Seiten
- Wo es war. Gedichte. 122 Seiten. Gebunden

Kurt Drawert (Hg.)
- Lagebesprechung. Junge deutsche Lyrik. st 3297. 190 Seiten

Oswald Egger
- Herde der Rede. Poem. es 2109. 380 Seiten
- Nichts, das ist. Gedichte. es 2269. 160 Seiten

Robert Fischer
- Römische Abschweifungen. Erzählung. st 3030. 102 Seiten

- Sex kills. Roman. st 3268. 140 Seiten

Werner Fritsch
- Aller Seelen. Golgatha. Stücke und Materialien.
  es 3402. 200 Seiten
- Cherubim. 254 Seiten. Gebunden
- Es gibt keine Sünde im Süden des Herzens. Stücke.
  es 2117. 302 Seiten
- Fleischwolf. Gefecht. es 1650. 112 Seiten
- Jenseits. Erzählung. 72 Seiten. Gebunden
- Die lustigen Weiber von Wiesau. Stück und Materialien.
  es 3400. 189 Seiten
- Stechapfel. Legende. 102 Seiten. Gebunden
- Steinbruch. es 1554. 53 Seiten
- CHROMA/EULEN:SPIEGEL. Stücke und Materialien.
  es 3419. 208 Seiten

Rainald Goetz
- Abfall für alle. Roman eines Jahres. 800 Seiten. Broschur
- Celebration. Texte und Bilder zur Nacht. es 2118. 286 Seiten
- Dekonspiratione. Erzählung. Gebunden und st 3377. 208 Seiten
- Hirn/Krieg. es 1320. 508 Seiten
- Irre. Roman. Mit zahlreichen Abbildungen. st 1224. 331 Seiten
- Jeff Koons. Stück. 159 Seiten. Englische Broschur
- Kontrolliert. st 1836. 281 Seiten
- Kronos. Berichte. es 1795. 401 Seiten
- Rave. Erzählung. Leinen und st 3237. 271 Seiten

Dieter M. Gräf
- Treibender Kopf. Gedichte. 79 Seiten. Gebunden

Durs Grünbein
- Das erste Jahr. Berliner Aufzeichnungen.
  320 Seiten. Gebunden
- Erklärte Nacht. Gedichte. 152 Seiten. Gebunden

- Falten und Fallen. Gedichte. 124 Seiten. Gebunden
- Galilei vermißt Dantes Hölle und bleibt an den Maßen hängen. Aufsätze 1989-1995. Mit drei Abbildungstafeln und fünf Vignetten. 269 Seiten. Gebunden
- Grauzone morgens. Gedichte. es 1507. 93 Seiten
- Nach den Satiren. Gedichte. 250 Seiten. Gebunden
- Schädelbasislektion. Gedichte. 154 Seiten. Gebunden
- Den Teuren Toten. 33 Epitaphe. 48 Seiten. Büttenbroschur

Norbert Gstrein
- Anderntags. Erzählung. es 1625. 116 Seiten
- Einer. Erzählung. es 1483. 118 Seiten
- Die englischen Jahre. Roman. 360 Seiten. Gebunden.
  st 3274. 392 Seiten
- Der Kommerzialrat. Bericht. st 2718. 148 Seiten
- O2. Novelle. st 2476. 170 Seiten
- Das Register. Roman. st 2298. 300 Seiten
- Selbstportrait mit einer Toten. Roman. 112 Seiten. Gebunden

Katharina Hacker
- Der Bademeister. Roman. 208 Seiten. Gebunden
- Morpheus oder Der Schnabelschuh. es 2092. 126 Seiten
- Tel Aviv. Eine Stadterzählung. es 2008. 145 Seiten

Joachim Helfer
- Cohn & König. Roman. Gebunden und st 3120. 232 Seiten
- Du Idiot. Roman. st 2998. 268 Seiten
- Nicht Himmel, nicht Meer. Roman. 216 Seiten. Gebunden

Peter Henning
- Aus der Spur. Erzählung. st 3156. 123 Seiten
- Tod eines Eisvogels. Roman. st 2908. 135 Seiten

Unda Hörner
- Unter Nachbarn. Roman. st 3171. 201 Seiten

Johannes Jansen
- heimat ... abgang ... mehr geht nicht. ansätze. mit zeichnungen von norman lindner. es 1932. 116 Seiten
- Reisswolf. Aufzeichnungen. es 1693. 67 Seiten
- Splittergraben. Aufzeichnungen II. Mit zahlreichen Abbildungen. es 1873. 116 Seiten
- Verfeinerung der Einzelheiten. Erzählung. es 2223. 112 Seiten

Daniel Kehlmann
- Beerholms Vorstellung. Roman. st 3073. 288 Seiten
- Der fernste Ort. Roman. 152 Seiten. Gebunden
- Mahlers Zeit. Roman. Gebunden und st 3238. 160 Seiten
- Unter der Sonne. Erzählungen. st 3130. 128 Seiten

Gerhard Kelling
- Beckersons Buch. Roman. 269 Seiten. Gebunden

Ady Henry Kiss
- Atlantic City. Erzählungen. st 2838. 230 Seiten
- Baker's Barn. Roman. st 2633. 338 Seiten
- Canyons. Roman. st 3096. 160 Seiten
- Manhattan II. Roman. st 2416. 152 Seiten

Barbara Köhler
- Blue Box. Gedichte. 59 Seiten. Leinen
- Deutsches Roulette. Gedichte. es 1642. 85 Seiten
- Wittgensteins Nichte. vermischte schriften / mixed media. es 2153. 175 Seiten

Uwe Kolbe
- Abschiede. Und andere Liebesgedichte. es 1178. 82 Seiten
- Die Farben des Wassers. 80 Seiten. Gebunden
- Hineingeboren. Gedichte. 1975-1979. es 1110. 137 Seiten
- Nicht wirklich platonisch. Gedichte. 98 Seiten
- Vineta. Gedichte. 68 Seiten. Gebunden

Ute-Christine Krupp
- Alle reden davon. Roman. es 2235. 128 Seiten
- Greenwichprosa. es 2029. 102 Seiten

Ute-Christine Krupp/Ulrike Janssen (Hg.)
- »Zuerst bin ich immer Leser«. Prosa schreiben heute.
  es 2201. 144 Seiten

Christian Lehnert
- Der Augen Aufgang. Gedichte. es 2101. 100 Seiten
- Der gefesselte Sänger. Gedichte. es 2028. 92 Seiten

Jo Lendle
- Unter Mardern. es 2111. 100 Seiten

Andreas Maier
- Wäldchestag. Roman. 320 Seiten. Gebunden
  st 3381. 316 Seiten
- Klausen. Roman. 200 Seiten. Gebunden

Jagoda Marinić
- Eigentlich ein Heiratsantrag. Geschichten.
  128 Seiten. Gebunden

Thomas Meinecke
- The Church of John F. Kennedy. Roman. es 1997. 245 Seiten
- Hellblau. Roman. 336 Seiten. Gebunden
- Holz. Erzählung. st 3010. 112 Seiten
- Mode & Verzweiflung. st 2821. 129 Seiten
- Tomboy. Roman. 251 Seiten. Gebunden. st 3118. 256 Seiten

Bodo Morshäuser
- Blende. Erzählung. 161 Seiten. Broschur
- Hauptsache Deutsch. es 1626. 205 Seiten
- In seinen Armen das Kind. Roman. 368 Seiten. Gebunden

- Liebeserklärung an eine häßliche Stadt. Berliner Gefühle. st 2933. 155 Seiten
- Nervöse Leser. Erzählung. 150 Seiten. Broschur
- Revolver. Vier Erzählungen. es 1465. 140 Seiten
- Tod in New York City. Roman. 140 Seiten. Gebunden
- Warten auf den Führer. es 1879. 142 Seiten
- Der weiße Wannsee. Ein Rausch. st 2713. 192 Seiten

Sabine Neumann
- Streit. Erzählungen. st 3119. 140 Seiten

Andreas Neumeister
- Äpfel vom Baum im Kies. 261 Seiten. Gebunden
- Ausdeutschen. Roman. 132 Seiten. Gebunden
- Gut laut. Roman. Gebunden und st 3282. 180 Seiten
- Salz im Blut. 195 Seiten. Gebunden

José F. A. Oliver
- fernlautmetz. Gedichte. es 2212. 80 Seiten

Albert Ostermaier
- Autokino. Gedichte. Mit CD. 112 Seiten. Gebunden
- Death Valley Junction. Stücke und Materialien. es 3401. 111 Seiten
- Erreger. Es ist Zeit. Abriss. Stücke und Materialien. es 3421. 111 Seiten
- fremdkörper hautnah. Gedichte. es 2032. 100 Seiten
- Heartcore. Gedichte. Mit CD. 110 Seiten
- Herz Vers Sagen. Gedichte. es 1950. 73 Seiten
- Letzter Aufruf. 99 Grad. Katakomben. Stücke und Materialien. es 3417. 150 Seiten
- The Making Of. Radio Noir. Stücke. es 2130. 192 Seiten
- Tatar Titus. Stücke. 198 Seiten. Gebunden

Doron Rabinovici
- Credo und Credit. Einmischungen. es 2216. 160 Seiten
- Instanzen der Ohnmacht. Wien 1938-1945. Der Weg zum Judenrat. 495 Seiten. Gebunden
- Österreich. Berichte aus Quarantanien. Herausgegeben von Isolde Charim und Doron Rabinovici. es 2184. 172 Seiten
- Papirnik. Stories. es 1889. 134 Seiten
- Suche nach M. Roman in zwölf Episoden.
  287 Seiten. Gebunden. st 2941. 270 Seiten

Ilma Rakusa
- Die Insel. Erzählung. 134 Seiten. Englische Broschur
- Love after Love. Gedichte. es 2251. 68 Seiten
- Ein Strich durch alles. Neunzig Neunzeiler. 96 Seiten

Patrick Roth
- Corpus Christi. st 3064. 180 Seiten
- Johnny Shines oder Die Wiedererweckung der Toten. Seelenrede. Gebunden und st 2783. 163 Seiten
- Die Nacht der Zeitlosen. 152 Seiten. Gebunden
- Meine Reise zu Chaplin. Ein Encore. 80 Seiten. Gebunden
- Riverside. Christusnovelle. st 2568. 93 Seiten
- Ins Tal der Schatten. Frankfurter Poetikvorlesungen.
  es 2277. 120 Seiten

Ralf Rothmann
- Berlin Blues. Ein Schauspiel. 100 Seiten. Bütten-Broschur
- Flieh, mein Freund! Roman. Gebunden. 278 Seiten.
  st 3112. 288 Seiten
- Gebet in Ruinen. Gedichte. 72 Seiten
- Kratzer und andere Gedichte. st 1824. 85 Seiten
- Messers Schneide. Erzählung. st 1633. 133 Seiten
- Milch und Kohle. Roman. 216 Seiten. Leinen.
  st 3309. 212 Seiten
- Stier. Roman. Leinen und st 2255. 372 Seiten

- Wäldernacht. Roman. st 2582. 304 Seiten
- Der Windfisch. Erzählung. 133 Seiten. Broschur
- Ein Winter unter Hirschen. Erzählungen.
  200 Seiten. Gebunden

Lutz Seiler
- pech & blende. Gedichte. es 2161. 96 Seiten

Silke Scheuermann
- Der Tag, an dem die Möwen zweistimmig sangen. Gedichte.
  es 2239. 80 Seiten

Hans-Ulrich Treichel
- Der einzige Gast. Gedichte. es 1904. 71 Seiten
- Der Entwurf des Autors. Frankfurter Poetikvorlesungen.
  es 2193. 117 Seiten
- Gespräch unter Bäumen. Gesammelte Gedichte. Ausgewählt
  und mit einem Nachwort von Rainer Weiss.
  st 3400. 128 Seiten
- Heimatkunde oder Alles ist heiter und edel. Besichtigungen.
  st 3111. 132 Seiten
- Liebe Not. Gedichte. es 1373. 79 Seiten
- Tristanakkord. Roman.
  Gebunden und st 3303. 240 Seiten
- Über die Schrift hinaus. Essays zur Literatur.
  es 2144. 241 Seiten
- Der Verlorene. Erzählung. Gebunden und st 3061. 176 Seiten
- Von Leib und Seele. Berichte. Englische Broschur und
  st 2924. 86 Seiten

Jamal Tuschick
- Kattenbeat. Roman in drei Stücken. es 2234. 180 Seiten
- Keine große Geschichte. Roman. es 2166. 200 Seiten

Christian Uetz
- Don San Juan. es 2263. 80 Seiten

Anne Weber
- Im Anfang war. 200 Seiten. Gebunden
- Ida erfindet das Schießpulver. es 2108. 120 Seiten

Peter Weber
- Silber und Salbader. Roman. 306 Seiten. Gebunden. st 3415. 296 Seiten
- Der Wettermacher. Roman. st 2547. 316 Seiten

Unterhaltsames
im Suhrkamp Verlag
Eine Auswahl

Ernst Augustin. Gutes Geld. Roman in drei Anleitungen.
st 2771. 170 Seiten

Antonia S. Byatt. Besessen. Roman. Übersetzt von Melanie Walz. st 2376. 632 Seiten

Guillermo Cabrera Infante. Drei traurige Tiger. Roman. Übersetzt von Wilfried Böhringer. st 1714. 535 Seiten

Andrew Crumey. Die Geliebte des Kartographen. Roman. Übersetzt von Klaus Pemsel. st 2942. 221 Seiten

Karen Duve. Keine Ahnung. Erzählungen.
st 3035. 168 Seiten

Jürg Federspiel. Geographie der Lust. Roman.
st 1895. 202 Seiten

Herbert Genzmer. Die Einsamkeit des Zauberers. Roman.
st 2871. 181 Seiten

Norbert Gstrein. Einer. Erzählung. es 1483. 118 Seiten

James Hamilton-Paterson. Die Geister von Manila. Roman. Übersetzt von Esther und Udo Breger. st 3067. 432 Seiten

Marcus Hammerschmitt. Target. Roman.
st 2847. 122 Seiten

Joachim Helfer. Cohn & König. Roman. st 3120. 240 Seiten

Peter Henning. Tod eines Eisvogels. Roman.
st 2908. 135 Seiten

W. H. Hodgson. Stimme in der Nacht. Unheimliche Seegeschichten. Übersetzt von Wulf Teichmann. st 2709. 212 Seiten

Angeles Mastretta. Emilia. Roman. Übersetzt von Petra Strien. st 3062. 416 Seiten

Thomas Meinecke. Tomboy. Roman. st 3118. 256 Seiten

Eduardo Mendoza. Die Stadt der Wunder. Roman
Übersetzt von Peter Schwaar. st 2142. 503 Seiten

Doron Rabinovici. Suche nach M. Roman in zwölf Episoden. st 2941. 270 Seiten

João Ubaldo Ribeiro. Das Lächeln der Eidechse. Roman.
Übersetzt von Karin von Schweder-Schreiner.
st 2556. 362 Seiten

Ralf Rothmann. Stier. Roman. st 2255. 372 Seiten

Wolfgang Stauch. Brubecks Echo. Roman.
st 3095. 272 Seiten

Hubertus von Thielmann. Forbes Park. Roman.
st 3008. 320 Seiten

Ich biete der Stadt meine Haut. Geschichten aus dem Reich der Sinne. Herausgegeben von Rainer Weiss.
st 2514. 256 Seiten